U0690901

天一阁·月湖文丛

宁波市天一阁·月湖景区管理办公室组织编纂

天一阁·月湖诗词精选注释

张如安　李亮伟　选注

浙江古籍出版社

图书在版编目(CIP)数据

天一阁·月湖诗词精选注释 / 宁波市天一阁·月湖景区管理办公室编；张如安，李亮伟选注. -- 杭州：浙江古籍出版社，2023.12

（天一阁·月湖文丛）

ISBN 978-7-5540-2662-5

Ⅰ. ①天… Ⅱ. ①宁… ②张… ③李… Ⅲ. ①古典诗歌—诗集—中国 Ⅳ. ① I222

中国国家版本馆 CIP 数据核字（2023）第 125870 号

天一阁·月湖诗词精选注释

宁波市天一阁·月湖景区管理办公室　编

张如安　李亮伟　选注

出版发行　浙江古籍出版社

（杭州市体育场路 347 号）

网　　址　https://zjgj.zjcbcm.com

责任编辑　伍姬颖

文字编辑　吴宇琦

责任校对　吴颖胤

封面设计　吴思璐

责任印务　楼浩凯

照　　排　浙江大千时代文化传媒有限公司

印　　刷　浙江全能工艺美术印刷有限公司

开　　本　889mm × 1194mm　1/32

印　　张　17.875

字　　数　410 千字

版　　次　2023 年 12 月第 1 版

印　　次　2023 年 12 月第 1 次印刷

书　　号　ISBN 978-7-5540-2662-5

定　　价　180.00 元

前 言

四明乃一大“诗窟”[①]，月湖则居诗窟之中心[②]。自宋代以来，月湖诗歌称盛[③]，独甲四方。经千载积淀、承传，以至今日，诗歌为月湖历史文化最亮丽的名片。

月湖盛聚诗人，盛产诗歌。诗歌是月湖独特的自然与人文环境的结晶。月湖如鉴，映照历史；诗歌如晶，凝聚历史。月湖与诗歌，彼此呼应。今人观照这些诗歌，结合史料，抉发其所蕴含的丰富内容和审美价值，如探宝藏。

一

月湖是一座城市湖泊园林，起于地胜，成于人文。江南水乡，本来河港湖泊遍布，天然水网交错。月湖其初当为自然水泊，后因明州州城形制渐成规模，人口日繁，月湖被辟为具水利功能的城市湖泊，于市政、民生有不可或缺的意义。唐代太和七年(833)，鄞县县令王元主持修筑它山堰，堰成，引水入州城，月湖长得活水源。此后月湖得到一定程度的疏浚、整治，岸、堤、岛、桥等，渐有筑建。

---

① 清·董沛《四明诗干》题辞：“四明固诗窟也。”

② 月湖：古代宁波城内西南隅有日、月双湖(亦称南湖、西湖)，合称重湖，不仅湖水相连，亦人物融合，文化一体，不可分割。至近世，原日湖不复存在，此以“月湖”统含之。今“天一阁·月湖景区”的空间范围，均在其中。

③ 本“前言”中的“诗歌”概念，包括诗和词。

城市是一方政治、经济、文化的中心，也是文人荟萃之地。唐代，人们的山水审美意识相当高涨，游乐风气盛行，不仅文人，就是普通市民，亦多有生活的情韵，选胜于水边林下，开辟为游宴之地、风雅之场。如长安之曲江、杭州之西湖、成都之百花潭……凡城市得湖泊者，景象多如是。诗人优游其间，吟咏自得。但是这些城市湖泊成为园林，都是历经长期开发的结果。说来有趣，唐广德元年(763)，著名诗人岑参在长安送同僚"任郎中"出守明州，为了给任郎中励行，他极尽殷勤，在送别诗中设想明州城的面貌为"城边楼枕海，郭里树侵湖"，以此鼓舞任郎中去明州享受诗意的生活。岑参是不曾到过明州的，但其诗却说明州郭里有湖。实际上直到唐末罗城建设之后才具有的"三江通大海""一湖居城中"的州城格局，竟被岑参提前预言和设计出来了！可惜月湖暂不遇时，处三江口的明州城，由于建成较晚，紧接着的晚唐五代，居住、旅行于此地的文人鲜见，月湖在短时间内未能得到审美性的开发，亦不见任何诗人吟咏。

月湖园林化始于北宋后期。月湖诗歌的爆发式涌现，亦始于此时期。经过北宋前期近百年的休养生息，明州城逐渐繁荣富庶起来，我们今日称之为"宋韵"的那种文气充盈、精致风雅的文化现象，也逐渐在月湖出现了。宋仁宗嘉祐年间，钱公辅知明州，施惠政，整治月湖，培植花木，筑偃月堤，尤于湖中建众乐亭，他的《众乐亭诗二首序》记载说："众乐亭居南湖之中，南湖又居城之中，望之真方丈、瀛洲焉。以其近而易至，四时胜赏，得以与民共之。民之游者，环观无穷而终日不厌。"这段话的信息量比较大，亭之位置和功能，湖景之美，人们的游乐盛况等，皆包含其中。"宴豆四时喧画鼓，游人两岸跨长虹"，官民同乐，前所未有。钱公辅的作为，于月湖具有非凡的意义，司马光赞其“风月逢知己，湖山得主人”，吴中复说“从此郡图添故事”，众乐亭是月湖最早的著名人文景观，也是一位具有诗心的善政者给明州人民长留在月湖的甘棠；它奠定了月湖公共园林的性质，以“众乐”为主题，开启了月湖游人的思想意识；而众多歌咏众乐亭的唱和诗、游乐诗，也由此拉开了月湖吟咏的序幕。

钱公辅整治月湖30余年后，另一位月湖功臣、郡守刘珵到来，他对月湖进行了更大规模的改造。舒亶《西湖记》载：“元祐癸酉（1093），刘侯纯父来守是邦，适岁小旱，乃一切禁止而疏浚之，增卑培薄，环植松柳，复因其积土广为十洲……盖四时之景物具焉，湖遂大治。”刘珵不仅全面治理月湖，环植松柳，创十洲，筑十洲阁，而且诗兴大发，作《咏西湖十洲》诗，得王亘、舒亶、陈瓘等名流唱和，月湖十洲之美，由是声名大著。至此，月湖真正成为一座优美的城市湖泊园林。自古园林景点，必有名称，景点的命名，充盈着诗性。刘珵具有园艺家和诗人的才情，十洲命名富于诗意，既体现出开拓者的情怀，揭示景观特色乃至意境，也能导人游观，任凭各人以自身之性灵，赏会、拓展其审美之空间。例如，花屿，可频著春屐，可沉醉花荫；芳草洲，可踏青拾翠，可修禊觞咏；柳汀，可折枝送友，可立桥闻莺；竹屿，可独坐吟啸，可默友此君；烟屿，可伫对空蒙，可静听渔歌；芙蓉洲，可夏观菡萏，可秋赏木莲；菊花洲，可插花满头，可呼酒三径；月岛，可俯仰天镜，可达悟盈虚，可舞弄清影；雪汀，可冲寒寻梅，可骑驴访友，可把竿投纶；松岛，可倚松抱琴，可幽陪鹤梦，可倾聆龙吟……十洲诗意之可人，宋元明清各代，都是诗人吟咏的对象，其中步刘珵十洲诗韵者，亦经久不绝，隔代唱和，竟达千年之久！

月湖的开辟和早期的景观经营，与主政的官员有关。钱公辅建成众乐亭、刘珵建成十洲三岛，其始成之初的一阵热闹之后，市民便成了长期的主角。所以月湖及其景观，也映照着千百年间的市民生活。

月湖周边，其初应有原住民，自钱、刘二守先后整治月湖，环境大为改善，月湖被人们视为风水宝地，渐有簪缨之族、富豪巨家、普通士庶等迁居。其选胜卜宅，甚为热闹，土木时作，第院楚楚，理水叠山，泉石清清，水木明瑟，楼台亭阁相望。私家第宅园林与月湖环境两相附丽，相得益彰，而文化氛围日益浓郁。历数月湖之第院、别墅、园亭建筑，各代既有所兴替、增减及归属变迁，而又不乏累世相沿者。千年月湖，著名的第院、别墅、园亭，举要如：宋代有蒋浚明的蒋园，周师厚的周园，舒亶的懒堂，周锷的四休堂，楼异的昼锦堂和紫翠亭，朱翌的信天缘堂，史浩的四明洞天，赵彦逾的当山堂，楼钥的攻媿斋和登封阁，史守之的碧沚亭，郑清之的安晚园，王应麟的汲古堂；明代有黄润玉的鄞城草堂，杨守阯的空水园，丰坊的碧沚园，张时彻的月湖精舍、宝纶堂及心远堂，范钦的东明草堂与天一阁、碧沚园、十洲阁，余有丁的飞盖园，张邦伊的萧园，张邦岱的烟波阁，沈一贯的畅园，全天叙的平淡斋及松窗，薛伯起的得月楼，陆世科的涵虚阁，周昌晋的葭露阁，陆起元的意园，谢三宾的天赐园，陆宝的辟尘居、霜镜楼及悟香阁，陈朝辅的云在楼、四香居、桂松轩；清代有范光文的天一阁园，宗谊的南楼（南轩），张瑶芝的菊洲堂，全祖望的五桂堂，李昌樟的双桐斋，叶元堦的揽碧轩，邵氏的邵氏园，徐时楷的滨湖轩，徐时栋的烟雨楼，江嘿莽的江园……这些以堂、楼、阁、亭、轩、斋等相称者，多数都不是孤立的单一建筑，只是以这些标志性建筑来命名，而各有其相搭配的建筑群落和泉石花木等，构成布局完美的空间，是一个个相对独立、和谐、完整的私家宅第园林。它们分布、妆点在月湖各处，“亭台院阁，随方面势”（《宝庆四明志》卷四），成为月湖湖泊园林中的园中之园。“四面楼台相映发，一川烟水自弯环”（楼钥《史子仁碧沚》），月湖也是它们的大环境、借景。它们在各自存在的历史时期，乃是一处处风雅之场、休闲之所。贤主嘉宾，林下风流，琴书之乐、吟咏之声此起彼伏。其风景、场景、情景，都成为月湖诗歌所表现的极为丰富的题材内容。它顺承中国私家园林的一大传统，欢迎诗人的光临和赏会。这既因为园林艺术本质是一种优雅的涵养，园林意境非会心人不能抉其微，还因为物质的园林不长久，而诗歌不朽，可使之流传久远。

纵向看，月湖湖泊园林景观的面貌是动态的。除了私家园林，它出现过较多公共活动空间性质的建筑和场地，为公家或公众建造，在其存在的历史时期，是公众可以随意游观打卡的热门景点，也是诗人乐游、行吟之处。除了前述之众乐亭、偃月堤、十洲、十洲阁以外，历代还有红莲阁、广生堤、澄辉阁、四宜楼、桃花堤等等。月湖及附近的一些祠宇寺庙，如逸老堂（贺秘监祠）、崇教寺、寿圣寺、湖心寺、观音禅寺、延庆寺、宝云寺等等，也成为月湖景观的重要组成部分。还有一些原具特殊用途的建筑，如涵虚驿(水马站）、水则碑亭、高丽驿馆等，也演变为引人情思、启人诗兴的景观。以涵虚驿为例，因得月湖园林环境之地利，而获得“天下驿馆之美者也”的称誉。黄润玉《四时八景·湖馆水云》序便说：“郡西湖中州有馆，本唐贺知章寓宅。扁曰涵虚，四面沧波，一碧千顷，天光云影，上下辉映。今为四明公馆，较之形胜，实魁天下驿置。”并为诗曰：“湖心筑馆四无邻，恰似瀛洲迥绝群。

一鉴婵娟涵素月，八窗菡萏拥红云。天光滉漾风初静，水气氤氲日未曛。邮置尽多人品藻，四明形胜满乾坤。”它确实不是荒郊野外“山程水驿”、十里五里“长亭短亭”的普通驿站可以比拟的。

桥是湖泊园林必不可少的景观，它既具实用功能，又有审美意义。月湖桥多，其中最为著名的桥梁，有“七桥”之说，陈铭海《句余土音补注》解释为采莲桥、水月桥、行香桥、憧憧东桥、憧憧西桥、湖心东桥、湖心西桥。不同时期，还有捧花桥、衮绣桥、虹桥等等。其造型、命名，大都具有诗情画意。

人工培植花木，久之则成规模、成乔木。北宋刘珵已环湖植松柳。公共区域与私家庭园种植花木，历代当无间断。明人张岱《陶庵梦忆·日月湖》记所见云：“月湖一泓汪洋，明瑟可爱，直抵南城，城下密密植桃柳。四围湖岸，亦间植名花果木，以萦带之。”所谓前人栽树，后人乘凉，张岱就见到了月湖士大夫园亭苍老的松石、百年以上的凌霄藤，以及屠隆娑罗馆中的娑罗。其他诗人笔下写到的月湖著名乔木、花木，如贺监祠的双柏，植于明初，后成长为轩昂魁伟之姿，人称其森翠挺秀，鄞城罕见，柯铜根石，正当如杜少陵所咏孔明庙中物。又如湖西陆宅有双桂，枝蟠高结，环围如井，人称桂井。双柏、桂井，皆屡见诗人赞美之。

园林还讲究借景。湖上的私家园亭以月湖为借景，月湖又以城、山、江、海为借景。借近在咫尺的州城、三江为景，不用赘说。山，指州城四郊地脉相连的远山。尤其需要一说的是海，明州乃海邦，则在人们的意识上，月湖近海，这最是内陆城市湖泊园林所不具备的地利，诗人甚明园林借景的赏会之道，神思飞越，故月湖诗词中时见与海有关的意象，如海天、海月、海云、海潮、海风、海树、海山、海市蜃楼……它们往往延伸、扩大了月湖的意境。诗人立足月湖，它们作为景物，或已远远超出了视域；但作为意象，又都在情理之中。

所以月湖得天独厚，又人工经营得当，景物意象殊美，“古鄞三面海通潮，坤局西来雉堞高。日月两湖环作岛，坎离双港抱成濠。百花潭上浑如杜，五柳门前总似陶。拟卜归休任舒啸，草堂先自号东皋”（明黄润玉《鄞城草堂》），诗人面对月湖美景，感觉犹如杜甫之于百花潭，陶渊明之于五柳。故而对诗人来说，月湖充满了魅力。

二

月湖承载着厚重的历史文化，以上已涉及建筑、园林文化，因其物质形态，最具有视觉冲击力，而首先被人感知；月湖更深蕴着望族、世家繁盛文化，士大夫赋闲、致仕归休文化，教育、学术文化，藏书文化，诗人社集文化，节日、民俗文化等等，这些都是可以将月湖的诗歌和史料结合起来寻绎的。

湖上历代望族、世家，举要如楼氏、史氏、丰氏、汪氏、周氏、袁氏、高氏、王氏、杨氏、陆氏、张氏、范氏、全氏等，其家族的崛起、盛况、文脉、家风、人才、职官、功业、德行、衰落等情况，如同天光云影，投映在月湖，有相当一部分，封印在月湖诗词中，此不一一赘述。

月湖的教育、学术文化，举要如，北宋庆历七年（1047），王安石知鄞县，翌年，即创建县学于湖畔，聘请“庆历五先生”之杜醇、楼郁执教。楼郁更是长期开设讲坛于竹洲，人称楼公讲舍，学者称楼郁为西湖先生。南宋，“淳熙四先生”中，有三先生在月湖设馆讲学，“慈湖（杨简）开讲于碧沚，沈端宪（沈焕）讲于竹洲，絜斋（袁燮）则讲于城南之楼氏精舍，惟舒文靖（舒璘）以宦游出”，时任明州仓监的“明招学者”吕祖俭，亦“于诸讲院无日不会也”（全祖望《东莱学案》）。史浩荣归月湖竹洲，因与沈焕相交甚厚，于竹洲割宅以居之，沈焕便在此开讲堂，沈炳、吕祖俭均集此讲学研讨，其学术流传，影响深远，为此清代全祖望还特意重建“竹洲三先生书院”，以示纪念。南宋，还有高闶讲学于南湖长春书院，他是将“二程”洛学引入四明的学者。明清时期，月湖范围内以“书院”称者，有张司马书院、常平义田书院、月湖书院、雪汀书院、辨志书院等。宋代以来，月湖环境可居可游，坐坛论道者有之，闭门著述者有之，外来访学求索者有之。除了上述提到的诸人外，其他重要的浙东学术人物，如史蒙卿、王应麟、黄震、黄宗羲、全祖望、徐时栋等，都在月湖留有不可磨灭的学术活动的身影，影响深远。他们共同营造出月湖为浙东一大教育和学术中心的浓郁氛围。月湖积此优良的教育、学术环境，成就人物甚众，学者、科举人才辈出。对此，月湖诗歌，亦时见咏及。

唐宋及后世的士大夫，政事之外，非常注重生活的趣味。月湖多巨宦缙绅之家，其赋闲、致仕归休的文化氛围，十分浓郁。精置园亭，诗酒歌舞，啸咏林泉，优游享乐。例如，北宋舒亶，慈溪大隐(今属余姚)人，官御史中丞，元丰六年(1083)坐罪废斥，回乡后迁居月湖，经营“懒堂”，十余年间，以同辈唱酬、林泉悠对为乐。其懒堂，也是后世诗人经常咏及的景观。全祖望《句余土音·西湖舒中丞园》诗赞其“懒堂风景真明瑟”，其诗序中介绍舒亶归里后，与丰稷、周锷倡和不废，可见其风雅。又如南宋史浩，宋孝宗朝宰相，淳熙十年

(1183)致仕，颇有唐贺知章“剡川一曲”、裴度“绿野堂”情结，闲逸情怀勃发。史浩荣归故里，确实类似贺知章。知章还乡，荣禄至极，唐玄宗赐鉴湖一曲，御制诗歌以赠行，皇太子以下咸就执别；回山阴后，住“千秋观”，建“一曲亭”自娱。史浩回乡，宋孝宗赐月湖竹洲一曲，诏令临安府以万金为其营建真隐观，孝宗御书“真隐”和太子(光宗)书“四明洞天”赐之。全祖望《竹洲三先生书院记》说：“史忠定王归老，御赐竹洲一曲，寿皇为书‘四明洞天’之阙以题之，即所称真隐观者也。”又《真隐观洞天古迹记》云：“忠定尝登四明山，入雪窦，出杖锡，求所谓‘洞天’故址不可得。至是，因光宗之书，累石为山，引泉为池，取皮、陆《四明九咏》，仿佛其亭榭、动植之形容而肖之，于是观中遂有四明诸胜。”史浩有《喜迁莺·四明洞天》词自云“皇家新赐，西湖一曲”，与贺知章等荣；又有《宴明守高大卿致语口号》诗道：“东风昨夜到林塘，千骑初临绿野堂。”自将四明洞天比作绿野堂，都流露出自得之意。史浩在此与乡老、诗友觞咏唱酬，怡乐晚年。本来，月湖早有传说为贺知章的读书处，在史浩致仕前39年，即绍兴十四年(1144)，郡守莫将就在柳汀建成“逸老堂”，祀贺知章和李白。史浩在“鉴湖”(月湖别称)与“贺知章”为邻，遂其所愿。无怪乎后人将“烟波狂客墅，衮绣相公堂”(缪荃孙《月湖》)并称焉。至于为何也祀李白？原来以“逸老”一词称呼贺知章，出自李白《金陵与诸贤送权十一序》“四明逸老贺知章呼余为谪仙人”之语。事因是，天宝元年(742)，李白初入长安，二人相遇，贺知章读其所作《蜀道难》《乌栖曲》，惊叹其为“天上谪仙人”，因解金龟换酒为乐。至天宝三载贺知章荣归时，李白作《送贺宾客归越》诗。贺知章回乡，未几而卒。天宝六载，李白至会稽贺知章故宅凭吊，无限感慨地说“敕赐镜湖水，为君台沼荣。人亡余故宅，空有荷花生。念此杳如梦，凄然伤我情”（《对酒忆贺监》），二人交谊，深厚如此！月湖有了逸老堂，凭借“四明狂客”与“谪仙”因诗歌而成知音的佳话，感召了后世众多诗人至此膜拜、流连、吟哦。如张斯安《谒贺秘监祠》便感慨云：“世上岂真无国士，人间谁解换金龟？”“狂客”“诗仙”都被请进了月湖，这是了不得的事情！月湖诗意，能不氤氲乎？

月湖望族、世家文脉传承，多有藏书。清人卢镐诗指出，“其时史袁楼郑丰，朱门正当声赫奕。接栋连甍覆卿云，十洲楼阁横东壁”（《薪斋闻里中陶生奕三得云在楼遗书，喜而作诗……》）。东壁，星宿名。《晋书·天文志上》：“东壁二星，主文章，天下图书之秘府也。”月湖人家藏书成为风尚，形成藏书文化，一是体现在月湖历代有一批著名藏书家和藏书楼，举要如，南宋，有楼钥的“东楼”，史守之的“碧沚”，并称“南楼北史”；赵彦逾在烟屿的藏书阁，楼钥诗《赵资政建三层楼中层藏书》咏之，羡慕说“插架三万牙签重，此身愿为书蠹虫”；王应麟的汲古堂。元代，有袁桷在日湖的“清容居”，藏书之富，甲于浙东。明代，有丰坊在碧沚的“万卷楼”；范钦的“天一阁”，聚书达七万余卷，藏书为浙东第一；陆宝的“南轩”；陈朝辅的“云在楼”；全天叙在竹洲的“平淡斋”。清代，有陆宇爗的“观日堂”；全祖望的“双韭山房”；徐时栋的“烟雨楼”，等等。二是体现在藏书的收集、积累有方，保存、流传有法，应用（读书、用书、传播）有丰功。藏书不易，千年月湖环陈众多藏书楼，藏书的数量惊人，而其背后实有若干鲜为人知的艰辛故事。藏书的价值，经世致用，小至益于个人、家族，大到贡献于国家、民族。月湖诗歌中，自然就有一部分作品咏及藏书情况，尤其是关于天一阁的诗歌，多有其藏书史料的价值。诗称“书城西湖阴，乔木含苍烟”（黄定衡《观天一阁新编碑目》）、“范氏传名阁，书城足巨观”（忻自淑《天一阁》），今人将其“书城”的词义和指向延伸，宁波便得“书城”之誉，而名闻天下。则“书城”之名，其来有自，以天一阁为代表的月湖藏书楼，功莫大焉。

诗书传家，滋养、成就衣冠之族。月湖衣冠之族既多，则诗人层出不穷。同时，月湖的自然和人文环境，也孕育出了一些平民诗人。明人汪坦《南禺丰公西湖小集奉酬》说：“自有湖山多胜宴，幸闻诗乐信无前。”月湖的场景，给诗人们提供了觞咏、唱酬、结社的优良条件，除了湖内诗人，还吸引远近诗友前来加入，形成月湖浓郁的诗歌社集文化。全祖望《句余土音序》追溯本乡诗社之可考者，从北宋元祐、绍圣间的丰稷、周锷、舒亶、陈瓘等人的唱酬算起。他们虽无结社之名，而有社集之实。其活动多在月湖，如与刘珵的咏十洲诗唱和，舒亶、陈瓘之作流传至今。此后，月湖的诗社渐多。举要如，南宋有汪大猷主盟，楼少潜、楼钥等参与的真率会；吴潜等同府官员在月湖的唱和会。明代有张时彻、范钦、屠大山主盟的社会；全天叙、周应宾等参与的林泉雅会；徐时进等人成立的湖曲社；张邦侗等人组织的十洲社；杨德周、陆宝、陈朝辅等人的诗社。明末和清代，有陆宇燝、毛聚奎等人组织的西湖八子社；陆宇燝等人组织的不波航诗社；董剑锷、陆宇燝、余淼等人组织的西湖七子社；全美闲、陆宇燝等人组织的弃繻社，高宇泰、李邺嗣等人组织的南湖九子社；林时对、董剑锷等人组织的南湖五子社；李邺嗣等人组织的鉴湖诗社；张瑶芝等人组织的南湖秋水社；全吾骐等人组织的思旧馆诗社；陈自舜等人组织的澹园社；叶元堦、孙家谷、姚燮、厉志等人组织的枕湖吟社；陈权等人组织的畅兰社……宋明时期，诗社的唱和，其题材内容多关涉月湖景物；清初的若干遗民诗社唱和，因特殊的时代背景，题材内容、主题多关家国兴亡，而不一定与月湖关联。但是，诗社立足月湖，其唱和场景也是月湖的一道风景。

月湖的节日、民俗文化，见于诗歌者，有元夕游湖观灯、上巳春禊、中秋赏月、重阳游酌，以及竞渡、赛神等，不一一赘述。

三

月湖作为湖泊，其景物之美，水是居于首位的。水及因水而存在的湖上风物、情景，极受诗人青睐，诗人将之提炼为诗歌的意象、题材，引人入胜。

水，是湖泊的生命。引水工程的开辟，使月湖千年长有来自四明山的优质的活水源。其河渠贯达，且通舟楫，方便往来。《宝庆四明志》卷四载："日、月二湖皆源于四明山，一自它山堰经仲夏堰入于南门，一自大雷经广德湖入于西门，潴为二湖，在城西南隅……湖之支派缭绕城市，往往家映修渠，人酌清泚。"月湖内外的水环境，由此可知其大概。其水源二脉，一是来自它山堰，经南塘河入；一是来自大雷武陵、桃源等溪，经中塘、西塘河网入。吴潜在月湖设水则，就曾考察桃源，"桃源探本量鉴曲，独揣水面无不平"（张大鼎《水则》）。"桃源"之水，本身即具诗意，如林时对《望郡城十忆》云："锦縠桃源汇月湖，城中佳丽俨仙都。"施英蕖《月湖棹歌》道："一泓秋浦城西汇，流出桃源湛湛明。"

湖水，有时波平浪静，一泓澄碧；有时微风细送，湖光潋滟；有时烟笼雾罩，空蒙无际……皆具审美性，时见于月湖诗歌中。又常有诗人幽对，触发沧浪情怀，悠然自得，如“杖藜尽日沧浪兴，时有幽人岸白纶”（舒亶《和新开西湖十洲作》）；“主人把钓坐白石，孺子隔竹歌沧浪”（吴志淳《柳南渔隐》）；“不知人间世，因唱沧浪曲”（丰坊《小中元日夜泛月湖作》）；“坐听沧浪曲，起视明月光”（张时彻《月湖精舍燕集得凉字》）；“一尊占尽沧浪趣，小醉还应理钓纶”（洪晖堂《月湖十洲用舒学士原韵》）。陈仅说“敝庐月湖东，清绝山水窟”（《夜梦与家兄诸侄泛舟月湖，甚适，觉后成此》），居于月湖，满满的美意，能无诗乎？

水、月搭配之美，为天下至境！天下之大，何处无月？而要说名实相符的水、月组合，独数“月湖”。且月湖“十洲”又有月岛。“月是月湖好”（魏耕《月湖泛舟邀顾樵》），此诗人所公认。“城市山林何处好？月湖湖上月光多”“他时乘兴来相访，准拟扁舟载月还”（袁钧《月湖泛舟图二首》），诗人于月湖之月情有独钟。在月湖千年诗歌中，“月”意象之诗，泛月、玩月之诗，比比皆是。如管槚《日月湖》说：“愿湖日日晴，看月长无阙。”人生的愿望，竟在身处月湖而日日有月可看，长看不厌。又如范麟《月湖泛月得水字》云：“扁舟泛月湖，湖月净于洗。波漾月光寒，人在冰壶里。”人处水月空明之境中，表里俱澄澈了。又如毛德遴《月夜泛湖次韵》道：“众乐亭前舫，良宵兴独标。澄湖空似鉴，明月正临桥。影落虾须卷，风回鹢尾摇。悠然罨画里，清夜静烦嚣。”如此水月清莹之夜，静涤烦嚣。在月湖的水月光景中的人事活动，亦升化为清纯的诗境，如沈延嗣《月下观渔人举网》所描写：“月色看不足，每来湖上行。湖中涵月影，皎然两月明。瞪目几忘湖是水，瞥若天深千丈窈。晶莹白云片片飞，水底倒落一天星。汉横此景何人管，领得渔翁夜夜澄潭侧。月出冲烟荡桨来，月斜傍岸收缗息。我羡渔翁意在鱼，得鱼不问月何如。悠然月在鱼竿上，网出金波白玉蜍。举网蒙蒙烟雨溅，寒光润滃皴萦面。搅动玉壶万斛冰，流珠喷碧光如霰。初疑网向月中投，又疑月向网中收。网不得鱼还得月，但见渔人与月共悠悠。”

水、月、桥，三形象组合，天工人巧，是江南水乡审美的绝配。月湖适有桥名曰“水月桥”，此非偶然，其建造与命名者，诗心匠意寓焉。其美景美意，会心者自能得之。如舒亶《题水月桥》云：“长空莹如磨，平湖净无滓。万里夜寥寥，清光堕寒水。松风吹更圆，沙鸟睡不起。徒劳野猿捕，谩作玄珠比。相对倚朱栏，时有逍遥子。”前已述及月湖之桥不止一座，每一桥都必与水、月相附丽。沈一贯便称“湖含七桥月”（《月湖秋泛》）。

月湖的水生植物丰富，举凡江南水乡所常见的莲、蘋、菱、蓼、藻、荇、蒲、芦、荻、萍等皆有之，它们彰显着月湖的优良生态，也供诗人采为意象，熔铸月湖的诗境。如“四面拥荷花，花气摇红云”（郑獬《寄题明州太守钱君倚众乐亭》），“舟从菡萏林中过，人在鲸鲵背上行”（周锷《西湖三首》），“蘋白蕖红分外闲，幽人近住水西湾”（袁钧《月湖泛舟图二首》），“八月菱先熟，中秋雁未鸣”（李生寅《题四明驿》），“波影绿于洗，蓼花红欲秋”（刘凤章《泛月湖》），“深坞长幽篁，照水横藻荇”（邓廷桢《月湖十景》），“棹歌弄桨傍汀洲，荷芰风连翠荇稠”（陆箴《采莲歌》），“风起沙惊凫鹈乱，雨来声满荻蒲丛”（陆铨《月湖行》），“隔岸渔榔歌又发，芦花深处起炊烟”（谢景昌《鉴湖》），“天流岩桂影，露引渚萍香”（范钦《初秋湖上十首》），等等。采莲、采菱，是具有诗情画意的劳作场景；采莲歌、采菱歌，使月湖洋溢着生活的气息，而又宛若天籁。“采莲女儿荡桨去，沙白水清空月明”（张立中《细湖竹枝词》），“怪底宵阑犹不寐，清歌时有采菱船”(范钦《初秋湖阁》)。除了水生植物，月湖栖息的水鸟，如鸥、鹭、凫、雁、鸳鸯、鸂鶒等，也成诗人采撷的意象，如“著漠寒芦不见花，暗藏鸥鹭啄晴沙”（舒亶《烟屿》），“隔岸荷花新雨后，白鸥点破镜中天”（龙云从《月湖四时词》），“蓼汀栖雁忽惊起，一曲渔歌月满舟”（龙云从《月湖四时词》），“风起沙惊凫鹈乱，雨来声满荻蒲丛”（陆铨《月湖行》）等。

郭熙《林泉高致·山水训》有言：“水……以渔钓为精神。故水……得渔钓而旷落。”月湖天然多鱼虾，故而月湖诗词的“渔”意象十分丰富，如渔人(渔父、渔叟、渔翁、渔郎、渔妇、渔娃)、渔家、渔舟、渔棹、钓槎、渔罾、渔蓑、渔灯、投竿、垂纶、鸣榔、鼓枻、击榜、举网、渔歌、渔唱、欸乃……这些“渔”意象与月湖的自然和人文意象组合，常构成渔事、渔趣场景，成为月湖的一类诗境。湖上渔人，有赋闲致仕者，有文士隐逸者，沈明臣《重湖春色》有言：“坐弄丝纶者，宁非钓渭才?”智者乐水，他们把月湖作了“濠濮”之乡，“盟鸥”之地。当然，更多的渔人是谋生的平民。但是在诗人的笔下，平民谋生的目的被淡化，被更多地赋予了闲适情趣，确切地说，它是满足了诗人的诗意追求。就连渔事活动所发出的音响，亦能凸显水境的清空，为诗人所喜爱，如“更爱小桥杨柳外，石栏闲倚听渔歌”(乌斯道《涵虚馆访章复彦不值》)，“渔郎亦何意，欸乃下中流”（范钦《过碧沚》），“入夜来渔唱，犹堪作卧游”（范钦《湖阁》），“水漫湖西洲岛没，踏歌人听打鱼船”(黄宗明《甬上歌》)。由于受传统渔隐文化的影响，这类诗境往往带着隐逸的氛围，具有清远高逸的格调。

四

月湖风物可人，千年游赏无已。诗人载纪，其景其情，历历在目。

《宝庆四明志》卷四云："（月湖）四时之景不同，而士女游赏特盛于春夏，飞盖成阴，画船漾影，殆无虚日。"这是南宋时的景象。月湖园林之美，除了前文已述之外，四时景物鲜明，千姿百态。春季之景，如"东风三月桃花水，清阴百丈杨柳堤"（陆铨《月湖行》）；夏季之景，如"千章夏木绕，一镜水云长"（范钦《碧沚园屠、张二司马燕集，用韵三首》）；秋季之景，如"秋到万家黄叶乱，玉箫人倚月明楼"（黄宗明《甬上歌》）；冬季之景，如"六出花飞孰剪裁，天成银阙与瑶台"（陈劢《雪汀》）。就拿月湖十洲来看，其中六洲带有鲜明的季节景象，花屿、芳草洲、柳汀，宜观春景；芙蓉洲，宜观夏景、秋景；菊花洲，宜观秋景；雪汀，宜观冬景。

月湖景物，也受各种气象的皴染，淡妆浓抹总相宜。宜雨宜晴，"最是湖光雨后夸，沿堤一带绿阴斜"（叶焕《雨后月湖晚步有感》）；"雨过池塘水长芽，放开晴日正宜花"（吴潜《浣溪沙》）；"踏遍西湖雨，春泥满屐香"（陈权《雨后湖上作》）；"月湖宜月亦宜雨，两美难教一时聚。阴阳阖辟不可测，天遣诗人出奇语"（陈仅《心水邀同人夜泛月湖》）。宜雪宜霜，"平湖雪压小桥低，万里乾坤眼欲迷。谁泛扁舟深夜过，却疑人在剡溪西"（元龙云从《月湖四时词》）；"青松漏华月，碧草冒繁霜"（张时彻《月湖精舍燕集得凉字》）。宜雾宜烟，"白雾空蒙绿雨纷，画船笼彩总细缊。榜人不辨东西路，游子呼舠何处闻"（马斯臧《题月湖八首》）；"平湖渺渺烟波，是中只许神仙住"（史浩《水龙吟》）。

月湖之游，无所不宜。宜昼游，宜夜游。宜登临楼台亭阁，近观远眺；宜车马宜漫步，绕岸跨桥。宜泛水而游。

单就泛水而言，放眼月湖诗歌中的游船意象，便有扁舟、独橹舟、木兰舟、沙棠舟、浮槎、彩舫、青帘舫、青雀舫、金版舫、画鹢、画船、楼船、橛头船、小艇、瓜皮艇、轻舠、彩舰等等。无论是华丽大舫，还是一叶小舟，游者都能自得乐趣。月湖泛水，亦无时不宜。宜春泛："东风骤起青蘋末，一夜潜消四明雪。微波送入贺家湖，不数春江有花月。"（倪象占《月湖春泛歌》）宜夏泛："丝弱风牵芰，珠圆露滴荷。忘机还拍手，惊起水禽多。"（倪象占《六月七日月湖晓泛次定斋韵》）宜秋泛："雨中台榭更参差，两岸霜林欲醉时。欸乃一声芦荻里，渔翁戴笠漫垂丝。"（谢绪彦《月湖秋泛》）宜冬泛："岛屿汀洲断复连，憧憧桥划水中天。此时世界银装出，玉戏安排画桨前。"（全国华《雪夜泛月湖》）

月湖无不可看，月湖环境中的各色人物活动，皆成风景。楼钥《湖亭观竞渡》诗说："闰月风光三月景，二分烟水八分人。"月湖各色人物及其活动，有画毂花骢，锦袍纱帽；珠帘翠帷，香风罗绮；歌杂笙簧，酒泛清尊；有"逍遥青雀舫，傲岸白纶巾"（范钦《初秋湖上十首》）；"杯行天上酒，人坐镜中波"（屠大山《中秋东明招游月湖》）；"轻篷细桨荡中流，翠钿宝髻娇双颊。清歌一曲白云飞，朱颜百媚红蕖落"（陆铨《月湖行》）；"夹岸游人环似堵，联舟倩女艳于花"（林时对《望郡城十忆》）。游人可看，看人游者，亦可看，"湖前湖后何缤纷，桥上人看湖上人"（陆铨《月湖行》）。

月湖人物活动，包括诗人自身的活动，都成为月湖诗词的重要题材，留给读者极深的印象：在月湖这个城市湖泊园林场景中，展示出各种人物的社会生活和风俗画面。全部的月湖诗歌，是一幅长达千年的长卷；而随意截取一段，皆精细可观。如："孤舟泛湖水，月色如寒玉。白云忽满衣，清风时濯足。不知人间世，因唱沧浪曲。归卧读书窗，蟪蛄啼草绿。"（丰坊《小中元日夜泛月湖作》）这是明代月湖文人丰坊的一个生活画面。丰坊家住月湖碧沚，在某年小中元夜，他孤舟泛水，月色清莹得如寒玉一般，湖水空明，白云倒影，小舟好似从云中穿行，使他立即产生白云满衣的奇妙感觉；而清风时来，好似替他洗濯从红尘走过的足履。此时此刻，他完全忘记了人世的存在，遗世独立，情不自禁地唱了起沧浪之歌。不知过了多久，才回到家中，睡在临湖的书斋，听着窗下绿草丛中啼叫的知了声，渐渐入眠。多么幽独的人、幽独的生活趣味！其实丰坊曾经历了许多不堪回首的尘世往事，而月湖是他的物质和精神的家园，他对月湖感情深厚，故其月夜泛湖的审美境界提炼得很高，超凡脱俗，语言极是清新可喜，情趣闲雅。这首诗，被收入《御选明诗》，竟然连享尽繁华的帝王也喜爱呢。

又如："湖水湖船两相因，陆郎古调唱湖滨。歌成一曲白云落，桥上人看湖上人。"（徐时栋《柳汀雅集·赋月湖欸乃曲》）这是月湖诗人雅集的一个画面。雅集活动在船上进行。"因"，亲，亲近。"古调"，即题目所称的欸乃曲。它本是划船之人唱的具有水云之乡风味的曲调，唐代诗人元结曾采风制作"欸乃曲"（宋郭茂倩《乐府诗集》收入唐乐府近代曲），后来又逸为渔歌。到柳宗元时写渔翁，已有"欸乃一声山水绿"句，为之喝彩，真是天籁，是山水清音。明人汪琬《泊石湖有怀》说"遥闻欸乃曲，知是渔人唱"，可知其流行久远。而各地渔歌欸乃曲，有各地的风味，唐人郑谷《江行》诗说："殷勤听渔唱，渐渐入吴音。"徐时栋此诗既称"月湖欸乃曲”，则是宁波口音唱的了。诗社中人“陆郎”善歌欸乃曲，所谓“白云落”，是说陆郎歌声“响遏行云”，白云停留在湖中，不肯走了。歌声也把岸上的人吸引了，“桥上人看湖上人”。诗人雅集与市民看热闹的这一场面，有如月湖版“清明上河图”长卷中的一个片段！

还值得一说的是，月湖环境中的女性，进入诗人眼帘的，不在少数。女儿清纯，天生似水，如曹雪芹借贾宝玉之口所说，“女儿是水作的骨肉”。秀水、丽人，均造化钟灵，二美陈列，乃良辰美景赏心乐事。月湖诗歌中的女儿，她们或是月湖审美活动的主动参与者，或是月湖生活场景中的寻常人物，都成为月湖的审美对象，她们的存在，增添了月湖的绰约之美。

一是劳动女性，有采莲女，“采莲女儿荡桨去，沙白水清空月明”（张立中《细湖竹枝词》）；“荡桨中流月在衣，软香湿翠薄罗帏”（陆箴《采莲歌》）。有采菱女，“何处菱歌起，还应是女郎”（范钦《初秋湖上十首》）；“采菱歌女飘红袖”（张本《月湖春望》）。有浣纱女，“月湖湖水碧琉璃，多少人家湖水西。女伴朝朝湖水畔，三三五五湔晴漪”（梅调鼎《月湖》）。有渔妇渔娃，“秋来风味说针鱼，渔妇渔娃乐有余”（徐甲荣《月湖秋泛棹歌》）。针鱼，即银鱼，月湖特产，可以用细密的网、罾捕捞。渔娃指渔家女孩。月湖甚至有垂钓的女郎——女子垂钓，这无论在古代现实社会生活中，还是中国历代诗词中，都是绝少见到的，但月湖却有，“五月荷花红满湖，团团荷叶绿云扶。女郎把钓水边立，折得柳条穿白鱼”（迺贤《月湖竹枝四首题四明俞及之竹屿卷》）。此为俞及之画竹屿所见，迺贤作题画诗。该诗的场景铺陈、映衬，以及人物形象与行为描写等艺术性，都可圈可点，令人耳目一新。

二是夹岸人家楼阁女子，如“玉楼珠阁，冰帘卷起，无限红妆”（史浩《夜合花·洞天》）；“长桥垂柳度红妆，雾縠霞绡明月珰。半卷疏帘调锦瑟，暖风微送芰荷香”（张应文《烟波阁》）；“树色滋残雨，波光荡早晴。别怜楼上女，开镜倚窗明”（倪象占《六月七日月湖晓泛次定斋韵》）。

三是游女，如“甬川城内大湖清，片片芙蓉映水明。何处笙箫闻夜半，月明仙子泛沧瀛”(明马斯臧《题月湖八首》)；“春暖名园嫩绿齐，粉墙高隐水禽啼。叩舷日晚来游女，一色榴裙上大堤”（汪枢《月湖竹枝词十首》）；“四面碧琉璃，映带路几许。双桨木兰舟，载过踏青女”(谢辅诚《芳草洲》)；“九月龙灯社火红，镇明岭畔路斜通。夜阑儿女踏歌去，人影衣香半水中”（施英蕖《月湖棹歌》）；“女郎闲拾翠，笑语欲忘归”（洪晖堂《芳草洲》）；“月明如水恰元宵，少妇成群走七桥”（童苍怀《甬江竹枝词》）。

四是歌女，“湖干连日喜春晴，选胜家家荡桨行。上客醉余纷倚曲，佳人花底慢调筝”（汪枢《月湖竹枝词十首》）；“锦茵半骤挥弹儿，绣幄多围挟瑟女。城南女郎争玉貌，城南游侠俱年少。……当年敌手纵千金，满局缠头酬一笑。急吹曼拨俱未停，龙膏蜃蜡纷相耀”（李邺嗣《城南曲》）。

月湖诗歌中，也描写儿女风情，如“绿杨影里弄扁舟，无限春波绕画楼。但愿郎如湖上水，朝朝暮暮载侬游”；“湖畔烟浓夕照微，画船箫鼓几人归。相逢却掩轻罗扇，为有鸳鸯接翅飞”（叶炜《月湖泛春曲》）；“莫负此花开，相约到湖口。郎买银针鱼，妾买金波酒”（孙家谷《花屿》）；“十五渔娃鬓朵香，怕教荡桨打鸳鸯。怜他也学儿家样，双宿双飞情久长”（施英蕖《月湖棹歌》）。

诗人们描绘出月湖的一幅幅风俗画，还包含烟火气息，如“扫叶自烹江蟹，隔篱又卖湖虾”（丰坊《六言四首》）；“烟雨一天绿，春归第几桥。渔翁贯鱼卖，折尽最长条”（谢辅诚《月湖十洲·柳汀》）；“雨萦烟袅，堤上多芳草。风送酒香帘挂了，画髻垆头人小”（姚燮《清平乐·饮月湖王氏垆题笔》）。月湖诗歌中，特别是体裁为竹枝词、柳枝词、棹歌、欸乃曲一类的作品，较多地描绘出月湖的风土人情，展示了日常生活的画面。

五

由以上概述可知，月湖诗歌，上下贯穿一千年，包蕴着月湖自宋迄今作为城市湖泊园林的文化内涵。月湖的文化史，在这里展现为一部诗史。史志上缺少记载的，有相当一部分可以在诗歌中找到，可补史志之不足，且就趣味性而言，诗歌无疑更为耐看。千年月湖，是一个诗意的存在，而又真实不虚。

月湖诗歌的作者，采用格律诗、古体诗、词等形式来描绘所见所感，篇什至夥。虽然亡佚者多，但流传后世者亦不在少数，只是散存于各种文献典籍中，一般读者难以窥其大概。虽随时可在某本书里读到一篇或几篇月湖的诗词，但由于内容单薄，不足以形成月湖文化史的概念。如果有了一部纂辑而成的月湖诗词汇编，人们可以系统地看下来，便会觉得完整、清晰，这是纂辑工作的意义所在。近年，宁波市天一阁·月湖景区管理办公室启动“天一阁·月湖”文丛项目，由龚烈沸先生纂辑的首部专集《天一阁·月湖历代诗词汇编》，收录宋代至民国 322 位诗人的诗词 1256 首，该书已由宁波出版社 2020 年 4 月出版。

为了给广大读者提供“天一阁·月湖景区”历代诗歌的一个精选、注释的读本，我们在龚先生纂辑本的基础上，进一步扩大录诗和选诗的文献范围。今从历代别集、家集、选集和总集、方志、谱牒中，收诗、选诗。录诗方面，如果同一首诗有不同版本，而诗人有别集存世的，一定依从别集；别集不止一种版本的，依善本。没有别集的，依最早记录的文献。本书既为选诗，不是见者必录，因此在选诗方面，标准是：①艺术上全篇浑融，堪称佳作者；或有佳句者。②所描绘的景物具有代表性，体现了月湖之美。③反映、载纪了月湖的历史文化，具有一定的史料价值。④再现了人们在月湖的生活或游乐等场景。符合以上其一者，即选入。于是共精选出宋代至民国 219 位诗人的诗歌 940 首。注释方面，尽量从广大读者角度出发，对以下四种情况进行注解：①有一定难度的字词；②典故；③人物名及相关事物；④景物名和地名。这些精选的诗歌，是"天一阁·月湖景区"旅游文化资源的精华，可供管理者、研究人员、旅游从业者、游客、广大市民和诗歌爱好者阅读。

月湖成就了诗歌，诗歌重塑了月湖。从地理上说，月湖是宁波人的月湖，沈明臣称赞"日月湖连十万家"(《登郡城杂诗四首》)，月湖曾造福"十万"人家，带给人们生活和精神的享乐。从文化上说，月湖也是世界的月湖，"天一阁·月湖景区"为国家 5A 级旅游景区，得到了完善的保护和开发，谁都可来此观光审美和文化涵泳。纵然身不能往，读诗卧游，也不失为一大乐事。

李亮伟　张如安

二〇二三年七月

目 录

◉ 宋朝

郑　獬

陈汝羲

陈舜俞

胡宗愈

刘　珵

王　亘

舒　亶

楼 钥

史弥宁

赵以夫

吴 潜

◉ 元朝

戴表元

袁 桷

袁士元

刘仁本

成　矩

屠　滽

黄宗明

张邦奇

陆　铨

丰　坊

张时彻

屠大山

范 钦

沈明臣

吴　镄

汪　坦

陆宇熼

李文靖

◉ 清朝

张瑶芝

胡文学

宗　谊

沈延嗣

李邺嗣

林时对

范兆芝

童　槐

邓廷桢

郑　倬

黄定齐

王德沛

忻　恕

王宗耀

历　志

冯登府

范上第

周良劭

周世绪

陈　仪

蒋世鼎

赵九杠

陈　权

顾　逸

忻文郁

施英藻

徐汝谐

徐元第

徐时楷

叶元堦

朱亢宗

佘　梅

阮 训

姚 燮

陈 劢

叶元尧

徐时梁

洪晖堂

童　华

张斯安

戈鲲化

姚景夔

梅调鼎

孙德祖

杨　镇

宋声霦

林秉镐

徐甲荣

叶昌炽

释敬安

张世荣

袁久垲

易顺鼎

全国华

徐惇然

张　琴

◉ 宋朝

钱公辅

钱公辅(1021—1072),字君倚,常州武进(今属江苏常州)人。皇祐元年(1049)进士。通判越州。嘉祐(1056—1063)中,知明州。后历官至知制诰、知谏院等。能诗文,然无文集传世,今《全宋诗》收录诗歌8首,《全宋文》收录文章1卷。生平事迹见《宋史》本传。

众乐亭诗二首[①]并序

众乐亭居南湖之中[②],南湖又居城之中,望之真方丈、瀛洲焉[③]。以其近而易至,四时胜赏,得以与民共之。民之游者,环观无穷而终日不厌。孟子曰:独乐与众乐,孰乐?不若与众。[④]"众乐"之名,于是乎书。既又为诗,以记真景之万一云[⑤]。

一

谁把江湖付此翁[⑥],江湖更在广城中。
葺成世界三千景[⑦],占得鹏天九万风[⑧]。
宴豆四时喧画鼓[⑨],游人两岸跨长虹[⑩]。
它年若数东南胜,须作蓬丘第一宫[⑪]。

二

势压平湖四面佳,好风明月是生涯[⑫]。
鲸鲵背上浮三岛[⑬],菡萏香中放两衙[⑭]。
屏列已疑云母净[⑮],帘垂不待水精奢[⑯]。

此心会笑元丞相[17]，终日楼台为一家。

——选自乾道《四明图经》卷八

【注释】

① 众乐亭：亭名。钱公辅知明州期间，有善政，岁和谷穰，官民欢豫。于是公辅筑亭于月湖中，与民同乐，取《孟子·梁惠王》中的句义，以“众乐”名之。公辅作《众乐亭诗二首》，一时名贤如司马光、王安石、邵必、吴中复、陈汝义、张伯玉、陈舜俞、章望之、胡宗愈等唱和、题咏。公辅请友人邵亢作有《众乐亭记》，今亦存之，见乾道《四明图经》卷九。

② 南湖：初为日湖和月湖之总称。《四明谈助》云：“城中双湖，其始但称南湖。”双湖即指日月二湖，宝庆《四明志》：“日月二湖皆源于四明山，潴城西南隅。南曰日湖，西曰月湖。”北宋时舒亶《西湖记》已指出：“湖在州城之西南隅，南隅废久矣，独西隅存焉，今西湖是也。”文中记钱公辅建亭、刘珵筑十洲等。而钱公辅诗序称南湖，刘珵诗称西湖，名称相异，实同指西湖。后人方将南湖指称日湖，西湖指称月湖。明人管槚《日月湖》：“南湖日作湖，西湖湖作月。愿湖日日晴，看月长无阙。”清全祖望《桃花堤记》也说：“鄞城西南有双湖，迤逦争胜。西湖即所称月湖，南湖即所称日湖。”

③ 方丈、瀛洲：神话传说中的两座海上仙山之名。

④ “孟子曰”四句：《孟子·梁惠王下》原文：“（孟子）曰：‘独乐乐，与人乐乐，孰乐？’（齐王）曰：‘不若与人。’（孟子）曰：‘与少乐乐，与众乐乐，孰乐？’（齐王）曰：‘不若与众。’”

⑤ 万一：万分之一。表示极少的一部分。

⑥ 此翁：诗人自指。

⑦ 世界三千景：化用佛教“三千大千世界”语。唐王缙《游悟真寺》：“山河穷百二，世界满三千。”

⑧ 鹏天九万风：化用庄子《逍遥游》：“鹏之徙于南溟也，水击三千里，抟扶摇而上者九万里。”

⑨ 宴豆：宴饮时盛食品的器具。此指宴会。

⑩ 长虹：彩虹，此喻长拱桥。众乐亭在湖中，东西有桥连接，以通

往来。

⑪ 蓬丘：即蓬莱山。《海内十洲记·聚窟洲》："蓬丘，蓬莱山是也。"

⑫ 生涯：生活。

⑬ 鲸鲵：即鲸。雄曰鲸，雌曰鲵。三岛：道教传说中海上的三座仙山，为蓬莱、方丈、瀛洲。

⑭ 菡萏：荷花的别称。放两衙：古代属吏参谒主司听候差遣谓之衙参，退衙谓之"放衙"。因早、晚各一次，故谓"放两衙"。

⑮ 云母：矿石名，可制作屏风。

⑯ 水精：即水晶，可制作帘子。

⑰ 会笑：定笑。元丞相：指唐代元稹，元稹长庆二年拜相，未几，出为同州刺史。长庆三年，调任浙东观察使，兼越州刺史。作有《以州宅夸于乐天》诗："州城迴绕拂云堆，镜水稽山满眼来。四面常时对屏障，一家终日在楼台。"

吴中复

吴中复(1011—1079)，字仲庶，兴国军永兴(今湖北阳新县)人。宝元元年(1038)进士，知峨眉县。通判潭州，迁殿中侍御史。后在地方与朝中历职颇多，神宗熙宁三年(1070)知成都府。迁给事中，知永兴军。熙宁六年，知河阳。元丰元年(1078)十二月卒。生平事迹见《吴给事中复传》(《名臣碑传琬琰集》)、《宋史》本传。

众乐亭

一

贤侯新葺水云乡[①]，虚阁峥嵘绿渺茫[②]。

波面长桥步明月，人家疏树带残阳。
风中白鸟侵烟去[③]，雨后红蕖拥袖香[④]。
从此郡图添故事[⑤]，岁时遗爱似甘棠[⑥]。

二

烟波空阔岸低回，草绿花红处处堆。
一片湖光分岛溆[⑦]，四边山色入楼台。
从前未有吾民乐，此地欣逢刺史来[⑧]。
目断鄞江何日到[⑨]，京师只得画图开。

——选自乾道《四明图经》卷八

【注释】

① 贤侯：对有德位者的敬称，此指钱公辅。

② 虚阁：凌空之阁。绿渺茫：指碧绿浩渺的湖水。

③ 侵烟去：指飞入烟雾之中。

④ 红蕖：红荷花。

⑤ 郡图：郡舆地图，亦代指郡志，如后世乾道《四明图经》、延祐《四明志》等。

⑥ 岁时：一年四季。遗爱：留于后世而被人追怀的德行、恩惠、贡献等。甘棠：称颂循吏的美政和遗爱。典出《史记·燕召公世家》：“召公之治西方，甚得兆民和。召公巡行乡邑，有棠树，决狱政事其下，自侯伯至庶人各得其所，无失职者。召公卒，而民人思召公之政，怀棠树不敢伐，歌咏之，作《甘棠》之诗。”

⑦ 溆：水边。

⑧ 刺史：汉、唐时，州长官称刺史；宋称知州，刺史为其别称。此指钱公辅。

⑨ 鄞江：明州的一条河流，代指明州。

司马光

司马光(1019—1086),字君实,陕州夏县(今山西夏县)涑水乡人。景祐五年(1038)进士,历仕仁宗、英宗、神宗、哲宗四朝,卒赠太师、温国公,谥文正。司马光为北宋著名政治家、史学家,编修《资治通鉴》。著有《温国文正司马公文集》。生平事迹见苏轼《司马温公行状》、范镇《司马文正公光墓志铭》及《宋史》本传。

寄题钱君倚明州重修众乐亭

横桥通废岛,华宇出荒榛[①]。
风月逢知己,湖山得主人。
使君如独乐[②],众庶必深颦[③]。
何以知家给[④],笙歌满水滨。

——选自司马光《温国文正司马公文集》卷第十

【注释】

① 荒榛:杂乱丛生的草木。

② 使君:初为汉代对刺史的称呼,后以称州郡长官。

③ 众庶:百姓。颦:皱眉,忧愁。

④ 家给:指家家户户生活富足。

王安石

王安石(1021—1086),字介甫,抚州临川(今江西抚州)人。庆历二年(1042)进士,授签书淮南节度判官厅公事。庆历七年（1047）至皇祐二年（1050）知鄞县，劝农务业，兴修水利，发展教育，政绩显著［钱公辅于嘉祐六年（1061）在阿育王山广利寺为之立生祠］。鄞县职满后，在地方和朝中为官。神宗即位，召为翰林学士。熙宁二年(1069)，任参知政事。次年拜礼部侍郎、同中书门下平章事，主持变法。熙宁七年（1074）罢相，出知江宁府。明年复拜相，旋罢免，退居江宁。元丰三年（1080)，封荆国公。元祐元年（1086）卒，赠太傅。绍圣间（1094—1098）谥文公。王安石是北宋著名政治改革家、思想家、文学家。著述甚丰，有《临川先生文集》等传世。生平事迹见《王荆公安石传》(《名臣碑传琬琰集》)及《宋史》本传等。

明州钱君倚众乐亭

使君幕府开东部，名高海曲人知慕①。
舣船谈笑政即成②，洗涤山川作佳趣。
平泉浩荡银河注③，想见明星弄机杼④。
载沙筑成天上路，投虹为桥取孤屿。
扫除荆棘水中央，碧瓦朱甍随指顾⑤。
春风满城金版舫⑥，来看置酒新亭上。
百女吹笙彩凤悲⑦，一夫伐鼓灵鼍壮⑧。
安期羡门相与游⑨，方丈蓬莱不更求⑩。
酒酣忽跨鲸鱼去，陈迹空令此地留。

——选自王安石《临川文集》卷十一

【注释】

① 海曲：海隅。

② 舣船：把船停靠在岸边。

③ 平泉：平泉庄，唐李德裕兴建的园林。唐康骈《剧谈录·李相国宅》："（平泉庄）去洛阳三十里，卉木台榭，若造仙府。"宋张洎《贾氏谈录》："平泉庄台榭百余所，天下奇花异草，珍松怪石，靡不毕具。"

④ 明星：此指织女星。

⑤ 指顾：指点顾盼。

⑥ 金版舫：指并连在一起的华丽游船。

⑦ 彩凤：此指笙。因笙形像凤之身，漆绘彩色，故称。彩凤悲，指如泣如诉之笙曲。

⑧ 灵鼍：即鼍龙，一种与鳄鱼相似的动物。其皮可制鼓，因借指鼓。《史记·李斯列传》："建翠凤之旗，树灵鼍之鼓。"灵鼍壮，指鼓声雄壮。

⑨ 安期：即安期生，秦、汉间人。传说曾从河上丈人习黄老之说，卖药东海边。秦始皇东游，与语三日夜，赐金璧数千万，皆不受。后始皇遣使入海求之，未至蓬莱山，遇风波而返。后之方士、道教因谓其为居于海上之神仙。事见《史记·乐毅列传》、刘向《列仙传》等。羡门：即羡门子高，传说中的仙人。《史记·秦始皇本纪》："始皇之碣石，使燕人卢生求羡门、高誓。"裴骃《集解》引韦昭曰："古仙人。"

⑩ 方丈、蓬莱：传说中的两座海上神山。

观明州图

明州城郭画中传，尚记西亭一舣船。
投老心情非复昔[①]，当时山水故依然。

——选自王安石《临川文集》卷三十

【注释】

① 投老：告老。

县舍西亭二首[1]

一

山根移竹水边栽[2]，已见新篁破嫩苔。
可惜主人官便满，无因长向此徘徊。

二

主人将去菊初栽，落尽黄花去却回。
到得明年官又满，不知谁见此花开。

——选自王安石《临川文集》卷三十三

【注释】

① 县舍西亭：康熙《鄞县志》："庆历间，王荆公为鄞令，筑西亭于县治之后圃。"

② 山根：山脚。

鄞县西亭

收功无路去无田[1]，窃食穷城度两年[2]。
更作世间儿女态，乱栽花竹养风烟[3]。

——选自王安石《临川文集》卷三十四

【注释】

① 收功：取得功绩，立功。

② 窃食：窃取俸禄。此为自谦之词，谓任官而无作为。穷城：偏远之城。

③ “更作”二句：王安石志向远大，以栽花种竹为小儿女之事，故云。

邵 必

邵必（生卒年不详），字不疑，润州丹阳（今属江苏）人。仁宗景祐五年（1038）进士，为上元主簿，国子监直讲。后累迁至宝文阁直学士、权三司使，加龙图阁学士、知成都。卒于道。生平事迹见《宋史》本传。

众乐亭二首

一

海边民物鲜欢娱，太守经营与众俱。
园圃新阴多杞柳，池塘生意足鱼蒲①。
长空不碍高飞鹄，浅水兼容短胫凫。
此乐有谁知我趣，归来红旆日西晡②。

二

城外千帆海舶风，城中居市苦憧憧③。
几生佳景为民老，一日贤侯与我同。
道上槐阴连帟翠④，水边人面照花红。
寄言乐有时还尽，徒见甘棠忆召公⑤。

——选自乾道《四明图经》卷八

【注释】

① 生意：生机。

② 红旆：红色的旌旗。晡：傍晚。日西晡，指夕阳西下。

③ 憧憧：行人往来不绝，环境嘈杂。

④ 帟：帐幕。

⑤ 甘棠忆召公：见前吴中复《众乐亭》其一“岁时遗爱似甘棠”句注释。

郑　獬

郑獬（1022—1072），字毅夫，安州安陆（今湖北安陆）人。皇祐五年（1053）进士。通判陈州，入直集贤院，为度支判官，修起居注，知制诰。出知荆南，还判三班院。熙宁元年（1068）拜翰林学士。二年（1069）知杭州，徙青州。提举鸿庆宫。五年（1072）卒。善诗文，著有《郧溪集》等。生平事迹见秦熽《郧溪集序》及《宋史》本传。

寄题明州太守钱君倚众乐亭

使君何所乐，乐在南湖滨。
有亭若孤鲸，覆以青玉鳞[①]。
四面拥荷花，花气摇红云。
使君来游携芳樽，两边佳客坐翠裀[②]。
鄞江鲜鱼甲如银，玉盘千里紫丝莼。
金壶行酒双美人，小履轻裙不动尘。
壮年行乐须及辰[③]，高谈大笑留青春。
游人来看使君游，芙蓉为楫木兰舟。

横箫短笛悲晚景，画帘绣幕翻中流。
贪欢寻胜意不尽，相招却渡白蘋洲。
日落使君扶醉归，游人散后水烟霏。
紫鳞跳复戏，白鸟落还飞。
岂独乐斯民，鱼鸟亦忘机[④]。
使君今作螭头臣[⑤]，游人依旧岁时新。
空余华榜照湖水[⑥]，更作佳篇夸北人。

——选自郑獬《郧溪集》卷二十五

【注释】

① 青玉鳞：此形容琉璃瓦。

② 翠裀：形容绿草地。裀，垫子。

③ 及辰：及时。

④ 忘机：消除机巧之心。唐王勃《江曲孤凫赋》："尔乃忘机绝虑，怀声弄影。"

⑤ 螭头臣：即螭头官，唐代史官起居郎、起居舍人的别称，此以称钱公辅。钱公辅知明州后，同修起居注，嘉祐八年（1063）进知制诰（郑獬《荐钱公辅状》）。

⑥ 华榜：指"众乐亭"匾额。

陈汝羲

陈汝羲（生卒年不详），晋江（今福建泉州）人。皇祐五年（1053）进士，官职方员外郎。后历官集贤校理、京东转运使、刑部郎中、直史馆、知应天府等。

众乐亭二首

一

闻说湖亭又一新，不徒行乐乐斯民。
水光剩占鸥鹇地，人意常同桃李春。
试展画图清俗眼，况专闲席傲天真[①]。
使君已陟螭头贵[②]，应为烟云入梦频。

二

遥思湖上自由春，醉踏吟看属使君。
水底天光开静鉴，岸头花气迎红云。
岛浮虚槛桥桥接，风翼时钟寺寺闻[③]。
渍墨新名人会否[④]，不将民乐废民勤。

——选自乾道《四明图经》卷八

【注释】

① 专：独享。

② 陟：升迁。螭头贵：参见上篇“使君今作螭头臣”注释。

③ 翼：助。

④ 渍墨新名：指“众乐亭”匾额题字。

陈舜俞

陈舜俞（？—1076），字令举，乌程（今浙江湖州）人。庆历六年（1046）进士。嘉祐四年（1059）制科第一，授著作郎、签书忠正军节度判官公事。熙宁三年（1070）知山阴县，不奉行青苗法，责监南康军盐酒税。熙宁八年(1075)卒。师欧阳修，与司马光、苏轼等为友。参与《资治通鉴》编纂；诗文著述有《都官集》《治说》等。生平事迹见《宋史·张问传》附传。

众乐亭

湖光野色著人衣，众乐亭开此处宜。
击棹高歌山自响，踏青红影岸相随。
消除矰缴容鸥鸟①，改换风烟入柳丝。
荇菜藕花应见忆，短篷孤榜独来时。

——选自乾道《四明图经》卷八

【注释】

① 矰缴：系有丝绳、弋射飞鸟的短箭，可收回再次利用。

胡宗愈

胡宗愈(1029—1094)，字完夫，晋陵(今江苏常州)人。嘉祐四年(1059)进士。神宗时累迁至同知谏院。后屡有起落，官终吏部尚书。今存诗5首，《全宋诗》收入。生平事迹见《东都事略》、《宋史》本传。

众乐亭二首

一

平湖拍岸海潮通，亭在平湖杳霭中。
花艳含春云岛晚，波光照夜玉壶空[1]。
动摇人影两桥月，洗涤尘襟四面风。
野老半酣亭下笑，渔樵今日与民同。

二

平芜十顷绿含烟，胜事兴衰已百年。
岛榭谩随民意乐[2]，溪山应喜主人贤。
点妆野趣滩边鹭，仿佛妖容水上莲。
日月流风转谣俗，棹歌长在钓鱼船。

——选自乾道《四明图经》卷八

【注释】

① 玉壶：比喻澄明的空间环境。

② 谩：通“漫”，随意。

刘　珵

刘珵（生卒年不详），字纯父，宣城人。熙宁五年（1072）以殿中丞知滑州。元祐三年（1088）移知苏州。六年（1091），除成都府路转运使，改知邠州。八年（1093），知明州。筑西湖十洲，舒亶《西湖记》载：“元祐癸酉（1093），刘侯纯父来守是邦，适岁小旱，乃一切禁止而疏浚之，增卑培薄，环植松柳，复因其积土，广为十洲……盖四时之景物具焉，湖遂大治。”刘珵遂作《咏西湖十洲》诗，又得王亘、舒亶、陈瓘唱和，十洲之美，由是声名大著。刘珵善诗文，著有《宣城集》三卷，久佚。

咏西湖十洲

花屿[①]

浅深艳冶一枝枝[②]，带露临风不自持[③]。
水上红云真缥渺[④]，多才却忆退之诗[⑤]。

芳草洲[⑥]

春水池塘空苒苒[⑦]，长安古道倍依依[⑧]。
争如绿向芳洲遍[⑨]，不怨王孙去未归[⑩]。

柳汀[⑪]

江渡随堤千万缕[⑫]，年年折尽最长条。
谁知烟雨汀洲晚，闲舞东风拂画桥。

竹屿[⑬]

翠云摇曳波心起[⑭]，清影扶疏月际来[⑮]。
结实终期丹凤至[⑯]，虚心聊映小桃开[⑰]。

烟屿[18]

闲伴晚云笼浅濑,半和秋雨幂寒沙[19]。
溶溶泄泄拖轻素[20],遮尽渔蓑与钓槎。

芙蓉洲[21]

翠幄临流结绛囊[22],多情长伴菊花芳。
谁怜冷落清秋后,能抱柔姿独拒霜。

菊花洲[23]

金蕊含香冒雨开,清无俗格绝尘埃。
休嗟不及东篱下[24],也有幽人载酒来。

月岛[25]

众乐亭前月满洲,雨余风静正中秋。
桂华冷射千寻碧[26],十顷湖光烂不收[27]。

雪汀[28]

六出花轻巧剪裁[29],瑶林玉砌映高台。
冰澌四面寒光合[30],疑有飞仙月下来。

松岛[31]

耻随杨柳娇春色,厌近芙蕖透暗香。
直干凌霜终偃蹇[32],愿为一柱壮明堂[33]。

——选自乾道《四明图经》卷八

【注释】

① 花屿：北宋刘珵筑“西湖十洲”，后世因名称、归属、用途、范围等变迁，其址有所不详，清全祖望做了考证，花屿为“中央四址”之一，即寿圣院址。

② 浅深：指花的颜色有浅有深，此言各种花色。艳冶：指花之美丽鲜明。五代齐己《酬元员外见寄八韵》：“艳冶丛翻蝶。”

③ 不自持：此言花不能撑持其露之重、风之力。写花之娇嫩、娇羞态，令人无限爱怜。

④ 红云：形容花屿之花如云锦。

⑤ 多才：此语不是诗人自称，是称赞韩愈。全句因顾及平仄，为“却忆多才退之诗”的倒装。忆：想起。退之：韩愈，字退之。“退之诗”，指韩愈将花比作“红云”的诗，即《酬卢给事曲江荷花行》：“曲江千顷秋波净，平铺红云盖明镜。”

⑥ 芳草洲：为“中央四址”之一，即后世之碧沚。芳草，特指春草。

⑦ 春水池塘：化用谢灵运《登池上楼》：“池塘生春草。”苒苒：指草初生时的柔弱貌。

⑧ “长安古道”句：化用李白《灞陵行送别》：“送君灞陵亭，灞水流浩浩。上有无花之古树，下有伤心之春草。我向秦人问路歧，云是王粲南登之古道。古道连绵走西京，紫阙落日浮云生。正当今夕断肠处，骊歌愁绝不忍听。”亭、春草、古道，均送别诗词的经典意象。依依：依恋不舍貌。

⑨ 争如：怎么比得上。

⑩ “不怨王孙”句：化用淮南小山《招隐士》：“王孙游兮不归，春草生兮萋萋。”

⑪ 柳汀：为“中央四址”之一，即逸老堂址。

⑫ 江渡：江边渡口。千万缕：指杨柳。渡口通常为水边送别之处，古人特于渡头堤岸植柳，便于折柳相送。参见王维《送沈子福之江东》：“杨柳渡头行客稀，罟师荡桨向临圻。唯有相思似春色，江南江北送君归。”

⑬ 竹屿：在湖东岸，西面对松岛。

⑭ 翠云：形容翠竹。

⑮ 扶疏：枝叶繁茂分披貌。

⑯ “结实”句：化用《庄子·秋水》：“夫鹓雏，发于南海而飞于北海，非梧桐不止，非练实不食，非醴泉不饮。”成玄英疏：“练实，竹实也。”鹓雏，凤凰一类的鸟。

⑰ 虚心：竹中空，故称。

⑱ 烟屿：在湖西岸，雪汀之北。

⑲ 幂：罩。

⑳ 溶溶泄泄：同“溶溶曳曳”，晃漾貌。唐罗隐《浮云》：“溶溶曳曳自舒张，不向苍梧即帝乡。”轻素：轻而薄的白色丝织品。

㉑ 芙蓉洲：在湖西岸，雪汀之南。

㉒ 翠幄：翠色的帐幔，此处形容芙蓉的茂叶。绛囊：红色口袋，此处喻芙蓉花苞。

㉓ 菊花洲：在湖东岸，月岛之南。

㉔ 东篱下：陶渊明《饮酒》其五：“采菊东篱下，悠然见南山。”

㉕ 月岛：在湖东岸，竹屿之南。

㉖ 桂华：指月。唐韩愈《明水赋》：“桂华吐耀，兔影成精。”

㉗ 烂：明亮。

㉘ 雪汀：在湖西岸，烟屿之南。

㉙ 六出：雪花的别称。花分瓣叫出，雪花六角，故名。

㉚ 冰澌：冰棱。

㉛ 松岛：为“中央四址”之一，即真隐观址，后名竹洲。

㉜ 偃蹇：安卧。

㉝ 明堂：古代帝王宣明政教的地方。壮明堂，意谓做明堂的梁柱。

王亘

王亘（生卒年不详），字伯通，福州人。刘理知明州时，亘为僚属。淳熙间知南恩州。

和咏西湖十洲

太守刘户部[①]，乘水涸时浚治堙塞，因其余力，补葺废坠，而湖上之景为之一新。岛屿凡九，作一成十，随景命名，遂有十洲之咏。邀余同赋，为之次韵[②]。

花屿

传闻春入水边枝，懊恼行人不暇持[③]。
任是杜陵归较晚[④]，也须排闷强裁诗[⑤]。

芳草洲

十步中间水四围，不容红紫乱相依。
春风管取青青在[⑥]，莫问愁人归未归[⑦]。

柳汀

不似长安陌上梢[⑧]，只将离恨寄长条。
临流系得虹霓住，留作憧憧两岸桥[⑨]。

竹屿

凤集龙骧未是才[⑩]，独惊高节出云来。
此君端的吾家旧[⑪]，争得柴门相向开。

烟屿

离朱谛视也昏花[⑫]，一匹青缣盖白沙[⑬]。
咫尺渔舟看不见，凡夫何处觅仙槎[⑭]。

芙蓉洲

须信金行有智囊[15]，会将秋色赛春芳。
清宵见白休相拒，多是潘郎鬓上霜[16]。

菊花洲

年年重九为人开[17]，不染春风一点埃。
湖上萧骚如栗里[18]，虚樽还待白衣来[19]。

月岛

夕阳尽处见沧洲，一片清光水国秋。
应是玉真梳洗罢[20]，菱花台上不曾收[21]。

雪汀

玉落风刀细细裁，梁王宫里旧池台[22]。
逍遥此地何人可，除是冰肤驾鹤来[23]。

松岛

谁陪老碧到秋霜[24]，赖有黄花隔水香。
土浅波深难独立，可能移植向公堂[25]？

——选自乾道《四明图经》卷八

【注释】

① 刘户部：此以刘理曾在朝职官称之。乾道《四明图经》卷十二《太守题名记》记载："刘理：曾任户部郎中，绍圣年。"

② 次韵：依次用所和原诗的韵作诗。也称步韵。

③ 不暇持：谓应接不暇。

④ 杜陵：指杜甫。杜甫祖籍杜陵（在长安东南），也曾在杜陵附近居住，自称“杜陵野老”“杜陵野客”“杜陵布衣”等。

⑤ 裁诗：作诗。此句化用杜甫《江亭》诗之“故林归未得，排闷强裁诗”意。

⑥ 管取：包管。

⑦ 归未归：化用王维《山中送别》：“春草明年绿，王孙归不归？”

⑧ 长安陌上梢：化用刘禹锡《杨柳枝词》：“长安陌上无穷树，唯有垂杨管别离。”

⑨ 憧憧：桥名。舒亶《西湖记》：“其中有桥二，绝湖而过，曰憧憧。”

⑩ 凤集：此称竹林。因凤凰以练实（竹结的果实）为食，故凤凰常集于竹林。南朝陈贺循《赋得夹池修竹诗》：“来风韵晚径，集凤动春枝。”龙骧：昂举腾跃貌。此指竹笋，竹笋一名箨龙，苏辙《喜雨》诗：“时向林间数新竹，箨龙腾上欲迎秋。”

⑪ 端的：确实。此君：竹的雅称。典出晋人王徽之，南朝宋刘义庆《世说新语·任诞》：“王子猷（王徽之字）尝暂寄人空宅住，便令种竹。或问：‘暂住何烦尔？’王啸咏良久，直指竹曰：‘何可一日无此君！’”吾家旧：“吾家旧物”之省称。王亘姓王，历史上王姓名人爱竹传为美谈者，有东晋王徽之、唐王维等。王徽之爱竹成癖，《世说新语》“任诞”门和“简傲”门各记其一则爱竹故事。王维亦爱竹，《春日与裴迪过新昌里访吕逸人不遇》诗直用王徽之典故云：“看竹何须问主人。”竟是家风。又王维有竹里馆。杜甫至蓝田，但见王维辋川山庄“柴门空闭锁松筠”（《崔氏东山草堂》）。王维竟以竹招人观赏，“看竹到贫家”（《晚春严少尹与诸公见过》）。王维也是中国画竹史上早期最著名的画家。王亘与王徽之同姓，所以称竹为“吾家旧物”。

⑫ 离朱：人名，又叫离娄，古之明目者。《庄子·骈拇》：“是故骈于明者，乱五色，淫文章，青黄黼黻之煌煌非乎？而离朱是已。”陆德明《释文》引司马彪曰：“黄帝时人，百步见秋毫之末。一云‘见千里针锋’。《孟子》作‘离娄’是已。”谛视：仔细察看。

⑬ 青缣：青色的细绢。

⑭ 仙槎：神话传说中仙人乘坐的木筏。

⑮ 金行：阴阳五行学说中的“金”这一行。金主秋，故金行指秋。智囊：此指善谋划。

⑯ 潘郎：晋人潘岳。鬓上霜：潘岳《秋兴赋序》：“余春秋三十有二，始见二毛。”

⑰ 重九：九月九日，重阳节。

⑱ 萧骚：萧条。栗里：地名，陶渊明故里。

⑲ 虚樽：指樽内无酒。白衣：白衣人，指送酒的吏人。此化用陶渊明重阳节无酒，得白衣人送酒的故事，南朝宋檀道鸾《续晋阳秋·恭帝》载：“王弘为江州刺史，陶潜九月九日无酒，于宅边东篱下菊丛中摘盈把，坐其侧。未几，望见一白衣人至，乃刺史王弘送酒也。即便就酌而后归。”唐李白《九日登山》诗：“因招白衣人，笑酌黄花菊。”

⑳ 玉真：仙女名。

㉑ 菱花台：菱花镜台。菱花镜喻月，台喻岛。

㉒ 梁王宫：此指西汉梁（孝）王刘武的东苑，又名兔园。其园规模宏大，宫观相连，奇果佳树，瑰禽异兽，靡不毕备。梁王在园中广纳宾客，其时著名辞赋家多为座上客。南朝宋谢惠连作《雪赋》，虚拟下雪天梁王在兔园召集司马相如、枚乘、邹阳赋雪，三人施展才华，细腻描绘雪景，形容曲尽。此后“梁苑雪”成为著名典故，或以赞美园林雪景，或以赞美他人文笔之美等。乾道《四明图经》卷八“梁王宫里旧池台”句下注“梁有雪宫”，然梁园“雪宫”今已不可考。谢惠连《雪赋》虽有“雪宫建于东国”语，却是指战国时齐国之雪宫。

㉓ 冰肤：冰雪般的肌肤，指仙人。《庄子·逍遥游》：“藐姑射之山，有神人居焉，肌肤若冰雪，绰约若处子。”

㉔ 老碧：指松树的苍翠色。

㉕ 公堂：官署的厅堂。

次韵明州户部游蒋园[①]

采莲桥下路[②]，皂盖拂云来[③]。
尘压随轩雨[④]，风生避暑台。
酒缘佳客尽，花为使君开。
忧患西溪旧[⑤]，相忘此日杯。

——选自乾道《四明图经》卷八

【注释】

① 户部：指刘户部，刘珵。蒋园：北宋金紫光禄大夫蒋浚明的祀园，又称蒋金紫公园。在今冷静街北蒋祠巷。

② 采莲桥：在蒋园东南边。

③ 皂盖：古代官员所用的黑色篷伞。《后汉书·舆服志上》："中二千石、二千石皆皂盖，朱两轓。"

④ 随轩雨：即成语"随车致雨"之义，谓时雨随着官员的车子所到之处而降临。喻施行仁政，带来恩泽。

⑤ 西溪旧：乾道《四明图经》卷八句下注："滑州西溪，常陪樽俎。"按，刘珵熙宁五年（1072）知滑州，则可知两人交游已有二十余年。

十洲阁[①]

山川如幻阁长秋，一岛飞来伴九洲。
不碍渔樵双桨过，何妨罗绮四时游。
云疑泰华分张去[②]，水忆蓬瀛散漫浮[③]。
禁苑未知湖海乐[④]，生绡写取献中州[⑤]。

——选自乾道《四明图经》卷八

【注释】

① 十洲阁：阁名，在花屿上，增阔圣寿阁而成。

② 泰华：东岳泰山和西岳华山。分张：分散。

③ 蓬瀛：蓬莱和瀛洲。

④ 禁苑：指宫廷。

⑤ 生绡：未经漂煮过的丝织品。多作画布使用。中州：本是对古豫州（今河南省一带）的称呼，宋代常作北宋都城汴京（今河南开封）的代称。如李清照《永遇乐》："中州盛日，闺门多暇。"

谢太守刘吏部示西湖图[①]，用丰侍郎韵[②]

四明太守爱西湖，想象桃源旧日图。
不放尘埃生水面，为传风月到皇都[③]。
花开别屿千机锦[④]，稻熟邻田万斛珠。
闻说儿童骑竹马，至今昂首望通衢[⑤]。

——选自乾道《四明图经》卷八

【注释】

① 刘吏部：当是"刘户部"之误。

② 丰侍郎：指丰稷。丰稷明州鄞县人，时为刑部侍郎。丰稷原诗已佚。

③ "为传"句：参见上篇《十洲阁》"生绡写取献中州"。风月，指美景。

④ 千机锦：千张织布机织出的锦绣。喻鲜花繁盛。

⑤ 通衢：四通八达之路。此二句用东汉郭伋事。《后汉书·郭伋传》："（郭伋）始至行部，到西河美稷，有童儿数百，各骑竹马，道次迎拜。伋问：'儿曹何自远来？'对曰：'闻使君到，喜，故来奉迎。'伋辞谢之。及事讫，诸儿复送至郭外，问'使君何日当还'。"

舒 亶

舒亶(1041—1103),字信道,明州慈溪县大隐(今属余姚市)人。治平二年(1065)进士,试礼部第一,调临海尉。熙宁(1068—1077)间,历审官院主簿、奉礼郎、监察御史里行、集贤校理。元丰二年(1079),与李定论奏苏轼作诗讥刺时事,酿成“乌台诗案”。后历同修起居注、知谏院、给事中、御史中丞等职。元丰六年(1083)以奏事诈伪,废斥十余年,归居明州月湖,号懒堂。崇宁元年(1102),起知南康军,改知荆南府,进龙图阁待制。二年(1103)卒,赠直学士。舒亶善属文,尤工诗词,颇有佳篇。但散佚严重,今存民国张寿镛辑《舒懒堂诗文存》三卷、补逸一卷,见《四明丛书》。生平事迹见《东都事略》及《宋史》本传。

和咏西湖十洲

花屿

暖吹红紫上青枝,掠水风烟巧自持。
蜂蝶鸬鹚各芳意,锦囊消得探春诗[①]。

芳草洲

小雨如酥露乍晞[②],屿花汀柳自相依。
画桥不碍寻春屐[③],谁傍烟波拾翠归[④]?

柳汀

困倚沧波绿动摇，冷烟疏雨共萧条。
谁将轻薄娇春态，强拂人头向市桥？

竹屿

欲问葛陂安在哉[5]，端疑波底化龙来[6]。
子猷此兴君知否[7]，小径何妨卷竹开[8]。

烟屿

著漠寒芦不见花[9]，暗藏鸥鹭啄晴沙。
暖风吹起浑无定，半落僧窗半落槎。

芙蓉洲

照水枝枝蜀锦囊[10]，年年泽国为谁芳？
朱颜自得西风意，不管清秋昨夜霜。

菊花洲

懒对陶家酒瓮开[11]，东篱寂寞久风埃。
会须结取登高客[12]，折上龙山醉帽来[13]。

月岛

何人骑鹤上瀛洲[14]，清影明波正九秋[15]。
吹罢玉笙端不见，满空桂子有谁收[16]？

雪汀

点柳妆梅不暇裁，平波直拟涌瑶台⑰。
钓矶苇岸知何许，几误渔舟夜半来。

松岛

亭亭古干对沧浪，雨洗风飘老吹香。
晚岁何人同寂寞，水西我有读书堂⑱。

——选自乾道《四明图经》卷八

【注释】

① 锦囊：用锦制成的袋子，古人用以藏诗稿。李商隐《李长吉小传》："恒从小奚奴，骑駏驴，背一古破锦囊，遇有所得，即书投囊中。"消得：配得。

② 乍晞：初干。

③ 屐：木鞋，底有二齿，可以行走于泥地。

④ 拾翠：拾取翠鸟羽毛，以为首饰。语出三国魏曹植《洛神赋》："或采明珠，或拾翠羽。"后多指女子游春。

⑤ 葛陂：地名，传说东汉方士费长房投杖化龙之处。《后汉书·方术列传》："长房辞归，翁与一竹杖，曰：'骑此任所之，则自至矣。既至，可以杖投葛陂中也。'……长房乘杖，须臾来归，自谓去家适经旬日，而已十余年矣。即以杖投陂，顾视则龙也。"

⑥ 端疑：的确怀疑。

⑦ 子猷：晋人王徽之字。子猷爱竹，见前王亘《和西湖十洲韵·竹屿》注释。

⑧ 卷：通"婘"，美好貌。《诗经·泽陂》："有美一人，硕大且卷。"马瑞辰通释："卷，即'婘'之省借。"

⑨ 著漠：即着莫，引惹、牵缠。《两宋名贤小集》作"漠漠"，义较胜。

⑩ 蜀锦囊：蜀锦制成的囊。其色彩鲜艳，因以喻芙蓉花苞。

⑪ 陶家：指陶渊明。

⑫ 会须：应当。结取：结交。

⑬ 龙山醉帽：化用晋人孟嘉事典。《晋书·桓温列传》载："(嘉)为征西桓温参军，温甚重之。九月九日，温燕龙山，僚佐毕集。时佐吏并著戎服，有风至，吹嘉帽堕落，嘉不之觉。温使左右勿言，欲观其举止。嘉良久如厕，温令取还之，命孙盛作文嘲嘉，著嘉坐处。嘉还见，即答之，其文甚美，四坐嗟叹。"舒亶此时处于罢免之中，其用典之取意更近李白《九日龙山饮》诗："九日龙山饮，黄花笑逐臣。醉看风落帽，舞爱月留人。"

⑭ 骑鹤：结合下文"吹笙"来看，化用王子乔乘鹤、吹笙的传说，汉刘向《列仙传·王子乔》："王子乔者，周灵王太子晋也，好吹笙作凤凰鸣。游伊洛间，道士浮丘公接上嵩高山。三十余年后，求之于山上，见柏良曰：'告我家：七月七日待我于缑氏山巅。'至时，果乘鹤驻山头，望之不可到。举手谢时人，数日而去。"瀛洲：传说中的海上仙山，此泛指仙界。

⑮ 九秋：指秋天。

⑯ "满空"句：此化用唐宋之问《灵隐寺》诗"桂子月中落，天香云外飘"意。

⑰ 瑶台：此扣雪汀，称积雪的楼台。南朝宋谢惠连《雪赞》："权陋瑶台，暂践盈尺。"唐许浑《看雪》："客醉瑶台曙。"

⑱ 读书堂：此指诗人之"懒堂"，在月湖之西。

和新开西湖十洲作

洗出烟华紫翠匀，再将绝景付重闉①。
千山有影螺垂地②，一水无尘镜照人。
香溅钓筒萍雨夜，绿摇花坞柳风春③。
杖藜尽日沧浪兴④，时有幽人岸白纶⑤。

——选自乾道《四明图经》卷八

【注释】

① 重闉：指城门。绝景付重闉，意谓新开的西湖十洲的绝色美景，在城门楼上可以观览。此诗大概为于城门楼上观景唱和之作。

② 螺垂地：比喻山的倒影。

③ 花坞：四周高起中间凹下的种植花木的地方。

④ 沧浪兴：谓退隐江湖之兴。

⑤ 幽人：此指隐士。岸白纶：掀起白色纶巾，露出前额。形容态度洒脱或衣着简率不拘。

秋燕十洲阁[①]

绿玉手持寻五岳[②]，正应未识海边洲[③]。
倚栏花木参差见，对岸笙歌次第游。
烟霁多疑九峰晓[④]，波平全胜六鳌浮[⑤]。
仙风坐隔红尘路[⑥]，消得丹青诧此州[⑦]。

——选自乾道《四明图经》卷八

【注释】

① 燕：同“宴”。

② “绿玉”句：此借好游的李白来说事。李白《庐山谣寄卢侍御虚舟》诗自云：“手持绿玉杖，朝别黄鹤楼。五岳寻仙不辞远，一生好入名山游。”

③ 海边洲：指西湖十洲。

④ 烟霁：指云烟散去，天色转晴。九峰：九峰山，在今北仑区大碶街道和柴桥街道之间。李白曾游池州九子山，并将之改名九华山，其《改九子山为九华山联句》道：“妙有分二气，灵山开九华……青莹玉树色，缥缈羽人家。”又《望九华赠青阳韦仲堪》云：“昔在九江上，遥望九华峰。天河挂绿水，秀出九芙蓉。”甚爱之。

⑤ 六鳌：神话传说海中负载五仙山的六只大龟。李白《登高丘而

望远海》诗："登高丘，望远海，六鳌骨已霜，三山流安在?"

⑥ "仙风"句：意谓李白已在仙界。坐：因为。

⑦ 消得：须得。丹青：指图画。诧：惊讶。此州：指明州。

湖心寺偶书[①]

吹落清香缥缈风，楼台仿佛水边红。
人间谁是丹青手[②]，画取春湖细雨中。

——选自乾道《四明图经》卷八

【注释】

① 湖心寺：即寿圣寺，在花屿。

② 丹青手：画工。

和西湖即席二首

一

金碧楼台阁暮烟，彩虹双影卧漪涟[①]。
云铺物外无尘地，月满人间不夜天。
细柳千门维画舸[②]，华灯两岸度鸣弦[③]。
清狂亦有黄冠客[④]，不负仙人载酒船。

二

十洲风籁韵笙箫[⑤]，疑有仙人燕碧桃[⑥]。
影逼银河星半堕[⑦]，气吞月窟兔争豪[⑧]。
九秋波浪沙鸥狎，万古功名钓艇高。

却恨何须明似镜，空令志士泣霜毛[⑨]。

——选自乾道《四明图经》卷八

【注释】

① 彩虹双影：指憧憧东桥和西桥。全祖望《湖语》："众乐新亭，廊腰列绣，虹桥憧憧，夹岸左右。"西憧憧桥即后来所称之尚书桥，东憧憧桥即后来所称之馆驿桥、陆殿桥。

② 维：系。

③ 度：弹奏。

④ 黄冠：道士之冠。此指贺知章为道士之事。《新唐书·贺知章传》："乃请为道士，还乡里，诏许之。"

⑤ 韵：声音相应和。

⑥ 燕：同"宴"。碧桃：传说中西王母的仙桃，给汉武帝所食者即此物。又《尹喜内传》："老子西游，省太真王母，共食碧桃紫梨。"

⑦ 逼：迫近。此写湖水清澈鉴照银河星辰，有距离迫近之效果。

⑧ 月窟：月亮。此句谓西湖如月，湖与月竞相逞秀。

⑨ 霜毛：白发。

题水月桥[①]

长空莹如磨，平湖净无滓。
万里夜寥寥，清光堕寒水。
松风吹更圆，沙鸟睡不起。
徒劳野猿捕[②]，谩作玄珠比[③]。
相对倚朱栏，时有逍遥子。

——选自《舒懒堂诗文存》卷一

【注释】

① 水月桥：在日湖东岸，即延庆寺桥。

② “徒劳”句：化用《僧祇律》所载猴子水中捞月的寓言故事。

③ 漫：通“漫”，聊且。玄珠：黑色明珠，汉刘向《九叹·远逝》：“垂明月之玄珠。”舒亶此句扣桥名“水月”，取“玄珠”意象，以比喻如圆月般的石拱桥洞。

虞美人·周园欲雪①

酒边陡觉罗衣暖。独倚黄昏看。寒鸦两两下楼东。著处暗云垂地、一重重②。　红炉欢坐谁能醉。多少看花意。谢娘也拟殢春风③。便道无端柳絮、逼帘栊。

——选自《全宋词》第一册

【注释】

① 周园：指周师厚第，在月湖雪汀，即梦公堂（后来其子周锷将之改建为四休堂）。

② 著处：处处。

③ 谢娘：晋王凝之妻谢道韫有文才，后人因称才女为“谢娘”。尤其谢道韫咏雪之才，传为佳话，《世说新语·言语》载：“谢太傅(谢安)寒雪日内集，与儿女讲论文义。俄而雪骤，公欣然曰：‘白雪纷纷何所似？’兄子胡儿(谢朗)曰：‘撒盐空中差可拟。’兄女(谢道韫)曰：‘未若柳絮因风起。’公大笑乐。”殢：迷恋。

虞美人·蒋园醉归①

重帘小阁香云暖。黛拂梳妆浅。玉箫一曲杜韦娘②。谁是苏州刺史、断人肠③。　醉归旋拨红炉火。却倚屏山坐[4]。银缸明灭月横斜[5]。还是画楼角送、小梅花[6]。

——选自《全宋词》第一册

【注释】

① 蒋园：见前王亘《次韵明州户部游蒋园》注。

② 杜韦娘：唐教坊曲名。舒亶时代，宋人借此唐代旧曲已翻为慢词曲，杜安石词集中即有此调。

③ 苏州刺史：指唐刘禹锡，曾为苏州刺史。刘禹锡《赠李司空妓》诗："高髻云鬟宫样妆，春风一曲《杜韦娘》。司空见惯浑闲事，断尽苏州刺史肠。"

④ 屏山：指山水画屏风。

⑤ 银缸：银白色的灯盏。

⑥ 角：古吹乐器名。小梅花：唐大角曲名。宋郭茂倩《乐府诗集·横吹曲辞四·梅花落》题解："'梅花落'，本笛中曲也。按唐大角曲亦有'大单于''小单于''大梅花''小梅花'等曲，今其声犹有存者。"

一落索·蒋园和李朝奉[1]

正是看花天气。为春一醉。醉来却不带花归，诮不解、看花意[2]。　　试问此花明媚。将花谁比。只应花好似年年[3]，花不似、人憔悴。

——选自《全宋词》第一册

【注释】

① 李朝奉：待考。朝奉，官名，宋有朝奉郎、朝奉大夫等。

② 诮：简直，完全。

③ 花好似年年：化用唐刘希夷《代悲白头翁》："年年岁岁花相似，

岁岁年年人不同。”

木兰花·蒋园口号[①]

琉璃一片春湖面。画舫游人帘外见。水边风嫩柳低眠，花底雨干莺细啭。　　秋千寂寂垂杨岸。芳草绿随人渐远。一番乐事又将离，金盏莫辞红袖劝[②]。

——选自《全宋词》第一册

【注释】

① 口号：信口吟成的即兴之作。

② 金盏：酒杯的美称。

章望之

章望之(1045—？)，字表民，建州浦城(今福建浦城县)人。仁宗朝宰相章得象从子，荫为秘书省校书郎，监杭州茶库，逾年辞疾去。游学于江淮间。兄拱之被诬遭贬，为之历诉于朝，章十余上，终脱兄冤。覃恩迁太常寺太祝、大理评事。以光禄寺丞致仕。章望之潜心学问，为文辩博，长于议论。有诗文集，亡佚。事迹见《宋史》本传。

众乐亭

是水为佳境，中城枕碧湖。
楼台万室近，物象几州无。

太守恩千里，新亭望一都[①]。
地劳吾卜筑，景与众游娱。
宇色低栏外，波光上屋隅。
鸳鸯宜绣幕，翡翠失深芦。
九夏荷开簟，三秋芰洗盂。
山林何处异，江海此情孤。
夜气寒蟾媚[②]，晴晖落日殊。
画桥斜映柳，细草乱萦蒲。
渔棹开浮藻，风帘散戏凫。
野僧留旷荡，行子过踟蹰。
逸兴攀银汉，明眸湛玉壶。
图经终焕越[③]，歌咏已流吴。
壮观嘉时序，招来好酒徒。
乐僮优好伎，娼女杰名姝。
闭户谁能事，宜人正丈夫。
乐邦方美俗[④]，鼓舞荷唐虞[⑤]。

——选自乾道《四明图经》卷八

【注释】

① 一都：整座城市。或周制，四县为一都。

② 寒蟾：指月亮，传说月中有蟾蜍，故称。

③ 图经：附有图画、地图的书籍或地理志。

④ 乐邦：扣题，众乐之邦。美俗：使风俗淳美。《荀子·儒效》："儒者在本朝则美政，在下位则美俗。"

⑤ 荷：承蒙恩德。唐虞：唐尧与虞舜。此指尧舜之治，古人以为太平之世。

陈 瓘

陈瓘(1057—1124),字莹中,号了斋,南剑州沙县(今福建三明市沙县区)人。元丰二年(1079)进士,调湖州掌书记,签书越州判官。元祐(1086—1094)间,通判明州。绍圣(1094—1098)初,迁太学博士,徙校书郎。徽宗即位,迁为谏官。直言极论蔡卞、章惇、安惇、邢恕之罪,弹劾蔡京。其后不改本色,仕途极为坎坷,屡遭贬徙。其间一度归明州,居月湖南蓝(能仁观音院)。宣和六年(1124)卒于楚州。一生刚直不阿,极得士林推尊。靖康(1126—1127)初,追赠谏议大夫,谥"忠肃"。著有《了斋集》《约论》等。生平事迹见《东都事略》及《宋史》本传。

清·全祖望《陈忠肃公南蓝》:"蘋风蕖月连郎婿,竹屿花汀和友声。"原注:"忠肃妹婿为四休周公(锷),居湖上,故忠肃亦居湖上观青禅寺。十洲诗有四字,忠肃其一也。"

和咏西湖十洲

花屿

红紫商量欲满枝,探春觞豆好携持①。
便须载酒凌波去,底事黄堂独赋诗②。

芳草洲

绿色映波千古恨,至今南浦两依依③。
我今又出江东去,多少行人宦未归。

柳汀

密干参差笼月影，轻波荡漾蘸烟条。
暑天要此清凉地，欲往何辞渡小桥。

竹屿

霜姿迥出红尘外，只有鹓雏傍水来[④]。
别岸若寻栖隐处，轩窗须为此君开。

烟屿

霭霭纷纷缘底事，故来波上罩层沙。
莫教散入沧溟去，却恐能迷上汉槎[⑤]。

芙蓉洲

红云可觅无蜂去，渺渺寒波映晚芳。
未必孤根能耐雪，且看秋艳已经霜。

菊花洲

光景不留人易老，恨无羽翼出尘埃。
世间那有飞升药[⑥]，且傍汀洲采菊来。

月岛

月明偏照海边洲，绿水回环漾素秋。
斗转参横群动息[⑦]，桂花零落遣谁收？

雪汀

谁把平毡水上开，坐看飞絮扑琼台。
酒豪耳热笙歌沸，应怪幽人此地来。

松岛

影参岸柏童童绿[8]，叶蔽汀兰澹澹香。
斤斧不来人迹远，养成千尺势堂堂。

——选自乾道《四明图经》卷八

【注释】

① 觞豆：觞和豆，盛酒和食物的器具。

② 底事：何事。黄堂：太守衙中的正堂，此借指太守刘理。

③ 南浦：本义为南面的水边。《楚辞·九歌·河伯》："子交手兮东行，送美人兮南浦。"后常用于称水边送别之地，如南朝梁江淹《别赋》："送君南浦，伤如之何。"

④ 鹓雏：传说中与凤凰同类的鸟。

⑤ 上汉槎：通达银河的木筏。晋张华《博物志》卷十："年年八月，有浮槎去来，不失期。"

⑥ 飞升药：使人升天成仙的药。

⑦ 斗转参横：此处表示夜深。斗、参，皆星宿名。群动息：谓各种动物安息下来，亦表示夜深。晋陶潜《饮酒》诗："日入群动息。"

⑧ 童童：茂盛貌。

次韵袁朝请陪太守游湖心寺[1]

尘境纷纷俗累增，故寻幽径访南能[2]。
湖波浩渺无穷绿，寺屋高低不计层。

诗老新吟工恼客[3],使君余暇得陪僧。

棋中得失何时了,一局输赢未可凭。

——选自乾道《四明图经》卷八

【注释】

① 袁朝请:待考。朝请,为散官名,朝请大夫或朝请郎的省称。太守:指刘珵。湖心寺:即寿圣寺,在花屿。

② 南能:禅宗南宗创始人慧能。此借称湖心寺高僧。

③ 诗老:此为对袁朝请的尊称。工:指诗作得精妙。客:陈瓘自称。

周锷

周锷(1057—1131),字廉彦,鄞县人。周师厚子。元丰二年(1079)进士,调桐城尉,不赴。治六经诸子百家之说。后以丰稷、范祖禹举荐,为濠州户曹,提点江淮、荆浙、福建等路坑冶铸钱公事。知南雄州,以言边事忤时相,入元祐党籍。退居月湖,筑四休堂。人称鄞江先生。著有《承宣集》《明天集》《六甲奇书》等,今均佚。事迹见宝庆《四明志》、延祐《四明志》。

冯氏万金楼[1]

几年江上梦,黄鹤意悠悠。

百尺独临水,万金难买秋。

杵声喧药市,栏影枕渔舟。

应有壶中客[2],分身向此游。

——选自乾道《四明图经》卷八

【注释】

① 冯氏万金楼：在湖畔，宋时冯氏在此为百姓义施药品。

② 壶中客：此化用东汉费长房典故。《后汉书·方术传下·费长房》载，长房为市掾时，市中有老翁卖药，悬一壶于肆头，市罢，跳入壶中。长房于楼上见之，知为非常人。次日复诣翁，翁与俱入壶中，唯见玉堂严丽，旨酒甘肴盈衍其中，共饮毕而出。

澄辉阁[①]

雄建俯空阔，下瞻霄汉浮。
眼将云漠漠[②]，心寄水悠悠。
日暖鸟飞镜，月凉鱼弄钩。
行期分此景，家在甬西头。

——选自乾道《四明图经》卷八

【注释】

① 澄辉阁：在花屿。

② 将：随从。漠漠：广阔貌。

西湖三首（选一）

晓镜初开淑景明[①]，使君风味一般清[②]。
舟从菡萏林中过[③]，人在鲸鲵背上行[④]。
妙舞屡翻红药燕[⑤]，清词时啭紫薇莺。
赓歌久矣虚前席[⑥]，肯向樽前恋曲生。

——选自乾道《四明图经》卷八

【注释】

① 淑景：美景。

② 使君：此为对明州长官的尊称，具体何人待考。

③ 菡萏：荷花之别称。

④ 鲸鲵背：比喻拱桥。

⑤ 红药：芍药花。

⑥ 赓歌：酬唱和诗。虚前席：空着座位。

和郡守彭吏部按视湖亭凡二首[①]（选一）

双虹倒影上檐楹[②]，碧水澄空一镜明。
野草闲花无限趣，短藜幽榜不胜情[③]。
已知风月随人意，聊为湖山载酒行。
却讶锦囊赓梦草[④]，坐令诗兴绕寰瀛[⑤]。

——选自乾道《四明图经》卷八

【注释】

① 郡守彭吏部：即彭休，北宋大观年间知明州事。按视：视察。湖亭：此指花屿上之众乐亭。

② 双虹：指憧憧东、西二桥。即前舒亶《和西湖即席二首》中所称之“彩虹双影”。

③ 榜：船桨。

④ 梦草：此用谢灵运梦谢惠连事。钟嵘《诗品》引《谢氏家录》：“康乐每对惠连，辄得佳语。后在永嘉西堂思诗，竟日不就。寤寐间，忽见惠连，即成‘池塘生春草’。”后以梦草谓制有佳作。

⑤ 坐令：致使。寰瀛：天下。

周　铢

周铢（生卒年不详），字初平，鄞县人。周锷弟。崇宁二年（1103）进士，曾官开封中牟簿。

蓦山溪

松陵江上[①]，极目烟波渺。天际接沧溟，到如今、东流未了。吴樯越橹[②]，都是利名人，空扰扰，知多少，只见朱颜老。　　故园应是，绿遍池塘草[③]。家住十洲西[④]，算随分、生涯自好[⑤]。渔蓑清贵[⑥]，休羡谢三郎[⑦]，红蕖月[⑧]，白蘋风，何似长安道[⑨]。

——选自乾道《四明图经》卷八

【注释】

① 松陵江：即松江，又称吴江、笠泽江，发源于今苏州市吴江区松陵镇的太湖瓜泾口，由西向东流，在今上海市汇入黄浦江。乾道《四明图经》卷八本词牌下有言：“周铢作也。铢，字初平，擢进士第，调开封中牟簿。未几，挂冠而归，恬不以仕进为意。至松江，作此词以见志。”

② 吴樯越橹：谓奔波于吴越之间的船。

③ 池塘草：化用南朝宋谢灵运《登池上楼》：“池塘生春草。”

④ 十洲西：即月湖西岸。

⑤ 随分：依据本性。生涯：指人生。

⑥ 清贵：清高可贵。

⑦ 谢三郎：晚唐人，早年好垂钓。后出家，即玄沙宗一禅师。《景德传灯录》卷十八载：“福州玄沙宗一大师，法名师备。福州闽县人也。姓谢氏。幼好垂钓，泛小艇于南台江，狎诸渔者。唐咸通初，年甫三十，忽慕出尘。乃弃钓舟，投芙蓉山灵训禅师落发。”后人用“谢三郎”拟

渔人，如比周铢早数十年的俞紫芝作《诉衷情令》词云：“钓鱼船上谢三郎。双鬓已苍苍。莎衣未必贵，不肯换金章。　　汀草畔，浦花傍。静鸣榔。自来好个，渔父家风，一片潇湘。”

⑧ 红蕖：红荷花。

⑨ 长安道：指长安道上人来人往追逐名利的景象。

金富轼

金富轼（1075—1151），字立之，号雷川。本籍庆州，朝鲜高丽王朝时期著名政治家、文学家、历史学家。历仕高丽肃宗、睿宗、仁宗三朝，官至门下侍中。以平定西京叛乱（妙清之乱）闻名。卒谥文烈。所著《三国史记》为朝鲜半岛现存最早的史籍。又著有二十余卷诗文集，亡佚，部分作品收录于朝鲜李朝时期徐居正主持编纂的《东文选》中。

金富轼曾两次入宋。一是在政和六年（1116）作为使臣李资谅的书状官入宋。二是在靖康元年（1126）年被派入宋贺钦宗登基，但受阻止于明州，次年因靖康之变，从明州回国。

宋明州湖心寺次毛守韵①

江山重复望难穷，更构层楼在半空。
檐外苍苍河汉逼，阶前浩浩海潮通。
片帆孤鸟千家外，疏雨斜阳一气中。
想与众心同所乐，骚人谁讽大王风②。

——选自《东文选》

【注释】

① 毛守：毛友，衢州人，政和六年（1116）知明州，靖康元年（1126）转知杭州。

② 大王风：化用宋玉《风赋》："楚襄王游于兰台之宫，宋玉、景差侍。有风飒然而至，王乃披襟而当之，曰：'快哉此风！寡人所与庶人共者邪？'宋玉对曰：'此独大王之风耳，庶人安得而共之！'"

史 浩

史浩（1106—1194），字直翁，号真隐居士，明州鄞县人。绍兴十四年（1144）进士，历任余姚县尉、温州教授、太学正、国子博士、秘书省校书郎兼普安、恩平二王府教授、宗正少卿、起居郎兼太子右庶子等。孝宗继位，以中书舍人迁翰林学士、知制诰，除参知政事。隆兴元年(1163)，拜尚书右仆射。首言赵鼎、李光无罪，岳飞久冤，宜复官爵。乾道四年(1168)，反对张浚北伐，出知绍兴府。八年（1172），判福州。淳熙四年（1177），召为侍读学士。五年（1178），复为右丞相。十年（1183），致仕，封魏国公。绍熙五年（1194）卒，封会稽郡王。宁宗赐谥文惠。嘉定十四年（1221），追封越王，改谥忠定，配享孝宗庙庭。为昭勋阁二十四功臣之一。有宅在月湖东，称越王府；筑真隐观、四明洞天于竹洲。史浩学贯经史，著有《尚书讲义》《周官讲义》。擅长诗词，多表现富贵雍容、安乐闲逸生活。著有《鄮峰真隐漫录》。生平事迹见楼钥《纯诚厚德元老之碑》、宝庆《四明志》及《宋史》本传。

次韵务观游四明洞天[①]

风烟偶尔属吾邦，个个松筠耸碧幢[②]。
奎画百函龙作卫[③]，云岑四面石为窗[④]。
水边自喜陪振鹭，篱外从渠有吠厖[⑤]。
多谢故人迂五马[⑥]，清谈剔尽几银釭[⑦]。

——选自史浩《鄮峰真隐漫录》卷五

【注释】

① 务观：陆游，字务观。淳熙十二年(1185)，陆游起知严州，绕道来明州访史浩，游"四明洞天"，并作诗。惜佚。四明洞天：在竹洲。史浩曾得孝宗御书"真隐"和太子（光宗）手书"四明洞天"之赐。全祖望《真隐观洞天古迹记》云："忠定尝登四明山，入雪窦，出杖锡，求所谓'洞天'故址不可得。至是，因光宗之书，累石为山，引泉为池，取皮、陆《四明九咏》，仿佛其亭榭、动植之形容而肖之，于是观中遂有四明诸胜。"

② 碧幢：此以高级官员舟车上张挂的青色帷幔，比喻一棵棵耸立的翠竹、青松。

③ 奎画：指帝王的墨迹。百函：指百幅。

④ 云岑：云雾缭绕的山峰。

⑤ 从渠：任凭他。厖：通"龙"，多毛狗。此泛指狗。

⑥ 迂：指绕道。五马：汉时太守乘坐的车用五匹马驾辕，因借指太守的车驾。

⑦ 剔：指挑灯芯。银釭：银白色的灯盏。

与东湖寿老

乞得西湖养病身，小园真隐谩颐真。

已将竹院舍幽客,更筑乡畦招可人。
茗碗昼看花坠影,吟窗夜与月为邻。
清凉境界天家予,自是全无一点尘。

——选自史浩《鄮峰真隐漫录》卷五

弥坚小圃小春见梅①

孤根十月已先温,不待青春入烧痕②。
冷艳一枝何处看,竹边池阁水边村。

——选自史浩《鄮峰真隐漫录》卷四

【注释】

① 弥坚小圃:原注:"即史忠宣公赐第,在月湖北。"弥坚,史浩幼子,官至兵部尚书,转工部尚书。卒赠资政殿大学士,宁宗追谥"忠宣"。小春:农历十月。《初学记》:"冬月之阳,万物归之。以其温暖如春,故谓之小春,亦云小阳春。"欧阳修《渔家傲》:"十月小春梅蕊绽。"

② 青春:指春天。春季草木茂盛,其色青绿,故称。烧痕:野火烧过的痕迹。苏轼《正月二十日往岐亭》:"尽放青青没烧痕。"

喜迁莺·四明洞天

凭高寓目①。爱屹起四窗②,云南云北。缥缈烟霞,萧森松竹,多少洞天岩谷。著向十洲三岛③,入海何妨登陆④。要知处,在皇家新赐,西湖一曲⑤。　　林麓。真胜概⑥,樊榭鹿亭,百卉生幽馥。绿绮春浓⑦,青蛇星烂⑧,隔断世间尘俗。笑呼羡门俦侣⑨,时引宝觞醽醁⑩。

醉和醒，但南山之寿，难忘勤祝。

——选自《全宋词》第二册

【注释】

① 寓目：谓观看。

② 四窗：本词中所叙写、描绘的云南、云北、樊榭、鹿亭，皆为“四明洞天”这所园林所浓缩的四明山景观。与之相对应的四明山诸景之美，可参见陆龟蒙、皮日休的《四明山九题》。

③ 十洲：按，刘理所筑之十洲，南渡以后变置颇大。全祖望《鄞西湖十洲志》：“鄞西湖之胜，至宋元祐间而极盛，南渡以后，皆遭变置。予为捃拾旧文，约略故迹：大抵中央得四，而东西两岸各分其三。寿圣院为十洲首，即花屿；逸老堂即柳汀；芳草洲改名碧沚；松岛即真隐观，后名竹洲。是中央之四址也。由松岛绝湖而东为竹屿；竹屿之下为月岛；月岛之下为菊洲。是东岸之三岛也。由松岛绝湖而西为烟屿；烟屿之下为雪汀；雪汀之下为芙蓉洲。是西岸之三址也。”三岛：汉东方朔《海内十洲记》载，巨海中有十洲三岛。三岛为蓬莱、方丈、瀛洲。史浩此处因月湖“十洲”，连带用神话传说“十洲三岛”之名。

④ 登陆：化用晋人孙绰《游天台山赋》：“涉海则有方丈、蓬莱，登陆则有四明、天台，皆玄圣之所游化，灵仙之所窟宅。夫其峻极之状、嘉祥之美，穷山海之瑰富，尽人神之壮丽矣。”

⑤ 一曲：数量词，用于水湾处。史浩致仕回乡，颇类唐贺知章。知章还乡，唐玄宗赐鉴湖一曲；回山阴后，住“千秋观”，建“一曲亭”自娱。史浩则有孝宗御书“真隐”和太子书“四明洞天”之赐；回乡后，住月湖“真隐观”，建“四明洞天”。史浩所说的“西湖一曲”，在月湖之南的竹洲，全祖望《鲒埼亭集外编》卷18《真隐观洞天古迹记》：“（孝宗）即赐月湖竹洲一曲，而诏临安府以万金为治观。濒行，光宗在东宫，大书‘四明洞天’赠之。”

⑥ 胜概：美景。

⑦ 绿绮：本义为绿色的丝绸，用以形容春水。杜甫《大历三年春白帝城放船出瞿塘峡》：“落霞沉绿绮。”

⑧ 青蛇：比喻碧水蜿蜒如蛇。白居易《湖亭晚望残水》："泓澄白龙卧，宛转青蛇屈。"

⑨ 羡门：见前王安石《明州钱君倚众乐亭》"安期羡门相与游"句注释。俦侣：朋辈。

⑩ 宝觞：珍贵的酒杯。醽醁：美酒名，泛指美酒。

水龙吟·湖山胜概金沙酴醾同架[①]

平湖渺渺烟波，是中只许神仙住。人间空爱，夭桃繁李，雪飞红雨。谁信壶天[②]，靓妆玉貌，春光容与[③]。似佳人才子，青冥步稳[④]，同携手、成欢聚。　老子时来宴赏[⑤]，拥笙歌、留连尊俎[⑥]。乌纱压倒，香云簪遍[⑦]，知他几度。多谢东君[⑧]，肯教满架，长情相处。更须拚痛饮，年年此际，作芳菲主。

——选自《全宋词》第二册

【注释】

① 金沙：花名，金沙罗的省称。《广群芳谱·花谱二一·金沙》："金沙罗似酴醾花，单瓣，红艳夺目。"宋杨万里《度雪台》诗："酴醾正要金沙映，莫道金沙只漫栽。"酴醾：花名。本酒名，以花颜色似之，故取以为名。

② 壶天：传说仙人施存有一壶，中有天地日月，号壶天。史浩此处比喻"四明洞天"。

③ 容与：闲暇自得貌。

④ 青冥：形容青苍幽远，指仙境。

⑤ 老子：老夫。词人自指。

⑥ 尊俎：盛酒肉的器具。代称筵席。

⑦ 香云：比喻女子的头发。

⑧ 东君：司春之神。

永遇乐·洞天

鄞有壶天，景传图画，声著海县。四面攒峰，皆七十二，各在窗中见。祥云拥蔽，飞泉缭绕，咫尺似天涯远。如今向、仙家觅得，挈来十洲东畔[①]。　　虚无缥缈，蓬莱方丈，所喜只居隔岸。羽幰垂珠[②]，琼车织翠，长是陪嘉宴。豺狼远迹，风波不作，日月御轮须缓[③]。且衔杯、称贤乐圣[④]，度兹岁晚。

——选自《全宋词》第二册

【注释】

① 挈：执，拿。

② 羽幰：羽毛装饰的帷幔。

③ 御轮：日月形如车轮，而运行不息，故称。

④ 衔杯：指饮酒。称贤乐圣：古人论酒，以清酒为圣人，以浊酒为贤人。典出《三国志·魏书·徐邈传》。

夜合花·洞天

三岛烟霞，十洲风月，四明古号仙乡。萦纡雉堞[①]，中涵一片湖光。绕岸异卉奇芳。跨虹桥、隐映垂杨。玉楼珠阁，冰帘卷起[②]，无限红妆。　　龙舟两两飞扬。见飘翻绣旗，歌杂笙簧。清尊满泛，休辞饮到斜阳。直须画蜡荧煌[③]。况夜深、不阻城隍[④]。且拚沉醉，归途便教，彻晓何妨[⑤]。

——选自《全宋词》第二册

【注释】

① 雉堞：指城墙。

② 冰帘：水晶帘。

③ 画蜡：画烛。

④ 不阻城隍：谓不受城隍所阻，即晚上不关城门。城隍，城池。

⑤ 彻晓：直到天明。

教池回·竞渡

云淡天低，疏雨乍霁，桃溪嫩绿蒙茸。珠帘映画毂[①]，金勒耀花骢[②]。绕湖上，罗绮隘香风。擘波双引蛟龙[③]。寻奇处，高标锦段[④]，各骋英雄。　　缥缈初登彩舫，箫鼓沸，群仙玉佩丁东[⑤]。夕阳中，拚一饮千钟。看看见、璧月穿林杪[⑥]，十洲三岛春容[⑦]。醉归去，双旌摇曳[⑧]，夹路金笼[⑨]。

——选自《全宋词》第二册

【注释】

① 画毂：装饰华美的车。毂，车轮，此代指车。

② 花骢：古人将骏马鬃毛修剪成瓣以为饰，这样的马称花骢。如分成五瓣者，即“五花马”。

③ 擘波：劈开波浪。蛟龙：指龙舟。

④ 标：给竞赛优胜者的奖品。宋孟元老《东京梦华录·驾幸临水殿观争标锡宴》：“诸船皆列五殿之东面，对水殿排成行列……又见旗招之，则两行舟鸣鼓并进，捷者得标，则山呼拜舞。”

⑤ 群仙：喻彩舫上观赛的贵人。丁东：玉佩碰击声。

⑥ 看看：估量时间之词，此为渐渐的意思。林杪：树梢。

⑦ 春容：溶溶，形容月光荡漾。

⑧ 双旌：指仪仗。

⑨ 金笼：金色的灯笼。

满庭芳·游湖

和靖重湖[①]，知章一曲[②]，浙江左右为邻[③]。绣鞯彩舰[④]，只许日寻春。正好厌厌夜饮[⑤]，都寂静、没个游人。夫何故，欢阑兴阻，只为隔城闉[⑥]。　　堪嘉，唯甬水，回环雉堞[⑦]，中峙三神[⑧]。更楼台缭岸，花柳迷津。不惜频添画烛，更深看、舞上华裀[⑨]。拚沉醉，从他咿喔[⑩]，金距报凌晨[⑪]。

——选自《全宋词》第二册

【注释】

① 和靖重湖：指杭州西湖。和靖，宋人林逋，隐居杭州西湖孤山，二十年不入城市，卒谥“和靖先生”。重湖，因唐白居易疏浚西湖，用淤泥垒成长堤，将西湖一分为二，故称重湖。柳永《雨霖铃》：“重湖叠巘清嘉。”

② 知章一曲：指山阴鉴湖。参见史浩《喜迁莺·四明洞天》注释。

③ 浙江左右为邻：谓杭州西湖、山阴鉴湖在钱塘江两侧。

④ 绣鞯：马鞍下的绣花垫子。彩舰：结彩的船。

⑤ 厌厌：安闲貌。

⑥ 城闉：城内重门，此泛指城郭。

⑦ 雉堞：城墙。

⑧ 三神：三座神山，即蓬莱、方丈、瀛洲。

⑨ 裀：通“茵”。

⑩ 咿喔：象声词，此指雄鸡报晓之声。

⑪ 金距：本义为装在斗鸡距上的金属假距，此借指雄鸡。报凌晨：报晓。

楼 钥

楼钥(1137—1213),字大防,号攻媿主人,鄞县人。楼郁五世孙。隆兴元年(1163)赐同进士出身,调温州教授。后累迁至中书舍人兼直学士院。宁宗即位,迁给事中、吏部尚书。庆元元年(1195),忤韩侂胄,出知婺州,移知宁国府。后告老回乡,家居十三年。于月湖东楼聚书万卷,皆手自校雠,称善本。匾所居曰"攻媿斋",自称"攻媿主人"。潜心经籍,学宗朱熹,融贯史传,学问精博。开禧三年(1207),起为翰林学士,迁吏部尚书兼翰林学士兼侍读。后官至参知政事,授资政殿大学士。卒赠少师,谥宣献。著有《乐书正误》《范文正公年谱》《攻媿集》等。生平事迹见袁燮《资政殿大学士赠少师楼公行状》及《宋史》本传。

少潜兄真率会[①]

昼锦坊中作真率[②],群从相过无俗物。
主人就树折杨梅,醉倒薰风凉拂拂。
小舟傍城登雉堞,坐看白鸟苍烟没。
须臾撑出洞天去,杰阁三层高突兀。
樽前赋诗贵神速,十分钝似辽天鹘。
从他银漏促残更[③],要见林间红日出。

——选自楼钥《攻媿集》卷二

【注释】

① 少潜:楼钥堂兄。真率会:诗社名。

② 昼锦坊:月湖楼氏族居之地,初为楼异所建。金兵侵扰明州时

毁于战火，后楼少潜重建。楼钥有《少潜兄再立昼锦坊伯中弟有诗次韵》："东楼旧日史君家，盛德于今说孟嘉。昼锦门墙再兴起，乌衣巷口倍辉华。虽无崔氏联三戟，肯学杨家簇五花。尤喜桂枝香不断，藏书满屋是生涯。"

③ 银漏：银饰的漏壶。

赵资政建三层楼[1]，中层藏书

危楼杰立潭府雄[2]，仰望惊瞿何穹窿[3]。
擎以八柱真良工，恍如木天移海东[4]。
扶栏三级横复纵，八窗交映光玲珑。
更上一层迥不同，历览万象俱空濛。
东南太白金峨峰[5]，西山千叠青芙蓉[6]。
环绕不断如屏风，平畴弥望禾芃芃[7]。
城郭市井聚蚁蜂，烟树高低知几丛。
澄湖一片磨青铜，潮来江涨银在镕。
海市三垂属提封[8]，四山宽围城在中。
地平楼小望易穷，安得高卧陈元龙[9]。
丽谯公府难从容[10]，二阁均在道佛宫。
江山得助无遗踪，眼前突兀忽此逢。
主人于国成栋隆[11]，鼎彝久书柱石功[12]。
名遂身退兹明农[13]，卜筑深静依高墉[14]。
百间朗朗罗心胸[15]，咄嗟不待鼛鼓鼛[16]。
最后奇观凌虚空，窗户未须湿青红[17]。
似闻庐陵周益公[18]，亦作此楼高于崧[19]。
相望落落见两翁[20]，心匠不谋如影从[21]。
我欲效颦意方浓，一朝登眺若发矇[22]。

不愿侍公饮十钟，不愿舞女纷歌僮。
插架三万牙签重[23]，此身愿为书蠹虫。
不然相陪夕阳春[24]，与公凭栏送冥鸿[25]。

——选自楼钥《攻媿集》卷四

【注释】

① 赵资政：赵彦逾，四明人，南宋宗室大臣，累迁资政殿大学士，故称。居月湖，在烟屿建有一座三层的楼阁，中层用于藏书。

② 潭府：语出韩愈《符读书城南》诗："一为公与相，潭潭府中居。"潭潭，深邃貌。后因以"潭府"尊称他人的居宅。

③ 瞿：惊视貌。穹窿：高大貌。

④ 木天：指秘书阁。《唐六典》："内阁惟秘书阁最闳壮，穹隆高敞，谓之木天。"

⑤ 太白：太白峰，位于今鄞州区东吴镇东北。金峨峰：位于今鄞州区横溪镇西南，其东部属鄞州区，西部属奉化区。

⑥ 西山千叠：指鄞西四明山诸峰。

⑦ 平畴：平坦的田野。弥望：满眼。芃芃：茂盛貌。

⑧ 海市：大气因光折射而形成的反映地面物体的形象。古人以为蜃蛟吐气所结，晋伏琛《三齐略记》："海上蜃气，时结楼台，名海市。"即海市蜃楼。三垂：指东、西、南三边。提封：犹版图，疆域。

⑨ 陈元龙：东汉末年陈登，字元龙。《三国志·魏书·陈登传》载，登为人有豪气，许汜曾见之，登久不与语，自上大床卧，使汜卧下床。刘备评说："君（汜）求田问舍，言无可采，是元龙所讳也，何缘当与君语？如小人，欲卧百尺楼上，卧君于地，何但上下床之间邪？"后"元龙高卧""元龙百尺楼"成为著名典故。楼钥以陈元龙比喻赵资政。

⑩ 丽谯：华丽的高楼。公府：宅第的尊称。

⑪ 干国：治理国家。栋隆：屋栋高大隆起，用以比喻能担负重任。

⑫ 鼎彝：古代祭器，其上多刻表彰有功人物的文字。任昉《王文宪集序》："或功铭鼎彝，或德标素尚。"柱石：顶梁的柱子和垫柱的础石，

比喻担当重任。柱石功，指担当重任的功绩。

⑬ 明农：尽力务农。明，通“勉”。兹明农，语出《尚书·洛诰》：“兹予其明农哉。”

⑭ 高墉：高高的城墙。

⑮ 百间：指房屋百间。其景象，节录楼钥《赵资政当山堂》诗以作参考：“功成归四明，得地数亩悭。城隅路穷际，小桥水汪湾。萧条渔家市，中有屋百间。危楼俯人世，一看山四环。堂深无他景，犹以城当山。城荒披绿莎，青青透椽间。秀润长满门，坐对无跻攀。日夕气亦佳，鸟飞相与还。终日看不厌，徙倚十二栏。有如拥泰华，管窥见一斑。况兹绿阴成，连朝雨潺潺。浓翠真欲滴，秀色几可餐。”

⑯ 鼛鼓：大鼓。此指其用于劳役之事，催动工作。鼛：鼓声。

⑰ 青红：青色和红色。湿青红，指漆涂颜色。苏轼《水调歌头·黄州快哉亭赠张偓佺》：“落日绣帘卷，亭下水连空。知君为我新作，窗户湿青红。”

⑱ 庐陵周益公：南宋周必大，吉州庐陵人。官至吏部尚书、枢密使、左丞相。宋宁宗庆元初，授观文殿大学士，封益国公。周必大有平园，建三层楼阁。周必大《平园创三层楼子直秘书远贶新诗有山中宰之句自念挂朝服筑层楼偶与陶隐居相符他日倘得寿与之齐则登临之乐未已也次韵为谢每句用本传中语》：“弘景挂冠永明年，筑楼三层家政传。俯听松风辄欣然，时人望之疑是仙。”又《次韵杨廷秀待制》：“十年不侍殿东头，临水登山隐者流。一眼瞳方无异相，三层勾曲有巍楼。”

⑲ 崧：同“嵩”。

⑳ 落落：高超，卓越。

㉑ 心匠：指独特的构思设计。白居易《白蘋洲五亭记》：“大凡地有胜境，得人而后发；人有心匠，得物而后开。”

㉒ 矇：蒙昧无知。

㉓ 架：指书架。牙签：书签，以牙骨等制成，故称。韩愈《送诸葛觉往随州读书》诗：“邺侯家多书，插架三万轴。一一悬牙签，新若手未触。”

㉔ 舂：传说中太阳落处的山名。此指日落。《集韵·平锺》：“舂，

曰山名，日所入。”唐薛能《游嘉州后溪》诗：“山屐经过满径踪，隔溪遥见夕阳春。”

㉕ 冥鸿：高飞的鸿雁。

湖亭观竞渡

涵虚歌舞拥邦君[①]，两两龙舟来往频。
闰月风光三月景，二分烟水八分人。
锦标赢得千人笑，画鼓敲残一半春。
薄暮游船分散去，尚余箫鼓绕湖滨。

——选自楼钥《攻媿集》卷十

【注释】

① 涵虚：馆名，在月湖中。淳熙（1174—1189）初，孝宗之子魏王赵恺守郡时建。其旁有涵虚井、湖亭。邦君：指知府。明州从南宋庆元元年（1195）起，已升为庆元府。

史子仁碧沚[①]

一

相家本有四明山[②]，更葺桃源渺莽间[③]。
四面楼台相映发，一川烟水自弯环。

二

中川累石势嵯峨，城上遥岑耸翠螺。
旧说夕阳无限好[④]，此中最得夕阳多。

——选自楼钥《攻媿集》卷十

【注释】

① 史子仁：史守之，字子仁，史浩之孙，史弥大之子。其宅第和藏书楼在碧沚（即芳草洲），有碧沚亭。宋宁宗御书“碧沚”赐之。史子仁尝学古文于楼钥。其藏书亦与楼钥并称，有“南楼北史”之说。

② 相家：指史浩以来的史家。四明山：此指在竹洲的“四明洞天”园林。

③ 桃源：喻史子仁在碧沚的宅第。

④ “旧说”句：李商隐《登乐游原》：“夕阳无限好，只是近黄昏。”

赵资政园梅篆[①]

小径回环里许长，寒梅森列间疏篁。
路如古茧萦缪篆[②]，身似轻烟缭印香。
九折坂中经蜀险[③]，八盘岭上趁朝忙[④]。
归来游戏通幽处[⑤]，笑看危途几太行[⑥]。

——选自楼钥《攻媿集》卷十

【注释】

① 赵资政园：参见前《赵资政建三层楼中层藏书》注释。梅篆：指赵资政当山堂之梅树园中的曲折盘绕如缪篆般的小径。

② 缪篆：六体书之一，用以摹刻印章。也称摹印篆。《汉书·艺文志》：“六体者，古文、奇字、篆书、隶书、缪篆、虫书。”颜师古注：“缪篆，谓其文屈曲缠绕，所以摹印章也。”

③ 九折坂：地名，在今四川省荥经县一带。《汉书·王尊传》：“琅邪王阳为益州刺史，行部至邛郲九折坂。叹曰：‘奉先人遗体，奈何数乘此险！’后以病去。”经蜀险：赵资政曾两次入蜀为官，一是任四川总领，一是任四川安抚制置使，兼知成都府。楼钥《赵资政当山堂》诗叙

述赵资政蜀中经历时说："平生经行处，不厌行路难。青城及大面，万垒连百蛮。扪参仰胁息，亦尝坐长叹。"则赵资政由蜀道之盘曲悟得园林路径经营之妙境。

④ 八盘岭：在今杭州凤凰山。《淳祐临安志》："八蟠岭在今大内之后。"趁朝：上朝。

⑤ "归来"句：指经营园林，戏作梅篆小径。

⑥ 危途：艰险难行之路。太行：太行山。

贺监湖上[①]

一

万顷平湖一苇杭[②]，此归喜似贺知章。
上恩赐与西湖曲，遂老吾家归照堂[③]。

二

狂客归来终好夸[④]，越王城下占烟霞[⑤]。
此中信美非吾土[⑥]，不似西湖是我家。

——选自楼钥《攻媿集》卷十一

【注释】

① 贺监湖：此指月湖。月湖有贺秘监祠，即南宋绍兴十四年(1144)郡守莫将在柳汀所建"逸老堂"，祀贺知章和李白。乾道五年(1169)，郡守张津重修。

② 一苇杭：《诗经·河广》："谁谓河广，一苇杭之。"孔颖达疏："言一苇者，谓一束也，可以浮之水上而渡，若桴栰然，非一根苇也。"后以"一苇"为小船的代称。杭，渡。亦可作名词"渡船"解。

③ 归照堂：楼钥月湖宅第之堂名。

④ 狂客：指贺知章，自号“四明狂客”。归来：此指归山阴镜湖。好夸：贺知章回乡，有“唯有门前镜湖水，春风不改旧时波”等诗句。

⑤ 越王城：此指越州（绍兴）古城。

⑥ 此中：指山阴镜湖。信美非吾土：化用三国时滞留荆州的王粲的《登楼赋》“虽信美而非吾土，曾何足以少留”语，楼钥另有《代仲舅尚书赋江山得助楼》诗之“江山信美非吾土，王粲登楼意凄楚”句，可助理解其用意。

史弥宁

史弥宁（生卒年不详），字清叔，一字安卿，史浩从子。曾以国子舍生莅春坊事，带阁门宣赞舍人。除忠州团练使，知泰州，兼淮安提举。嘉定中，两知邵州。著有《友林乙稿》。事迹见清钱大昕《跋史弥宁友林乙稿》、缪荃孙《友林乙稿跋》等文。

南湖静寄

绵蕝南湖屋数椽[①]，鸥边一壑许侬专[②]。
小轩东面云生树，曲槛前头水接天。
饷客清风无尽藏[③]，可人明月不论钱。
爱闲闻取身顽健，逸老祠旁理钓船[④]。

——选自史弥宁《友林乙稿》

【注释】

① 绵蕝：指经营创建。

② 侬：我。专：独享。语出《庄子·秋水》："且夫擅一壑之水，而跨跱埳井之乐，此亦至矣。"

③ 饷客：本义为以食物款待客人，此指造物者以清风款待人。无尽藏：指事物之取用无穷者。苏轼《前赤壁赋》："惟江上之清风，与山间之明月，耳得之而为声，目遇之而成色，是造物者之无尽藏也。"

④ 逸老祠：即祠贺知章、李白的逸老堂。

即事

翠屏珠幌水沉烟[1]，日日春风醉管弦。
得似南湖老渔隐[2]，短蓑铜斗白鸥前[3]。

——选自史弥宁《友林乙稿》

【注释】

① 水沉：用沉香木制成的香。唐杜牧《为人题赠》："桂席尘瑶珮，琼炉烬水沉。"水沉烟，宋曹勋《端午帖子》："博山一缕水沉烟。"宋陈造《刘有诗再次韵四首》："为君时炷水沉烟。"

② 得似：怎似。

③ 铜斗：铜制的方形有柄的器具，用以盛酒食。

怀归

全家索米又边头[1]，冷落南湖一镜秋。
了却眼前儿女债[2]，买蓑烟际伴闲鸥。

——选自史弥宁《友林乙稿》

【注释】

① 索米：求米粮。此指自己需养家糊口。边头：边地。此指在边远地方为官，以获得俸禄。

② 眼前儿女债：即“全家索米”，儿女嗷嗷待哺之债。

次韵陈慈明五绝句[①]（选二）

其三

南湖经雨绿弥漫，偏照诗人两眼寒。
一笑鸥边时独速，吟魂飞不到愁端。

其四

买得湖阴数顷秋，斩新窗户俯清流[②]。
了无俗子溷人意[③]，况有青尊浇客愁。

——选自史弥宁《友林乙稿》

【注释】

① 陈慈明：待考。

② 斩新：全新。杜甫《三绝句》：“楸树馨香倚钓矶，斩新花蕊未应飞。”

③ 溷：污染，干扰。

赵以夫

赵以夫（1189—1256），字用父，号虚斋，长乐（今福建福州市长乐区）人。嘉定十年（1217）进士。历知监利县、通判南剑州、知漳州等。端平三年(1236),为两浙转运判官。嘉熙二年(1238),为沿海制置副使兼知庆元府,同知枢密院事。后历数职,以资政殿学士致仕。博学工书;擅填词,以工丽见长,著有《虚斋乐府》。《全宋词》录其68首。生平事迹见刘克庄《虚斋资政赵公神道碑》。

龙山会·四明重阳泛舟月湖

佳节明朝九[①]。彩舫凌虚,共醉西风酒。湖光蓝滴透。云浪碎、巧学波纹吹皱。碧落杳无边,但玉削、千峰寒瘦。留连久,秋容似洗,月华如昼。　　回头南楚东徐[②],暝霭苍烟,处处空刁斗。山公今健否[③]。功名事、付与年时交旧[④]。白发苦欺人,尚堪插、黄花盈首。归去也、东篱好在[⑤],觅渊明友[⑥]。

——选自《全宋词》第四册

【注释】

① 九:九月九日。

② 南楚东徐:此用古地区名,代指作者辗转仕宦之地。南楚,古代"三楚"(西楚、东楚、南楚)之一。南楚地域大致为北起淮汉,南至江南,约包括今安徽中部、西南部,河南东南部,湖南、湖北东部及江西等地区。东徐,即古徐州,为华夏九州之一,因在东面,故称东徐。

③ 山公:晋人山简,时人称呼"山公"。性嗜酒,镇守襄阳,常游高阳池,饮辄大醉。此处为作者自况。

④ 交旧:老朋友。

⑤ 好在:如故。

⑥ 渊明:陶渊明。《饮酒》其五"采菊东篱下",乃重阳节采菊以佐酒。

吴 潜

吴潜(1196—1262),字毅夫,号履斋,宁国(今属安徽宁国市)人。嘉定十年(1217)进士第一。授承事郎、签镇东军节度判官、改签广德军。绍定二年(1229),通判嘉兴府,权发遣府事。五年,签淮西总领。历知建康、隆兴、太平、庆元等州府。以言官论列,请致仕。起为翰林学士知制诰侍读,改签书枢密院事,兼权参知政事,出知福州、兼福建安抚使、徙知绍兴府、兼浙东安抚使。淳祐十一年(1251),为参知政事,拜右丞相兼枢密使,十二年底罢相。宝祐四年(1256),除沿海制置使、判庆元府。于月湖北筑水则,以为水利计。开庆元年(1259),拜左丞相兼枢密使,封许国公。以忠亮刚直,被贾似道等人排挤,罢相,谪建昌军,徙潮州、循州。景定三年(1262),卒于贬所。后追赠少师。吴潜历官直言敢谏,人品足重。擅填词,尝与辛弃疾、吴文英等唱和,词风亦相近。著有《履斋诗余》《涂鸦集》,后人辑有《履斋遗稿》。生平事迹见《宋史》本传、《宋历科状元录》等。

闻同官会碧沚,用“出郊”韵三首[①]

一

碧沚堂前瞰水官[②],只应唤作玉壶看。
颇闻秩秩玳筵展[③],莫遣匆匆银烛残。
酒付别肠宁怕窄[④],诗由广舌不忧干[⑤]。
老夫孤坐三更月,欲往从之良独难。

二

万顷蟾光浩不收[⑥]，花汀竹屿思悠悠。
黄公所隐知何地[⑦]，贺监宜归乞此洲。
良夜最佳惟午夜，今秋偏好是中秋。
举杯酒露月同吸，仰面青天可问不[⑧]。

三

暝色偏宜水色连，横陈好景向尊前。
是人享用无遮月，谁子装褫不染天[⑨]。
细阅人生幻泡影，了知世事雀螗蝉[⑩]。
赏心乐事休空掷，邂逅相逢不偶然。

——选自开庆《四明续志》卷九

【注释】

① 同官：在同一官署任职的人，即同僚。“出郊”韵：吴潜初作《出郊用劭农韵三首》，第一首用“官”“看”“残”“干”“难”字依次押韵。第二首用“收”“悠”“洲”“秋”“不”字依次押韵。第三首用“连”“前”“天”“蝉”“然”字依次押韵。此后吴潜称此为“出郊”韵，并依此为韵作了多组诗，有《再用出郊韵三首》《三用出郊韵三首》《四用出郊韵三首》《五用出郊韵三首》《出郊再用韵赋三解》《登延庆佛阁用出郊韵三首》《再用出郊韵似延庆老三首》。

② 水官：本为道教所称的“三官”神之一。三官为天官、地官、水官。天官赐福，地官赦罪，水官解厄。并以“三元”配三官，上元(正月十五日）天官生，中元（七月十五日）地官生，下元（十月十五日）水官生。故道教又称天、地、水为“三元”。《云笈七签》卷五六：“夫混沌分后，有天、地、水三元之气，生成人伦，长养万物。”明归有光《汝州新造三官庙记》云：“按三官者，出于道家。其说以天、地、水府为三元，能为人赐福、

赦罪、解厄，皆以帝君尊称焉。”吴潜此处说“瞰水官”，指瞰水府。

③ 秩秩：指有顺序地进行。玳筵：玳瑁筵，喻豪华、珍贵的宴席。

④ 别肠：与众不同的肠胃，指能豪饮。《十国春秋·闽·景宗纪》：“帝（王曦）曰：‘维岳（周维岳）身甚小，何饮酒之多？’左右曰：‘酒有别肠，不必长大。’”宁怕：岂怕。

⑤ 广舌：即广长舌，本指佛的舌头。传说佛舌广而长，能覆面至发际。《华严经》：“菩萨以广长舌于一音中现无量音。”苏轼《赠东林总长老》诗：“溪声便是广长舌，山色岂非清净身。”后用以喻能言善辩。

⑥ 蟾光：月光。

⑦ 黄公：汉代黄公。传说为“四皓”之一者。宝庆三年（1227），太守胡矩扩建贺秘监祠，加祀黄公，更名“隐德堂”。开庆元年（1259），吴潜重建“逸老堂”，撤去黄公像。吴潜撰有《重建逸老堂记》。

⑧ 不：同“否”。

⑨ 装褫：装饰。

⑩ 了知：明知。雀螗蝉：此化用“螳螂捕蝉，黄雀在后”典故。

喜雨三首（选一）

西抹东涂老不禁，芙蓉洲畔更浮沉。
数茎半黑半丝发，一寸忧晴忧雨心。
乌糤且欣将浙玉[①]，红莲何翅已抽簪[②]。
小臣献谷秋尝了，深密山林可访寻。

——选自开庆《四明续志》卷九

【注释】

① 乌糤：稻谷名，糤即秈。后世多误作“乌撒”。明王象晋《群芳谱·谷谱》云：“乌秈，早稻也。粒大而芒长，秸柔而韧，可织履，饭之香美，浙中以供宾客及老疾、孕妇，三月种，七月收。其田以莳晚稻，可再熟。”康熙《定海县志》卷十一云：“以色言则有曰乌撒……而乌撒为

最贵。”淅玉：淘净的米。

② 红莲：早稻品种。唐陆龟蒙《别墅怀归》诗：“遥为晚花吟白菊，近炊香稻识红莲。”宋范成大《吴郡志·土物下》：“红莲稻，自古有之……此米中间绝不种，二十年来农家始复种，米粒肥而香。”

水龙吟·戊午元夕[①]

十洲三岛蓬壶，是花锦、一团装就。轻车细辇[②]，绮罗香里，夜光如昼。朱户笙箫，画楼帘幕，有人回首。想金莲灿烂[③]，星球缥缈[④]，那风景、年时旧[⑤]。　应念白头太守[⑥]。怎红旗、六街穿透[⑦]。铺排玳席，追陪珠履[⑧]，且酾春酎[⑨]。楚舞秦讴[⑩]，半慵莺舌，叠翻鸳袖。把千门喜色，万家和气，祝君王寿。

——选自《全宋词》第四册

【注释】

① 戊午：为宝祐六年（1258）。元夕：农历正月十五日夜。

② 辇：人拉的车。

③ 金莲：指莲花灯。《宣和遗事》前集：“金莲万盏，撒向天街。”

④ 星球：绣球灯。

⑤ 年时：往年时节。

⑥ “应念”句：谓老年出守庆元府，颇是无奈。

⑦ 怎：谓怎么才能。六街：唐都长安、北宋都城汴京，皆有六大街。此指南宋都城临安大街。按，本词前数句写月湖元夕，自“有人回首”“想”之后，为回忆、想象在临安过元夕情景。

⑧ 珠履：珠履客，指贵客。《史记·春申君列传》：“春申君客三千余人，其上客皆蹑珠履。”

⑨ 酾：斟。春酎：春酒。

⑩ 楚舞：楚地之舞。李白《书情赠蔡舍人雄》：“楚舞醉碧云。”秦讴：

秦女之歌声。宋周密《木兰花慢》:“听暗柳啼莺,新簧弄巧,如度秦讴。”楚舞秦讴,喻歌舞。下二句“半慵莺舌”便是拟其歌,“叠翻鸳袖”拟其舞。鸳袖:指舞袖,吴潜《满江红》:“鸳袖惹,香尘腻。”

水调歌头·戊午九月偕同官延庆阁过碧沚[1]

重九先三日,领客上危楼。满城风雨都住,天亦相遨头[2]。右手持杯满泛,左手持螯大嚼,萸菊互相酬[3]。徙倚阑干角,一笑与云浮。　望平畴,千万顷,稻粱收。江澄海晏无事,赢得小迟留[4]。但恨流光抹电,假使年华七十,只有六番秋[5]。戏马台休问[6],破帽已飕飕[7]。

——选自《全宋词》第四册

【注释】

① 延庆阁:为延庆寺阁,在日湖中。过:经过。

② 相:佑助。遨头:“遨”字原作“邀”,以形误,因予纠正。宋代成都自正月至四月浣花,太守出游,士女纵观,称太守为“遨头”。陆游《老学庵笔记》卷八:“四月十九日成都谓之浣花,遨头宴于杜子美草堂沧浪亭,倾城皆出,锦绣夹道,自开岁宴游至是而止。”后用指出游的太守。

③ 萸菊:茱萸和菊花。

④ 小迟留:短暂停留。

⑤ “只有”句:此年吴潜 64 岁。“人生七十古来稀”,假使以 70 岁计算,只剩 6 年了。一番秋指一年。

⑥ 戏马台:即项羽凉马台,在今江苏徐州市铜山区。东晋义熙十二年(416)重阳节,刘裕于此大会宾客,赋诗抒怀。以后成为咏重阳节的典故。

⑦ 破帽:破旧之帽。化用苏轼《南乡子·重九涵辉楼呈徐君猷》:“酒力渐消风力软,飕飕,破帽多情却恋头。”

满江红·戊午二月二十四日会碧沚三用韵①

楼观峥嵘，浑疑是、天风吹坠②。金屋窈③，几时曾贮，粗桃凡李④。镜断钗分人去后⑤，画阑文砌苍苔缀。想当年、日日醉芳丛，侯鲭美⑥。　　春水涨，鳞鳞细。春草暗，茸茸腻。算流连光景，古犹今尔。椿菌鸠鹏休较计⑦，倚空一笑东风里。喜知时、好雨夜来稠⑧，秧青未？

——《全宋词》第四册

【注释】

① 三用韵：第三次用同韵。按，吴潜自戊午二月十七日用《满江红》词调赋四明窗，依次用"坠""李""缀""美""细""腻""尔""里""未"字押韵。此后用《满江红》词调，又多次以这些字押韵。凡五次。

② 浑：简直。

③ 窈：美好。

④ 粗桃凡李：此喻普通女子。

⑤ 镜断钗分：喻夫妻或有情人生离死别。

⑥ 侯鲭：引"五侯鲭"之典故，指汉代娄护合王氏五侯家珍而烹成的杂烩。见东晋葛洪《西京杂记·第二》。后指佳肴。

⑦ 椿菌：大椿和朝菌。《庄子·逍遥游》："朝菌不知晦朔，蟪蛄不知春秋，此小年也。……上古有大椿者，以八千岁为春，八千岁为秋，此大年也。"后世以大椿和朝菌作为寿与夭的对比。鸠鹏：学鸠和大鹏。《庄子·逍遥游》称，大鹏飞往南海，水击三千里，抟扶摇而上者九万里，学鸠嘲笑说："我决起而飞，抢榆枋而止，时则不至，而控于地而已矣，奚以之九万里而南为？"后世以学鸠和大鹏作为智识低与高或抱负小与大的对比。

⑧ 稠：繁密。

满江红·碧沚月湖四用韵

一笑相携，且休管、兔升乌坠[①]。那更是，可人宾客[②]，未饶崔李[③]。金叵罗中醽醁莹[④]，玉玲珑畔歌珠缀[⑤]。望湖光、一片浸韶光[⑥]，真双美。　云絮襞[⑦]，能纤细。云彩聚，能黏腻。料出山归岫，等闲间尔[⑧]。碧沚风流人去后，石窗景物春深里[⑨]。算邯郸、客梦几惊残[⑩]，炊犹未。

——选自《全宋词》第四册

【注释】

① 兔升乌坠：指日月交替，时间匆匆。传说月中有玉兔，故以代指月亮；日中有三足乌，故以代指太阳。

② 可人：称人心意。

③ 未饶：（与……相比）不逊于。崔李：杜甫结交的两位朋友崔戢和李封。杜甫《晦日寻崔戢李封》："晚定崔李交，会心真罕俦。每过得酒倾，二宅可淹留。喜结仁里欢，况因令节求。李生园欲荒，旧竹颇修修。引客看扫除，随时成献酬。崔侯初筵色，已畏空尊愁。未知天下士，至性有此不？"

④ 金叵罗：金制酒器。李白《对酒》："葡萄酒，金叵罗，吴姬十五细马驮。"醽醁：美酒名。

⑤ 玉玲珑：太湖石名。清厉鹗《东城杂记·玉玲珑阁》："玉玲珑，宋宣和花纲石也。上有字纪岁月。苍润嵌空，叩之声如杂佩。"歌珠：指圆润如珠的歌声。白居易《寄明州于驸马使君三绝句》："何郎小妓歌喉好，严老呼为一串珠。"唐卢邺《和李尚书命妓饯崔侍御》："何郎载酒别贤侯，更吐歌珠宴庾楼。"

⑥ 韶光：指春光。

⑦ 襞：本为衣服上的褶裥，比喻堆积。

⑧ 等闲间：无意中。

⑨ 石窗：即四明窗，在郡圃，吴潜修治。开庆《四明续志》卷二“郡圃”云：“四明窗，公（吴潜）既增竣旧池，跨两虹其上，而辟虚堂于中。客请名之，公谓四明洞天为石窗，此堂作新窗户，玲珑四达，遂亲题斯扁。”

⑩ 邯郸客梦：即黄粱梦。唐沈既济《枕中记》载：卢生在邯郸客店遇道士吕翁，生自叹穷困，翁探囊中枕授之曰：“枕此当令子荣适如意。”时主人正蒸黄粱，生梦入枕中，享尽富贵荣华。及醒，黄粱尚未熟，怪曰：“岂其梦寐耶？”翁笑曰：“人世之事亦犹是矣。”

满江红·戊午九月七日碧沚和制几韵[①]

岁岁重阳，何曾是、两般时景。人自有、悲欢离合，晦明朝暝。日月湖边来往艇，楼台水底参差影。又何妨、时暂狎沧波，轻鸥并。　　闲顿放，朱门静。新结裹[②]，朱帘整。尽百年人事，移场换境。欲插黄花身已老[③]，强倾绿醑心先醒[④]。羡游鱼、有钓不能收，钩空饼[⑤]。

——选自《全宋词》第四册

【注释】

① 制几：官名，全称为制置使司主管机宜文字。此指刘锡，字自昭，永嘉人，时添差沿海制置使司主管机宜文字，故又称刘制几。吴潜另有和刘制几的《谒金门》《渔家傲》《清平乐》等词。

② 结裹：装束。宋刘克庄《沁园春·和林卿韵》：“谢锦袍打扮，佯狂太白；黄冠结裹，老大知章。”按，吴潜黄冠（道士冠）装束，与贺知章相似。吴潜重建逸老堂时，立碑刻记，在碑阴刻贺知章像，即为黄冠打扮。

③ 插黄花：古人重阳习俗，插菊花于头。唐杜牧《九日齐山登高》：“菊花须插满头归。”

④ 绿醑：绿色美酒。

⑤ 钩空饼：意谓不收钩，任由鱼将钩上的饼吃空。

浣溪沙·四用韵[①]

雨过池塘水长芽[②]。放开晴日正宜花[③]。十洲三岛撰繁华[④]。　　水畔丽人唐客恨[⑤]，山阴佳客晋人怀[⑥]。可怜云蕊与风葩[⑦]。

——选自《全宋词》第四册

【注释】

① 四用韵：吴潜初有《浣溪沙·和谦山》词，依次用“芽”“花”“华”“怀”“葩”字押韵。后写了三首同样以这些字押韵的《浣溪沙》，最后一首称“四用韵”。

② 水长芽：形容绿色的春水。亦拟雨点打在水面溅起水来，似长出绿芽一般。

③ 放开：谓雨结束，天放晴。

④ 撰：指天地阴阳等自然现象的变化规律。《易·系辞下》：“阴阳合德，而刚柔有体，以体天地之撰，以通神明之德。”韩康伯注：“撰，数也。”陆德明《释文》：“撰，《广雅》云：‘定也。’”

⑤ “水畔”句，糅合了杜甫《丽人行》《曲江对雨》《曲江二首》等诗意。唐客，指杜甫。

⑥ “山阴”句，化用《世说新语·言语》：“王子敬云：‘从山阴道上行，山川自相映发，使人应接不暇。若秋冬之际，尤难为怀。’”晋人，指王献之，字子敬。

⑦ 可怜：可爱。云蕊：如云彩般的花。风葩：风中的花。宋宋祁《出城暂憩林下》：“风葩抗紫茎。”

◉ 元朝

戴表元

戴表元（1244—1310），字帅初，号质野翁、剡源先生，奉化人。七岁能诗。后受业于王应麟、舒岳祥。入太学。咸淳七年（1271）进士，授迪功郎，次年任建康府教授。德祐元年（1275），迁临安府教授，行户部掌故，均不就。宋亡后隐居家乡，授徒卖文自给。元大德八年（1304），被荐为信州教授，再调婺州，以疾辞归，数年后卒。有振兴诗文之志，主张宗唐得古。诗文成就颇著，名重东南。著有《剡源集》。生平事迹见《剡源集自序》、袁桷《戴先生墓志铭》及《元史》本传、《宋元学案》等。

雪后泛湖歌　为阮使君作[①]

君不见，明州城中日月湖，萦蓝缭白如画图。
良时乐游古亦有，何人破雪浮官厨[②]。
金猊暖压红氍毹[③]，紫貂醉拂青珊瑚[④]。
麈尾高悬前唾壶[⑤]，使君霜髯双脸朱。
同时僚客总豪秀，瑶池阆苑罗仙儒[⑥]。
名谈锋凑初不恶[⑦]，安得玉人歌缕珠[⑧]。
似闻州民喜公出，终日绕岸狂欢呼。
淫弦浊管何足道[⑨]，入耳得此成真娱。
城尖数峰大模糊[⑩]，山郭何路通樵苏[⑪]？
年年腊前得三白[⑫]，乐岁仍然多饿夫[⑬]。
定知新年稍安乐，风流使君江左无[⑭]。

——选自戴表元《剡源戴先生文集》卷二十八

【注释】

① 阮使君：指鄞县尹阮申之。阮申之，字周翰，池阳（今安徽池州）人。泰定元年官鄞县尹。

② 浮：指泛舟湖上。官厨：官家的宴席。

③ 金猊：一种炉盖为狻猊形的香炉。明陆容《菽园杂记》卷二："金猊，其形似狮，性好火烟，故立于香炉盖上。"氍毹：毛织的毯子。

④ 紫貂：指紫貂皮作的衣物。

⑤ 麈尾：古人闲谈时执以驱虫、掸尘的一种用具，后成为名流雅器。南朝宋刘义庆《世说新语·文学》："丞相自起解帐带麈尾……既共清言，遂达三更。"唾壶：一种小口巨腹的吐痰器皿。《晋书·王敦传》："(敦)每酒后辄咏魏武帝乐府歌曰……以如意打唾壶为节，壶边尽缺。"后击打唾壶成为一种抒情行为，李白《玉壶吟》："烈士击玉壶，壮心惜暮年。"

⑥ 瑶池：神话传说中昆仑山上的仙池，西王母所居。阆苑：神话传说昆仑山阆风巅之苑，仙人所居。

⑦ 名谈：名流清谈。宋张栻《安国晚酌葵轩分韵得成字》："名谈宿雾卷，逸气孤云横。"锋凑：机锋凑泊。初：全、都。不恶：不错。

⑧ 安得：哪得。玉人：指美人。歌缕珠：歌声圆润如一串珍珠。白居易《寄明州于驸马使君三绝句》："何郎小妓歌喉好，严老呼为一串珠。"

⑨ 淫弦浊管：比喻低俗不雅的音乐。

⑩ 大模糊：此扣题，谓数峰被雪覆盖，非常模糊。

⑪ 樵苏：柴草。代指日常生计。《南齐书·东昏侯纪》："郊郭四民皆废业，樵苏路断，吉凶失时。"

⑫ 三白：此扣题，指三度下雪。苏轼《次韵陈四雪中赏梅》："高歌对三白，迟暮慰安仁。"

⑬ 乐岁：指丰年。扣上句，取瑞雪兆丰年之意。饿夫：饥饿的人。

⑭ 江左：即江东。指长江下游以东地区。五代丘光庭《兼明书·杂说·江左》："晋、宋、齐、梁之书，皆谓江东为江左。"清魏禧《日录·杂说》："江东称江左，江西称江右，何也？曰：自江北视之，江东在左，

江西在右耳。”

袁桷

袁桷(1266—1327),字伯长,号清容居士,元鄞县南门(今属宁波市海曙区)人。先后拜戴表元、王应麟、舒岳祥为师,尽得诸公之学。举茂才异等,起为丽泽书院山长。大德元年(1297),荐为国史院检阅官。进郊祀十议,升应奉翰林文字、同知制诰,兼国史院编修官。延祐间(1314—1320),迁待制,拜集贤直学士,改翰林直学士、知制诰同修国史。至治元年(1321),迁侍讲学士。泰定元年(1324)辞归,四年卒。谥文清。文章博硕,精于史学,诗亦俊逸。工书法,兼善琴理,有《琴述》。喜蓄典籍,有藏书楼“清容居”,藏书之富,元朝以来甲于浙东。其著述,今存《清容居士集》、延祐《四明志》。生平事迹见苏天爵《袁文清公墓志铭》、虞集《祭元学士文》及《元史》本传、《宋元学案》等。

次韵史猷父春游夜归[①]

留取余春伴白头,落花如雪翠如流。
提壶不用频沽酒[②],垂柳偏能独系舟。
过雨月开云母障[③],隔湖灯映水晶球。
还家已觉衣裳冷,遥听钟声是竹洲。

——选自袁桷《清容居士集》卷十一

【注释】

① 史猷父：史徽孙，字猷父，史浩的后人。官至寿春推官。其生平事迹见袁桷所作《史猷父葬记》。

② 提壶：鸟名，即鹈鹕。春鸣，古人意会其叫声为“提壶芦”，似劝人沽酒。唐韦庄《袁州作》：“正是江村春酒熟，更闻春鸟劝提壶。”宋欧阳修《啼鸟》：“独有花上提壶芦，劝我沽酒花前醉。”

③ 云母障：用云母石制作的屏风。

袁士元

袁士元（约1306—约1366），字彦章，元鄞县西门外柳庄（今属宁波市海曙区）人。袁镛孙。幼嗜学，性至孝。以荐授鄞学教谕，调西湖书院山长。改鄮山书院山长，迁平江路学教授。后擢翰林国史院检阅官，不就。筑城西别墅，种菊数百本，自号“菊村学者”。著有《书林外集》。

镇明岭[①]

一岭陂陀镇四明[②]，无山无水自天成。
遥看来往登瀛客，浑在金鳌背上行[③]。

——选自袁士元《书林外集》卷七

【注释】

① 镇明岭：故岭在今月湖之东南岸镇明路一带，今不存。

② 陂陀：倾斜不平貌。

③ 金鳌：神话传说中的金色巨龟。

刘仁本

刘仁本（约1308—1367），字德玄，号羽庭，黄岩人。元末进士，历温州路总管，后任江浙行省左右司郎中。至正十四年（1354），方国珍统辖台温，刘仁本应聘为幕僚，受命在庆元一带兴儒学。至正二十年（1360），在余姚龙泉山举行曲水流觞盛会。二十七年（1367），被朱元璋部将朱亮祖擒获，次年被杀。著有《羽庭诗稿》等，散佚。后人辑有《羽庭集》。生平事迹见《羽庭集》自序、宋无逸序（《羽庭集》卷首）等。

四明涵虚驿[①]

涵虚湖上馆，贺监旧亭池[②]。
明月浮金水，微风动绿漪。
云林殊不远，烟雨更相宜。
欲解尘缨濯[③]，惭持使者麾[④]。

——选自刘仁本《羽庭集》卷二

【注释】

① 涵虚驿：驿馆名，旧址在今月湖居士林。原为宋淳熙初魏王赵恺守郡时所建之涵虚馆，元至元十三年（1276），并逸老堂改为水马驿站。

② 贺监旧亭池：指逸老堂。

③ 尘缨濯：化用古语“沧浪之水清兮，可以濯吾缨”。尘缨，比喻尘俗之事。

④ 麾：旗帜。

竹屿

何年此地有云巢，水谷篔筜结构牢[①]。
日莫玲珑霏雾霭[②]，月明苍翠拂波涛。
坡陀冷浸琅玕影[③]，雨露寒濡鸾凤毛[④]。
忽听洞庭张乐响[⑤]，风烟短发不禁搔[⑥]。

——选自刘仁本《羽庭集》卷二

【注释】

① 篔筜：生长在水边的大竹子。

② 莫：同“暮”。

③ 琅玕：形容竹之青翠，亦指竹。杜甫《郑驸马宅宴洞中》诗：“主家阴洞细烟雾，留客夏簟青琅玕。”

④ 濡：沾湿。鸾凤毛：鸾凤的羽毛，比喻竹。例如凤尾竹，宋仲殊《玉楼春》词：“黄梅雨入芭蕉晚，凤尾翠摇双叶短。”《红楼梦》描写潇湘馆之竹：“只见凤尾森森，龙吟细细。”

⑤ 洞庭：山名，即洞庭湖中的君山。张乐：作乐。洞庭张乐，事见《庄子·天运》：“帝张咸池之乐于洞庭之野。”

⑥ 短发：稀少的头发。搔：用指甲挠。杜甫《春望》：“白头搔更短，浑欲不胜簪。”

月湖即四明涵虚驿饯友人别

月湖桥畔水明楼，系马涵虚古驿头。
芳草春深人载酒，阳关声断客登舟[①]。
四边烽火将休息，千里江山足胜游。
如过天台经雁宕[②]，为余问讯旧林丘。

——选自刘仁本《羽庭集》卷三

【注释】

① 阳关：送别曲《阳关曲》的省称。因王维《送元二使安西》诗“劝君更尽一杯酒，西出阳关无故人”而得名。后亦泛指离别时唱的歌曲。“阳关声断客登舟”，可参柳永《少年游》：“一曲阳关，断肠声尽，独自上兰桡。”

② 天台、雁宕：均山名，属元台州路所辖。刘仁本为台州路黄岩州人，天台、雁宕均其早年活动之地，故下句有“旧林丘”语。

壬寅八月十七夜月湖上泛舟玩月①

望后秋高月尚圆②，湖光倒浸水中天。
蟾蜍漫窃姮娥药③，舴艋轻浮太乙莲④。
万里山河微影动，几番烽火捷音传。
十洲三岛蓬莱近，贺监风流独怅然。

——选自刘仁本《羽庭集》卷三

【注释】

① 壬寅：元至正二十二年（1362）。

② 望：指农历每月十五日。

③ 蟾蜍漫窃姮娥药：此化用典故，《后汉书·天文志上》“言其时星辰之变”句，南朝梁刘昭注：“羿请无死之药于西王母，姮娥窃之以奔月……姮娥遂托身于月，是为蟾蜍。”

④ 舴艋：小船。太乙莲：太乙真人的莲叶舟。北宋李公麟有《太一真人图》，绘真人卧一大莲叶中，执书仰读。韩驹题诗有“太一真人莲叶舟”句，后为典故，舒岳祥《寄王真人》：“象简银冠觐冕旒，一清沆瀣九天秋。西湖处士梅花屋，太乙真人莲叶舟。”

迺贤

迺贤(1309—1368),字易之,号河朔外史、紫云山人。西域葛逻禄人。生于河南南阳,后随父迁居鄞县。师事乡贤郑觉民,并向高岳学诗。青年时期曾两次北游大都,有诗作《金台集》,笔记《河朔访古记》。后任东湖书院山长、翰林国史院编修等职。元亡前夕,参桑哥实里军幕,卒于军中。另有《海云清啸集》《铙歌集》,不传。生平事迹见《澹游记》卷上、《元诗选·初集》小传、《元诗纪事》等。

月湖竹枝四首题四明俞及之竹屿卷[①]

一

丝丝杨柳染鹅黄,桃花乱开临水傍。
隔岸谁家好楼阁,燕子一双飞过墙。

二

五月荷花红满湖,团团荷叶绿云扶。
女郎把钓水边立,折得柳条穿白鱼。

三

水仙庙前秋水清[②],芙蓉洲上新雨晴。
画船撑着莫近岸,一夜唱歌看月明。

四

梅花一树大桥边，白发老翁来系船。
明朝捕鱼愁雪落，半夜推篷起看天。

——选自廼贤《金台集》卷一

【注释】

① 竹枝：竹枝词。本为巴渝一带民歌，唐刘禹锡据以改作新词，后人因效其体，以咏各地风土人情。其形式为七言绝句，语言通俗，音调轻快。俞及之：待考。竹屿卷：竹屿画卷。

② 水仙庙：全称水仙渊灵侯庙，祀阿育王山井之灵鳗。宋嘉定间建祠，在碧沚。

龙云从

龙云从（生卒年不详），字子高，永新（今江西永新县）人。元末曾佐江浙行省左丞杨完者，任都事。历官福建儒学副提举。后寓居四明，与廼贤、戴良、高明等赋诗作文，讲学论道。在慈溪筑有钓鱼轩。有《钓鱼轩诗集》，今不传，序见张以宁《翠屏集》卷三。生平事迹亦见此序及《元诗选·癸集》小传。《元史》《元诗选》均作龙从云。

月湖四时词①

画船载酒及春晴，潋滟波光碧玉城。
桥外绿杨谁系马，水晶宫里管弦声。

槐阴屯午咽新蝉[2]，一枕南熏暑不前[3]。
隔岸荷花新雨后，白鸥点破镜中天。

松寺联阴晚更幽，天光倒浸玉壶秋。
蓼汀栖雁忽惊起，一曲渔歌月满舟。

平湖雪压小桥低，万里乾坤眼欲迷。
谁泛扁舟深夜过，却疑人在剡溪西[4]。

——选自《四明谈助》卷十五

【注释】

① 四时：指春、夏、秋、冬。四首诗各咏一时。

② 屯午：正午。

③ 南熏：即“南薰”。相传虞舜作歌，有“南风之薰兮，可以解吾民之愠兮”等句。后以“南薰”借指南面吹来的和风，唐郯载《送萧颖士赴东府得君字》：“和风媚东郊，时物滋南薰。”

④“却疑”句：化用晋人王徽之雪夜兴起，前往剡溪访友人的典故。见《世说新语·任诞》。

吴志淳

吴志淳（生卒年不详），字主一，号雁山老人，无为州（今安徽无为市）人。以父荫历靖安、都昌主簿，浙东帅府都事。元末避乱，居鄞县。能诗善书。与陶主敬、刘基、高启齐名。入明不仕。著有《环碧轩集》《柳南渔隐集》，今不传。《元诗选》辑有《主一集》诗十四首。生平事迹见《书史会要》、《列朝诗集》小传、《元诗选》小传等。

柳南渔隐[1]

采莲桥东湖水傍，数椽茅屋当垂杨。
主人把钓坐白石，孺子隔竹歌沧浪。
流云度水夜不散，微雨洒窗秋正凉。
我欲投竿今未就，何时来觅辋川庄[2]。

——选自《吴主一集》

【注释】

① 柳南：柳汀之南。

② 辋川庄：唐王维别业之名，为唐代著名私家园林的典范。中有欹湖、辋水、柳浪等景物。后世常以比喻环境优雅的园林。

◉ 明朝

乌斯道

乌斯道(1314—1390),字继善,号春草,又号四明山人,慈溪人。洪武四年(1371)荐知奉化,后历官广东石龙及江西永新县令,有治声,当地立生祠祀之。九年(1376)受文字狱牵连,谪役云南定远。寻放还。工诗文,文尚体要,诗寄兴高远,与兄乌本良并擅时名,有"江浙文章数二乌"之称。善琴弈,精书画。著有《春草斋集》等。生平事迹见《两浙名贤录》、郑梁《乌春草先生传》以及《明史》本传等。

涵虚馆访章复彦不值[1]

春风奈此玉人何,贺监宅前春水多。
茶灶笔床天上坐,酒船花担镜中过。
紫骝何处嘶晴日[2],白鸟当门弄碧波。
更爱小桥杨柳外,石栏闲倚听渔歌。

——选自乌斯道《春草斋集》之诗集卷四

【注释】

① 涵虚馆:又称涵虚驿,详见刘仁本《四明涵虚驿》注释①。本诗原注:"馆在月湖中,贺知章宅也。"章复彦:待考。乌斯道另有《章复彦许画菜作诗促之》。谢应芳有《寄章彦复》诗。不值:没有遇到。

② 紫骝:骏马名。

黄润玉

黄润玉(1391—1479),字孟清,号南山,鄞县人。永乐间

（1403—1424）举人，授建昌府学训导。后改官南昌。宣德间（1426—1435）升交趾道监察御史。正统（1436—1449）初擢广西佥事，提督学政。后任湖广佥事。凡所施行，万口交诵。致仕归里二十余年间，建南山书院讲学，或居东皋草堂，闭门简出，研索经义。著有《宁波府简要志》《南山录》《四明文献集》《海涵万象录》等。生平事迹见杨守陈《黄公墓志铭》、黄宗羲《明儒学案》以及《明史》本传。

东皋八景·鉴湖分绿①

日月东西贺监湖，分波回曲抱吾庐。
霜收暑潦清涵碧，冰泮春阳绿满渠②。
小艇通桥时载酒，鸣榔出埠夜跳鱼③。
相应名利尘中客，那识人间水竹居。

——选自黄润玉《南山黄先生家传集》卷十一

【注释】

① 作者题下自注："正统辛酉作东皋草堂成，赋此。"鉴湖：全祖望《余先生借鉴楼记》云："鄞之西湖，以贺秘监尝游息于此，故有小鉴湖之目。"

② 冰泮：冰冻融解。

③ 鸣榔：古代捕鱼作业方法，敲击船舷使作声，用以震晕或惊动鱼儿，使入网中。

四时八景·湖馆水云

郡西湖中洲有馆，本唐贺知章寓宅。扁曰涵虚，四面沧波，一碧千顷，天光云影，上下辉映。今为四明公馆，较之形胜，实魁天下驿置。

湖心筑馆四无邻，恰似瀛洲迥绝群。
一鉴婵娟涵素月，八窗菡萏拥红云。
天光滉漾风初静，水气氤氲日未曛[①]。
邮置尽多人品藻[②]，四明形胜满乾坤。

——选自黄润玉《南山黄先生家传集》卷十一

【注释】

① 曛：黄昏。

② 邮置：指驿站。这里指四明公馆。

鄞城草堂[①]

古鄞三面海通潮，坤局西来雉堞高[②]。
日月两湖环作岛，坎离双港抱成濠[③]。
百花潭上浑如杜[④]，五柳门前总似陶[⑤]。
拟卜归休任舒啸[⑥]，草堂先自号东皋。

——选自黄润玉《南山黄先生家传集》卷十八

【注释】

① 鄞城草堂：即诗人之东皋草堂。

② 坤局：地局，地势。

③ 坎离：语本《周易·说卦》："坎为水……离为火。"故以谓阴和阳。

④ "百花潭"句：用杜甫事。百花潭，在成都。杜甫草堂在潭北，杜甫《狂夫诗》："万里桥西一草堂，百花潭水即沧浪。"

⑤ “五柳”句：用陶渊明事。渊明宅边有五柳树，因以为号，见《五柳先生传》。

⑥ 舒啸：犹长啸，撮口发出悠长清越的声音。古人常以此述志。陶渊明《归去来兮辞》：“登东皋以舒啸，临清流而赋诗。”苏轼《和林子中待制》：“早晚渊明赋《归去》，浩歌长啸老斜川。”

戴　浩

戴浩（1391—1483），字彦广，号默庵，鄞县人。永乐十八年（1420）举于乡，初判东昌，后知雷州、永州、巩昌等。多有惠政，所在俱为立生祠。年近七十，致仕。家居三十年，齿长群宗，立义塾义冢，身持笃行。寿至九十三，体尚不衰。性喜吟咏，善书工画。著有《默庵诗稿》，今不存。

春晓闻莺

东风微度果留声，羌笛轻调百啭清。
唤起春光无觅处，柳汀花屿雾冥冥。

——选自《甬上耆旧诗》卷十三

范　麟

范麟（生卒年不详），字文祥，象山人。秀士。

月湖泛月得水字

扁舟泛月湖，湖月净于洗。
波漾月光寒，人在冰壶里。
一笑天地宽，再歌鱼龙起。
尊酒共徘徊，谁宾复谁主。
斗转玉绳低[1]，此乐殊未已。
霜月一声钟，人家隔烟水。

——选自明宋弘之辑、戴鲸增辑《四明雅选》

【注释】

① 玉绳：星名。汉张衡《西京赋》："上飞闼而仰眺，正睹瑶光与玉绳。"《文选》李善注引《春秋元命苞》云："玉衡北两星为玉绳。"

陆瑜

陆瑜(1409—1489)，字廷玉，号省庵，鄞县人。宣德八年(1433)进士，授刑部山西司主事，升员外郎。天顺二年(1458)升刑部尚书。成化五年(1469)致仕。家在月湖，晚年鹤发曳杖，逍遥十洲，为诗吊贺季真里居。卒谥康僖。著有《秋台稿》等，今不传。

贺监祠[1]

春水微茫春草新，庙亭花发鸟声频。
黄冠一曲瞻遗像[2]，明月三洲仰昔人。

故宅已怜为传舍[③],敝庐犹喜托芳邻[④]。
年来幸遂归湖愿,为向先生一荐蘋[⑤]。

——选自《甬上耆旧诗》卷十二

【注释】

① 贺监祠:即逸老堂。从南宋至明代,逸老堂有几番变化。南宋绍兴十四年(1144),郡守莫将在柳汀建逸老堂,与众乐亭相对。宝庆(1225—1227)中,郡守胡榘扩建祠堂,更名为“隐德堂”。开庆元年(1259),制使吴潜重建逸老堂。元代至元十三年(1276),逸老堂并涵虚馆被改置为水马站,分南北二馆,祠堂被废。明代洪武年间(1368—1398),罢马站,二馆合为一驿,并重建贺秘监祠。

② 黄冠:道士冠。南宋开庆元年(1259),吴潜重建逸老堂时,立碑刻记,在碑阴刻贺知章像,为黄冠打扮。

③ 故宅:指贺监祠。传舍:古时供人休息住宿的处所,此指四明驿站。

④ 敝庐:对自己的居所的谦称。芳邻:对邻居的美称。

⑤ 荐蘋:祭献蘋。《左传·隐公三年》:“苟有明信,涧溪沼沚之毛,蘋蘩薀藻之菜,筐筥锜釜之器,潢污行潦之水,可荐于鬼神,可羞于王公。”

成 矩

成矩(生卒年不详),字叔度,苏州人。正统间(1436—1449)任宁波儒学教员,曾为《重修石将军庙碑》书丹。成化间(1465—1487),升宁郡教授。

四明驿馆

使星长照岸西东[①],水色天光面面通。
澄碧亭前迎画鹢,涵虚馆里驻鸣骢[②]。
秘书入道祠还在[③],丞相封王事已空[④]。
依旧春风杨柳绿,行人来往日匆匆。

——选自《四明谈助》卷十八

【注释】

① 使星:朝廷派出的使者。《后汉书·李郃传》:“和帝即位,分遣使者,皆微服单行,各至州县观采风谣。使者二人当到益部,投郃候舍。时夏夕露坐……郃指星示云:‘有二使星向益州分野。’”

② 骢:泛指马。

③ 秘书:指贺知章。

④ 丞相封王:指南宋丞相史浩、史弥远,卒后分别封越王、卫王。

屠　滽

屠滽(1440—1512),字朝宗,号丹山。鄞县人。成化二年(1466)进士,历任监察御史、右佥都御史、右都御史、左都御史。弘治十年(1497),加太子太保,次年擢吏部尚书,进太子太傅,继加柱国。立朝持论公允,推贤让能。后被劾致仕。正德元年(1506),武宗登位,起复为太子太傅、吏部尚书兼左都御史掌院事。因宦官刘瑾专权,致仕归里。卒赠太保,谥襄惠。著有《丹山集》,其后人辑有《屠襄惠公遗集》。

题涵碧亭

一池清水碧于苔，构得幽亭傍水开。
六月不知天有暑，四时长喜地无埃。
倚栏下看星芒转，卷幔先迎山翠来。
何用别求仙药去，此中风景即蓬莱。

——选自《甬上耆旧诗》卷六

黄宗明

黄宗明（？—1536），字诚甫，号致斋，鄞县人。王守仁门下高弟。正德九年（1514）进士，除南京兵部主事，进员外郎。嘉靖二年（1523），起南京刑部郎中。三年（1524）出守吉安，五年（1526）重修白鹭洲书院，以学道教诸生。后官至礼部侍郎。生平事迹见《明史》本传等。

甬上歌二首

一

不知何地是瀛洲，日月湖光净不流。
秋到万家黄叶乱，玉箫人倚月明楼。

二

越王宫馆上青天[①]，栋宇参差宿断烟。

水漫湖西洲岛没，踏歌人听打鱼船[②]。

——选自《甬上耆旧诗》卷十一

【注释】

① 越王宫馆：指南宋史浩的“四明洞天”。史浩卒后封“越王”。

② 踏歌人：行吟的诗人。

张邦奇

张邦奇(1484—1544)，字常甫，号甬川，鄞县人。弘治十八年(1505)进士。选翰林院庶吉士，授检讨，参修《孝宗实录》。正德十年(1515)，出为湖广提学副使，修建明山、岳麓、崇正书院。历任四川及福建提学、翰林院侍讲、南京国子监祭酒。嘉靖九年(1530)任南吏部侍郎，次年升吏部左侍郎。历掌翰林院、詹事府事，加太子宾客，升礼部尚书，以母老改任南京吏部尚书，又改南兵部尚书。卒，赠太子太保，谥文定。与王守仁友善，论学则不合，主“躬行实践”，宗程、朱。著有《五经说》《甬川集》《纾玉楼集》《四友亭集》等。生平事迹见张时彻《张尚书邦奇传》、黄宗羲《明儒学案》及《明史》本传。

乐性

驻楫月湖水，市城窥远踪。
鸢鱼时上下[①]，花柳自横纵。
院静开秋局[②]，窗虚逗晓钟。

归来季真叟[③]，携酒欲相从。

——选自张邦奇《张文定公四友亭集》卷五

【注释】

① “鸢鱼”句：即鸢飞鱼跃之意。

② 开秋局：指下棋。意境近唐皮日休《李处士郊居》“窗中人静下棋声”。

③ 季真叟：贺知章，字季真。

陆铨

陆铨（？—1542），字选之，号石溪，鄞县人。嘉靖二年（1523）进士。除刑部山西司主事。以争大礼被廷杖。后迁兵部员外郎，转礼部仪制司郎中。出为福建按察使，迁广西按察使，升广东右布政使以终。有文名，论诗主性情。著有《石溪集》，今不传。生平事迹见戴鲸《广东右布政使陆公铨行状》及《明史》本传。

月湖行

我家住在湖之西，中有岛屿湖之湄。
东风三月桃花水，清阴百丈杨柳堤。
宝塔浮云耸高汉[①]，石桥流水飞双霓[②]。
高汉双霓西复东，往来人影绿光中。
狂客祠前朝酬酒[③]，梦公堂里夜闻钟[④]。
风起沙惊凫鹕乱，雨来声满荻蒲丛。
何家公子好游侠，木兰为船桂为楫。

轻篷细桨荡中流，翠钿宝髻娇双颊。
清歌一曲白云飞，朱颜百媚红蕖落[5]。
湖前湖后何缤纷，桥上人看湖上人。
行人但识湖船乐，游人更羡湖光新。
夹岸人家门第改，惟余湖心明月在。
露华晓候渔舟出，星光暮入水亭待。
亭上主人久不归，湖光月影徒辉辉[6]。

——选自《甬上耆旧诗》卷九

【注释】

① 宝塔：指天封塔。高汉：指天空。汉，天河。

② 双霓：指憧憧东桥和西桥。

③ 狂客祠：即贺监祠。

④ 梦公堂：在月湖西，为北宋银青光禄大夫周师厚第。师厚为河北路提举常平，人或呼为“梦见公”，盖以其为周姓。后师厚之子周锷知南雄，以言忤时相，入元祐党籍，退而将旧第建为四休堂。

⑤ 红蕖：红色的荷花。

⑥ 徒：空，白白地。

赋得家居之乐

晓晴湖日上层楼，睡起梳头对野鸥。
诗社简来催夙约，山家酒熟唤春游。
轻便度岭双肩轿，小巧穿桥独橹舟。
日暮恐迷归去路，短松修竹认芳洲。

——选自《甬上耆旧诗》卷九

丰 坊

丰坊(1494—1566),字存礼。鄞县人。少负异才。正德十四年(1519)举乡试第一,嘉靖二年(1523)进士,除礼部主事。次年随其父谏“大礼议”事,受杖阙下。出为南京吏部考功司主事,再谪通州同知。父殁后,上书言建明堂事,又言宜加献皇帝(世宗生父)庙号称宗,世宗从其议,而不用其人。后罢归,移居月湖碧沚园。坊博学工文,尤精书法,善画山水。家富藏书,有“万卷楼”。晚年贫病交加,家遭火灾,幸存书帖俱售与范钦。后流寓吴中,更名道生,更字人翁,号南禺外史。卒于吴中萧寺。书迹碑刻《砥柱行》、神龙本《兰亭序》刻石等十余种,今藏天一阁。著有《万卷楼遗集》《南禺集》《五经世学》等。生平事迹见《甬上耆旧诗》小传、黄宗羲《丰南禺别传》,以及《明史》本传等。

纳凉碧沚

鉴湖洲上晚凉归[①],散发披襟送落晖。
鸣雨乍收微雨续,黑云轻载白云飞。
水风度筱偏流座,山月穿松故拂衣。
倏忽阴晴堪一笑,年来世事已忘机[②]。

——选自明郎瑛《七修类稿》续稿卷五

【注释】

① 鉴湖:指月湖。借贺知章鉴湖而称之。

② 忘机:消除了机巧之心,指与世无争。

六言四首

一

风起陶公山外[1]，雨收贺监祠边。
黄鸟歌随把盏，绯桃笑索行船[2]。

二

竹几玄书昼掩[3]，瓦盆紫蕨时尝。
褦襶庭中绝迹[4]，芰荷枕畔飘香。

三

快雨时晴延眺，长空玉莹无瑕。
扫叶自烹江蟹，隔篱又卖湖虾。

四

夜月琼瑶映户[5]，朝晖金碧盈眸。
扫径不缘县令[6]，度关莫问封侯[7]。

——选自丰坊《万卷楼遗集》卷六

【注释】

① 陶公山：在宁波东钱湖。

② 绯桃：红桃花。索：寻求，索取。

③ 玄书：《老子》："玄之又玄，众妙之门。"故"玄书"指《老子》。又泛指道书。

④ 褦襶：夏天遮日的凉笠。

⑤ 琼瑶：此为喻雪。按：丰坊这四首六言诗，分咏自己在月湖春

夏秋冬四时生活情况及相关景物。

⑥ “扫径”句：化用汉代袁安典故，《后汉书·袁安传》：“时大雪，积地丈余。洛阳令身出案行，见人家皆除雪出，有乞食者。至袁安门，无有行路。谓安已死，令人除雪入户，见安僵卧。问：‘何以不出？’安曰：‘大雪，人皆饿，不宜干人。’令以为贤，举为孝廉。”

⑦ “度关”句：化用老子度关之典，指离尘隐居，而非建立功名。

小中元日夜泛月湖作

孤舟泛湖水，月色如寒玉。
白云忽满衣，清风时濯足。
不知人间世，因唱沧浪曲[①]。
归卧读书窗，蟪蛄啼草绿[②]。

——选自《御选明诗》卷二十六

【注释】

① 沧浪曲：《楚辞·渔父》：“沧浪之水清兮，可以濯吾缨；沧浪之水浊兮，可以濯吾足。”

② 蟪蛄：蝉的一种。

张时彻

张时彻（1500—1577），字维静，号东沙，又号芝园。鄞县人。嘉靖二年（1523）进士，授南兵部主事。嘉靖十年（1531），以按察副使督江西学政，适圣庙火灾，罢职。十二年（1533）复出，历任山东兵备副使、福建右参政、云南按察使、山东右布政使、四川巡抚、江西巡抚、南京刑部右侍郎。曾聚官伏阙为商大节讼冤，触怒世宗，被连降两级。三十三年(1554)，任南京兵部尚书。次年七月，遭御史弹劾，复受严世蕃排挤，辞职归里。在东钱湖建茂屿山庄，在月湖建精舍。一时与范钦(官至兵部右侍郎)、屠大山(官至兵部右侍郎)主甬上文柄，人称"东海三司马"。著有《芝园全集》，编《宁波府志》《四明风雅》等。生平事迹见王世贞《资德大夫南京兵部尚书参赞机务东沙张公墓志铭》、余有丁《张司马先生时彻传》以及《明史》本传等。

月湖精舍燕集得凉字①(二首)

一

玄冬届海澨②，凄其北风凉。
有美骚雅客，翩翩集华堂。
苍雪尊前乱，白云檐际翔。
坐听沧浪曲，起视明月光。

二

海山何苍苍，湖水何泱泱。
兴言命俦侣③，倾此白玉觞。
青松漏华月，碧草冒繁霜。
衣裳岂不厚，暮夜不禁凉。

——选自张时彻《芝园定集》卷六

【注释】

① 月湖精舍：在月湖中，旧湖心寺址。得凉字：指诗人们宴集，自

己分得“凉”字为韵作诗。

② 玄冬：冬天。古人以五行与五色、四方、四季对应，冬季对应玄（黑）色，故称玄冬。《汉书》：“于是玄冬季月，天地隆烈。”颜师古注：“北方色黑，故曰玄冬。”届：当。海澨：海滨。

③ 兴言：兴致起而发之于言。

伏日月湖精舍与友人纳凉[①]，用凉字二首

一

湖曲开新墅，因贪水上凉。
解衣悬绿竹，避日隐青杨。
明月徐窥镜，流萤乱点裳。
不须凌汗漫[②]，已自在潇湘[③]。

二

不是高欢宅[④]，言倾袁绍觞[⑤]。
未图千日醉[⑥]，偷取片时凉。
短榻琅玕簟[⑦]，轻风薜荔裳[⑧]。
采莲谁氏子，归棹咏沧浪。

——选自张时彻《芝园定集》卷十二

【注释】

① 伏日：三伏期的总称，一年中最热的时候。

② 凌汗漫：指远游。汗漫，漫无边际。

③ 潇湘：湘江。因湘江水清深，故名。《湘中记》：“湘川清照五六丈，下见底石如樗蒲矣，五色鲜明。”

④ 高欢宅：北齐神武帝高欢的避暑离宫，旧址在山西太原市西南

的天龙山天龙寺内。当年宫内有香姜阁、冰井台等建筑。

⑤ 袁绍觞：化用三国袁绍避暑饮酒的典故，曹丕《典论》：“大驾都许，使光禄大夫刘松北镇袁绍军，与绍子弟日共宴饮，常以三伏之际，昼夜酣饮，极醉，至于无知。云以避一时之暑，故河朔有避暑饮。”

⑥ 千日醉：化用刘玄石饮中山酒的典故，晋张华《博物志》卷十载：“刘玄石于中山酒家酤酒，酒家与千日酒饮之，忘言其节度。归至家当醉，而家人不知，以为死也，权葬之。酒家计千日满，乃忆玄石前来酤酒，醉当醒矣。往视之，云：‘玄石亡来三年，已葬。’于是开棺，醉始醒。”

⑦ 琅玕簟：竹席。琅玕，本形容竹之青翠，亦指竹。杜甫《郑驸马宅宴洞中》诗：“主家阴洞细烟雾，留客夏簟青琅玕。”宋吕渭老《木兰花慢》：“试玛瑙杯深，琅玕簟冷，临水帘帷。”

⑧ 薜荔裳：用薜荔做的衣裳。本自《楚辞·九歌·山鬼》：“披薜荔兮带女萝。”后指隐士服，唐孟郊《送豆卢策归别墅》诗：“身披薜荔衣，山陟莓苔梯。”唐罗隐《宿荆州江陵驿》：“薜荔衣裳木兰楫。”

伏暑月湖精舍小集[①]（二首）

一

怜尔青山客，能为白雪歌[②]。
有怀惟我共，无酒奈愁何。
障日便深竹[③]，搴云补绿萝[④]。
不须嫌褦襶[⑤]，乘兴且来过。

二

我有青桐树，偏宜夏日长。
会祛三伏暑，消受九霞觞[⑥]。

步石怜苔碧,移床就水凉。
未论河朔饮[7],已自在潇湘。

——选自张时彻《芝园定集》卷十二

【注释】

① 伏暑:指盛夏。

② 白雪:本为古琴曲名,此处喻指清雅的诗词。

③ 障日:遮蔽日光。便深竹:谓得利于幽深的竹林。

④ "搴云"句:谓绿萝尚不足以蔽日,取片云来弥补其不足。

⑤ 襬襶:见前丰坊《六言四首》注。

⑥ 九霞觞:酒杯名,借指美酒。唐许碏《醉吟》诗:"阆苑花前是醉乡,误翻王母九霞觞。"

⑦ 河朔饮:见前"袁绍觞"注释。

月湖精舍赏菊,得鱼字

自有澄湖馆[1],频来高士车。
山当睥睨出[2],菊傍绮筵舒[3]。
丽色迷青眼[4],幽香袭彩裾。
尊中饶旧酿,不用解金鱼[5]。

——选自张时彻《芝园定集》卷十二

【注释】

① 澄湖馆:即月湖精舍。

② 睥睨:城墙上锯齿形的短墙。

③ 绮筵:华丽丰盛的筵席。舒:开。

④ 青眼:此指对景物表露出喜爱的审美眼光。其义由"青白眼"化来。

⑤ 金鱼：金鱼袋。唐制，三品以上的官佩金鱼袋。“解金鱼”，意谓解下金鱼袋换酒。杜甫《陪郑广文游何将军山林》：“银甲弹筝用，金鱼换酒来。”宋郑獬《过魏都》：“忆把貂裘买玉壶，重来不敢解金鱼。”

乙亥新正四日月湖精舍小集①

春光不择地，偏自款朱阑②。
风引赪梅径③，霞标白石坛④。
贪兹千日酒⑤，佐我一宵欢。
积雪纷纷在，从谁乞辟寒⑥。

——选自张时彻《芝园定集》卷十二

【注释】

① 乙亥：万历三年(1575)。新正：新年正月。

② 款：喜欢，爱。

③ 赪梅：红梅。

④ “霞标”句：意谓红霞屯在白石坛上。

⑤ 千日酒：即中山酒。见前《伏日月湖精舍与友人纳凉用凉字二首》注。

⑥ 辟寒：香名，古人谓焚之可避寒气。南朝梁任昉《述异记》卷上：“辟寒香，丹丹国所出，汉武时入贡，每至大寒，于室焚之，暖气翕然，自外而入，人皆减衣。”

中秋后四日燕范东明宅，月下泛舟二首(选一)

秋城玉露静凝华，曲径雕阑郭外家。
绿树拂天云上下，层楼映水月横斜。
酣歌犹是乘佳节，游泳还同舣钓槎。

却怪从前孤胜赏，何如长住碧溪涯。

——选自张时彻《芝园定集》卷十五

赠杨双坡[1]

月湖东畔结幽庐，面面青山瞰碧渠。
绕屋尽为栽药圃，挥金惟购课儿书。
朱弦日奏阳春曲，芳草时迎长者车。
莫道山林终寂寞，渐看兰桂满庭除[2]。

——选自张时彻《芝园定集》卷十五

【注释】

① 杨双坡：待考。

② 兰桂：据本诗"课儿书"语，此当比喻逐渐成长起来的有才德的子孙。

十八夜心远堂观灯即席限韵[1]

贺监湖边结草堂，还怜佳节续瑶觞[2]。
珠玑巧结千丝缕，锦绮齐添五夜光。
已讶星河浮岛屿，即看云雾绕衣裳。
酒肠似海应难醉[3]，细雨空庭玉漏长[4]。

——选自张时彻《芝园定集》卷十五

【注释】

① 心远堂：张时彻的月湖草堂名。取陶渊明"心远地自偏"之意。

即席：当席，当场。限韵：指按规定的韵作诗。

② 瑶觞：玉杯，借指美酒、宴饮。唐王勃《宴山亭序》："银烛摛花，瑶觞抒兴。"

③ 酒肠：指酒量。宋苏辙《送毛滂斋郎》诗："酒肠天与浑无敌。"

④ 玉漏：计时漏壶的美称。

秋日闲居走笔次东明韵

归隐无钱可买山，借山亦自展欢颜。
满庭绿竹堪题字，绕径名花好伴闲。
泛艇每怜新雨后，吹箫还向白云间。
风前松子纷纷落，疑是玄猿作意攀[1]。

——选自张时彻《芝园定集》卷十六

【注释】

① 作意：故意，特意。

秋怀五首（选一）

万里江山一草堂，开门终日咏沧浪。
自怜投老柴桑社[1]，漫忆趋承汉署香[2]。
山馆惯闻巴里曲[3]，秋风初试芰荷裳[4]。
十洲共说神仙宅，清梦徒劳泛渺茫[5]。

——选自张时彻《芝园定集》卷十六

【注释】

① 投老：告老。晋王羲之《十七帖》："实望投老，得尽田里骨肉

之欢。”柴桑：指故里。因陶渊明弃官归隐故里柴桑，后人用“柴桑”为故里的代称。“柴桑社”，此指的诗社。

② 趋承：侍奉。汉署：此指朝廷机构。“汉署香”，指鸡舌香。用汉三省故事，郎官日含鸡舌香，欲其奏事对答时气味芬芳，故名。《初学记》卷十一引汉应劭《汉官仪》：“尚书郎含鸡舌香伏奏事，黄门郎对揖跪受，故称尚书郎怀香握兰，趋走丹墀。”

③ 巴里：《巴人》《下里》的省称。指流俗的音乐，南朝梁简文帝《与湘东王书》：“故玉徽金铣，反为拙目所嗤；《巴人》《下里》，更合郢中之听。”亦指粗俗的作品，唐薛用弱《集异记·王涣之》：“此辈皆潦倒乐官，所唱皆《巴人》《下里》之词耳，岂《阳春》《白雪》之曲俗物敢近哉？”

④ 芰荷裳：用菱叶与荷叶制作的衣服。屈原《离骚》：“制芰荷以为衣兮，集芙蓉以为裳。”

⑤ 泛渺茫：指泛海寻找神仙之所居。

月湖精舍诸文学过寿小酌①

山中日月递居诸②，却赖亲交数慰余。
汉室何人知董相③，茂陵犹自病相如④。
云生石壁青堪把，日落枫湖近可渔。
自是高情能缱绻⑤，幽禽野草尽为娱。

——选自张时彻《芝园定集》卷十七

【注释】

① 文学：儒生，泛指有学问的人。过寿：给老人过生日。

② 日月递居诸：指日月往来。《诗经·柏舟》：“日居月诸，胡迭而微。”孔颖达疏：“居、诸者，语助也。”

③ 董相：指汉代大儒董仲舒，因其曾做过江都易王刘非的相，故称。

④ 相如：汉代司马相如。相如晚年因患病免官，家居茂陵。后人用为老病居家的典故，唐李商隐《寄令狐郎中》：“茂陵秋雨病相如。”

⑤ 缱绻：缠绵，形容感情深厚。

漫兴

岂是为园拟辟疆[①]，草堂开向碧湖傍。
款门只有看花伴[②]，艺圃惟寻种树方。
三市管弦歌窈窕[③]，十洲风月咏沧浪。
已将世事都抛却，赢得痴狂似长康[④]。

——选自张时彻《芝园定集》卷十七

【注释】

① 辟疆：东晋顾辟疆。辟疆家有名园，为苏州最早的私人园林，唐宋时期尚存。其园多美竹、怪石。唐陆龟蒙《奉和袭美二游诗·任诗》：“吴之辟疆园，在昔胜概敌。前闻富修竹，后说纷怪石。”

② 款门：敲门。

③ 三市：大市、朝市、夕市。三国魏何晏《景福殿赋》：“俯眺三市，孰有谁无?”李善注引《周礼》：“大市，日仄而市；朝市，朝时为市；夕市，夕时为市。”后亦以“三市”泛称闹市。宁波府城南门有三市。

④ 长康：晋人顾恺之，字长康。《晋书·顾恺之传》：“俗传恺之有三绝：才绝，画绝，痴绝。”苏轼《再用前韵寄莘老》：“君不见夷甫开三窟，不如长康号痴绝。”

莲桥诗[①]（四首）为沈郡丞赋[②]

一

莲叶复莲叶，田田映秋水。
打桨何处郎，惊动双凫起。

二

澄湖深百尺，上有百尺桥。
白日坐垂钓，明月还吹箫。

三

湖中何所有，簇簇多青莲。
辟谷茹其英[③]，丹霄挟飞仙[④]。

四

结庐日湖侧，徙倚弄潺湲[⑤]。
歌罢无人和，归来且闭关[⑥]。

——选自张时彻《芝园定集》卷十八

【注释】

① 莲桥：月湖之东，原日湖采莲桥。在莲桥街外的湖上。

② 郡丞：郡守的副贰。沈郡丞，指沈应时。沈应时，河南卫辉人，嘉靖二十九年（1550）进士，四十三年（1564）任宁波府同知。

③ 辟谷：一种方士道家的修炼方法，不吃五谷等食物。茹：吃。英：此指莲花。

④ 丹霄：绚丽的天空。挟：携带。“挟飞仙”，化用苏轼《赤壁赋》：

“挟飞仙以遨游。”挟：携带。

⑤ 徙倚：徘徊。潺湲：水流貌。此指流水。

⑥ 闭关：此指闭门，不为尘世所扰。

屠大山

屠大山（1500—1579），字国望，号竹墟。鄞县人，家住屠园巷（今属宁波市海曙区）。嘉靖二年（1523）进士。知四川合州（治所在今重庆合川），捐俸筑堤，人称屠公堤。擢南刑部员外郎，外放知吉安府，迁按察副使，备兵徐州。继迁山东布政司参政、福建布政使，晋副都御史，巡抚湖广，官至兵部右侍郎。嘉靖三十三年（1554）受命巡抚南直隶兼提督军务，率军抗倭，旋因部下兵败，被弹下狱。后得人解救，褫为民。穆宗即位，复原官，不就。家居二十余年，卒。能诗文，与里中故人张时彻、范钦等投闲啸咏。有《竹墟集》，今失传。生平事迹见余寅《明故奉诏致仕前通政大夫兵部右侍郎兼都察院右佥都御史竹墟屠公行状》、王世贞《通议大夫兵部右侍郎兼都察院右佥都御史竹墟屠公墓志铭》、汪道昆《少司马屠公传》。

中秋东明招游月湖[①]（二首）

一

华堂迟初月，兰桨泛秋光。
城角湖偏朗，波心夜转凉。
水深星可摘，荷老气犹香。

俯仰愁天曙，谁言更漏长。

二

秋月初昏白，湖光四望多。
杯行天上酒，人坐镜中波。
岸语惊仙棹[2]，空音响醉歌。
非君谋徙席，良夜奈愁何。

——选自《甬上耆旧诗》卷八

【注释】

① 东明：范钦，号东明。

范　钦

范钦（1506—1585），字尧卿，号东明，鄞县人。嘉靖十一年（1532）进士，除知随州。迁工部员外郎。历江西按察副使、广西参政、福建按察使、云南右布政使、陕西左布政使，居丧去职。嘉靖三十八年（1559），以右副都御使巡抚南赣、汀、漳诸府，次年迁兵部右侍郎，辞归。家居二十余年，卒。平生喜藏书，历官各地时，即随处收求，致仕归里，在月湖筑藏书楼“天一阁”。复遍购图书，最终聚书达七万余卷，藏书为浙东第一。好诗文著述，有《天一阁集》等。生平事迹见沈一贯《明通奉大夫兵部右侍郎东明范公墓志》，以及雍正《浙江通志》等。

过碧沚

草阁悬湖上[①],春来一漫游。
露华浮小径,兰气袭芳洲。
笑我便鱼鸟[②],从人呼马牛[③]。
渔郎亦何意,欸乃下中流[④]。

——选自范钦《天一阁集》卷八

【注释】

① 草阁:范钦别业,在碧沚。明高宇泰《静止录》:“碧沚亭……正德间为丰考功所有,后售之兵部侍郎范钦。”清徐兆昺《四明谈助》卷十八:“少司马东明先生筑居月湖深处,起天一阁藏书,有别业在碧沚。”

② 便鱼鸟:意谓与鱼鸟相亲。便,熟习。《世说新语·言语》:“简文入华林园,顾谓左右曰:‘会心处不必在远,翳然林水,便自有濠、濮间想也,觉鸟兽禽鱼自来亲人。’”

③ 从人:任随他人。呼马牛:即呼马呼牛。《庄子·天道》:“昔者子呼我牛也谓之牛,呼我马也谓之马。”

④ 欸乃:象声词,摇橹声,亦指棹歌。柳宗元《渔翁》:“欸乃一声山水绿。”

湖上

月湖风物好,稍得畅心颜。
鸣鸟时高下,游云自往还。
开轩当曲渚,岸帻见南山[①]。
不待寻源去,依稀濠濮间[②]。

——选自范钦《天一阁集》卷八

【注释】

① 岸帻：推起头巾，露出前额。

② 濠濮：濠水（在今安徽凤阳县东北）和濮水（源出今河南封丘县，流入山东境内）。《庄子》载，庄子曾在濠梁之上观鱼之乐，又曾钓于濮水。后人以"濠濮"指逍遥快乐、清静无为的地方。

春日湖上小集

方春无一事，留客坐柴门。
雪意催诗兴，波光荡酒尊。
清谈忘尔汝[①]，白眼睨乾坤。
他日风花满，幽怀可重论。

——选自范钦《天一阁集》卷八

【注释】

① 尔汝：尊长对卑幼的称呼。"忘尔汝"，谓不拘尊卑长幼，亲密无间。

湖阁

阴阴堤畔柳，宛宛水中鸥[①]。
物色馀三月[②]，心期只一丘。
分林花劝酒，隔屿客呼舟。
入夜来渔唱，犹堪作卧游。

——选自范钦《天一阁集》卷八

【注释】

① 宛宛：迟回缠绵貌。

② 物色：景色，此指春色。馀：饶，足。《说文·食部》：“馀，饶也。”

碧沚园屠、张二司马燕集，用韵三首（选一）

草阁湖中央，依稀濠濮乡。
千章夏木绕[1]，一镜水云长。
人意生虚寂[2]，天光堕渺茫。
陶然忽已醉，不复问沧桑。

——选自范钦《天一阁集》卷八

【注释】

① 章：大木材。《史记·货殖列传》：“水居千石鱼陂，山居千章之材。”后引申为计算大树的量词。

② 虚寂：虚无寂静。

夏日湖上十首（选三）

其一

一入澄湖里，何当暑气消[1]。
台依云壑静，峰落海天遥。
古树行相傍，幽禽坐可招。
不须凉吹发，吾思已飘萧[2]。

其六

老去一潜夫③，披襟思不孤。
风前鸣万籁，树里眇重湖④。
独往惟鸥渚，相逢或钓徒。
由来庄惠意⑤，此际未能无。

其十

大隐何城市⑥，幽心只草堂。
抚弦山水得，卷幔海云凉。
虹影驱残雨，蝉声带夕阳。
芰荷随处满，留待结为裳⑦。

——选自范钦《天一阁集》卷八

【注释】

① 何当：何时。谓不觉之间。

② 飘萧：飞扬貌。

③ 潜夫：隐者。

④ 眇：辽远。

⑤ 庄惠意：庄子与惠子在濠梁观鱼乐的思辩。《庄子·秋水》："庄子与惠子游于濠梁之上。庄子曰：'鲦鱼出游从容，是鱼乐也。'惠子曰：'子非鱼，安知鱼之乐？'庄子曰：'子非我，安知我不知鱼之乐？'"

⑥ 大隐：指身居朝市而志在玄远的人。晋王康琚《反招隐诗》："小隐隐陵薮，大隐隐朝市。"

⑦ "芰荷"二句：化用屈原《离骚》："制芰荷以为衣兮，集芙蓉以为裳。"

初秋湖上十首(选四)

其一

小阁枕危矶[①],迎秋敞四扉。
清晖当坐落,紫雁入空微。
虫响疑催织,波光欲上衣。
即看持钓罢,鲈鲙异常肥[②]。

其二

林居绝四邻,长日可陶真[③]。
一夕凉云动,弥天爽气新。
逍遥青雀舫[④],傲岸白纶巾[⑤]。
为报澄湖道,于今得主人。

其三

金飚初应律[⑥],玉宇倍生凉[⑦]。
况此亭台迥,兼之云水长。
天流岩桂影[⑧],露引渚苹香。
何处菱歌起,还应是女郎。

其四

浮槎停水国,孤榻寄烟霞。
日暮鸣蝉急,天空流火斜[⑨]。
呼童烹石髓[⑩],留客饭胡麻[⑪]。
渐觉中元近[⑫],飞觞揽月华[⑬]。

——选自范钦《天一阁集》卷九

【注释】

① 危矶：指高岸。矶，水边突出的岩石。

② 鲈鲙：鲈鱼脍。《世说新语·识鉴》："张季鹰辟齐王东曹掾，在洛，见秋风起，因思吴中莼菜羹、鲈鱼脍，曰：'人生贵得适意尔，何能羁宦数千里以要名爵？'遂命驾便归。"

③ 陶真：陶养人的真朴本性。

④ 青雀舫：船头画有青雀的船。泛指华贵的船。

⑤ 傲岸：高傲。白纶巾：白色的头巾。

⑥ 金飔：金风，即秋风。西晋张协《杂诗》："金风扇素节，丹霞启阴期。"李善注："西方为秋而主金，故秋风曰金风也。"应律：应合历象。

⑦ 玉宇：太空。

⑧ "天流"句：写月光。

⑨ 流火：大火星西流。语出《诗经·七月》："七月流火，九月授衣。"大火星即心宿，农历五月的黄昏，大火星在中天；七月的黄昏，大火星的位置逐渐西降，天气渐凉。

⑩ 石髓：即石钟乳。古人以为服食可以延年。

⑪ 胡麻：即芝麻。传说汉代张骞得其种于西域，故名。东晋葛洪《抱朴子·仙药》："巨胜一名胡麻，饵服之不老，耐风湿补衰老也。"胡麻可做成饭，唐王维《送孙秀才》："山中无鲁酒，松下饭胡麻。"

⑫ 中元：农历七月十五日。

⑬ 飞觞：疾速传觞。

同诸彦过湖上①

时来俗况无②，携客上春湖。
映水楼台静，盘云岛屿孤③。
好花留驻盖④，鸣鸟劝提壶⑤。

试问黄冠老[⑥]，千秋能几徒？

——选自范钦《天一阁集》卷九

【注释】

① 彦：贤士，俊才。

② 时来：近段时间以来。俗况：谓俗事。

③ 盘云：云雾围绕。

④ 驻盖：谓停车。盖，车盖，代指车。

⑤ 提壶：鸟名，即鹈鹕。见袁桷《次韵史猷父春游夜归》注释②。

⑥ 黄冠老：指贺知章。南宋开庆元年(1259)，吴潜重建逸老堂时，立碑刻记，在碑阴刻贺知章像，为黄冠打扮。

湖上

一到澄湖上，冷然生隐心[①]。
白云依静渚，红叶映疏林。
击榜渔歌起，循阶鸟迹深。
夷游忽云暮[②]，朗月在高岑。

——选自范钦《天一阁集》卷九

【注释】

① 冷然：超脱貌。宋苏轼《叶涛致远见和二诗复次其韵》：“永谢汤火厄，冷然超无方。”

② 夷游：即夷犹，从容自得貌。元赵孟頫《夜发吴门》：“吴树依依吴水流，吴中舟楫好夷游。”

夏日期张缨泉、袁池南、张石里结社湖上①

城中名大隐②，而我索居人③。
赖是论心旧④，来从结社新。
湖波摇绿雪⑤，天籁发青蘋。
对此情怡适，何辞漉酒巾⑥。

——选自范钦《天一阁集》卷九

【注释】

① 期：邀约。张缨泉：张渊，字维本，号缨泉。鄞县人。嘉靖二十六年(1547)进士，官至贵州左布政使。投劾归里，家居十余年卒。好诗，遗作有后人所刻《一舫斋诗》。袁池南：待考。张石里：张子瑶，字仲玉，号石里翁，鄞县人。嘉靖二十年(1541)进士，张邦俊之子，张邦奇之侄。有《张石里文稿》稿本（苏州图书馆藏）。结社：此指结为诗社。按，其正式结社是在万历七年(1579)六月三日，《天一阁集》卷十四有《己卯六月三日张缨泉袁池南张石里结社于月湖草堂四首》。

② “城中”句：化用晋王康琚《反招隐诗》：“大隐隐朝市。”

③ 索居：谓离开人群，孤独散居。《礼记·檀弓上》：“吾离群而索居，亦已久矣。”

④ 论心：倾心交谈。

⑤ 绿雪：指绿色的波浪。

⑥ 漉酒巾：过滤酒的布巾。此用陶渊明事。《宋书·陶潜传》：“值其酒熟，取头上葛巾漉酒，毕，还复著之。”

夏日集十洲阁

坐里芳湖社①，差池易隔年②。
凉飔催送酒③，落日故停船。

树影摇虚阁,渔歌杂采莲。
时平捐物累[④],早已得真筌[⑤]。

——选自范钦《天一阁集》卷九

【注释】

① 芳湖社:诗社名。即与张缨泉等人所结之社。

② 差池:差错。谓各种阴差阳错,致使诗社活动隔年也。

③ 飔:凉风。

④ “时平”句:谓因为时局太平,便抛弃了外物给人的拖累。

⑤ 真筌:即“真诠”,真谛。

初秋湖阁

坐凭虚阁俯苍烟,四顾澄湖共爽然。
心远久疏还阙梦[①],年丰初给买书钱[②]。
轻飔凉入中庭树,朗月晴浮万里天。
怪底宵阑犹不寐[③],清歌时有采菱船。

——选自范钦《天一阁集》卷十三

【注释】

① 还阙:回朝。

② 给:充裕。

③ 怪底:难怪。宵阑:夜阑,夜将尽。

上元诸彦集天一阁即事[①]

阛城花月拥笙歌[②],仙客何当结轸过[③]。

吟倚鳌峰夸白雪[④],笑看星驾度银河[⑤]。
苑风应节舒梅柳[⑥],径雾含香散绮罗。
接席呼卢堪一醉[⑦],向来心赏屡蹉跎。

——选自范钦《天一阁集》卷十三

【注释】

① 上元:节日名。旧以阴历正月十五日为上元节,其夜为上元夜,也叫“元宵”。嘉靖《宁波府志》卷四:“元宵自十三日夜,四街各设竹棚、彩障,悬灯其上,祠庙皆盛张灯,游观达曙,或以火药为锦树之戏。”诸彦:众贤才。据下选沈明臣《灯夕范司马安卿天一阁即事》诗,沈明臣为诸彦之一。

② 阗:满。

③ 结轸:停车。轸,车箱底部的横木,亦作车的代称。

④ 鳌峰:指堆成巨鳌形状的灯山。白雪:原指阳春白雪,这里指诗歌的高雅。

⑤ 星驾:使者所乘的车。

⑥ 应节:应和节令。

⑦ 呼卢:古时博戏,用骰子五枚,每枚黑白两面,一掷五子皆黑者为卢,为最胜采。赌博时为求胜采,往往且掷且呼。故以呼卢指博戏。

初春同客过湖阁

瑶岛中盘蜃气孤[①],明楼四望渺春湖。
林莺见雪歌犹涩[②],砌草迎风困欲苏。
下榻只应延赋客[③],著书翻笑学潜夫[④]。
催花有术君知否,解佩明朝付酒胡[⑤]。

——选自范钦《天一阁集》卷十四

【注释】

① 蜃气：一种大气光学现象，古人认为是蜃蛟吐的气。"海市蜃楼"即是这一现象。

② 涩：此指鸟声不流畅。

③ 下榻：指礼遇宾客。

④ "著书"句：此用东汉王符著《潜夫论》事。《后汉书·王符传》："符耿介不同于俗，以此遂不得升进，志意蕴愤，乃隐居著书三十余篇，以讥当时失得，不欲彰显其名，故号曰潜夫论。"

⑤ 解佩：谓知音相会，解佩饰以当钱换酒。李白《对酒忆贺监诗序》："太子宾客贺公，于长安紫极宫一见余，呼余为'谪仙人'，因解金龟，换酒为乐。"酒胡："酒家胡"的省称。原指酒家当垆侍酒的胡姬，此指酒家侍者或卖酒妇女。

湖上遣兴

莽莽坤舆此十洲①，曷来心赏寄清游②。
烟霏倒映千门色，天汉遥通一水流。
疑有名妃贻解佩③，好同词客赋登楼。
青鞋白发长无恙④，不道人间万户侯⑤。

——选自范钦《天一阁集》卷十四

【注释】

① 坤舆：地。《易·说卦》："坤为地……为大舆。"孔颖达疏："为大舆，取其能载万物也。"

② 曷来：何不来。"曷"通"盍"。

③ 名妃贻解佩：化用江妃解佩典故，汉刘向《列仙传》："江妃二女者，不知何所人也，出游于江汉之湄，逢郑交甫，见而悦之，不知其神人也，谓其仆曰：'我欲下请其佩。'……遂手解佩与交甫。"贻：赠送。

④ 青鞋：草鞋。宋辛弃疾《点绛唇》词："青鞋自喜，不踏长安市。"

⑤ 不道：不说。

己卯六月三日，张缨泉、袁池南、张石里结社于月湖草堂四首[①](选一)

一丘悬结大湖中[②]，六月凉生八面风。
天上不须云母障，坐间却有水晶宫。
沙鸥片片浮当席[③]，海树濛濛远映空。
如此过逢不尽兴[④]，何言身世出樊笼[⑤]。

——选自范钦《天一阁集》卷十四

【注释】

① "己卯"题目：见《夏日期张缨泉、袁池南、张石里结社湖上》注释①。

② 一丘：化用《汉书·叙传上》语典："渔钓于一壑，则万物不奸其志；栖迟于一丘，则天下不易其乐。"

③ 当席：对着坐席。

④ 过逢：过从，相互往来。不尽兴：无尽的兴致。

⑤ 何言：说什么。谓不再说。樊笼：关鸟兽的笼子，比喻受束缚的境地。陶渊明《归园田居》："久在樊笼里，复得返自然。"

阁上

小阁湖中起，空明绝四邻。
数声柔橹响，应是采莲人。

——选自范钦《天一阁集》卷十五

沈明臣

沈明臣(1518—1595),字嘉则,号句章山人,晚号“栎社长”,鄞县栎社(今属宁波市海曙区)人。早岁为诸生,负异才,喜读书,善诗文。然屡赴乡试不中,遂弃举子业,游走四方。曾与徐渭、余寅同游胡宗宪幕,参与抗倭。及胡宗宪被捕系狱死,幕客星散,沈明臣持诔词遍告士大夫,为其讼冤。后流落江湖,五十岁后归里授徒,为张时彻等推重,与范钦交谊甚笃。平生作诗达七千余首,与王叔承、王稚登同列万历间“三大布衣诗人”。有《丰对楼诗选》《吴越游稿》等传世。生平事迹见屠隆《沈嘉则先生传》、王兆云《皇明词林人物考》。

张孺宗月湖夜舫醉歌行[①]

今夕何夕兮,月之望。
此地何地兮,月湖上。
张生置酒客沈郎[②],月有清光水无浪。
平头奴子能唱歌[③],听其所止中流放。
南有飞盖园[④],北有碧沚庵[⑤]。
湖上树如荠,水底天如蓝。
随风舟荡漾,适意酒尽酣。
《白苎》不停声[⑥],《渌水》不停拍。
行乐须及时,人生谁满百。
借问泉下人,有酒可饮得?
张尚书、范侍郎[⑦],昔曾举酒酹知章[⑧]。

湖光月色宛然在，不肯留连葬北邙[9]。
与君共此湖上月，大醉不知湖月凉。
湖月年年美如此，从今能醉几千场。
停杯戏语张公子，有酒如渑君莫止[10]。
耳畔如闻河伯言[11]，明月与人俱不死。
月里秋来落桂花，湖上春来生白芷。
桂花白芷无穷已，请君行乐从兹始。
今宵尔我愿不违，大鹏背负青天飞。
湖寒月落且归去，露气恐湿青荷衣[12]。

——选自沈明臣《丰对楼诗选》卷十一

【注释】

① 张孺宗：张邦岱，字孺宗。张时彻之子。以太学生官鸿胪序班。

② 沈郎：沈明臣自指。

③ 奴子：僮仆。

④ 飞盖园：在月湖，明代万历间宰相余有丁之公子所筑。池亭花木，极一时之盛。

⑤ 碧沚庵：南宋丞相史弥远建。

⑥ 白苎：即《白纻歌》，与《渌水》均乐府吴舞曲名。南朝宋鲍照《白纻歌》之五："古称《渌水》今《白纻》，催弦急管为君舞。"

⑦ 张尚书：指张时彻，曾任南京兵部尚书。范侍郎：指范钦，官至兵部右侍郎。

⑧ 知章：唐贺知章。

⑨ 北邙：北邙山，位于河南省洛阳市北。自古被视为风水宝地，多达官贵人埋葬于此。民间有"生在苏杭，死葬北邙"的俗语。此指坟墓。

⑩ 有酒如渑：谓酒如渑水之多。《左传·昭公十一年》："有酒如渑，有肉如陵。"渑，古水名，发源于齐国临淄（今山东淄博）北。杜甫《苏端薛复筵简薛华醉歌》："愿吹野水添金杯，如渑之酒常快意。"

⑪ 河伯：水神。

⑫ 青荷衣：青荷做的衣服。典出屈原《离骚》：“制芰荷以为衣兮，集芙蓉以为裳。”后比喻高洁之士的衣服。

为范司马题十洲阁二首[①]（选一）

高阁俯平流，居然旧十洲。
西连天姥阔[②]，东控大瀛浮[③]。
风雨三山动[④]，乾坤一镜留[⑤]。
拂衣归卧者，贺监得同游[⑥]。

——选自沈明臣《丰对楼诗选》卷十五

【注释】

① 范司马：指范钦。

② 天姥：山名，在今新昌县境内。李白《梦游天姥吟留别》：“天姥连天向天横，势拔五岳掩赤城。”

③ 大瀛：指大瀛海。《史记·孟子荀卿列传》记载战国齐人邹衍的“大瀛海”学说：“如此者九，乃有大瀛海环其外，天地之际焉。”

④ 三山：海上蓬莱、瀛洲、方丈三神山。这里指湖中诸岛。

⑤ 一镜：指月湖。月湖又称镜湖。

⑥ 贺监：贺知章。

重湖春色[①]

海云三月霁，春色两湖开。
波浪青天阔，凫鸥白日来。
镜光浮日月，水气郁风雷。
坐弄丝纶者，宁非钓渭才[②]？

——选自沈明臣《丰对楼诗选》卷十九

【注释】

① 重湖：指月湖和日湖。

② 钓渭才：姜子牙之才。子牙曾钓于渭水，遇文王，后建立奇功。

余将入吴，候雨湖上，张孺愿作祖[①]，因赋之

望月何能别，况当亲故深。
因之拼烂醉，聊以割同心[②]。
湖雨青兼日，花晴白满林。
家园归数得，为汝抱牙琴[③]。

——选自沈明臣《丰对楼诗选》卷十九

【注释】

① 张孺愿：张邦侗，字孺愿，张时彻子。以太学生官光禄署丞。此时居家。作祖：谓饯行。

② 割：分割。

③ 牙琴：春秋时伯牙的琴。此指为知己弹奏之琴。

登郡城杂诗四首（选一）

风土由来清且嘉，四明山水赤城霞[①]。
蓬瀛路隔三千里，日月湖连十万家。
海市珠无鲛室泪[②]，天门春有蜃楼花[③]。
客星谁再干牛斗[④]，直欲如骞一泛槎[⑤]。

——选自沈明臣《丰对楼诗选》卷二十八

【注释】

① 赤城霞：指赤城山。其地在今浙江天台县。南朝宋孔灵符《会稽记》："赤城，山名，色皆赤，状似云霞。"

② 鲛室泪：此化用鲛人泣珠的典故，旧题东汉郭宪《别国洞冥记》："味勒国在日南，其人乘象入海底取宝，宿于鲛人之宫，得泪珠，则鲛人所泣之珠也，亦曰泣珠。"《博物志》卷二："南海外有鲛人，水居如鱼，不废织绩，其眼能泣珠。……从水出，寓人家，积日卖绢。将去，从主人索一器，泣而成珠满盘，以与主人。"

③ 天门：此指天空。

④ 客星：神话传说中浮槎至天河之人。《博物志》卷十："旧说云天河与海通。近世有人居海滨者，年年八月有浮槎去来，不失期。人有奇志，立飞阁于槎上，多赍粮，乘槎而去。十余日中，犹观星月日辰。自后芒芒忽忽，亦不觉昼夜。去十余日，奄至一处，有城郭状，屋舍甚严。遥望宫中多织妇。见一丈夫牵牛渚次饮之，牵牛人乃惊问曰：'何由至此？'此人具说来意，并问此是何处。答曰：'君还至蜀郡访严君平，则知之。'竟不上岸。因还如期。后至蜀问君平，曰：'某年月日有客星犯牵牛宿。'计年月，正是此人到天河时也。"干：犯。牛斗：牛宿和斗宿。

⑤ 骞：西汉张骞。《汉书》载张骞出使西域，穷河源。《博物志》载海滨居民浮槎至天河，后人将此二事牵合，遂有张骞泛槎至天河的传说。南宋周密《癸辛杂识》引《荆楚岁时记》载有张骞乘槎至天河见织女，得支机石之事。

范司马宅赏绿牡丹

买来名品洛阳殊，倾尽江南十五都。
罗袖薄将云髻捧，舞裙低借翠盘扶。
宝阑卓约围青女①，金谷繁华斗绿珠②。

从此风光传别种，定知姚魏两家无③。

——选自沈明臣《丰对楼诗选》卷二十九

【注释】

① 宝阑：栏杆的美称。卓约：绰约，姿态柔美的样子。

② 绿珠：晋代歌舞伎。传姓梁，白州博白（今广西玉林地区）人。善舞，又善吹笛。石崇以珍珠三斛购为妾。后赵王伦专权，伦党孙秀欲夺之，绿珠跳楼而死。

③ 姚：姚黄，千叶黄花牡丹，出于姚氏民家。魏：魏紫，千叶肉红牡丹，始樵者得于寿安山中，售与魏仁溥家。姚黄、魏紫为宋代洛阳两种名贵的牡丹品种。

灯夕范司马安卿天一阁即事

良时引客坐清辉，杰阁雕甍俯翠微①。
青岭露花攲野鬓，碧池春水媚游衣。
灯悬高树星河近，帘卷中天海月飞。
共喜太平歌既醉，六街尘静未言归②。

——选自沈明臣《丰对楼诗选》卷三十一

【注释】

① 雕甍：雕镂文采的殿亭屋脊。

② 六街：这里指甬城的大街和闹市。

七月晦夕集范司马十洲阁，分吾字二首[1]

一

尽日坐冰壶[2]，风流宛自都[3]。
主樽开凿落[4]，客剑佩昆吾[5]。
秋树侵孤驿[6]，斜阳截半湖。
凭高双醉眼，一鸟去来无？

二

明日秋将仲[7]，凉风未肯苏[8]。
息机人到汝[9]，用拙我忘吾[10]。
夜色归平楚[11]，秋星满大湖。
疏钟何处起，一一度双梧。

——选自沈明臣《丰对楼诗选》卷十五

【注释】

① 晦：月尽，指农历每月的最后一天。分吾字：谓分韵作诗，得“吾”字。

② 冰壶：此喻纯净的月湖环境。

③ 都：美。

④ 凿落：以镌镂金银为饰的酒盏。唐白居易《送春》诗：“银花凿落从君劝。”又作“凿络”，宋叶廷珪《海录碎事·饮食》：“湘楚人以盏斝中镌镂金渡者为金凿络。”

⑤ 昆吾：宝剑名，用昆吾（山）所产的矿石冶炼铸成，故名。唐崔融《咏宝剑》：“宝剑出昆吾。”

⑥ 孤驿：即四明驿。

⑦ 仲：仲秋。一年分春夏秋冬四季，每季三个月，三个月各以

"孟""仲""季"称之。

⑧ 苏：缓解。

⑨ 息机：息灭机心。《楞严经》卷六："息机归寂然。"宋王禹偁《前普州刺史康公预撰神道碑》："君子知命，达人息机。"

⑩ 用拙：谓守拙。唐张九龄《出为豫章郡途次庐山东岩下》："用拙欢在今。"唐杜甫《屏迹三首》其二："用拙存吾道，幽居近物情。"我忘吾：谓我忘掉了自己。语本庄子《齐物论》："今者吾丧我，汝知之乎？"宋陆游《腾腾》："腾腾吾丧我，兀兀我忘吾。"又《秋兴》："草庵寂默我忘吾。"

⑪ 平楚：平野。

春日过范司马十洲阁有感

湖上青山号十洲，几从杖屦作仙游。
即今花柳春仍到，目尽天边空碧流。

——选自沈明臣《丰对楼诗选》卷四十

宿孺宗烟波阁①

一宿高楼万虑空，何如身到白云中。
青灯黄叶萧萧下，枕畔湖南几树风。

——选自沈明臣《丰对楼诗选》卷四十一

【注释】

① 烟波阁：在月湖，张邦侗、张邦岱所建。

过倏园[①]

池亭草树倚秋旻[②],空水泠泠吊白蘋[③]。
竹下依然堪啸咏,旧时曾有和歌人[④]。

——选自沈明臣《丰对楼诗选》卷四十二

【注释】

① 倏园:在日湖,御史杨美益之子杨承鲲所建,中有池亭西清阁。

② 秋旻:秋季的天空。韩愈《送惠师》诗:“发迹入四明,梯空上秋旻。”

③ 吊白蘋:意谓白蘋为荐,以吊亡者。唐戴叔伦《过贾谊宅》:“旧宅秋荒草,西风客荐蘋。”明宋登春《送兆孺赴岳州府谒李刺史》:“诸蘋幸可荐,为我吊湘君。”

④ 和歌人:指杨承鲲。承鲲字伯翼,工诗善书,为诸生时即得沈明臣称奇,后为太学生,名满京师。交游名士,极有声誉。惜英年早逝。有《西清阁诗草》等。

吴 镄

吴镄(生卒年不详),字汝震,鄞县人,有诗名。时张时彻里居,起宅日湖上,复营别墅东西郊,每泛舟觞咏,名士多从之游。惟镄与沈明臣、吕时臣、李生寅,最为词家宿老。

奉和范少司马夏日湖上[①]

夏云低水阁,春草漫汀洲。

小树芳堪撷，平峦翠欲流。
雷声喧别溆[2]，龙气入灵湫。
不去忘机鸟，翩翩为客留。

——选自《甬上耆旧诗》卷二十三

【注释】

① 范少司马：即范钦。

② 溆：水边。

汪　坦

汪坦（生卒年不详），字仲安，号诚环，又号石盂山人，汪礼约之父，鄞县大雷（今属宁波市海曙区）人。国子监生，曾历官藩幕簿书。好诗，著有《石盂集》。事迹见屠隆所作《石盂集序》及乾隆《宁波府志》。

湖上

倾晨泛小艇，水木近秋中。
精舍低浮屿，官城远映空。
塔高先得日，湖虚偏受风。
季真祠尚在，脱屣孰为同[1]？

——选自汪坦《石盂集》卷七

【注释】

① 脱屣：脱下鞋子，比喻轻弃而无所顾恋。明李东阳《送户部尚书翁公致政序》："若屣脱轩冕不复关天下事，此逸民隐士之所为贤，

岂大臣所以自处者哉!”

南禺丰公西湖小集奉酬[①]

白发宫袍老谪仙,誉髦还复集华筵[②]。
玉楼光映千秋雪,银汉花开十丈莲。
自有湖山多胜宴,幸闻诗乐信无前。
风师雨伯知嘉会,一洗炎歊更洒然[③]。

——选自汪坦《石盂集》卷八

【注释】

① 南禺丰公:丰坊,号南禺外史。

② 誉髦:指有名望的英杰之士,语出《诗经·大雅·思齐》:“古之人无斁,誉髦斯士。”

③ 炎歊:暑热。

李生寅

李生寅(生卒年不详),字宾父,号“旸谷山人”,鄞县人,宋忠襄公李显忠之后。约明神宗万历初前后在世。隐居不仕,家有别业一区,在萧皋,为山水佳处,时与宾客相酬唱。工诗,有《李山人诗》二卷。事迹见屠隆《李宾父山人传》。

题四明驿[①]

郡湖杨柳色,驿舍薜萝清。
八月菱先熟,中秋雁未鸣。

舟航看过客，寒暑最关情[2]。
独立西风外，残晖下古城。

——选自李生寅《李山人诗》卷下

【注释】

① 四明驿：宋时为涵虚馆，明时改为驿。

② 关情：牵动情怀。

张应文

张应文（约1524—1585），字茂实，号彝斋、彝甫、被褐先生，嘉定（今属上海）人。监生，屡试不第，寄情古器书画。博综古今，与王世贞为莫逆之交。善属文，工书法，擅画，长于兰竹，旁及星象、阴阳。富藏书，取倪瓒“清秘阁”之意，藏书处曰“清秘藏”，有《清秘藏张氏藏书》。著有《清秘藏》《巢居小稿》等。

烟波阁（三首）

一

云树苍苍入望齐，万家烟火月湖西。
参差睥睨连天外，数点青山夕照迷。

二

凭栏晚眺景偏饶[1]，贺监祠前薄雾消。
百顷花潭明月静，春风吹入凤凰箫[2]。

三

长桥垂柳度红妆③,雾縠霞绡明月珰④。
半卷疏帘调锦瑟⑤,暖风微送芰荷香。

——选自同治《鄞县志》卷六十四

【注释】

① 饶:多,丰富。

② 凤凰箫:即“凤箫”,箫的美称。

③ 红妆:指身着盛装的美女。

④ 雾縠霞绡:像薄雾般的轻纱,像红霞般的薄绸。明月珰:用明月珠(夜光珠)串成的耳饰。

⑤ 锦瑟:漆有织锦纹的瑟。

沈一贯

沈一贯(1531—1615),字肩吾、不疑、子唯,号蛟门、龙江,鄞县栎社人,沈明臣从子。隆庆二年(1568)进士,选庶吉士,授检讨,进编修。历官礼部尚书、东阁大学士、吏部尚书、建极殿大学士等。凡入阁十二年,首辅八年。万历三十五年(1607),因庇护同党,弹劾日众,上书求归。家居九年后卒。赠太傅,谥文恭。相业不足言,然少师沈明臣,习经史,擅诗词,以词章擅名。著有《易学》《道德经解》《喙鸣集》等。生平事迹见李维桢《少傅沈公寿序》及《明史》本传。

月湖秋泛

秋入涵虚馆，天闲众乐亭。
湖含七桥月[①]，人聚一船星。
此地祠狂客，吾今老洞庭[②]。
独怜双鬓白，点破数山青。

——选自沈一贯《喙鸣集·诗集》卷九

【注释】

① 七桥：月湖景观，有十洲、七桥、三堤。清陈铭海《句余土音补注》卷一：“按，日湖上有三桥：采莲桥、水月桥、行香桥，月湖上有四桥：憧憧东桥，憧憧西桥、湖心东桥、湖心西桥，是谓七桥。”

② 洞庭：洞庭湖，喻月湖。老洞庭，扣秋，化用元唐珙《题龙阳县青草湖》诗：“西风吹老洞庭波，一夜湘君白发多。醉后不知天在水，满船清梦压星河。”

王穉登

王穉登(1535—1613)，字伯谷，号玉遮山人。祖籍江阴，移居吴门(今苏州)。少有才名，长益骏发，名满吴会。师从文徵明，入“吴门派”。嘉靖末入太学，万历时曾召修国史。与王世贞、屠隆等组织“南屏社”，与沈明臣、王叔承同称万历间“三大布衣诗人”。通戏剧，有传奇《彩袍记》等。善书，行、草、篆、隶皆精，有《黄浦夜泊》存世。著有《王百谷集》等。生平事迹见李维桢《征君王伯谷先生墓志铭》及《明史》本传。

同诸君月夜泛舟贺监祠怀李山人宾父

胜侣他乡集，清宵剧可怜[①]。
潮生女墙下，湖到郡楼前。
把酒邀明月，乘舟揽暮烟。
季真祠下泊，还忆李青莲[②]。

——选自《王百谷集十九种》

【注释】

① 剧：极。怜：爱。

② 李青莲：李白，号“青莲居士”。此喻李生寅（字宾父）。

屠　隆

屠隆（1542—1605），字长卿，又字纬真，号赤水，别署由拳山人、一衲道人等，鄞县人。万历五年（1577）进士，除颍上知县，七年（1579）调青浦。公余与冯梦祯等游九峰三泖，饮酒赋诗，以仙令自许。十年（1582）冬迁礼部主事，与西宁侯宋世恩定交，两家宴游甚欢。后因刑部主事俞显卿疏劾屠隆淫纵，遭削职。罢官后，游于吴越，以出世自矜。长于诗文、戏曲，王世贞将其与赵用贤、李维桢等列为“末五子”。著有《由拳集》《白榆集》《栖真馆集》等。生平事迹见《明史》本传。

范司马公园

秀木扶疏众草齐[①],开残红药半香泥。
鸟窥青嶂平湖入,人倚朱楼落日低。
曲窦暗通花径外,垂杨横过石阑西。
坐来麋鹿深深见,不是桃源路已迷。

——选自屠隆《由拳集》卷九

【注释】

① 扶疏:枝叶茂盛的样子。

屠本畯

屠本畯(1542—1622),字田叔,又字豳叟,号汉陂,又晚年号豳叟、憨先生、乖龙丈人等。鄞县人,屠隆之族孙,屠大山之子。以父荫任太常寺典薄、礼部郎中、两淮运司同知,官至福建盐运司同知。鄙视名利,言语诙谐,风流儒雅;好读书,善吟咏,至老不辍。对植物及海洋生物多有研究,著有《山林经济籍》《闽中海错疏》等。生平事迹见《列朝诗集小传·丁集》等。

张公子孺觉萧园杂诗[①](选三首)

见说南湖曲,张卿辟馆齐。
偶来寻所好,佳处讵能题。
萧爽令神王[②],周游使径迷。

高低虽累榭，不用费攀跻。

高斋吾昔到③，奇石尔能添。
枕簟衰年稳，盘飧异味兼④。
山梁容雉响⑤，幽壑许鱼潜。
薄暮奇云出，临风上短帘。

忽讶房栊净⑥，因知水竹清。
已增多少径，深惬往来情。
云欲浮三岛，楼疑压五城⑦。
群仙纷可就，取次下蓬瀛⑧。

——选自徐兆昺《四明谈助》卷十九

【注释】

① 张公子孺觉：张邦伊，字孺觉，张时彻次子。以父任历苑马少卿。萧园：在南湖滨。张时彻所构，张邦伊辟之。

② 萧爽：凉爽。神王：谓精神旺盛。王，通"旺"。《庄子·养生主》："泽雉十步一啄，百步一饮，不蕲畜乎樊中，神虽王不善也。"成玄英疏："心神长王，志气盈豫。"

③ 高斋：高雅的书斋。此称张孺觉居所。

④ 盘飧：盘盛食物的通称。异味兼：化用杜甫《客至》："盘飧市远无兼味。"

⑤ 雉响：野鸡叫。

⑥ 房栊：房屋。

⑦ 五城：传说中神仙的居所。

⑧ 取次：依次。

马斯臧

马斯臧（生卒年不详），字骏伯，号无名公，鄞县人。先世以开国元勋袭宁波指挥。万历初诸生，袭世职。督漕，迁扬州都司，后忤时相，罢归。善古文词，工书法。撰有《无名公传》。

题月湖八首（选四）

鉴湖一曲石嶙峋，古洞苍崖月色真。
一抹青螺饶大浸①，何须海上觅三神②。

甬川城内大湖清，片片芙蓉映水明。
何处笙箫闻夜半，月明仙子泛沧瀛。

一缕缥缈向云开，四望青山实壮哉。
清夜忽闻乌鹊度，鸡鸣红日浴波来。

白雾空濛绿雨纷，画船笼彩总细缊③。
榜人不辨东西路④，游子呼舠何处闻⑤。

——选自马斯臧《淮南集》卷六

【注释】

① 青螺：此喻湖中岛屿。唐刘禹锡《望洞庭》：“遥望洞庭山水翠，白银盘里一青螺。”大浸：大水。

② 三神：三神山，蓬莱、瀛洲、方丈。

③ 细缊：同“氤氲”，迷茫貌。

④ 榜人：船夫。

⑤ 舠：小船。

杨承鲲

杨承鲲(1550—1589),字伯翼,鄞县人。以太学生北上,作《蓟门行》,一日名满京师。因不堪应酬,病百余日即谢归。居里中,布袍芒屩,翛然逸尘。于城外老龙湾西建有小筑翛园。有《西清阁诗草》四卷、《碣石编》二卷传世。

九月十日同李、蔡二子月湖泛舟[①]

水边台榭赤栏杆,杨柳芙蓉面面看。
湖气乍浮千嶂白,天霜欲下五更寒。
归鸿历历明河曙,落月苍苍远漏残。
乘兴不辞连夜饮,绛囊多湿露华漙[②]。

——选自杨承鲲《西清阁诗草》

【注释】

① 李：李宾父。蔡：蔡子行。李邺嗣《承鲲公传》云："所从交游尽名士第一流,如李宾父、蔡子行、汪长文、闻隐鳞诸公,论诗过从,不间风雨。"(民国版《镜川杨氏宗谱》卷十五)

② 绛囊：喻草木之红色花果。漙：(露水)盛多的样子。

水亭独坐怀仲连①

我游城南亭，燕笑空林曲②。
五月南风生，湖波入窗绿。
烟消彩虹灭，沙晚晴凫浴。
独坐念无生，何由见高躅③。

——选自杨承鲲《西清阁诗草》

【注释】

① 仲连：闻龙之字。闻龙其人见下文。

② 燕笑：犹欢笑。

③ 高躅：崇高的品行。

闻　龙

闻龙（1551—1631），字隐鳞，慕鲁仲连之为人，一字仲连，晚号飞遁翁，鄞县人。居月湖马衙街。吏部尚书闻渊孙。性至孝。崇祯时举贤良方正，不就。性爱山水。善诗，清和稳畅，卓然成家。善书法，楷、行尤佳，笔法遒劲，雅逸峭峻。著有《幽贞庐诗草》《隐鳞诗》《行药吟》等。生平事迹见《甬上耆旧诗》、《鄞县志》（清戴枚等修）及《宁波府志》（清曹秉仁等修）。

月岛篇

朝来乍晴复乍雨，湖中五月犹无暑。
我家住近澄湖旁，清风朗月常为主。

月岛亭亭距汉津[1]，登临一度一回新。
缥缈楼台惊不散，葳蕤花木受长春[2]。
雪汀烟屿参差出，箫鼓楼船竞来集。
清虚绝胜广寒宫，幽闲宛在华胥国[3]。
广寒宫阙青天上，华胥未必人能往。
何以盈盈一水间，朝朝暮暮堪游赏。
皓魄晶莹湖水清[4]，夜深临泛不胜情。
风铃似解江妃佩[5]，天籁如闻子晋笙[6]。
昔人见月已陈迹，今人见月还悲昔。
借问将来月下人，万古谁为不死客。
嗟予头白畏风寒，好月何曾得饱看。
莫遣来宵风雨妒，合樽促席更邀欢。

——选自徐兆昺《四明谈助》卷十九

【注释】

① 汉津：银汉。喻隔水。

② 葳蕤：草木茂盛貌。

③ 华胥国：喻理想的安乐和平之境。典出《列子·黄帝篇》：“（皇帝）昼寝，而梦游于华胥之国……其国无帅长，自然而已。其民无嗜欲，自然而已。……黄帝既寤，怡然自得。”

④ 皓魄：月光。

⑤ 江妃佩：汉江神女的佩饰。汉刘向《列仙传·江妃二女》载：“江妃二女者，不知何所人也，出游于江汉之湄，逢郑交甫，见而悦之，不知其神人也，谓其仆曰：‘我欲下请其佩。’……遂手解佩与交甫。”

⑥ 子晋笙：周灵王太子晋吹的笙。汉刘向《列仙传·王子乔》载：“王子乔者，周灵王太子晋也。好吹笙作凤凰鸣，游伊洛之间，道士浮丘公接以上嵩高山。”

周应宾

周应宾(1554—1625),字嘉甫,号寅所,鄞县人。万历十一年(1583)进士,选庶吉士,授翰林院编修,历迁吏部右侍郎。以丁忧归,里居十六年。后应光宗召,官南礼部尚书。为人谦恭宽和,口不善言辞,勤俭自律。卒谥文穆。著有《旧京词林志》《月湖草》《九经考异》《普陀山志》等。生平事迹见《甬上耆旧诗》《明史》本传等。

九日酌桢生于湖漘①

月湖东瀼一尊开②,携尔同登九日台。
坐久不知乌帽侧,杯干却喜白衣来③。
辟邪枝向今朝插④,延寿花从几岁栽⑤?
须得好诗酬令节⑥,题糕无乃属君才⑦。

——选自《甬东诗括》卷九

【注释】

① 九日:九月九日,重阳节。桢生:待考。漘:水边。

② 东瀼:此指湖东水边。

③ 白衣:白衣人,送酒的吏人。此用重阳典故,南朝宋檀道鸾《续晋阳秋·恭帝》:"王弘为江州刺史,陶潜九月九日无酒,于宅边东篱下菊丛中摘盈把,坐其侧。未几,望见一白衣人至,乃刺史王弘送酒也。即便就酌而后归。"

④ 辟邪枝:指茱萸。

⑤ 延寿花:指菊花。

⑥ 令节:佳节。

⑦ 题糕:特指重阳节题诗。宋邵博《邵氏闻见后录》卷十九:"刘

梦得作九日诗，欲用糕字，以《五经》中无之，辍不复为。宋子京（宋祁字）以为不然，故子京《九日食糕》有咏云：‘飙馆轻霜拂曙袍，糗糍花饮斗分曹。刘郎不敢题糕字，虚负诗中一世豪。’”

得月楼为薛伯起作①

得月楼开湖水东，湖光月色映遥空。
鸟啼修竹斜阳外，鱼唼浮萍细雨中②。
史相池台空废苑③，贺公伏腊俨新宫④。
春风不管兴亡事，花草年年发故丛。

——选自《甬东诗括》卷九

【注释】

① 得月楼：薛伯起之楼名。薛伯起：薛冈，初字伯起，后改字千仞。鄞县人。早年曾客居长安，为新进士代作考馆文字，每得与选，因有盛名。著有《天爵堂集》《天爵堂笔余》。后者卷二中载有一则关于《金瓶梅》早期抄本和刻本流传的文字，颇有史料价值。

② 唼：鱼吃食。

③ 史相池台：指南宋史浩“四明洞天”等园林。

④ 贺公：指贺知章。伏腊：两种祭祀的名称，“伏”祭在夏季伏日，“腊”祭在农历十二月。新宫：指重新修整后的贺秘监祠。

题陆侍御涵虚阁①

独凭栏干北斗斜，白波如练罨平沙②。
花汀竹屿连三岛，珠箔琼窗映五霞。
客艇都将云作屋，居人半是水为家。
几回东望占灵气，此地遥通贯月槎③。

——选自《甬东诗括》卷九

【注释】

① 陆侍御：指陆世科（见后文）。涵虚阁：陆世科所筑，见陆世科《林泉雅会》诗。

② 罨：覆盖。

③ 贯月槎：传说为尧时西海中发光的浮木。晋王嘉《拾遗记》载："尧登位三十年，有巨查浮于西海，查上有光，夜明昼灭。海人望其光，乍大乍小，若星月之出入矣。查常浮绕四海，十二年一周天，周而复始，名曰贯月查，亦谓挂星查。""查"同"槎"。

张子鱼

张子鱼（生卒年不详），一作子与，字长鳞，一字公鲁，鄞县人。张时彻后裔。工诗，能书，尤以篆、隶入妙，秀逸而饶有古法，名重于时。

移居月湖先司马书院①

三百年来守敝庐，蓬蒿寂寞赋闲居。
花间日出扶鸠杖②，门外春晴听鹿车③。
娱老烟波成独往④，弢光丘壑寄三余⑤。
床头司马文章在，课子宁教岁月虚。

——选自《甬东诗括》卷十

【注释】

① 先司马：指张时彻。

② 鸠杖：杖头刻有鸠形的拐杖。汉应劭《风俗通》："俗说高祖与项羽战，败于京索，遁丛薄中，羽追求之，时鸠正鸣其上，追者以鸟在，无人，遂得脱。后及即位，异此鸟，故作鸠杖以赐老者。"

③ 鹿车：一种小车，或鹿拉的车。《世说新语·文学》："刘伶著《酒德颂》，意气所寄。"刘孝标注引袁宏《名士传》曰："（伶）肆意放荡，以宇宙为狭。常乘鹿车，携一壶酒……"陆游《送子坦赴盐官县市征》诗："游山尚有平生意，试为闲寻一鹿车。"

④ 娱老：欢度晚年。晋陆机《叹逝赋》："解心累于末迹，聊优游以娱老。"

⑤ 戢光：指隐藏才华，不使外露。三余：指空闲时间。《三国志·魏书·王肃传》："明帝时大司农弘农、董遇等，亦历注经传，颇传于世。"裴松之注引三国魏鱼豢《魏略》："遇言：'（读书）当以三余。'或问三余之意。遇言：'冬者岁之余，夜者日之余，阴雨者时之余也。'"

陈士绣

陈士绣（生卒年不详），字伯纶，鄞县人。官光禄寺署丞。有集，见《石仓历代诗选》。

秋夜鉴湖即景

放棹恩波里①，追随秘监年。
白浮心寺月，青落鉴湖天。
兴到龟将酒②，形忘马似船③。
不辞狂欲死，谁是谪中仙④？

——选自《甬上耆旧诗》卷二十七

【注释】

① 恩波：皇帝的恩泽。用贺知章致仕，唐玄宗赐鉴湖一曲事。

② 龟将酒：用贺知章在长安遇李白，解金龟换酒事。

③ 马似船：化用杜甫《饮中八仙歌》："知章骑马似乘船，眼花落

井水底眠。”

④ 谪中仙：用贺知章呼李白为“谪仙人”事。

陆世科

陆世科（1561—1643），字从先，一字贞吾，鄞县人。居月湖。万历三十五年（1607）进士，授建安令。后擢山西道御史。天启四年（1624）巡按广西，再起补山东道，巡视两淮盐漕，严禁馈赠。时魏忠贤专政，毒害不附和者，人劝陆以识时局，陆终不与魏通，遂削籍。崇祯元年（1628）召还，累迁南京大理寺卿，致仕，赠右都御史。著有《观日堂集》。

林泉雅会

湖光侈恩赐[①]，绕岸荷花生。
俯仰怀唐风[②]，水与人俱清。
缔构藉先业[③]，叠浪浮前楹[④]。
近寻知者乐，小筑涵虚成[⑤]。
栏楯入镜中[⑥]，万象摇空明。
汀花暝含笑，驿竹淡若迎[⑦]。
身作宛在游[⑧]，歌谐伐木声[⑨]。
群公金闺彦[⑩]，皎皎云中英[⑪]。
暂息巨川楫[⑫]，同怀濯尘缨[⑬]。
飞盖弭长堤，兰舟放新晴。
击汰沙际逸，御风蘋上轻。
丝管发中流，远应葭苇鸣[⑭]。

人影栖鹭狎，醉歌潜龙惊。
烟深或逗浦，月上还登城。
既修尚齿会[15]，颇惬沧洲情。
衣冠四皓齐[16]，图绘九老并[17]。
予生本蹇劣[18]，倚玉切精诚[19]。
谈麈欣累接[20]，浅觞荷同倾。
徒为邴禄牵[21]，未忘莼菜羹。
迹阕心靡闲[22]，白首坚初盟。
岂令高尚者，独擅千秋名？

——选自全祖望编《续甬上耆旧诗》卷一

【注释】

① 侈：厚。

② 唐风：此指唐贺知章之风韵。

③ 缔构：建造。

④ 叠浪：指层波。

⑤ 涵虚：涵虚阁。

⑥ 栏楯：栏杆。

⑦ 驿竹：驿馆之竹。驿馆即月湖四明驿。

⑧ 宛在游：化用《诗经·秦风·蒹葭》：“蒹葭苍苍，白露为霜。所谓伊人，在水一方。溯洄从之，道阻且长。溯游从之，宛在水中央。”

⑨ 伐木声：化用《诗经·小雅·伐木》：“伐木丁丁，鸟鸣嘤嘤……嘤其鸣矣，求其友声。”因以《伐木》诗意表达朋友之间同声相应的意思。

⑩ 金闺彦：称朝廷杰出的才士。语出南朝梁江淹《别赋》：“金闺之诸彦，兰台之群英。”

⑪ 云中英：对应“金闺彦”而称，云中，比喻朝中。英，英才。

⑫ 巨川楫：比喻求取功名的雄心。

⑬ 濯尘缨：比喻陶乐于沧浪水的情怀。

⑭ 葭苇鸣：指吹芦管之声。

⑮ 修尚齿会：指举行乡党尊老之会。尚齿：尊崇年长者。《庄子·天道》："宗庙尚亲，朝廷尚尊，乡党尚齿，行事尚贤，大道之序也。"

⑯ 四皓：商山四皓，比喻高逸贤人。齐：谓齐聚。

⑰ 九老：唐代白居易与胡杲、吉皎、刘真、郑据、卢贞、张浑、李元爽、僧如满九人，年老退居洛阳，作九老尚齿之会，并书姓名、年齿，绘其形貌，题为九老图，白居易作《九老图诗序》。明方孝孺《万寿堂记》云："昔之以年称者，如商山之四皓、洛之九老。"

⑱ 蹇劣：驽钝，亦指境遇不好。

⑲ 倚玉：比喻高攀或亲附贤者，此化用典故，出《世说新语·容止》："魏明帝使后弟毛曾与夏侯玄共坐，时人谓'蒹葭倚玉树'。"

⑳ 谈麈：见戴表元《雪后泛湖歌》"麈尾高悬前唾壶"句注释。

㉑ 邴禄：西汉琅邪人邴丹，有清操，养志自修，为官不过六百石，辄自免去。后人因以邴禄称微禄。明陆懋龙《还家作》："邴禄初过谋秫酒，羊棋罢赌听松风。"

㉒ 阕：通"缺"，空缺，特指官职的空额。

吴士玮

吴士玮（生卒年不详），字潜玉，号笨子，鄞县人。诸生。数试不利，挟诗客都下，遍迹吴粤豫楚间。负才气，善诗，多奇句。有《文江诗选》《荔品百咏》《品菊百咏》等。

陆侍御湖上涵虚阁落成

空明无处不宜人，柱史楼台喜更新①。
能事漫酬千载愿②，闲情且傍十洲亲。
山来座右时为主，月到湖头亦作宾。

莫惜倚阑同啸傲，题诗王翰在南邻[③]。

——选自《甬上耆旧诗》卷二十九

【注释】

① 柱史：御史，指陆世科。

② 能事：所擅长之事。

③ 王翰：盛唐著名诗人，《凉州词》（葡萄美酒夜光杯）的作者。元辛文房《唐才子传》载："翰工诗，多壮丽之词。文士祖咏、杜华等，尝与游从。华母崔氏云：'吾闻孟母三迁，吾今欲卜居，使汝与王翰为邻，足矣。'其才名如此。"杜甫《奉赠韦左丞丈二十二韵》有言："李邕求识面，王翰愿卜邻。"

王嗣奭

王嗣奭（1566—1648），字右仲，号于越、鄞堂田叟、拙修老人等，鄞县人。万历二十八年（1600）举人，历任黄岩、宣平、龙泉县学教谕。后历知建安、顺昌、松溪、崇安县。崇祯六年（1633），升涪州知州，以忤上司被劾。至会稽，师事刘宗周。明亡，清兵南下，迫诱在乡官绅至杭州朝见，坚拒不出，不薙发，不穿清服。为学初治《易经》。中年好杜诗，穷四十年之力，撰成《杜臆》，于杜诗意旨颇有阐发。著有《泠然草诗编》《密娱斋诗集》等。生平事迹见雍正《浙江通志》。

鉴湖松岛歌

贺监祠前晚风发，千顷湖光一轮月。
湖月从来缺复圆，湖风只管催华发。

松岛空存旧日名，苍龙化去秋冥冥[①]。
兔丝已断不可续[②]，何人斫得千年苓[③]。
高朋满座酒满瓶，狂歌对酒君请听。
乾坤莽荡定谁主，向来无我亦无汝[④]。
与君宽作百年期，此后相逢不敢许。
劝君击筑我吹竽，有酒不饮复何须。
一时浮名几冰炭[⑤]，九原朽骨无贤愚[⑥]。
飘然愿逐赤松去[⑦]，不识赤松今有无。
只有松间古时月，曾照幽人据高梧[⑧]。

——选自《甬上耆旧诗》卷二十七

【注释】

① 苍龙：此扣松岛，喻松树。

② 兔丝：植物名，即菟丝子，一名女萝。

③ 苓：茯苓，寄生在松根上的菌类植物。《淮南子·说山训》：“千年之松，下有茯苓，上有兔丝。”高诱注：“茯苓，千岁松脂也。”

④ 向来：从前。

⑤ 冰炭：冰块与炭火，此指时凉时热，变化不定。

⑥ 九原：本为地名，相传春秋时晋国卿大夫的墓地在此，故后世以此指墓地。

⑦ 赤松：赤松子，相传为上古神仙，各家所载，其事互有异同。《史记·留侯世家》：“愿弃人间事，欲从赤松子游耳。”

⑧ 据高梧：此指弹琴。《庄子·齐物论》：“惠子之据梧也。”陆德明释文：“司马云：‘梧，琴也。’”

周应辰

周应辰（1571—1650），字斗文，号绿庄、农半，鄞县人。周应宾族弟。诸生。性疏散，不事修饰。师里中余寅(字君房)，工诗。其家距郡城十里，时入城，辄馆双湖上，与诸词客唱酬。壮岁曾游两京。著有《两京集》《绿庄诗采》。事迹见《甬上耆旧诗》等。

题陆侍御涵虚阁

多向湖干得景偏，取于虚借石桥边①。
仍分岛屿东西岸，总领禽鱼上下天。
帘树欲图烟不隔②，棹波如引月长牵。
平看却有吟台想，漫自标名比浩然③。

——选自《甬上耆旧诗》卷二十四

【注释】

① 虚借：指园林营造的“借景”方法。

② 帘树：以树为帘。

③ 标名：指其阁标为“涵虚”之名。浩然：指唐孟浩然。浩然《临洞庭湖赠张丞相》诗有“八月湖水平，涵虚混太清”语。

陆公明住近湖堤[①],沿植花木,得薛冈为记[②],斯亦郡中荣观也[③],因赋二首

一

亦是城堤旧,饶君为益观[④]。
移花来锦里[⑤],借树与长干[⑥]。
士族争相艳,诗家并不寒。
一舟看到晚,转觉上湖宽[⑦]。

二

居然当地胜,栽者自人为。
蹊在不言处,花如有韵时。
片霞流夕棹,万绿上春卮[⑧]。
记取名篇后[⑨],弥深一曲思。

——选自《甬上耆旧诗》卷二十四

【注释】

① 公明:公正明达。此为对陆世科的恭称。

② 薛冈:见《得月楼为薛伯起作》注释①。

③ 荣观:荣盛的景象。

④ 饶:任由。益观:即荣观。

⑤ 锦里:指锦官城,即成都。晋常璩《华阳国志·蜀志》:“州夺郡文学为州学,郡更于夷里桥南岸道东边起文学,有女墙,其道西城,故锦官也。锦工织锦,濯其中则鲜明,他江则不好,故命曰锦里也。”后以锦里为成都之代称。锦官城多花,杜甫《春夜喜雨》:“花重锦官城。”

⑥ 长干:古建康里巷名。

⑦ 上湖:指月湖(按,月湖在上,日湖在下)。

⑧ 春卮：指春酒。卮，一种盛酒器。

⑨ 名篇：指薛冈所作的记。

竹洲

小洲种竹竹回栏，个个通幽借水看[①]。
笋雨披离春涨绿[②]，筱烟摇曳午炊寒。
主人醉取宜名酒[③]，稚子参来欲进冠[④]。
试听鹧鸪啼遍处，好将清梦答平安。

——选自周应辰《采篮集》卷三

【注释】

① 个个：《说文解字》："箇，竹枚也。"段玉裁注："箇或作个。半竹也。双立为竹，单立为个。竹象林立之形，一茎则一个也。"唐韩愈《合江亭》："树兰盈九畹，栽竹逾万个。"

② 披离：散乱貌。

③ 名酒：为酒命名。酒指"竹叶青"。

④ 进冠：谓戴冠。冠指"竹皮冠"。《史记·高祖本纪》："高祖为亭长，乃以竹皮为冠，令求盗之薛治之，时时冠之，及贵常冠，所谓'刘氏冠'乃是也。"宋邵博《闻见后录》卷十："汉高祖一竹皮冠起田野，初不食秦禄，卒能除其暴。"

月湖竹枝词二首（选一）

湖干影子漾无停，漾得泥沙踏作汀。
只有官房偏爱水，当心接出水云亭。

——选自周应辰《采篮集》卷四

周元孚

周元孚（生卒年不详），字孚尹，鄞县人。以太学生官光禄寺署丞，有诗名。家在月湖上，与陆宝等诸公相唱和。里中推为祭酒。著有《霞屿山房集》等。

湖上

湖干卜筑几人家，竹里疏烟日半斜。
曝背老翁闲扪虱[①]，挟丸童子惯驱鸦。
墙东摘得黄柑熟，邻北能供白酒赊。
乘兴不妨歌险韵[②]，待将雪意问汀花[③]。

——选自《甬上耆旧诗》卷二十七

【注释】

① 曝背：以背向日取暖。扪虱：抓虱子，泛指任情自适。

② 险韵：险僻难押的诗韵。

③ 雪意：因苏轼《雪后书北台壁二首》押险韵，且二首末句分别用了艰僻的韵字“尖”“叉”，成为押险韵的代表作，所以险韵又称“尖叉韵”。因苏轼二诗与咏雪有关，所以周元孚一提险韵，便生雪意。

钱文荐

钱文荐（生卒年不详），字仲举，慈溪人。明万历三十五年（1607）进士，授新野令，入为工部主事。著有《丽瞩楼集》《翠涛阁集》。生平事迹见光绪《慈溪县志》。

题烟波阁(二首)

江城一望接烟波,云白沙青秋意多。
入座峰峦全缥缈,凭虚楼阁半嵯峨。
花间小妓携筝集,竹外幽人倚杖过。
别是清光堪赏处,凉风白苎倚阑歌①。

徙倚登楼客思澄,湖南遥望雨冥冥。
沙边柳色窥人碧,烟际山光卷幔青。
得酒每吟招隐赋②,开箱常检种鱼经③。
坐看西面朱阑曲,杳杳轻舟过远汀。

——选自同治《鄞县志》卷六十四

【注释】

① 白苎:即《白纻歌》,乐府吴舞曲名。

② 招隐赋:即西汉淮南小山辞赋《招隐士》。

③ 种鱼经:旧传范蠡作《养鱼经》;明黄省曾(1490—1540)著《种鱼经》,又名《养鱼经》《鱼经》。

卢端姬

卢端姬,字筦心,又号君绪女史,鄞县人沈延赏妻室,大学士沈一贯孙媳。工诗。著有《绿筠轩诗》。

春日畅园曲①

山色青青淑气新,流觞曲水日湖滨。

日湖即在月湖侧，休文原是季真身[2]。
四明狂客谁当许，风尘之外多遐举[3]。
自来逸士爱林泉，适志烟霞觅仙侣。
羡君觞咏花萼舒，羡君寄托非凡居。
筵前舞蝶轻施粉，枝头歌鸟下窥书。
高枕梦蘧蘧[4]，疏篱香馥馥。
素性山游胜宦游，崷把山阴题山麓[5]。
何必求仙向海滨，何须采药武陵津[6]。
碧桃花下芳菲地，风清月朗是长春。
春山春水相留恋，日夕幽闲真可羡。
惠和楼外鹤双飞，映带桥西云一片。
谁人横笛隔东墙，吹入山居刺史场[7]。
曲里如悲年少去，青衫泪湿白头娘。
白头不负春光媚，与君乘月栏杆倚。
人生行乐须及时，莫待春归花结子。

——选自《续甬上耆旧诗》卷二

【注释】

① 畅园：原为明代沈一贯园林。在南城。

② 休文：南朝梁沈约，字休文，卒谥“隐侯”。季真：贺知章字。

③ 遐举：高飞，喻高洁的举动。

④ 蘧蘧：悠然自得貌。典出《庄子·齐物论》：“昔者庄周梦为胡蝶，栩栩然胡蝶也。自喻适志与，不知周也。俄然觉，则蘧蘧然周也。”

⑤ 崷：山高貌。

⑥ 武陵津：化用陶渊明《桃花源记》典故。

⑦ 刺史：卢端姬之夫沈延赏曾任石阡知府，故称。场：疑为“肠”之误。参舒亶《虞美人·蒋园醉归》注。

陆继魁

陆继魁(生卒年不详),字体文,一字文湖,鄞县人,月湖陆氏后人。曾官陕西巩昌府通判。

奉陪吴光禄、周尚书、万都督集湖上[①]

鉴湖之水清且涟,柳汀竹屿隐谪仙。
贺监芳名超碧落,逍遥世外予师焉。
予家卜居湖之北,七叶垂貂承旧德[②]。
壮年游宦关之西,忽忆莼鲈返家食[③]。
凌风台[④],双清阁[⑤],每过轩车笑且谑。
莳牡丹,摘芍药,一局一觞亦不恶[⑥]。
自怜素餐七十龄[⑦],结社群公尚矍铄[⑧]。
时叨杯斝余[⑨],时从杖履后。
一日足千秋,何须觅灵鹫[⑩]。
幽香旖旎野芳发,清木蒙丛炎蒸歇[⑪]。
洞箫一曲碾冰轮[⑫],瑶岛琼台归华阙[⑬]。
湖中四景递相供[⑭],取之不竭用不穷。
洛下香山虽渺矣[⑮],鉴湖尚亦追其踪[⑯]。

——选自全祖望编《续甬上耆旧诗》卷三

【注释】

① 吴光禄:吴礼嘉,字会之。万历八年(1580)进士,历监察御史,卒赠光禄寺卿。则该诗题目当为后加。周尚书:周应宾,字嘉甫,官至南礼部尚书。万都督:万邦孚,字汝永,官至左军都督府佥事。

② 七叶垂貂:谓世代显贵。此化用典故,汉时中常侍冠上插貂尾

为饰，金日磾一家自武帝至平帝七朝，世代皆侍中，为内庭宠臣。晋左思《咏史》："金张籍旧业，七叶珥汉貂。"

③ "忽忆"句：化用晋人张翰思乡辞官典故，《晋书·张翰传》："翰因见秋风起，乃思吴中菰菜、莼羹、鲈鱼脍，曰：'人生贵得适志，何能羁宦数千里以要名爵乎？'遂命驾而归。"

④ 凌风台：指赏梅之处，典出南朝梁何逊《咏早梅诗》："兔园标物序，惊时最是梅。衔霜当路发，映雪拟寒开。枝横却月观，花绕凌风台。"

⑤ 双清阁：指赏雪处，典出宋黄伯固《双清阁咏雪》。

⑥ 局：棋盘。

⑦ 素餐：蔬食。

⑧ 矍铄：形容老人目光炯炯、精神健旺。

⑨ 杯斝：古代酒器，此泛指酒杯。

⑩ 灵鹫：山名。在古印度摩揭陀国王舍城东北。如来曾在此讲《法华》等经，故佛教以为圣地。

⑪ 蒙丛：草木茂密貌。

⑫ 冰轮：指明月。宋释智圆《九月望夜招处士林君泛湖玩月》："寒波沉皓魄，碧落辗冰轮。"

⑬ 华阀：此指华美的屋宇。

⑭ 四景：四时景象。

⑮ 洛下香山：指白居易。洛下，即洛阳。白居易晚年居洛阳香山（计18年），号香山居士。与胡杲等人结为"香山九老"，忘情山水，闲适自得。白居易卒亦葬香山。

⑯ 追其踪：此指自己与吴礼嘉等人结社，是效法白居易结九老会。

陆　符

陆符（1595—1646），字文虎，学者称子充先生，鄞县人。

曾与黄宗羲同窗。崇祯十五年(1642)举人。明亡,参与抗清,赐进士出身,授行人司行人。著有《环堵稿》《雪瓢吟》等,不传。全祖望《续甬上耆旧诗》录其诗106首。生平事迹见黄宗羲《陆文虎先生墓志铭》。

月湖夜归

澄湖镜接四天平,万杵霜砧送月明。
断岸吞波烟望渺,一篙风影小舟横。

——选自全祖望编《续甬上耆旧诗》卷二十一

管 櫄

管櫄(生卒年不详),字无棘,号雪鸿山人,鄞县人。诸生,万历、天启间以诗名于乡里。著有《云屯吟稿》,全祖望《续甬上耆旧诗》录其诗108首。

日月湖

南湖日作湖,西湖湖作月。
愿湖日日晴,看月长无阙[①]。

——选自全祖望编《续甬上耆旧诗》卷十八

【注释】

① 阙:缺失。

汪 枢

汪枢（生卒年不详），字伯机，号石子，鄞县人。为汪镗之孙。诸生。性萧散，嗜读书，工诗，不乐仕进。治别业曰泡园，作《园诗》六十首，闽人徐𤊹至甬上，一见称之。著《存㢈篇》十卷，有弘光元年（1645）夷白轩刻本。

月湖竹枝词十首（选五首）

贺客祠边落日迟，戴公堤上草离离。
江南三月春如酒，狂杀闲游轻薄儿。

忽来隔岸踏歌幽，年少翩翩结伴游。
听得众中相指说，此翁虽老尚风流。

堤上游人湖上船，粘云百雉映平泉。
青帘绮陌当垆少，应念贫儒乏酒钱。

春暖名园嫩绿齐，粉墙高隐水禽啼。
叩舷日晚来游女，一色榴裙上大堤。

湖干连日喜春晴，选胜家家荡桨行。
上客醉余纷倚曲，佳人花底慢调筝。

——选自汪枢《汪伯机诗》

陆　宝

陆宝(1581—1661),字敬身,一字青霞,号中条,鄞县人,世居月湖。陆给谏懋龙之子。鄞人以其房别之,称“给谏房”,亦称“桂井陆氏”。少喜为诗,屠隆等引为小友。由太学生授内阁中书。已而以母老乞养归,不复出。时杨德周亦家居,乃纠合里中诗人李桐、周元孚,共为《甬东诗括》。明亡,倾家输饷抗清,兵败,匿影不出者五年。后隐居月湖,以遗老自命。家富藏书,藏书楼名“南轩”。年逾八十,诗逾万首,曰“吾不愧放翁之后矣”。著有《辟尘集》《青溪小草》《霜镜集》等数种,张寿镛合刻《陆敬身全集》。生平事迹见李维桢《青溪小草序》。

碧沚亭

碧沚全湖胜,楼居倍爽然。
空中盛以水,远处望为船。
古渡低通月,春篱冷抹烟。
书裙思妙手①,每到墨池边。

——选自同治《鄞县志》卷六十二

【注释】

① 书裙:化用王献之作书于裙的典故。《宋书·羊欣传》:“欣时年十二,时王献之为吴兴太守,甚知爱之。献之尝夏月入县,欣著新绢裙昼寝,献之书裙数幅而去。欣本工书,因此弥善。”

双桂树

双桂吾家物，蟠枝迥自尊。
月中先擘种，湖底暗通根。
点粟成千斛[①]，围香在一门。
郄林秋可借[②]，对立若儿孙。

——选自同治《鄞县志》卷六十四

【注释】

① 粟：因桂花小如粟，故以为喻。如“金粟”即为桂花之别名，宋范成大《中秋后两日自上沙回闻千岩观下岩桂盛开复檥石湖留赏一日赋两绝》：“金粟枝头一夜开，故应全得小诗催。”

② 郤林：指桂林，此化用“郤诜丹桂”（亦“折桂”）之典故。《晋书·郤诜传》载，郤诜举贤良对策，为天下第一，自视为“桂林之一枝，昆山之片玉”。后因以“郤诜丹桂”“折桂”喻科举及第。

辟尘居[①]

名门多撤戟[②]，委巷久无驺[③]。
只此三楹在，相沿四世留。
先君矜草创[④]，小子解增修。
不改盘纡径，重开浅沮沟[⑤]。
欹檐低接瓦，短柱薄施油。
紫竹添阑整，青泥覆壁绸。
亘横当砌阒[⑥]，潜挽镝门钩[⑦]。
映旭廊东面，疏风牖北头。
垣惟资版筑[⑧]，桷不喜雕锼[⑨]。

侧累藏云洞，徐骞望月楼[10]。
四时花略备，千个竹全幽。
驿使梅分插[11]，诗人李漫投[12]。
松疏高并鹤，藤老屈如虬。
宛宛翻红叶，亭亭簇绣球。
牡丹旌绿异[13]，菡萏问缃求[14]。
金粟香侵菊[15]，扶桑艳过榴[16]。
牵绳樊蕙圃[17]，架艇近蓉洲。
夜合繁于昼[18]，春棠换到秋。
葛闻遥醒酒[19]，萱发默忘忧[20]。
独秀心先引，丛生目易周。
石公标作镇[21]，亭子置为邮。
桥外通双屿，台阴沉一邱。
急呼儿代扫，旋领客陪游。
丝管何烦奏，壶觞且对酬。
书淫铅讵辍[22]，酒圣白空浮[23]。
句出毫将腐[24]，棋残局未收[25]。
芰为裳最称，莎比褥还柔。
细剪苓餐鹿[26]，闲攀果掷猴。
巡池惊泼剌[27]，倚树听钩辀[28]。
下泽宜伧父[29]，中林拜隐侯[30]。
疏恒知止足[31]，陶始慕归休[32]。
负舍蜗难徙，营巢燕自由。
日来劳土木[33]，几至典衣裘。
巧妇供炊苦，顽童荷锸愁。
前朝余素业[34]，累代忝清流[35]。
任世云成狗[36]，从吾海泊鸥[37]。

不惟安老懒，兼亦谢愆尤[38]。
集蓼终身味[39]，分甘绕膝咻[40]。
铮铮期干蛊[41]，落落愧贻谋[42]。
杜曲平泉里[43]，霜榛列兔罘[44]。

——选自同治《鄞县志》卷六十四

【注释】

① 辟尘居：陆宝居所之名，有集亦名《辟尘集》。

② 撤戟：指撤除仪仗、警卫。“戟”为古代早期兵器，至后世因其实战功能低下，用于仪仗、警卫。

③ 委巷：偏僻的小巷。驺：掌管养马并驾车的人。

④ 矜：注重。

⑤ 浅沮沟：水浅潮湿的沟渠。白居易《履道新居二十韵》：“门闭深沉树，池通浅沮沟。”

⑥ 闑：古代竖在大门中央的短木。

⑦ 鐍：锁。

⑧ 垣：墙。资：采用。版筑：古代一种筑墙的方法，用两版相夹，填泥其中，以杵捣实成墙。

⑨ 桷：方形的椽子。雕锼：雕刻。

⑩ 骞：高举，高升。

⑪ 驿使梅：对梅的称呼。典出南北朝陆凯《赠范晔》诗：“折梅逢驿使，寄与陇头人。江南无所有，聊赠一枝春。”

⑫ 诗人李：典出《诗经·大雅·抑》：“投我以桃，报之以李。”

⑬ 旌：彰。

⑭ 问湘求：谓是从湘地（今湖南）得来的品种。

⑮ 金粟：金桂。

⑯ 扶桑：指扶桑花，明李时珍《本草纲目》：“扶桑产南方，乃木槿别种。其枝柯柔弱，叶深绿，微涩如桑。其花有红黄白三色，红者尤贵，呼为朱槿。”榴：指石榴花。

⑰ 樊：筑篱，此谓围绕。

⑱ 夜合：夜合花，又名合欢花。

⑲ “葛闻”句：此句因于古人认为葛根有解酒之功效，见《本草纲目》。

⑳ 萱：别名忘忧草。

㉑ 石公：指“云石”，是在镇明岭南宝云寺附近发现的一块奇石。相传每天雨，有云气蒙之，故名。

㉒ 书淫：对嗜书成癖者的称呼。铅：指铅粉笔，古人用以点校书文。韩愈《秋怀》诗：“不如觑文字，丹铅事点勘。”辍：停止，中断。

㉓ 酒圣：对豪饮者的美称。白：指酒杯。西汉刘向《说苑》：“魏文侯与大夫饮酒，使公乘不仁为觞政，曰：‘饮不釂者，浮以大白。’”

㉔ 毫：笔毫。

㉕ 局：棋盘。

㉖ 芩：芦苇一类的植物，鹿之美食。《诗经·小雅·鹿鸣》：“呦呦鹿鸣，食野之芩。”

㉗ 泼剌：象声词，此形容鱼跃出水面的声音。唐卢纶《书情上大尹十兄》诗：“海鳞方泼剌，云翼暂徘徊。”

㉘ 钩辀：鹧鸪鸟的鸣叫声。韩愈《杳花》诗：“鹧鸪钩辀猿叫歇，杳杳深谷攒青枫。”

㉙ 伧父：对粗鄙之人的称呼，此犹称“村夫”。

㉚ 中林：林野。隐侯：此指居处俭素的隐者。

㉛ 疏：指西汉疏广。《汉书·疏广传》：“广谓受曰：‘吾闻“知足不辱，知止不殆”，功遂身退，天之道也。’”

㉜ 陶：指陶渊明。《晋书·隐逸传·陶潜》：“潜叹曰：‘吾不能为五斗米折腰，拳拳事乡里小人邪！’义熙二年，解印去县，乃赋《归去来》。”

㉝ 劳土木：指经营辟尘居。

㉞ 前朝：指先辈。素业：先世所遗之业。

㉟ 忝：有愧于。指自己有愧于祖先几代清流。清流：指德行高洁、负有名望的士大夫。

㊱ “任世”句：谓任随世事变化。云成狗，语出杜甫《可叹》：“天上浮云如白衣，斯须改变如苍狗。”喻世事变化无常。

㊲ “从吾”句：化用鸥侣的典故，《列子·黄帝》：“海上之人有好沤（同‘鸥’）鸟者，每旦之海上，从沤鸟游，沤鸟之至者百住而不止。其父曰：‘吾闻沤鸟皆从汝游，汝取来，吾玩之。’明日之海上，沤鸟舞而不下也。”

㊳ 谢愆尤：谓免遭罪咎。

㊴ 集蓼：谓遭遇苦难。《诗经·周颂·小毖》：“未堪家多难，予又集于蓼。”毛传：“我又集于蓼，言辛苦也。”

㊵ 分甘：谓分享甘美之味，比喻慈爱、友好、关注等。典出《三国志·吴书·陆瑁传》：“陈国陈融、陈留濮阳逸、沛郡蒋纂、广陵袁迪等，皆单贫有志，就瑁游处。瑁割少分甘，与同丰约。”咻：喧嚷。

㊶ 干蛊：即“干父之蛊”，指儿子能继承父志，完成父亲未竟之业。语出《周易·蛊》：“干父之蛊，有子，考无咎。”干，承担。蛊，事业。

㊷ 贻谋：指父祖对子孙的训诲。语出《诗经·大雅·文王有声》：“诒厥孙谋，以燕翼子。”

㊸ 杜曲：地名，在长安东南，唐大姓杜氏世居于此。平泉：平泉庄，在洛阳南，唐宰相李德裕的别业。

㊹ 兔罘：捕兔的网。

辟尘居

莲不沾泥佛现[1]，竹能避俗人来[2]。
濠水鱼知乐也[3]，山梁雉亦时哉[4]。

——选自《四明月湖陆氏宗谱》卷十

【注释】

① 莲不沾泥：化用周敦颐《爱莲说》“（莲）出淤泥而不染”意。

② 竹能避俗：化用苏轼《於潜僧绿筠轩》：“可使食无肉，不可居

无竹。无肉令人瘦，无竹令人俗。”

③ “濠水鱼”句：化用《庄子·秋水》：“庄子与惠子游于濠梁之上。庄子曰：‘鲦鱼出游从容，是鱼乐也。’惠子曰：‘子非鱼，安知鱼之乐？’庄子曰：‘子非我，安知我不知鱼之乐？’”

④ “山梁雉”句：谓山梁上的野鸡能得天时，自由栖止。语出《论语·乡党》：“色斯举矣，翔而后集，曰：‘山梁雌雉，时哉时哉！’子路共之，三嗅而作。”

霜镜楼[1]

生平最好楼居，况对波光洁净。
不须九月飞霜，自觉霜湖如镜。

——选自《四明月湖陆氏宗谱》卷十

【注释】

① 霜镜楼：陆氏居所楼名。

悟香阁[1]

香本无声无色，参来不即不离。
一片木樨飘处，豁然胸镜空时。

——选自《四明月湖陆氏宗谱》卷十

【注释】

① 悟香阁：陆氏居所阁名。

云石[1]

瘦骨独稜然[2],苍坚积有年。
侵街余此顶,涌地仅如拳。
质岂销荒砾[3],根应蛰下泉。
叱为羊不动,射入虎长眠[4]。
但受墙萝扫,何嫌溜水穿[5]。
坐来微患仄,行者未窥全。
滑甚倚龟背,低难及彘肩。
久依莲社衲[6],以待竹林贤[7]。
秀引雕鞍驻,滋含皂盖鲜[8]。
埒栽花渐密,池甃月初圆。
气聚堪蒸雨,功成待补天[9]。
侈谈员峤胜[10],近在国门边[11]。

——选自《四明月湖陆氏宗谱》卷十

【注释】

① 云石:是清顺治七年(1650)在镇明岭南发现的一块奇石。参见陆宝《辟尘居》诗“石公标作镇”句注释。

② 稜然:稜角分明貌。

③ “质岂”句:谓其质坚硬,不是如荒砾般易销蚀的。

④ “叱为”二句:喻其石如羊、如虎,卧而不动。前句化用晋葛洪《神仙传》载皇初平“叱石成羊”的典故,后句化用汉司马迁《史记·李将军列传》载李广误以石为虎而射石没镞的典故。

⑤ 溜水:屋檐水。

⑥ 莲社衲:指文雅结社的高僧。东晋慧远法师居庐山东林寺,与僧俗十八高贤结社同修净土,因寺池有白莲,因号“莲社”。

⑦ 竹林贤:指清高的贤者。魏晋间,嵇康、阮籍等七人,常聚会于

竹林之下，肆意酣畅，世谓“竹林七贤”。

⑧ 滋：润泽。皂盖：古代官员的黑色篷伞。鲜：鲜明。

⑨ 补天：此将云石比作女娲所炼的补天石。《淮南子·览冥训》：“往古之时，四极废，九州裂，天不兼覆，地不周载……于是女娲炼五色石以补苍天，断鳌足以立四极。”

⑩ 员峤：神话传说中的山名。胜：美好。

⑪ 国门：此指城门。

贺祠秋赛[①]

仰止诗宗意倍亲[②]，门前秋水镜无尘。
一般瑶席清酤献[③]，私制菱歌也赛神。

——选自陆宝《悟香集》卷二十七

【注释】

① 贺祠：贺监祠。秋赛：秋日酬神的祭祀活动。

② 诗宗：此为对贺知章的恭维之称。

③ 清酤：清酒。

月湖春泛

澹烟疏雨城中百亩陂，无朝无暮春水正堪嬉。
玄真子青笠绿蓑自有[①]，甫里翁笔床茶灶相随[②]。
双宿鸳鸯花间觅生活，争飞蛱蝶空里欲低垂。
但寻渔父鼓枻翛然意[③]，不问沧浪清斯与浊斯。

——选自陆宝《悟香集》卷二十九

【注释】

① 玄真子：唐张志和，号玄真子，又号烟波钓徒。其《渔歌子》词："西塞山前白鹭飞，桃花流水鳜鱼肥。青箬笠，绿蓑衣，斜风细雨不须归。"

② 甫里翁：唐陆龟蒙，号甫里先生。其生活萧散自适，自为《甫里先生传》云："性不喜与俗人交……或寒暑得中、体佳无事时，则乘小舟，设蓬席，赍一束书，茶灶、笔床、钓具、棹船郎而已。"宋郑思肖《陆龟蒙茶灶笔床图》："笠泽往来无定期，煮茶垂钓醉吟诗。一船清致终难画，不是散人应不知。"

③ 鼓枻：划桨。《楚辞·渔父》："渔父莞尔而笑，鼓枻而去。乃歌曰：'沧浪之水清兮，可以濯吾缨；沧浪之水浊兮，可以濯吾足。'"翛然：无拘无束的样子。

贺公庙歌二首

迎神

月白兮如霜，列箫鼓兮哄湖堂。
望兰舟兮近浦，曳云旗兮逗双橹。
公不来兮使我心苦。
忽入庙兮颙颙[①]，青霞结帔兮丹渥其容。
前有亭兮湖之涘，官柏森森兮石桥逦逦[②]。
公朝游蓬岛兮暮来思，挟谪仙兮少陵偕之[③]。
秋水盈杯兮桂香疗饥，慰我邦人兮式宴以嬉[④]。

送神

仿佛兮精灵，来不凭尸兮去亦无形。
引霓衣兮将返，聆吴语兮渐远。

云中驾兮渺何之，倩波臣兮力挽[5]。
瑶席芬兮不复陈，菱歌迭奏兮寂寞湖滨。
回风嫋嫋天将暮，水远山青盼杀人。

——选自陆宝《悟香集》卷三十

【注释】

① 颙颙：肃敬貌。

② 逦逦：曲折连绵的样子。

③ 谪仙：指李白。少陵：指杜甫。

④ 式宴：宴饮。

⑤ 波臣：指水族。古人设想江海的水族也有君臣，其被统治的臣隶称为“波臣”。

题陈侍御云在楼二首[1]（选一）

楼居真敻绝，寄想亦超然。
岂料无心者，番成有住缘[2]。
天高吹忽近，海白涌来偏。
似得萧疏致，同招鹤上仙。

——选自陆宝《霜镜集》卷一

【注释】

① 陈侍御：指陈朝辅。陈朝辅，字平若，一字苇庵，鄞县人，居于月湖南。万历进士，累官至监察御史、太仆寺少卿。云在楼：藏书楼名，在月湖南，陈朝辅所建。

② 番：通“翻”。

秋湖

秋湖一片冷相连，空水之间得受廛[①]。
有树人家元不俗[②]，涉波风景共疑仙。
幽惟入竹僧敲磬，快是当门客上船。
贺老祠前鸦点点，夕阳飞逗柳林烟。

——选自陆宝《霜镜集》卷十一

【注释】

① 受廛：接受居地而为民。廛，一个男劳力所居住的屋舍。《孟子·滕文公上》："远方之人，闻君行仁政，愿受一廛而为氓。"

② 元：本来。

十五夜贺祠观灯

旧庙观灯盛此回，良宵漫作昼游猜。
忽移火树当阶植，似见荷花绕镜开。
一道诗光天际发，半湖星雨浪中来。
踏歌乍起争邀月，白也应留共举杯[①]。

——选自陆宝《霜镜集》卷十二

【注释】

① 白也：指李白。杜甫《春日忆李白》诗云："白也诗无敌，飘然思不群。"共举杯：化用李白《月下独酌》诗："花间一壶酒，独酌无相亲。举杯邀明月，对影成三人。"

家叔侍御涵虚阁二首[1]

碧流初涨阁初成，白帻临流快濯缨[2]。
空影衔云来曲几，树纹漶月过层城。
五湖长属台中客[3]，半舫斋宜镜里名。
仙路十洲看渐近，冰壶先已映人清。

筠帘宵卷浪生纹[4]，快阁清秋兴不群。
团扇凉招三岛月，屏风翠染六桥云。
人将鹤影同时照，歌与渔家隔岸分。
杯酒竹林高会散，谁言小陆故能文[5]。

—选自陆宝《霜镜集》卷十三

【注释】

① 家叔侍御：指陆世科。涵虚阁：在陆中丞宅内。

② 白帻：白色的裹发巾。濯缨：洗濯冠缨。语本《孟子·离娄上》："沧浪之水清兮，可以濯我缨。"后以"濯缨"比喻超脱世俗，操守高洁。

③ 五湖：指太湖和它附近的几个湖。春秋末越国大夫范蠡，辅佐越王勾践，灭亡吴国，功成身退，乘轻舟以隐于五湖。台中：御史台。台中客指陆世科，世科曾任山西道御史、广东巡按等职，故称。

④ 筠帘：竹帘。

⑤ 小陆：晋人陆机、陆云兄弟皆有文名，世称陆云为小陆。此处为陆宝自喻。

竹洲

独占湖南景，行人指竹洲。
无穷三面水，亦有数间楼。

鸟悦临津树，渔牵入屋舟。
前朝真隐地[①]，花月至今留。

——选自《竹洲文献》卷二

【注释】

① 真隐地：指史浩真隐观之地。

陈民俊

陈民俊（生卒年不详），字公吁，鄞县人。万历四十一年(1613)武进士，官陕西都司，以事罢归。著有《木皁》《宝尊》二集。

日月湖竹枝词（十首选一）

湖边负郭水田多[①]，春雨农家一笠蓑。
夜静试凭高处听，最销魂是唱山歌。

——选自乾隆《鄞县志》卷二十九

【注释】

① 负郭：靠近城郭。水田：原注："湖南大坂田。"

林岳隆

林岳隆(1585—1658)，字视公，一字叔觐，号西明山人，鄞县人。明亡，弃诸生。长于诗。著有《西明集》。

访余生生于陆氏涵虚阁[1]

风流不减季真狂，怀友蒹葭水一方。
愤世几抛今日泪，论心独见古人肠。
身依穷岛乾坤隘，道在沧洲岁月长。
野老哀吟初读罢，卷帘西爽映垂杨[2]。

——选自全祖望编《续甬上耆旧诗》卷十九

【注释】

① 余生生：余盉，字生生，又字眉山，四川青神县人。世袭锦衣，故迁北京。国亡，避难江东，曾参与抗清斗争。流亡至鄞县，居月湖，有寓寮曰借鉴楼。参加西湖七子社，被推为社长。客居二十余年，偶题其集曰“四明余盉”。尝曰：“吾虽死，犹当作湖上寓公。”详见全祖望《余先生借鉴楼记》。

② 西爽：西山爽气。《世说新语·简傲》：“王子猷作桓车骑参军。桓谓王曰：‘卿在府久，比当相料理。’初不答，直高视，以手版拄颊云：‘西山朝来，致有爽气！’”

周昌晋

周昌晋(1585—1662)，字用晦，一字自照，鄞县人。万历四十一年(1613)进士，累官督学御史、太仆寺少卿。居月湖上，筑葭露阁。有《福建鹾政全书》《葭露阁集》。

葭露阁①

生事于今付十洲，蒹葭高阁正宜秋。
古初亦有巢居子②，近水还同一叶舟。
便使云烟亲几席③，更随鸥鹭学沉浮。
分来清影先邀月，百顷湖光咫尺收。

——选自全祖望编《续甬上耆旧诗》卷四十五

【注释】

① 葭露阁：阁名取《诗经·秦风·蒹葭》“蒹葭苍苍，白露为霜”诸句之意。

② 巢居子：指隐士。晋王康琚《反招隐诗》：“昔在太平时，亦有巢居子。今虽盛明世，能无中林士?”

③ 几席：几和席，古人凭依和坐卧的器具。

陆　箴

陆箴（生卒年不详），字文饶。鄞县人。陆符弟。诸生。

采莲歌（二首）

棹歌弄桨傍汀洲，荷芰风连翠荇稠。
只道飞花香入手，谁知明月满船收。

荡桨中流月在衣，软香湿翠薄罗帏。
夜来水鸟耽花好，犹向横塘叶上飞。

——选自全祖望编《续甬上耆旧诗》卷五

董德偁

董德偁(1603—1661),字平之,一字铭存,号天鉴,鄞县人。明举人,与万泰、陆符、董守谕并称“东林四先生”。明亡后破家输饷支援抗清,参与营救黄宗炎等抗清志士。善诗,多与遗民相唱和。

次姚山期潞公先生天一阁园尊字韵①

高阁传先泽,名花尽在门。
松从寒节劲,菊以晚香尊。
白水觞飞急,青莲海欲吞。
醉来天地小,谁复辨黄昏。

——选自范光文《潞公诗选》附《越吟》

【注释】

① 姚山期:姚佺,字山期,号石耳山人。浙江秀水人,寓居苏州。曾参加复社。明亡后借出家为掩护,以遗民而逃禅,暗中参与抗清。辑有《诗源初集》等。姚佺有《潞公先生天一阁园,司马公藏书所,石自海山,松留雷印,地多不名之卉,池通酿酒之泉,望之真山也,漫赋尊贤二韵》诗三首,其中有《尊字韵》二首。潞公:范光文(1600—1672)字耿仲,号潞公,鄞县人。范钦曾孙。清顺治六年(1649)进士。历任礼部祠祭司、稽勋司、考功司主事,吏部文选司主事,陕西乡试正考官。后以“劲直”得罪大僚罢官归里。为天一阁“复购所未备增储之。”著有《潞公诗选》等。范光文有次姚山期诗,其序介绍了唱和的缘起,云:“丁酉秋杪,余自武林闻震邻风鹤,急携孥归,时兵马盈城,百雉如沸,困卧小园,独对松菊,且届冬矣。试曝摊书,忽来剥啄,乃山期姚子,偕次公、石客、天鉴、用圭诸社盟,不速相寻,欢情既接,连晤把杯,遂忘其

倥偬愁疾，惜夜禁不能秉烛耳。越数日，山期以二律誉园，愧不克承，因共诸子和之，以志良会。”可见姚佺偕同董德偁等人来天一阁与范光文唱和，时在顺治丁酉年（1657）。

高宇泰

高宇泰（1614—1678），初字元发，改字虞尊，别字隐学，晚年自署“宫山”，又署“檗庵”。鄞县人。崇祯诸生。能诗文，负才名，性尤忠醇。崇祯末曾于乡主弃社，又入复社。明亡参与抗清，鲁王授兵部员外郎，备受艰苦。清康熙十年（1671）与李邺嗣等在南湖结耆社。辑有《雪交亭正气录》《敬止录》。其诗文集《野哭集》《怀游集》等，不传。生平事迹见全祖望《明故兵部员外郎檗庵高公墓石表》。

十洲绝句（选二）

柳汀

想见湖湄腊景融[①]，金丝翠幔已俱空[②]。
始知伊昔三眠日[③]，总在春风一梦中。

松岛

百年湖上老龙鳞，逸老堂前好作邻。
纵使霜柯依旧在，岁寒相对是何人？

——选自全祖望编《续甬上耆旧诗》卷四十二

【注释】

① 湄：水边。

② 金丝：比喻新叶初出时的金色柳条。翠幔：比喻绿色浓密的柳。

③ 三眠：指柳的柔弱枝条在风中时时伏倒。《三辅故事》："汉苑中有柳状如人形，号曰人柳，一日三眠三起。"

陆宇燝

陆宇燝（1619—1679），字春明，号披云居士，学者称明怀先生，鄞县人。右都御史陆世科第五子。诸生。明亡参与抗清。能诗，与兄宇爗于月湖柳汀建为明臣设祭的不波航，结遗民诗社。与余畲、范兆芝、宗谊、董剑锷、陆昆等七人称"西湖七子"。著有《观日堂集》，失传。生平事迹见全祖望《陆披云先生墓志铭》。

秋日同志诸子鉴湖社集，得同字①

秋声斗残叶，万木尽无功。
蝉咽荒庭竹，湖飞野岸鸿。
凄凉千古意，慷慨一尊同。
笔墨开天地，无言心力穷。

——选自全祖望编《续甬上耆旧诗》卷五十四

【注释】

① 《四明月湖陆氏宗谱》卷十收录此诗，题作《秋日同志诸子修湖社集》。

春日湖堤书所见

湖岸桃花忆酒楼，春风昔日典羊裘。
今来牧马颓垣里，觱栗声多古竹洲[①]。

——选自全祖望编《续甬上耆旧诗》卷五十四

【注释】

① 觱栗：即觱篥，古代的一种管乐器，又名笳管，汉代由西域传入。

李文靖

李文靖，字在兹，晚字发僧，鄞县人。南明鲁王时，官职方主事。鲁王退居舟山后，文靖转徙越中，教授村童以自给。著有《道听途说编》《南疆遗事》。

春日怀柳西别业

昔日成佳赏，每怀不暂忘。
小亭依鉴水[①]，别业枕壶觞。
阙补梅花屋，中开春草堂。
凭看岩桂馥，笑指泽蒲长。
座有周秦器，碑传晋魏藏。
征诗第甲乙[②]，校艺总雌黄[③]。
活火烹新水[④]，微风送宿香。
主人多雅好，高会喜徜徉。
琼博翻前谱[⑤]，牙筹掣断章[⑥]。

阄谜生巧思⑦，射覆费参详⑧。
满酌蒲萄酝⑨，平浮琥珀光⑩。
紫膏凝簖蟹⑪，银脍斮河鲂⑫。
剪韭初收雨，挑菘浅带霜。
竹根窥笋稚，林薄探橙芳⑬。
谈笑都成韵，衣冠迥不常。
回思如旦夕，遥忆几沧桑。
庭树梢犹拱，家童鬓早苍。
鲁阳何处挽⑭，零落漫神伤。

——选自全祖望编《续甬上耆旧诗》卷五十一

【注释】

① 鉴水：鉴湖。月湖有逸老堂，纪念归隐鉴湖一曲的贺知章，故月湖亦称鉴湖。据此知柳西别业在鉴湖之畔。

② 第：评定。甲乙：等级，次第。

③ 雌黄：议论，评论。

④ 活火：有焰的火；烈火。新水：新汲之水。

⑤ 琼博：琼系博具，相当于后来的骰子。

⑥ 牙筹：象牙或骨、角制的计数算筹。

⑦ 阄谜：抓阄、猜谜。

⑧ 射覆：古时的一种猜物游戏，在瓯、盂等器具下覆盖某一物件，让人猜测里面是什么东西。

⑨ 蒲萄酝：即葡萄酒。

⑩ 琥珀光：形容美酒的色泽晶莹可爱。语本李白《客中作》诗："兰陵美酒郁金香，玉碗盛来琥珀光。"

⑪ 簖：拦河插在水里捕鱼蟹用的竹栅栏。

⑫ 银脍：鱼片。斮：古同"斫"，斩断。

⑬ 林薄：草木生长茂密之处。

⑭ 鲁阳:《淮南子·览冥训》记载,鲁阳公和韩国的军队作战,战斗最激烈时,太阳要落山了,鲁阳公把手中的戈向天空奋力一挥,太阳为之后退三舍(一舍是三十里)。

◉ 清朝

张瑶芝

张瑶芝(1614—1684),谱名尚寅,字次瑛,号蓉屿,鄞县人,张邦奇玄孙。顺治十三年(1653)拔贡,十八年(1658)授河南灵宝知县。弃官归来后,在月湖张公祠下建屋数间,名“野眺楼”。为南湖秋水社的社长。著有《野眺楼近草》等。

南湖

日向南湖坐,湖光空我心。
沙鸥闲自舞,渔叟醉能吟。
茅屋白如旧,酒帘青至今。
风篁饶爽籁[①],敬谢故人琴。

——选自张瑶芝《野眺楼近草》

【注释】

① 风篁:风吹竹林。爽籁:参差不齐的箫管声。一说指清风激物之声。

秋仲集南湖订秋水之盟

竟日湖云过草堂,闲凭秋水计行藏[①]。
为农近苦西成薄[②],作客从怜古道长。
世外清交花十友[③],壶中小隐酒千觞。
且从竹屋开吟舍,共写芭蕉满叶霜。

长与幽人狎往来，柴关时为抱琴开[④]。
同寻野鹤穿松岛，独数游鱼坐钓台。
霜信未传鸿雁字[⑤]，诗情先到菊花杯。
百篇斗酒多余兴，不羡三都炼赋才[⑥]。

——选自张瑶芝《野眺楼近草》

【注释】

① 行藏：指出处或行止。

② 西成：谓秋天庄稼已熟，农事告成。《书·尧典》："平秩西成。"孔颖达疏："秋位在西，于时万物成熟。"

③ 花十友：宋代诗人曾端伯以十种花各题名目，以兰花为芳友、梅花为清友、腊梅花为奇友、瑞香花为殊友、莲花为净友、栀子花为禅友、菊花为佳友、桂花为仙友、海棠花为名友、荼蘼花为韵友，称为"花中十友"。

④ 柴关：柴门。

⑤ 霜信：霜期来临的消息。

⑥ 三都：赋名。西晋文学家左思所写都城赋，构思十年始成，豪贵之家竞相传抄，洛阳为之纸贵。见《晋书·左思传》。

十洲旧迹[①]

花屿

今古沧桑一叶风，湖光难似昔年空。
茫茫孤屿存何处，惟有闲花开落同。

芳草洲

人间何处无青草，只要有人着意怜。

何用碑亭寻旧迹，乱烟残碧尚芊绵。

柳汀

风枝濯濯满兰皋[②]，访旧多余三径蒿。
记得廿年城底下，一株垂处一株桃。

竹屿

稍稍风尾戛长空[③]，曾覆当年羽士宫[④]。
偶向茅檐篱落过，尚疑鸡犬出云中。

芙蓉洲

莲花难问讲时宫，秋浦依稀缀浅红。
我在此洲花里住，可容诗色与花同。

菊花洲

城边饮马惜流泉，城下徒存掩骼田。
愿化一潭香涧水，满城士女说长年。

月岛

疏岛亭亭漾素涛，碧波长浸玉轮高。
何年尽照玉轮去，只许渔翁载小舠。

松岛

谡谡松风尚可听[⑤]，龙鳞飞去石痕青。

肯从断浦披沙砾，应有千年老茯苓。

雪汀

天花簌簌点芦洲，消尽人间红叶秋。
此景何人曾领略，青莎笠子白羊裘。

烟屿

缥缈湖波动客愁，酒香茶气共沉浮。
而今收拾归何处，多在相思草上头。

——选自张瑶芝《野眺楼近草》

【注释】

① 此组诗末有总评云："幽香秀韵，选韵谐声，刷羽之灵姿，临风之翠干也。十诗真有流连不尽之致。"

② 濯濯：明净清朗的样子。

③ 稍稍：指每一个叶稍。

④ 羽士宫：作者自注："今称观基。"

⑤ 谡谡：象声词。形容风声作响。

和杲堂《散怀十首》

竹坞烟汀景自嘉，柏梧苍翠复交加。
无愁不种忘忧草，垂老宜栽晚节花。
黄鸟频呼同出谷，白鸥相劝且浮家。
晚来风起湖蘋末，一片山云近可拏。

——选自张瑶芝《野眺楼近草》

胡文学

胡文学（1616—1675），字道南，一字卜言，鄞县人。顺治九年（1652）进士，历官真定府推官、两淮巡盐御史、福建道监察御史，擢升至太仆少卿，因病未上任即旋里。与李邺嗣同辑《甬上耆旧诗》，著有《适可轩集》。生平事迹见李桓《国朝耆献类征初编》、董沛《四明清诗略》。

贺祠双柏

我读汉文仰高风，知止独有疏仲翁①。
都门供张传千载②，谁其继者唐贺公。
兰陵旧有二疏宅，欲溯高风不可即。
何幸生同贺公里，鉴湖一曲沾遗泽。
一区新筑近湖堤，雪汀烟屿共涟漪。
褰裳喜对庞公宇③，卜宅忻邻秘监祠。
祠中柏树山中鲜④，一树奇离一树偃。
屡经冰雪两湖深，曾阅蓬莱几回浅⑤。
有如二叟日相依，相对如摩铜狄归⑥。
枯干不殊鲐背瘠⑦，疏叶还同鹤发稀。
伏腊尝随乡祭酒⑧，摩挲双树踌躇久。
此是泰山庙中物⑨，何时得为秘监有？

——选自同治《鄞县志》卷五十七

【注释】

① 知止：懂得适可而止。疏仲翁：西汉兰陵人疏广，字仲翁。《汉书·疏广传》载，广仕宦至太子太傅，与侄疏受俱得宣帝器重，数获赏

赐，甚有令名，却主动辞官归家，“广谓受曰：‘吾闻知足不辱，知止不殆，功遂身退，天之道也。今仕官至二千石，宦成名立，如此不去，惧有后悔，岂如父子相随出关，归老故乡，以寿命终，不亦善乎？’……上疏乞骸骨。上以其年笃老，皆许之，加赐黄金二十斤，皇太子赠以五十斤。公卿大夫故人邑子设祖道，供张东都门外，送者车数百两，辞决而去。及道路观者皆曰：‘贤哉二大夫！’”

② 供张：陈设供饯别用的帷帐、器具、饮食等物。

③ 褰裳：撩起下裳。庞公宇：祀庞公的祠宇，待考。

④ 鲜：少。

⑤ “曾阅”句：化用葛洪《神仙传·麻姑传》：“麻姑自说云：‘接侍以来，已见东海三为桑田。向到蓬莱，水又浅于往者会时略半也，岂将复还为陵陆乎？’”

⑥ 铜狄：铜人。

⑦ 鲐背：老人背上生斑如鲐鱼之纹，为高寿之征。因以称老人。

⑧ 伏腊：古代两种祭祀的名称。伏在夏季伏日，腊在农历十二月。

⑨ 泰山庙中物：指“五大夫”松。《史记·秦始皇本纪》：“（始皇）乃遂上泰山，立石，封，祠祀。下，风雨暴至，休于树下，因封其树为五大夫。”汉应劭《汉官仪》说其树为松。

宗　谊

宗谊（1619—？），字在公，号正庵，鄞县人。其父为徽商，自徽迁鄞，居甬东，后迁月湖上。其家虽资产豪富，但宗谊性之所好独在诗歌，生活俭朴如贫儒。乙酉之际，浙东义师蜂起，宗谊罄家财十万金以供义饷，鲁王召之，辞不赴。后卖去田宅，以供义师取求，遂至赤贫，以教授童子为生。性好吟咏，诗宗竟陵一派。与范兆芝、董剑锷等结为西湖七子社。著有《愚囊汇稿》。

南楼即事二首[①]

偶检残书簏，窗明喜乍晴。
水经连日对，竹谱比年成。
贺监春邀社，龟蒙旧订盟[②]。
岁时还恃此，华发漫憎盈。

朔望加冠服，祠堂集拜齐。
楼危惭上世[③]，衣绽泣亡妻。
语默逢今谬[④]，文章受性低[⑤]。
呱呱怜稚苦，引手一提携。

——选自宗谊《愚囊汇稿》卷二

【注释】

① 南楼：即南轩。清徐兆昺《四明谈助》卷十六《南城诸迹(一下)》云："宗征君宅：诗人宗正庵(谊)，自徽迁鄞，居甬东。后徙湖上，与陆雪樵为比户，所居有南轩。"从宗谊《生朝》诗看，其宅在鉴湖一曲。

② 龟蒙：指唐代文人陆龟蒙。这里借指友人陆宇燝。作者自注："谓陆明怀。"按，陆宇燝，字周明，一字赣庵，学者称为明怀先生。宗谊曾与陆宇燝等结西湖七子社。

③ 楼危：周斯盛《愚囊汇稿序》云："吾友宗谊……自少壮时辄弃去举子业不事，唯日坐所为南楼者，刳心于诗，所与游又皆贫悴失职之侣，无钱财以振其饥冻，无势位以资其声誉，久之，诗日积，家日落，而南楼亦颓然将圮矣。"

④ 语默：谓说话或沉默。语本《易·系辞上》："君子之道，或出或处，或默或语。"

⑤ 受性：犹赋性，生性。

生朝[①]

萧萧鬓发幸成华，五十余年鉴曲家[②]。
岂以薤香堪压韭，曾将蓬性借扶麻[③]。
到贫率性诗非祟[④]，及老何妨毁尚加。
儿辈进觞聊自醉，去看邻舍早梅花。

——选自宗谊《愚囊汇稿》卷二

【注释】

① 生朝：生日。

② 鉴曲：即鉴湖一曲。

③ 蓬性借扶麻：语出《荀子·劝学》：“蓬生麻中，不扶自直。”蓬草长在大麻田里，不用扶持，自然挺直。比喻生活在好的环境里，得到健康成长。

④ 诗非祟：并非是因为作诗为害。古有“诗能穷人”的说法，这里说自己之穷并非因为作诗。

归南楼

去塾如弃负，南楼衣自纫。
思深嫌友远，累少幸身贫。
采菊惭高节，栽蔬付细民。
渴来知酿熟，漉饮不须巾[①]。

——选自宗谊《愚囊汇稿》卷三

【注释】

① 漉：滤酒。巾：指漉酒的布巾。《南史·隐逸传上·陶潜》：“郡将候潜，逢其酒熟，取头上葛巾漉酒，毕，还复著之。”

南轩杂咏

一窗槐影漏斜阳，紫李黄瓜风末香。
兴至检书还急遽，愁来视剑觉荒唐。
烟尘白日宵犹见，星月黄昏室稍凉。
开户欲寻湖上友，鹧鸪何意更啼忙。

——选自宗谊《愚囊汇稿》卷三

简董晓山二首①（选一）

苍葭清露景依然②，沦落江城不记年。
一社七人惟我率，十洲千古竟谁专。
久逋桂井题诗债，空忆虹桥载酒船。
往事伤心难自遣，明月浩叹此宵圆。

——选自宗谊《愚囊汇稿》卷三

【注释】

① 董晓山：董剑锷（1622—1703），字佩公，一字孟威，又字晓山，鄞县人。明诸生，明亡后弃去，专攻古诗词文，诗以韵胜。与宗谊等人唱和，共结“西湖七子”社。著有《墨阳内集》《墨阳外集》等。

② 苍葭：灰白色或青色的芦苇。

鉴湖久不属目，有怀往事，书寄晓山

我年三十始得友，命我湖中觅诗酒。
每来花屿流霞初，亦立虹桥烟卷后。

双柏声招谒秘书[①]，累累三岛分野渔。
古称十洲已莫考，云地霜汀犹有余。
遥忆当年建城郭，山高水长何寥廓。
黄冠野服贺公归[②]，独领风流傲邱壑。
往岁清秋月十六，董生过我湖干宿。
桂香入梦起披衣，月浸湖深酒已熟。
一吟一和鸥凫惊，老僧禅寂灯微明。
叶子念母早归去[③]，水气渐摩湖有声。
看云看湖须看雨，柳下孤舟阿谁主[④]。
拗花亭畔吊古人，秘书以后谁堪数。
人言史相有诸孙，茅屋一区碧沚存。
读书看湖足真意，之子庶几可品论。
吁嗟落落眼前事，我走西湖消客思。
西湖虽好酒不如，归访甬东旧酒肆。

——选自全祖望编《续甬上耆旧诗》卷五十五

【注释】

① 秘书：指贺知章。

② 贺公：指贺知章。

③ 叶子：叶谦。叶谦字天益，世为卫官。明亡后，曾加入钱肃乐幕府，以督运护输功晋都司。全祖望《续甬上耆旧诗》卷五十七有传云："所居在城北，为赐第，破坏不堪。……为人既介洁，丝粟不肯妄取，以此日益贫，课徒养母，三十尚未娶。"

④ 阿谁：疑问代词。犹言谁，何人。

别南楼吟

年时慕作花鸟主，容膝南轩浪挥麈。
名树无多鸠欲来，何巢可退吟风雨。
先慈供佛开南楼[①]，石磬吾曾敲素秋[②]。
儒书且并梵典列[③]，客茶僧供犹能留。
寝兴容易逾坎坷[④]，父子嗟吁若相和。
百年生计果何如，十日烟兴即可贺。
南轩不守几酸辛，此时殊觉怀逡巡。
最是楼头今夜月，照来不是苦吟人。

——选自全祖望编《续甬上耆旧诗》卷五十五

【注释】

① 先慈：亡母。

② 素秋：秋季。古代五行之说，秋属金，其色白，故称素秋。

③ 梵典：佛教的经典。

④ 寝兴：睡下和起床。泛指日夜或起居。晋潘岳《悼亡诗》之二："寝兴目存形，遗音犹在耳。"

南楼北望

极目寒空远，青山几点浮。
引愁非为病，入兴偶宜秋。
巷寂闻飞叶，湖晴露过鸥。
晚烟将四起，吾灶得炊不。

——选自全祖望编《续甬上耆旧诗》卷五十五

湖亭

惭愧湖亭内，无端五十年。
鸥凫无岁月，岛屿自青天。
赴市鱼提篓，归村米压肩。
茫茫斯世事，老子复何怜。

——选自全祖望编《续甬上耆旧诗》卷五十五

次董次欧湖上晚归有作[①]

欲归殊未欲，亭上领清音。
灯起湖光乱，渔停屿影深。
七桥寒月思，双柏老天心。
碧沚行行近，犹闻史子吟[②]。

——选自全祖望编《续甬上耆旧诗》卷五十五

【注释】

① 董次欧：董正国，字次欧，一字南冈。鄞县人。董剑锷从子。少学诗于世父之门，得宗谊等赏识。工古文，精小学。全祖望少时曾从其学。有《弃余草》。

② 史子：指史守之。

沈延嗣

沈延嗣（1619—？），字斯诜，一字南郭，鄞县人。诸生。有诗才。著有《寸知集》。

月湖行

四明城中有月湖，湖流逶迤绕城隅。
城隅人家傍湖住，竹洲蓉屿蔼甒瓻[①]。
中有刹宫祠宇之窈窕[②]，花楼月榭之萦纡。
雉堞鳞鳞以左拱，虹桥翼翼以右扶。
不用山川相映发，居然林峦城市罨霭若画图[③]。
我昔经行画图里，金谷梨园夹岸起[④]。
妆镜斜临镜水开，一带香风散罗绮。
更喜湖堤似掌平，三春桃柳烂纵横[⑤]。
王孙挟妓骄叱拨[⑥]，靓妆刻饰照湖明。
八月湖光浮月上，画船争向中流漾。
红灯绿酒驿亭隈，翠管银丝萧寺旁。
子夜歌残月已斜，两岸踏歌声正放。
此时此景犹目前，转盼于今三十年。
不见当时游屐集，但见荒城古渡漠漠生寒烟。
荒城乌啼夜击柝[⑦]，古渡连营张毳幕[⑧]。
桃蹊柳陌血痕腥，野草燐燐鬼火烁。
旧家池馆长茭菰[⑨]，鹭宿鸥栖凫鹜浴。
凫鹜浴兮湖之滑，湖风约约起白蘋，湖月溶溶秋复春。
兰舟桂棹人何在？惟有白头渔父竿云钓月，
犹是十洲三岛之主人。

——选自全祖望编《续甬上耆旧诗》卷八十三

【注释】

① 甒：陶制罂类容器，可盛酒。瓻：陶制长颈瓶，亦可盛酒。

② 窈窕：幽深貌。

③ 罨霭：云气笼罩。

④ 金谷：金谷园，晋富豪石崇的私家园林。此指私家园林。梨园：唐宫苑园林名，唐玄宗时曾作为教练歌舞艺人的地方。此亦指园林。

⑤ 烂：灿烂。

⑥ 王孙：王的子孙指贵族子弟。叱拨：良马名。

⑦ 击柝：敲木梆以巡夜。

⑧ 毳幕：游牧民族居住的毡帐。

⑨ 茭菰：即茭白。

月下观渔人举网

月色看不足，每来湖上行。
湖中涵月影，皎然两月明。
瞪目几忘湖是水，瞥若天深千丈窈晶莹。
白云片片飞水底，倒落一天星汉横。
此景何人管领得[1]，渔翁夜夜澄潭侧。
月出冲烟荡桨来，月斜傍岸收缗息[2]。
我羡渔翁意在鱼，得鱼不问月何如。
悠然月在鱼竿上，网出金波白玉蜍[3]。
举网蒙蒙烟雨溅，寒光潣淰皴縠面[4]。
搅动玉壶万斛冰，流珠喷碧光如霰。
初疑网向月中投，又疑月向网中收。
网不得鱼还得月，但见渔人与月共悠悠。

——选自全祖望编《续甬上耆旧诗》卷八十三

【注释】

① 汉：银河。

② 缗：钓线。

③ 玉蜍：月亮的别称。

④ 渊：水动貌。淰：鱼惊散貌。

李邺嗣

李邺嗣（1622—1680），名文胤，字邺嗣，号杲堂，鄞县人。明末诸生，入清，终身不仕。仿元好问《中州集》体例，辑录《甬上耆旧诗》3000余首。尝结“鉴湖社”，主导诗坛。自作诗工力颇深，风骨不凡，卓然成家。著有《杲堂诗钞》《杲堂文钞》等。生平事迹见黄宗羲《李杲堂先生墓志铭》及《清史列传·文苑传》。

城南曲

东风昨夜散桃英，朱阑十二闻含樱[①]。
欲识江南春若许，但向城南丽日行。
江南春色城南在，联天台榭摇波碎。
翠笛高垂幽雾䨫[②]，绡帷半掩雕云叆[③]。
卷笛褰帷光四起[④]，台前烂漫皆罗绮。
紫燕之络高堤来[⑤]，青雀之桡细湖舣[⑥]。
柳汀絮起迷雪汀，花屿香蒙接烟屿。
锦茵半骤挥弹儿[⑦]，绣幄多围挟瑟女。
城南女郎争玉貌，城南游侠俱年少。
虾头夜倾贺监祠[⑧]，鱼肠朝拂佽飞庙[⑨]。
当年敌手纵千金，满局缠头酬一笑[⑩]。
急吹曼拨俱未停，龙膏蜃蜡纷相耀[⑪]。

此日遨游各骋神，此时阴霁尽良辰。
谁知一夜龙沙入⑫，碎绮纤罗片片尘。
十洲银阁来如梦，千树金城摧作薪⑬。
寂寂湖亭巢白燕，凄凄月岛吹青磷。
羯鼓催阑动长角⑭，金钟泛乳吴醪薄。
射雕百骑城南归⑮，乱踏桃花几处落。

——选自李邺嗣《杲堂诗钞》卷四

【注释】

① 含樱：含樱鸟。

② 馡：香。

③ 雕云：彩云。叆：云气浓盛貌。

④ 箔：竹帘子。褰帷：撩起帷幔。

⑤ 紫燕：骏马名。

⑥ 青雀：青雀舫，船首画有青雀的舟。指华贵游船。

⑦ 锦茵：指草地。骤：驰骤。挥弹儿：指射弹的男子。

⑧ 虾头：虾头杯。用红虾等大虾的头甲壳制成的杯子，可盛酒。

⑨ 鱼肠：宝剑名。佽飞：即佽非，春秋时楚国勇士。《淮南子·道应训》载其以宝剑斩蛟的故事。城南佽飞庙的情况，今不详。今鄞州区姜山镇井亭村有佽飞庙，祀唐明州刺史黄晟。

⑩ 缠头：古代歌舞艺人表演完毕，客以罗锦为赠，称“缠头”。

⑪ 龙膏：龙的脂膏，指蜡烛。蜃蜡：蜃的脂膏，亦指蜡烛。蜃，传说中的蛟属。

⑫ 龙沙：本指卢龙山（在今河北喜峰口外）后的大漠，此喻清军。

⑬ 金城：金城柳。《晋书·桓温传》：“温自江陵北伐，行经金城，见少为琅琊时所种柳皆已十围，慨然曰：‘木犹如此，人何以堪！’攀枝执条，泫然流涕。”后用为世事兴废之典。

⑭ 羯鼓：一种出自外夷的打击乐器。两面蒙皮，用公羊皮为之，故称羯鼓。阑：指夜阑，夜将尽。长角：指号角。

⑮ “射雕”二句：写清军之张狂。

丁巳长夏得邓孝威寄诗[1]，即韵奉答四首（选一）

贺监祠堂下，君来酬唱多。
野花红照路，春水绿生波。
鼓角遗民聚，江山名士过。
无言此会易，千载听悲歌。

——选自李邺嗣《杲堂诗钞》卷五

【注释】

① 丁巳：康熙十六年（1677）。邓孝威：邓汉仪（1617—1689）字孝威，号旧山、旧农、梅农、旧山梅农等，江苏泰州人。康熙十八年（1679）召试鸿博，官中书舍人。早负诗名，颇重气节。游寓多地，所为诗以游迹名集，其中有《甬东集》。

湖上谒贺监祠，同观堂诸上人作二首[1]

一

外监风流在此滨，羽衣道士尚称臣。
老分鉴水逾千载，狂擅明山只一人。
故里归时无组黻[2]，青门别后有烽尘[3]。
祠前双桨仍来往，可许渔樵问旧津？

二

庙柏苍然照水滨，烟花坐历几君臣。

采莼仍有湖中客，载酒还同方外人。
芝谷传声追大里④，鹿亭扫径待遗尘⑤。
当年台榭都如梦，未有桃花可问津。

——选自李邺嗣《杲堂诗钞》卷六

【注释】

① 观堂：指参观贺监祠堂。上人：此为对道德高尚者的称呼。

② 组黻：系印的丝带。黻通“绂”。

③ 青门：汉长安城的东南门。此代指唐长安城门。

④ 芝谷：长有灵芝的山谷。相传“商山四皓”有《采芝操》：“皓天嗟嗟，深谷逶迤。树木莫莫，高山崔嵬。岩居穴处，以为幄茵。晔晔紫芝，可以疗饥。唐虞往矣，吾当安归。”大里：大里黄公，“商山四皓”之一。传说为鄞人，晚年归故里隐居。

⑤ 鹿亭：亭名，亦地名，在四明山中，属余姚鹿亭乡。传说亭为南朝齐孔佑救鹿所建。遗尘：唐四明山隐士谢遗尘。他曾赴苏州请陆龟蒙作诗歌咏四明山九种景物，其中有鹿亭。

暮春怀湖上，兼呈掖青①

日携箫管上轻舠，何事春风不复招。
人忆楼台如昨夜，谁呼烟草作前朝。
半枯秘监祠双树，仍照尚书月一桥②。
为访湖南高士去，门蒿无恙恰齐腰。

——选自李邺嗣《杲堂诗钞》卷六

【注释】

① 掖青：徐凤垣（1614—1684），字掖青，号霜皋，鄞县人。尝与林时跃、高宇泰辑《甬东正气录》。擅诗，与李邺嗣等共建诗社。著有《负

薪集》。

② 尚书：尚书桥，在贺秘监祠西。

句甬怀古八首[①]（选一）

贺监祠前丝管停，南堤芳草昔青青。
翠帘半卷临花屿，桂楫齐回傍柳汀。
家在十洲明月岛，人登一曲细湖亭[②]。
重寻楼阁真如梦，哭向东风杜宇听[③]。

——选自李邺嗣《杲堂诗续钞》卷五

【注释】

① 句甬：宁波旧称之一。

② 细湖：南湖中自采莲桥至捧花桥一带为小湖，称细湖。

③ 杜宇：杜鹃，相传为古蜀王杜宇死后魂魄所化。

甬上秋望答邓孝威作八首（选一）

西来山色散林坰，此日登临共客星[①]。
远水恍浮千鉴白，浮图如插一峰青。
梦余台榭迷烟屿，歌罢渔樵下雪汀。
贺监风流消歇后，只今谁擅细湖亭[②]？

——选自李邺嗣《杲堂诗续钞》卷五

【注释】

① 客星：指客寓宁波的邓孝威。

② 擅：占有。

月堤寒听

倾耳堤边立，寒光倏漾泉。
谁令地吐月，因识水沉天。
钟远才离寺，鸦归始破烟。
冥将当此夜，万响共森然。

——选自《四明八家选诗·学樊集》

林时对

林时对(1664)，字殿飏，号茧庵，鄞县人。崇祯十三年(1640)进士，授行人，累迁副都御史。明亡参与抗清，后隐终。著有《茧庵逸史》《茧庵诗史》《冬青集》《碎筑集》等，晚年合之为《留补堂集》。生平事迹见全祖望《明太常寺卿晋秩右副都御使茧庵林公逸事状》等。

己未春日泛舟月湖漫兴[①](十二首选十)

风流太守筑新堤[②]，桃柳争妍日影迷[③]。
一自扬尘东海后[④]，平铺芳草绿凄凄。

葺就园亭傍拗花[⑤]，武城归后叹无家[⑥]。
一巢并毁鸠先鹊，枉费机心总是赊。

曾闻有观号千秋，一水中分汇荻洲。

鹤去台荒悲宿莽，编篱插棘缆渔舟[7]。

碧洲祠下荐青蘋[8]，三石名门扁碣新[9]。
几度春来成传舍[10]，桥边马肆日为邻[11]。

精舍双虹驾石梁[12]，何年重构宝纶堂[13]。
尚书第宅多如许[14]，犹把旃林起辟疆[15]。

春来花发鸟声频，逸老堂前集众宾。
湖水如油新涨绿，莲舟荡桨有闲人。

驿亭草露裛啼痕[16]，夹岸鹃声欲断魂。
有客夜归新试剑，模糊血缕泣烦冤。

门前丹桂结层楼，飞盖团团阅素秋。
画阁香闺谁是主，夜深沟水咽东流。

沿湖台榭没荒邱，彩鹢飘沉绿水沟[17]。
不信萧条有今日，月明犹自忆登楼。

义田书院旧仓基[18]，宪节频临为恤饥[19]。
捐尽帑金易南亩，到今收放有谁知。

——选自林时对《留补堂自订诗选》卷六

【注释】

① 己未：康熙十八年(1679)。

② 风流太守：指北宋钱公辅。新堤：指偃月堤。清全祖望《桃花

堤记》云："有长堤二：一曰偃月，钱使君公辅所筑，王集贤（益柔）诗曰'偃月堤成车马道，湖光如截天如抱'，而荆公亦有'载沙筑路'之句，取杭西湖白沙故事也。在红莲阁下……以今地望考之，碧沚之后是也。"

③ "桃柳"句：叙明代全天叙所筑桃花堤景色。

④ 扬尘：激起尘土。东海扬尘典出晋葛洪《神仙传·麻姑》："方平笑曰：'圣人皆言海中复扬尘也。'"后用为世事变迁之典。这里指明清易代。全祖望《桃花堤记》云："二十年后，兵火纷然。湖之上，高门县簿，尽为摧落，沿城上下，皆成马牧，而堤又废。"

⑤ 拗花：即拗花园，一名意园。同治《鄞县志》卷六十四《古迹四·明》："拗花园：初为孙秀才业，称拗花处，后归孝廉陆起元。孝廉由括苍教谕迁知武城县，南都改官新安，乱后不肯归，园遂为谢三宾所有。"按，谢三宾《一笑堂诗集》卷三《拗花园》诗云："一叶浮生风舞余，谁从造物问盈虚。乾坤敌手樗蒲似，踪迹丧家刍狗如。甑破不须留顾盼，途穷安得免次且。小园重到浑如梦，满榻荒尘手自除。"从尾联作者亲手除尘看，此拗花园已为谢氏所有。

⑥ 武城：县名，明属山东布政使司东昌府高唐州。今属山东省德州市。陆起元曾知武城县，故用武城代指陆起元。

⑦ 编篱插棘：用棘条编成篱笆。宋陆游《东湖种竹》诗："插棘编篱谨护持，养成寒碧映涟漪。"

⑧ 碧洲：陆偁，字君美，号碧洲，月湖陆氏子。弘治六年(1493)进士，九年(1496)，授监察御史，十三年(1500)，巡按福建，十七年(1504)，巡按山东，皆有政绩。

⑨ 扁碣：匾额。

⑩ 传舍：古时供行人休息住宿的处所。

⑪ 马肆：买卖马等牲畜的市场。

⑫ 精舍：月湖精舍。

⑬ 宝纶堂：同治《鄞县志》卷六十四《古迹四·明》："宝纶堂：在月湖中，即湖心寺废址，张时彻改建，以为藏诰勅之所。"《西门袁氏家乘·祠祀》云："郡城月湖心旧有招提，系南宋时袁氏所营。寻为忠臣

公香火院。自宋历元祀事无恙。明嘉靖间，张大司马恃势攘为己有，削旧志以掩其迹。”

⑭ 尚书：指张时彻。

⑮ 旃林：佛寺。这里指湖心寺。辟疆：即辟疆园，晋顾辟疆的名园，唐时尚存。园址在今江苏苏州。这里代指宝纶堂。

⑯ 驿亭：驿站所设的供行旅止息的处所。古时驿传有亭，故称。裛：同“浥”。沾湿。

⑰ 彩鹢：彩舟。

⑱ 义田书院：徐兆昺《四明谈助》卷十七《南城诸迹(二上)》云：“常平义田书院：月湖西，明广盈仓，惟存空址。国朝顺治十年，海道副使王公尔陆（禄）于其南偏创建常平义田书院。厅事三间，辅以两翼，中祀紫阳朱子，左祀义庄名宦，右祀义庄先贤，左右为廒。捐置绅士义田，总一百三十亩有奇，岁收租谷为常平出陈易新之本，积贮以备灾祲，兼周节孝与贫士。十一年，郡守杨公之枘又建义学于厅事之后，中为讲堂，左右为书屋，延师一人，训民间之无力从师者。”

⑲ 宪节：廉访使、巡按等风宪官所持的符节。

望郡城十忆（选三）

芙蓉洲畔菊花洲，第宅朱门绕画楼。
十顷澄湖明月漾，千章乔木碧云浮。
凭将翠袖消春酒，别有兰桡续夜游。
弹指韶光风卷絮，江流难浣古今愁。

湖南堤上柳如衙[①]，万树桃花灿锦霞。
夹岸游人环似堵，联舟倩女艳于花。
高台俯瞰青山出，曲径遥通绿水斜。
一望荒原悲系马，草深何处问侬家？

锦縠桃源汇月湖[②],城中佳丽俨仙都。
鲍郎庙接岭云近[③],贺监祠邻驿水孤。
玉管银筝凉月夜,雕栏曲槛酒家胡[④]。
相思已断秦楼梦,犹忆当年旧饮徒。

——选自全祖望编《续甬上耆旧诗》卷三十五

【注释】

① 如衙:谓排列成行。

② 锦縠:有色花纹的绉纱,此形容波纹。桃源:指四明山之桃源。

③ 鲍郎庙:在镇明路仓桥头,祀后汉鄮县人鲍盖。

④ 酒家胡:原称酒家当垆侍酒的胡姬,泛指酒家侍者或卖酒妇女。

范兆芝

范兆芝(1624—1658),字香谷,定海(今镇海)人,后徙鄞。明末诸生。明亡参与抗清。能诗,观日堂诗社七子之一。著有《廿一史评》《杜诗释》《复旦堂集》等。

云石

老石千年不受洗,自甘晦迹颓墙底。
根委由来不易窥,中应妙具丘壑理。
叹尔兴云出雨资,如拳偶露风尘里。
未许玩弄置之盆盎前,止堪炼取一片补青天。

——选自全祖望编《续甬上耆旧诗》卷五十七

向湖边·月湖

芳草洲前，波皱细縠，冷浸贺家遗宅。一曲澄流，容得黄冠客①。任当年、鼓振渔阳②，铃淋蜀道③，响不到湖光碧。水底眠来④，回首机甘息⑤。　　我亦清狂，自署烟霞癖⑥。喜万丝柳眼⑦，遍三分春色。新涨平塘，才添四五尺。兰桡轻、欲与浮鸥敌⑧。似乘船、坐从天上空明击⑨。渺渺予怀，俯仰成今昔。

——选自康熙《鄞县志》卷六

【注释】

① 黄冠客：指贺知章。见前陆瑜《贺监祠》“黄冠”注释。

② 鼓振渔阳：指安禄山在渔阳叛乱。白居易《长恨歌》：“渔阳鼙鼓动地来。”

③ 铃淋蜀道：用玄宗奔蜀事，唐郑处晦《明皇杂录·补遗》载：“明皇既幸蜀，西南行。初入斜谷，属霖雨涉旬，于栈道雨中闻铃音，与山相应。上既悼念贵妃，采其声为《雨霖铃》曲，以寄恨焉。”白居易《长恨歌》：“夜雨闻铃肠断声。”

④ 水底眠：化用杜甫《饮中八仙歌》：“知章骑马似乘船，眼花落井水底眠。”

⑤ 机：指机巧功利之心。

⑥ 烟霞癖：谓爱烟霞（泛指山水）成癖。

⑦ 柳眼：早春初生的柳叶，如人睡醒后眼睛初开，故称。

⑧ 敌：相对。

⑨ 空明击：化用苏轼《前赤壁赋》：“桂棹兮兰桨，击空明兮溯流光。渺渺兮予怀，望美人兮天一方。”

闻性道

闻性道（生卒年不详），字天乃，一字惢泉，鄞县人。明末诸生。清康熙十七年（1678），辞博学鸿词荐，曾与修《宁波府志》。二十四年纂成《鄞县志》。著书甚富，多散佚，仅存《环流草堂集》数卷。

再咏云石十绝

郡城有双湖而无山，惟此石在宝云寺左[①]，埋没既久，仝参军内丘乔文衣钵购基修复之[②]。

一

明城周廿里，一尺小峨眉[③]。
况突重湖侧，何妨当九疑。

二

瘖佛华山去[④]，携来玉女盆[⑤]。
濯莲应有蒂，荡月岂无痕。

三

独得孤松峙，曾无半壑澌。
安知丘谷改，于佛未生时。

四

点首三韩席[6],南湖派老瞿[7]。
当时乞食罢,此地覆山盂。

五

天姥醉长庚[8],梦中沥五岳[9]。
炼魄欲循墙,依然露圭角[10]。

六

肯作千人坐[11],无嫌一砑微。
寸心原有石,长傍宝云飞。

七

石生人则见,石烂佛能闻。
愿借手中帚,凭予扫乱云。

八

此身四明中,此心太行麓。
幸遇白石翁,为开石眉目。

九

有水湖寻骨,无云石乞衣。
此心凭夜月,呼石唤云归。

十

古寺分程叶，春灯计石钱[⑫]。
惟留岘首字[⑬]，不上郁林船[⑭]。

——选自全祖望编《续甬上耆旧诗》卷六十五

【注释】

① 宝云寺：即宝云讲寺，旧在行春坊东。宋开宝元年(968)高丽僧义通来甬传净土教，漕使顾承徽舍宅为之。太平兴国七年赐额“宝云”。后经历多次毁建。明弘治十三年(1500)，宝云寺迁往戒香寺（今月湖盛园带河巷附近）遗址。

② 仝：“同”的古字。参军：官名，明清时称经略（经历）一职为参军。内丘：县名(属今河北邢台市)，为乔文衣的籍贯。乔文衣钵：乔钵，字文衣。明贡生。入清后，历任郏县主簿、宁波府经历、东城副兵马、湖口县知县、剑州知州等职。

③ 小峨眉：谓似一座小型的峨眉山。

④ 瘖佛：指维卫佛。戒香寺在宋代曾有维卫佛现身为哑女的传说，故宝云寺于明弘治迁往戒香寺遗址后，建有维卫宝殿奉祀。

⑤ 玉女盆：西岳华山中峰有玉女祠，祠前有石臼，称玉女洗头盆。

⑥ 三韩：指朝鲜。因汉时朝鲜南部有马韩、辰韩、弁辰（三国时称弁韩），故以“三韩”称朝鲜。

⑦ 老瞿：老和尚。瞿，瞿昙氏(释迦牟尼佛的姓)的省称，借指和尚。按：本诗末尾原注：“谓三韩僧义通也。”

⑧ 天姥：天姥山。长庚：太白星，指李白（字太白）。五代王定保《唐摭言》载：贺知章览《蜀道难》后，对李白说：“公非人世之人，可不是太白星精耶?”

⑨ “梦中”句：李白有《梦游天姥吟留别》；又《庐山谣寄卢侍御虚舟》云：“五岳寻仙不辞远，一生好入名山游。”

⑩ 圭角：指棱角。

⑪ 千人坐：指千人石，在苏州虎丘。宋范成大《吴郡志·虎丘》："泉石奇诡，应接不暇。其最者，剑池，千人坐也……千人坐，生公讲经处也。大石盘陀数亩。"

⑫ 石钱：生在石上的形圆如钱的苔藓。

⑬ 岘首：指岘首碑。晋羊祜任襄阳太守，有政绩，后人以其常游憩岘山，于岘山立碑纪念，称岘山碑。望碑者莫不流涕，故又称堕泪碑。

⑭ 郁林船：化用三国吴陆绩取石压船的典故，《新唐书·陆龟蒙传》："陆氏在姑苏，其门有巨石。远祖绩尝事吴为郁林太守。罢归无装，舟轻不可越海，取石为重。人称其廉，号'郁林石'。世保其居云。"后用为居官清廉的典故。

雪汀书院属陆纯嘏画壁①

半汀松竹养风烟，竹里琴声松里泉。
欲探高人芳草外，隔桥斜唤钓鱼船。

——选自闻性道《惢泉诗渐删存》一集

【注释】

① 属：同"嘱"，嘱托。陆纯嘏：陆介祉（生卒年不详），字纯嘏，鄞县人。明诸生。明亡，弃举子业，以诗、画寄兴，喜绘老松古柏，以见奇节。

陆 遴

陆遴（生卒年不详），名经尊，字崇古，鄞县人。

云石

拳石半埋怜物色，何缘此日识参军①。
居然城市成奇隐，犹恨苍苔露锦纹。
冰骨但沾三昧雨②，灵根不断四明云。
当今岂必无颠米③，尽有新诗动石氛。

——选自全祖望编《续甬上耆旧诗》卷七十

【注释】

① 参军：指乔钵，参见闻性道《再咏云石十绝》注释。

② 三昧：佛教语，梵语 samadhi 的音译，意译为“正定”。此因宝云寺而用之。

③ 颠米：指宋代书法家米芾。芾爱石成癖，行止违世，世称“米颠”或“颠米”。世有米颠爱石、拜石的多个故事流传。

包　燮

包燮（生卒年不详），字惕三，号芦中人，鄞县人。明末诸生，入清后绝意仕途，浮沉闾闬。工诗，善鼓琴，能度曲。又工花卉，善写兰。著有《夕斋集》，戏曲《云石会传奇》。

雨后贺祠观灯

江干灯火照村幽，秘监祠前春水流。
夜影暗移月未上，歌声遥度雨初收。
金钗笑坠无红袖①，藜杖行吟有白头。
城角忽催人去尽，霓裳谁奏广陵游②。

——选自全祖望编《续甬上耆旧诗》卷七十二

【注释】

① 红袖：指美女。

② “霓裳”句：化用唐明皇梦游月宫的传说，旧题柳宗元《龙城录》卷上《明皇梦游广寒宫》载：“开元六年八月望日，明皇梦游月中。见有素娥十余人，皆皓衣乘白鸾，往来笑舞于广陵大桂树之下；又听乐音嘈杂，亦甚清丽，明皇素解音律，被其暗中记下。后明皇因想素娥风中飞舞袖，编律成音，制成霓裳羽衣舞曲。”见《五白家注柳先生集》附录。

姜宸英

姜宸英（1628—1699），字西溟，号湛园，又号苇间，慈溪人。明末诸生。康熙十九年（1680），荐充《明史》纂修官，与朱彝尊、严绳孙并称“江南三布衣”。三十六年（1697）进士，授翰林院编修。两年后充顺天乡试副考官，因事被劾下狱，病故。治学勤苦，至老犹笃。工诗文，诗宗杜甫，文宏雅博健。书法钟、王，善摹古帖，小楷尤入神品。善丹青，精写兰。著有《湛园集》《苇间集》等。生平事迹见《清史列传》、《清史稿》、全祖望《翰林院编修姜先生宸英墓表》等。

尚书桥感旧①

霜余湖水绿全消，照见尚书宛转桥。
桥外草深连古岸，更无人倚木兰桡。

——选自姜宸英《苇间诗集》

【注释】

① 尚书桥：即贺秘监祠西桥。

张大鼎

张大鼎（生卒年不详），字公觉，鄞县人。精青囊术。

水则

履斋相公官四明[①]，赤心白发为苍生。
百废具举周且密，尽力水利有提衡[②]。
桃源探本量鉴曲[③]，独揣水面无不平。
伐石临湖镌平字[④]，闸之启闭此为程。
堂皇相距无几许[⑤]，朝夕可以验雨晴。
更结一亭在桥侧，按时蓄泄以时名。
吾家樗寮称契好[⑥]，苍云堂额讬管城[⑦]。
犹思桃源一勺水，寄诗曾愿分余清。
敝庐今傍时亭左，思贤念祖感慨并。
自从改正崇祠位，畏垒留棠复荐蘅[⑧]。

——选自同治《鄞县志》卷六十二

【注释】

① 履斋：宋吴潜，号履斋。水则为吴潜所立。

② 提衡：用秤称物，以平轻重。

③ 桃源：指四明山桃源，为月湖之水源。

④ 伐：斫，此指开采石料。

⑤ 堂皇：指官吏治事的厅堂。

⑥ 樗寮：宋张即之(1186—1263)，字温夫，号樗寮。张孝祥侄。著名书法家。称契好：谓与吴潜交好。

⑦ 苍云堂：郡堂名。讬：请托。管城：管城子，笔的别称。“吾家”二句谓我家先祖樗寮公与履斋相公是好友，苍云堂额便是履斋相公请他书写的。

⑧ 畏垒：山名。《庄子·庚桑楚》中，老聃弟子庚桑楚得老聃之道，居畏垒之山。居住三年后，畏垒山一带大丰收。于是畏垒之民把他当神灵一样供奉，当国君一样敬重。留棠：谓留有甘棠。甘棠，指循吏的美政和遗爱。荐蘅：谓以香草蘅为祭献。

朱 钍

朱钍(生卒年不详)，字君赏，鄞县人。明诸生。家富藏书，楼名“五岳轩”。著有《柳堂诗存》。

吾乡园亭，余相国之飞盖[①]、杨太史之空水[②]、李侍御之来谁[③]、谢太仆之天赐[④]，余幼且壮，及见其盛，今尽为荒烟蔓草，每一游览，不胜慨叹

两湖城市漾波纹，择胜为园自不群。
桃李曾经酣夜月，亭台今已冷秋云。
玉楼芳草无嘶马，金谷华堂只聚蚊[⑤]。
陈迹早窥惟逸少[⑥]，兴怀俯仰感斯文。

——选自全祖望编《续甬上耆旧诗》卷六十二

【注释】

① 余相国：明万历间宰相余有丁。飞盖：飞盖园，在月湖，余有丁之公子所筑。

② 杨太史：明杨守阯，成化十四年（1478）进士，授翰林院编修，至掌管两京翰林院。曾纂修《宪宗实录》，又曾任《大明会典》总裁官，故称杨太史。空水：园亭名。杨守阯第宅，在日湖边，参见杨守阯《到家喜入新第》等诗。

③ 李侍御：明李遵，字于鸿，万历四十七年(1619)进士，历监察御史，出为陕西按察佥事，罢归。来谁：李遵所辟园林名，在城北，本杨氏旧址。有人作绝句曰："杨花落尽李花开，李花开后复谁来？"遵闻之欣然，即名曰"来谁园"。见《甬上耆旧诗》卷二十七"侍御李公遵"小传。

④ 谢太仆：明太仆寺少卿谢三宾。天赐：天赐园，在月湖。

⑤ 金谷：晋石崇之金谷园，此以泛指园林。

⑥ 逸少：晋王羲之，字逸少。尾联"陈迹""兴怀""俯仰""感斯文"诸语，均出《兰亭集序》。

张立中

张立中（生卒年不详），字跃夫（一作跃天），一字即园，鄞县人。张时彻之后。隆武二年(1646)，以诸生充督府赞画，累官都督御营总兵。事去，隐居槎湖，筑"即园"。著有《停云堂集》。

细湖竹枝词

一

芙蓉洲内棹歌声，芙蓉洲外暮云平。

采莲女儿荡桨去，沙白水清空月明。

二

四宜楼上酒如泉，四宜楼下月涓涓。
楼前杨柳年年绿，半为健儿作马鞭。

三

杨柳堤连芳草堤，月湖东接日湖西。
城边岂是避秦地①，万树桃花源里迷。

——选自全祖望编《续甬上耆旧诗》卷六十五

【注释】

① 避秦：指避世隐居。语出陶渊明《桃花源记》：“自云先世避秦时乱，率妻子邑人来此绝境，不复出焉，遂与外人间隔。”

张幼学

张幼学（生卒年不详），字词臣，号晓庵，泰州人。顺治三年（1664）举人，后知鄞县八年，政绩颇著。工诗文，善行、草书。

桂井诗①

瑶台青桂太玲珑，可爱机云组织工②。
木本不妨能绕指③，花神底事会蟠空。
众香成国风难度④，独坐观天月正中。

应是素娥嫌旧魄[⑤],人间别构广寒宫。

——选自同治《鄞县志》卷六十四

【注释】

① 桂井:在月湖西。明给谏陆懋龙宅有双桂,枝蟠高结,环围如井,称桂井。

② 机云:此扣陆氏,以西晋富于文才的陆机、陆云兄弟喻称双桂。

③ 绕指:绕指柔。

④ 众香成国:指百花盛开的境界。

⑤ 素娥:嫦娥的别称。

汪泽源

汪泽源(生卒年不详),字天门,歙县(今安徽歙县)人。廪贡生。康熙二十二年(1683)知鄞县,有修志诸政绩。

陆氏桂井

一

老干苍柯百尺悬,金围翠锁一规圆。
古香馥馥难施镳[①],芳露瀼瀼不是泉[②]。
醉眼那知花似井,清谈惟觉客皆仙。
三年辛苦为民牧[③],藉有丹梯欲问天[④]。

二

桂井从来未有传，机云亭榭独争妍⑤。
风来午夜香魂杳，月到天心桂影圆。
金粟丛中金鸟宿，玉阑干畔玉罂悬⑥。
羁人案牍孤清赏，那及招摇服饵仙⑦。

——选自同治《鄞县志》卷六十四

【注释】

① 施辘：设置辘轳。北魏贾思勰《齐民要术·种葵》："井别作桔槔、辘轳。"原注："井深用辘轳，井浅用桔槔。"

② 瀼瀼：露浓貌。

③ 民牧：指治理民众的地方长官。

④ 藉：同"借"，凭借。丹梯：喻桂井，谓借此可登以问天。

⑤ 机云：见张幼学《桂井诗》"机云"注释。

⑥ 玉罂：汲水瓶的美称。按，此扣"桂井"之名，又启尾句"服饵"之联想。

⑦ 招摇：逍遥。

郑 梁

郑梁(1638—1713)，字禹梅，号寒村，慈溪人。师事黄宗羲。康熙二十七年(1688)进士，改翰林院庶吉士，散馆授庶常，历户部主事、刑部郎中等，出守高州。终养故里。家中藏书甚富，可与范氏天一阁相埒。工诗文、书画、篆刻。著有《寒村诗文选》等。生平事迹见《清史列传》、郑勋编《诰授中宪大夫先寒村公年谱》等。

阻雨郡城湖西，柬寄笔山、怡庭①（二首选一）

朝朝暮暮雨兼风，奄忽春光二月中。
杨柳条初垂岸绿，樱桃花已隔墙红。
人情渐渐都欺老，天意茫茫不变穷。
愁倚高楼何所事，唱酬思得古人同。

——选自郑梁《寒村诗文选·五丁诗稿》卷四

【注释】

① 笔山：范光阳，字国雯，号笔山，鄞县人。从学于黄宗羲。怡庭：陈锡嘏，字介眉，号怡庭，鄞县人。黄宗羲高座弟子。

万斯同

万斯同（1638—1702），字季野，号石园，鄞县人。万泰第八子。受学于黄宗羲。康熙十七年（1678），荐举博学鸿词，力辞不就。最具史识，学通古今，无所不辨。以布衣与修明史，不署衔，不受俸。《明史稿》五百卷，俱由其手定。著有《周正汇考》《声韵源流》《石鼓文考》《石园诗文集》等。生平事迹见《清史稿》本传、黄百家《万季野先生斯同墓志铭》、全祖望《万贞文先生传》等。

寄友人

莺花三月绕汀洲，遥忆伊人曲水头。
知有琼枝消别恨，莫教杜宇动乡愁。

吴山曙色层城合，鉴水烟霞隔座幽。
千里蒹葭通梦寐，何当解放木兰舟。

——选自全祖望编《续甬上耆旧诗》卷七十八

陈景泮

陈景泮（生卒年不详），字蓉川，号藻庵，镇海人。诸生。著有《四明风雅集》《蛟川风雅集》。

月湖秋望

秋水澄月湖，风来绿纹起。
松竹环四堤，清光荡未已。
波外寒烟笼，孤亭峨碧沚。
间以红蓼花，错以兰与芷。
翩焉群鸥翔，翘然一鹭止。
晚霭生城阴，渔歌唱柔靡。
楼阁齐上灯，双桥月如洗。

——选自《四明清诗略》卷一

董允雯

董允雯（生卒年不详），字石云，号观山，鄞县人。董应遵孙。康熙十一年（1672）拔贡，官上虞训导，迁国子监学正。

著有《一声歌集》。

月湖秋泛(三首选一)

一字田中稻叶稀,水仙祠畔蓼花肥[①]。
鹭鸶窥人不肯去,舟外凫雏学母飞。

——选自全祖望编《续甬上耆旧诗》卷百六

【注释】

① 水仙祠:即水仙渊灵庙,又称水仙宫。在碧沚之西。

谢景昌

谢景昌(生卒年不详),字大周,镇海县城(今属宁波市镇海区)人。谢泰宗之子。长补诸生,文受姜宸英等名流的称赏。曾集合同族兄弟二十余人至梓山,举办续星椒社,被群推为领袖。康熙十八年(1679),家中发生大火,独抢救先人遗集于灰尘中。卒年七十二。

鉴湖

贺监祠前秋水生,秋光潋滟入江城。
兰桡桂桨随风去,何处高楼弄玉筝。

月光连水水连天,秋在芙蓉古渡前。
隔岸渔榔歌又发[①],芦花深处起炊烟。

昨夜秋声报晓衙，严城列戍起鸣笳[2]。
携舟载酒寻明月，去傍湖南处士家。

微风细雨湿青莎，十里横塘水尽波。
岸上谁家游冶子，紫骝驶入落花坡[3]。

琅玕数顷漾秋风，家在湖南古寺东。
双桨不随流水去，月明人倚短蓬中。

拂岸垂杨系钓舟，扣舷独自放中流。
小窗读罢离骚卷，无数惊凫下荻洲。

——选自谢骏德辑《镇海谢氏世雅集》卷二

【注释】

① 渔榔：指渔船。

② 严城：戒备森严的城池。

③ 紫骝：古骏马名。《南史·羊侃传》："帝因赐侃河南国紫骝，令试之。侃执矟上马，左右击刺，特尽其妙。"

谢绪彦

谢绪彦（生卒年不详），字又文，镇海人。清康熙二十一年（1682）进士。官内阁中书。澹于仕进，日偕其叔兆昌赋诗论文，物望甚重，人以为东山二谢。

月湖秋泛（三首选二）

十洲三岛傍城西，千顷玻璃漾碧溪。
秋水依然清若此，风流人远想芙蕖。

雨中台榭更参差，两岸霜林欲醉时。
欸乃一声芦荻里，渔翁戴笠漫垂丝。

——选自谢骏德辑《镇海谢氏世雅集》卷三

董元成

董元成（1652—1728），字章甬，一字章甫，号堇山、西堂。鄞县城中（今属宁波市海曙区）人，其族为儒林董氏。康熙二十四年（1685）拔贡，授乐清教谕，以母老不赴。母卒，起补江山。著有《晚香楼诗文钞》《西成诗草》。

鉴湖歌

鉴湖之水清且涟，城郭包涵小有天。
芙蓉遥映菊花坞，斗春桃柳争芳妍。
中有高士称狂客，天子当年曾避席。
祠前古柏势葱茏，流风千载无今昔。
众乐亭开不树梅，碧波四望堪徘徊。
对之利淡名心远，酌酒敲棋翠作堆。
世人竞说烟霞窟，闲情真性忙中没。

东海三变尽沧桑，唯有高名留日月。

——选自董元成《西堂诗草》

忆湖南堤上桃花（十首选八）

一曲湖光泛小槎，沙明波卷醉红霞。
幽情试听流莺唤，唤赏夭桃灼灼花[①]。

朱甍画阁自重重[②]，似与桃源有路通。
浅白深红相错落，避秦即在镜湖中。

玉衡星散满长堤[③]，却爱冰壶万树齐。
漫道黄冠开锦障[④]，几回曾过贺门西。

杲日层层露晓妆，风人自合爱琼芳[⑤]。
湖分岛屿原仙窟，玉洞传来粉泽香。

柔红嫩绿怯芳鲜，曲干交柯水底燃[⑥]。
惊起渔郎半滩梦，珊瑚树种白云边。

钩帘斜映恼酸风[⑦]，吹入罗帏绣阁中。
只恐花飞春又去，妆台零落泣残红。

飞花片片茜成红，蝶翅交交历乱中。
锦瑟佳人争笑取，粘来眉额学惊鸿[⑧]。

春雨濛濛花事迟，文鸠乳燕各差池。
当年未遂春消息，今日春光遍水涯。

——选自董元成《西堂诗草》

【注释】

① 灼灼：鲜明的样子。语本《诗经·周南·桃夭》："桃之夭夭，灼灼其华。"

② 朱甍：朱红色的屋顶。

③ 玉衡：泛指北斗。

④ 漫道：莫说，不要讲。锦障：锦步障。遮蔽风尘或视线的锦制屏幕。

⑤ 风人：诗人。

⑥ 交柯：交错的树枝。

⑦ 酸风：指刺人的寒风。

⑧ 惊鸿：惊飞的鸿雁，形容美人体态轻盈。

张起宗

张起宗（生卒年不详），字亢友、元友、萼山，晚号香眉、眉山。鄞县人，张鸿儒子，居月湖大方岳第。康熙三十年（1691）进士，知河内县。少受诗法于李邺嗣，归田后，日与名人觞咏。又工书，秀劲挺拔，亦善画，山水尤佳。著有《高梧阁集》。

舟居落成，集唐四诗纪事，同人题和叠至，仍用前韵赋谢（四首选一）

偏爱吾庐鉴水东，朝阳先射碧窗中。
雨余惯印苔痕屐，月下时牵荇带风。
三径花阴浮画鹢，一杯剑气吐长虹。
虚舟漫道全无济，来去诗筒总不空[①]。

——选自全祖望编《续甬上耆旧诗》百七

【注释】

① 诗筒：盛诗稿的竹筒。

陈梦莲

陈梦莲（生卒年不详），字仙佩，号省庵，镇海城区人。数赴乡试不中，遂不复求举业，以著述自遣。康熙三十四年（1695）受聘修《镇海县志》。著有《芝鹿园草》《留耕堂集》。

同酌月湖亭上

玉露湑湑金风发[①]，湖光空明如镜揭。
一轮明月千顷湖，月气浮湖成溟渤。
沧桑人世随时改，明月湖流长此在。
湖月年年送去人，今宵不饮如何待？
酹杯向亭还问月，照我华颜如雪发。
余发种种非少年，纵饮如湖亦长没。

千秋不死惟贺监，品行文章人共鉴。
湖亭有庙一谒公，苍虬之松多旁站。
松岛一角何明灭，桂井天香夜气别[②]。
高枝百尺谁与扳[③]，云客酒贤思共埒。
今兹乘兴酒不孤，月亦知心心印湖。
月湖湖水今犹是，文行如公继者无[④]。

——选自董沛编《四明清诗略》卷四

【注释】

① 湑湑：晶莹清澈的样子。

② 桂井：同治《鄞县志》卷六十四《古迹四》："陆庭桂井：在月湖西，给谏陆懋龙宅。老桂枝蟠高结，环围如井。旧有双井，今存其一。(闻《志》)"

③ 扳：同"攀"。

④ 文行：文章与德行。

郑　性

郑性(1666—1743)，字义门，号南溪，郑梁之子。以布衣终身。立志游五岳，故自署"五岳游人"。与李暾、万承勋、谢绪章并称为"四明四友"，合刊有《四明四友诗》。

和曾梅厅学博咏四明贺监祠柏次韵[①]

贺监祠双树，尤哉迩敛形。
侵门余水白，凌堞剩山青。
倏忽虬龙隐，须臾今古经。

瑟希春暮客[2]，观化益心冥[3]。

——选自郑性《南溪偶刊》卷下

【注释】

① 贺监祠柏：清徐兆昺《四明谈助》卷十八《南城诸迹（二下）·逸老堂》引高宇泰《贺祠双柏记》："祠建于洪武戊午，至庚申之春，静轩唐处士手植双柏于庭。经今宣德甲寅，五十余载，而双柏轩昂魁伟，森翠挺秀，方之鄞城，诚罕见者……今双柏又已二百五十年，柯铜根石，正当如少陵所咏孔明庙中物。"

② 瑟希春暮客：典出《论语·先进》："（曾点）鼓瑟希，铿尔，舍瑟而作，对曰：'异乎三子者之撰。'子曰：'何伤乎？亦各言其志也。'曰：'莫春者，春服既成，冠者五六人，童子六七人，浴乎沂，风乎舞雩，咏而归。'夫子喟然叹曰：'吾与点也！'"

③ 观化：死亡的婉辞。作者自注："祠柏今萎。"

屈复

屈复（1668—1745），初名北雄，后改复，字见心，号晦翁，晚号逋翁、金粟老人，世称"关西夫子"。陕西蒲城县罕井镇人，后迁县城北关。19岁时童子试第一名。不久出游晋、豫、苏、浙各地，又历经闽、粤等处，并四至京师。乾隆元年（1736）曾被举博学鸿词科，不肯应试。晚年尚在北京蒲城会馆撰书，终生未归故乡。著有《弱水集》等。

贺监祠[1]

乾坤一剑故乡心，贺监祠堂此独寻。

代隔金龟丹壑近，湖连秋色月轮深。
向天珠树真栖鹤，动地悲风欲碎琴。
泣尽鬼神空斗酒，日高江海栢森森[②]。

——选自屈复《弱水集》卷十

【注释】

① 作者自注："在鄞县月湖。"

② 作者自注："祠有双古栢。"

毛德遴

毛德遴(1669—？)，字陟三，号南峨，宁波城西郊水仙湾(今属宁波市海曙区)人。读父毛彰之书，学博而勤，尤长于诗，所著有《鲭豆集》。

月夜泛湖次韵

众乐亭前舫，良宵兴独标。
澄湖空似鉴，明月正临桥。
影落虾须卷，风回鹢尾摇。
悠然罨画里[①]，清夜静烦嚣。

——选自毛德遴《鲭豆集》卷三

【注释】

① 罨画：色彩鲜明的绘画。

月湖十洲诗追和前郡侯刘理韵（选四首）

芳草洲

夕阳一片芳草锁，碧沚千寻草色依。
底事王孙愁不住，独怜狂客梦旋归。

柳汀

春尽芳菲渐落摇，千丝轻放舞风条。
炎来不教东头避，只觅湖西第六桥。

烟屿

非云非雾层层起，羃䍥轻扬护白沙[①]。
才放渔舟川上去，蓦如遥隐汉边槎。

菊花洲

东篱曾报傲霜开，此地也无半点埃。
载酒莫愁秋兴尽，放歌争爱晚香来。

——选自毛德遴《鲭豆集》卷三

【注释】

① 羃䍥：分布、覆盖貌。

刘上庸

刘上庸（生卒年不详），字若愚，号逊斋，镇海人。诸生。

著有《惜羽编》。

月湖作

斜日下城阙，疏烟弄柳枝。
但听群燕语，知已暮春时。
初月淡无际，轻桡有所思。
湖边采香草，来谒秘书祠。

——选自《四明清诗略》卷五

胡奇佐

胡奇佐（生卒年不详），字襄哉，一字缑山，鄞县人。居湖上，年仅三十而卒。著有《缑山且笔》。

芙蓉洲古意

妾住芙蓉洲，隔君三五家。
三年欲相识，对镜时咨嗟。
今日得见君，聊赠芙蓉花。
寒葩虽不语，静好妾所嘉。
愿君好持去，莫使萎芳华。

——选自全祖望编《续甬上耆旧诗》卷百二十

童 枢

童枢(生卒年不详),字汉木,号拙园,慈溪人。监生。著有《无税乡诗抄》。

月湖秋泛(选一)

湖波清浅暮云平,有月何曾厌夜行。
鸿雁无声红蓼冷,船头吹火煮莼羹。

——选自《四明清诗略》卷七

全祖望

全祖望(1705—1755),字绍衣,号谢山。鄞县人,生于月湖烟屿桂井街。乾隆元年(1736)荐博学鸿词,同年中进士,选翰林院庶吉士。次年归里,读书著述。曾主讲蕺山书院、端溪书院。学识广博,通晓群书。经学、史才、词章三才兼备。著有《鲒埼亭集》《汉书地理志稽疑》等,补辑《宋元学案》等。生平事迹见《清史稿》本传、《清史列传》本传、严可均《全绍衣传》等。

久不登天一阁,偶过有感

历年二百书无恙,天下储藏独此家。
为爱墨香长绕屋,只怜带草未开花[①]。

一瓻追溯风流里[②]，十载重惊霜鬓加。
老我尚知孤竹路[③]，谁来津逮共乘槎[④]。

——选自全祖望《鲒埼亭诗集》卷八

【注释】

① 带草：即书带草，又名沿阶草、忍冬、忍凌、麦门冬等。叶长而极其坚韧，相传汉郑玄门下取以束书，故名书带草。天一阁周围台阶、假山、花坛等地都植有书带草。

② 一瓻：指酒一瓶。古人借书，还时以酒一瓶为酬。瓻，酒器。

③ 此用老马识途事。《韩非子·说林》："管仲、隰明从桓公伐孤竹，春往而冬反，迷惑失道。管仲曰：'老马之智可用也。'乃放老马而随之，遂得道焉。"

④ 津逮：比喻引导（后学）。

偃月堤夜泛[①]

大火蒸云苦[②]，晚潮浴月凉。
庆丰楼上酒[③]，同发妙莲香。
贺监定不死，时亭岂可荒。
南乌正三匝[④]，一曲思苍茫。

——选自全祖望《鲒埼亭诗集》卷九

【注释】

① 偃月堤：钱公辅疏浚月湖时所筑，在红莲阁下。沿堤环以花草。故堤在碧沚后。

② 大火：星宿名，即心宿。夏历五六月，在中天。七月，逐渐西移。

③ 庆丰楼：宋代建，在官酒务中。

④ 南乌：指乌鹊。三匝：谓反复盘旋。化用曹操《短歌行》："月

明星稀，乌鹊南飞。绕树三匝，何枝可依？"

杨氏翛园

太仆佳公子[①]，风流别墅开。
神鸦犹护树[②]，怪石已为灰。
地踞双湖胜，人称一代才。
谁传猘儿语[③]，吟眺几徘徊。

——选自全祖望《鲒埼亭诗集》卷九

【注释】

① 太仆：杨美益，官至太仆寺少卿。佳公子：指杨美益之子杨承鲲，年十五六岁为诸生时，即以能诗为乡前辈沈明臣激赏，尝以东汉杨修（字德祖）比之："谁家小儿杨德祖？青天之鹄丹林虎……世上凡儿何足数？君不见，杨德祖。"后入国子监，旋谢归居里。性爱山水，在城南筑翛园，日啸咏其中。

② "神鸦"句：原注："杨园中花神祠，今为里社，香火极盛。"

③ "谁传"句：原注："嘉则（沈明臣字）先生每呼伯翼为'猘儿，难与争锋'。"猘儿，本义是小猛犬。曹操曾以称呼孙策，《三国志·吴书·孙策传》裴松之注引《吴历》："曹公闻策平定江南，意甚难之，尝呼'猘儿难与争锋也'。"后以喻年少勇猛之人。

同人泛舟西湖，即赋湖上故迹（八首选三）

钱集贤偃月堤[①]

使君安定徒[②]，儒术饰吏治。
甬句故泽国，遍兴水田利。

于焉及城中[3],陂塘俱不滞。
政成而事简,游豫皆真意[4]。
嵯峨众乐亭,与民溥慈惠[5]。
湖北官酒场[6],红莲香遍地[7]。
双鱼瓮不空,十洲春无际[8]。
远酿洞天泉[9],玉食充至味。
颇嫌汲绠艰[10],未若壅牐易[11]。
乃载它山沙[12],乃成碧沚埭[13]。
弯弯新月钩,盈盈垂带砺。
如截更如抱,湖天共迢递[14]。
使君泛轻舠,中流歌既醉。
堤上饶椅桐[15],堤下纷菱芰。
黍苗荷神膏,芃芃成蔽芾[16]。
蓬莱几清浅[17],务圯堤亦薙[18]。
但见绿波中,间余白石砌。
长哦二王诗,再考中丞记[19]。

陈忠肃公尊尧书屋[20]

了斋前后尊尧录[21],老笔完书属四明。
故国党人余正气[22],望蓝平楚有余清[23]。
蘋风蕖月连郎婿,竹屿花汀和友声[24]。
馆畔仅留指佞草[25],春风依旧绿千茎。

史忠定公洞天[26]

乾淳丞相老甘盘[27],归来别署真隐仙。
临行稽首香案前,乞得御书光洞天。

洞天在湖不在山，但教心远地自偏[28]。
丞相事业卓可传，老成持议国脉延。
胡乃心为谢老悬[29]，欲移南雷置平泉[30]。
中摹九题互错连[31]，竹洲之水清且涟。
丹山俨在杖履间，谢老香火和云烟。
护以奎墨星芒寒[32]，阿谁接武皮陆篇。
厥有张郑皆杰然[33]，况有大儒开双筵[34]。
明招宿老相周旋[35]，固宜世泽长绵绵。
同叔子申虽负愆[36]，不掩沧洲诸子贤[37]。
洞天长爱兰芽妍，逝水匆匆六百年。
空余湖光映画船，清容募疏谁见怜[38]。
白斋诗句且莫笺[39]，陆祠晏庙迭相沿[40]。
先公先畴亦屡迁[41]，世家乔木良难言。

——选自全祖望《句余土音》卷上

【注释】

① 钱集贤偃月堤：原注："钱公辅，字君倚，常州武进人，第进士，申科，知明州。"集贤，钱公辅曾任集贤殿书院校理。

② 安定：胡瑗，北宋著名学者，理学先驱，因祖居陕西路安定堡，学者称安定先生。

③ 于焉：于此。

④ 游豫：游乐。

⑤ 溥：普遍。

⑥ 官酒场：即郡酒务，在红莲阁北。舒亶《西湖记》载，故时，使人即湖汲水，劳费甚。乃堤湖之中，蓄清流，作楼观于其上，以辘轳引而注之。至今以为便。

⑦ "红莲"句：原注："章丞相红莲阁，在堤北。"

⑧ "双鱼"二句：原注："'双鱼''十洲春'，皆吾乡酒名，而'十

洲春’为贡物。”

⑨ 洞天：指四明山。四明山为“丹山赤水洞天”。

⑩ 汲绠：汲水用的绳子。

⑪ 牐：当为“牐”之形近而误。牐，同“闸”。《四明谈助》卷十三引全祖望此诗，正作“闸”。

⑫ 它山：山名，在鄞江镇鄞江旁。有著名的唐代水利工程它山堰。

⑬ 埭：堵水的土坝。

⑭ “如截”二句：原注：“王待制益柔诗。”北宋王益柔，神宗时累迁至知制诰。其《遥题钱公辅众乐亭》诗，有“偃月堤成车马道，湖光如截天如抱”句。

⑮ 椅桐：椅树和梧桐树。

⑯ 蔽芾：化用《诗经·召南·甘棠》“蔽芾甘棠”意。相传西周召伯曾在棠树下听讼断狱，公正无私，天下大治。诗人因作《甘棠》颂之。后世因以“蔽芾”“甘棠”等词语颂扬官吏政绩、功德。

⑰ “蓬莱”句：喻世事沧桑，参见胡文学《贺祠双柏》“曾阅蓬莱几回浅”注释。

⑱ 圮：毁坏，坍塌。薙：除草。

⑲ “长哦”二句：原注：“偃月堤为旧志所不载，只待制及荆公《众乐亭》诗微及之，合之懒堂中丞《西湖记》，方知其略。”荆公，王安石，封荆国公。微及之，指王安石《明州钱君倚众乐亭》中“载沙筑成天上路”句。懒堂中丞，指舒亶，号懒堂，曾任御史中丞。

⑳ 陈忠肃公，北宋陈瓘，谥“忠肃”，见前陈瓘介绍。尊尧书屋：陈瓘书屋之名。原注：“即宋之能仁观音寺，后归史卫王，今为月湖书院。”

㉑ 了斋：陈瓘之号。前后《尊尧录》：原注：“忠肃先尝著《合浦尊尧录》，不慊意，再著《四明尊尧录》，始无憾，当时称为四明先生。”

㉒ 党人：指陈瓘入元祐党籍。

㉓ 蓝：伽蓝。此指“南蓝”，即能仁观音寺，陈瓘寓此。平楚：谓从高处远望，丛林树梢齐平。

㉔ “蘋风”二句：原注：“忠肃妹婿为四休周公（锷），居湖上，而

忠肃亦居湖上观音禅寺。其时十洲诗有四家,忠肃其一也。"

㉕ 指佞草:传说中能识别奸伪的草。晋张华《博物志》:"尧时有屈轶草,生于庭。佞人入朝,则屈而指之。一名指佞草。"

㉖ 史忠定公洞天:即史浩"四明洞天"。史浩谥"忠定"。原注:"竹洲先为正议楼公(郁)讲舍,正议之孙墨庄(异)所建昼锦堂、紫翠亭皆在焉。后归史越王,遂称洞天,详见予所作《真隐观志》。"

㉗ 乾淳:乾道和淳熙,宋孝宗年号。史浩仕历见前介绍。甘盘:商朝贤臣,此喻史浩。

㉘ 心远地自偏:直用陶渊明诗句。陶《饮酒》其五:"结庐在人境,而无车马喧。问君何能尔,心远地自偏。"

㉙ 谢老:唐谢遗尘,四明山隐士。

㉚ 南雷:谢遗尘隐居地,属余姚。平泉:唐李德裕山庄名,喻四明洞天。

㉛ 九题:唐陆龟蒙据谢遗尘所述四明山的九景,写成《四明山九题》诗,为石窗、过云、云南、云北、鹿亭、樊榭、潺湲洞、青棂子、鞠侯。皮日休亦和作九题诗。

㉜ "护以"句:原注:"忠定特为遗尘立祠湖上,而宝奎庙其宸翰所贮也。"

㉝ 张郑:原注:"张武子、郑中卿。"张武子,张良臣,字武子。擅诗,延祐《四明志》谓其"穿幽纳明,复唐格律,后宋诗人咸推服之"。尝与史浩、魏杞诗酒酬唱。鄞江镇清源村有张武子庙。郑中卿,郑域,字中卿,福建闽县人。

㉞ 大儒开双筵:原注:"沈端宪公兄弟沈焕、沈炳。"沈焕,鄞县人,南宋著名思想家,继承陆九渊之心学,与杨简、袁燮、舒璘同创南宋"四明学派",称"淳熙四先生"。晚年居月湖竹洲,卒谥"端宪"。沈炳,弃科举,亦师事陆九渊,钻研性理之学。赵汝愚以遗逸荐之,坚辞不就。

㉟ 明招宿老:原注:"吕忠公祖俭。"吕祖俭,武义县明招山人,吕祖谦之弟。曾任明州仓监,史浩请其讲学于竹洲书院。与沈焕、沈炳又合称为"竹洲三先生"。卒谥忠。著有《大愚集》。全祖望另有言:"明

招学者自成公（吕祖谦）下世，忠公（吕祖俭）继之。由是递传不替，其兴岳麓之泽，并称克世。”

㊱ 同叔：史弥远，字同叔。史浩第三子。子申：史嵩之，字子申。史浩之从孙。负愆：负罪。按，史弥远官至宰相，史嵩之亦官至丞相，以专断、议和受非议。

㊲ 沧洲：指史浩幼子史弥坚。

㊳ 清容：元代袁桷，号“清容居士”。募疏：原注：“谓《募修真隐观疏》。”

㊴ “白斋”句：原注：“明人无举洞天故事者，惟白斋诗一及之。”白斋，明鄞县人张琦，弘治十二年(1499)进士，官至兴化府知府，擅诗文，人称“文章太守”。著有《白斋竹里集》，单行有《白斋先生诗集》。

㊵ 陆祠晏庙：原注：“陆康僖公建祠其地，旁又有晏公庙。”陆瑜，明鄞县人，居月湖，宣德八年(1433)进士，官至刑部尚书，卒谥“康僖”。晏公，指南宋晏敦复，为北宋宰相、著名词人晏殊曾孙。官至吏部尚书兼江淮等路经制使。晏敦复不屈于秦桧等人权势，反对议和。卒后多地立祠庙祀之。

㊶ “先公”句：原注：“先公詹公天叙得是洲，欲复九题之胜而不克。国难后，归他氏。今予仅得其半。”先公詹公天叙，即全祖望的四世祖全天叙，万历十四年(1586)进士。官至少詹事兼侍读学士。先畴：先人所遗的田地。

双湖竹枝词（八首）

一

侬家日月湖头住，题过杨枝又橘枝。
惭愧庆丰新乐府①，教谁传遍冶春词？

二

广生堤放唱溪娃[2]，大阪秧田曲子嘉[3]。
蓦地清风送别谱[4]，一声声是浪淘沙[5]。

三

春晚洋山鱼计盈，满湖小种亦神清[6]。
郎船夜傍竹洲宿，天半天封塔火明[7]。

四

圣功寺北报鲸钟[8]，西岸蝉联四佛宫[9]。
郎若更寻宝云去[10]，禁声维卫尚居东[11]。

五

杨家孤子女儿装[12]，碧海青天怨未降。
闲向亮公乞神仟[13]，长明灯下荐爷娘[14]。

六

初元夹岸丽人行[15]，莫是袁家女饭僧[16]。
若到更深休恋恋，湖心怕遇牡丹灯[17]。

七

长日划船烂绮霞，钟家渡过又黄家[18]。
郎今底事浪游去，待放菖蒲九节花[19]。

八

东楼万卷架渠渠，知是楼三学士书。
郎若不辞勤汲古，一瓻妾愿供双鱼[20]。

——选自全祖望《句余土音》卷中

【注释】

① 庆丰：原注："宋庆丰楼，在官酒务中。"新乐府：一种以新题写时事的乐府体诗。

② 广生堤：宋元祐中，鄞县令虞大宁筑，在花屿湖心寺前。

③ 大阪秧田：在月湖南，全祖望《湖语》："南有大阪，土膏最浓。"

④ 别谱：谓别是一种风味的曲调。

⑤ "一声声"句：原注："西湖曲皆淘沙户。"

⑥ "春晚"二句：原注："洋山渔期至，湖上亦有小种，名'银针'。"洋山，海岛名，周边水产资源丰富，今属舟山渔场。

⑦ 天封塔：位于今大沙泥街西端与解放南路交汇处。始建于唐武则天"天册万岁"至"万岁登封"年间(695—696)，因取"天""封"为名。后屡毁屡建。

⑧ 鲸钟：一种古代的大钟。钟纽为蒲牢状，钟杵为鲸鱼形，故名。

⑨ 四佛宫：原注："谓圣功寺、能仁观音寺、感圣寺、崇教寺。"

⑩ 宝云：宝云寺。

⑪ 维卫：维卫佛，为"过去七佛"之第一佛，即毗婆尸佛。

⑫ 杨家孤子：指杨德顺。据光绪《鄞县志》载，唐大中年间，商人杨宁娶美妻卢氏，其生意伙伴孙得言起不良之心，杨宁被孙谋害，卢氏被孙骗娶。后卢氏生下杨宁的遗腹子，即杨德顺。十余年后卢氏方察孙得言之阴谋，遂告官，孙被正法。卢氏自缢，杨德顺舍宅为寺，朝廷赐额"崇教报恩院"。

⑬ 亮公：原注："亮公，唐开元五台寺僧也。"神忏：指追荐亡灵所作的礼祷。

⑭ 荐：指和尚念经拜忏以超度亡灵。

⑮ 初元：指正月十五。

⑯ 袁家女饭僧：原注："湖心寺旧为袁宗正公女道场。"袁宗正公，即两宋之交的袁子诚，曾以大宗正寺丞知临安府，故称。后定居宁波西门，为"西门袁氏"之祖。饭僧：向和尚施饭。

⑰ 牡丹灯：明代瞿佑文言短篇小说集《剪灯新话》第二卷，有一篇《牡丹灯记》，记元至正二十年正月十五日明州镇明岭书生乔生随牡丹灯遇湖心寺女鬼的故事。详细情节见该小说。

⑱ "钟家"句：原注："南湖为钟、黄二家竞渡之地。"

⑲ 菖蒲：原注："西湖产菖蒲，见张白斋诗。"

⑳ 诗末原注："楼宣献公当日称为'楼三学士'，其东楼书史最富。汲古堂，则王厚斋书库也。'双鱼'，甬上酒名。"楼宣献公，南宋大臣楼钥，谥号"宣献"。钥为楼璩第三子，时称"楼三学士"。王厚斋，指王应麟，号厚斋。

再叠双湖竹枝词（八首）

一

双湖清景是神皋，绿野芳塘绕七桥。
何处登临都在望，舒官人巷露台高[①]。

二

广灵王庙郁葱葱[②]，中有水仙娇女宫。
不道仙郎犹薄幸，糟糠弃去别乘龙[③]。

三

东藩驿馆近侬家[④]，白雪青唇唱和嘉[⑤]。
便扇东人新折扇，捧花桥上去看花[⑥]。

四

异姓王开千步廊[7],大观文府霸湖光[8]。
何来梧竹清风别,碧沚深居十二郎[9]。

五

万金楼迥药笼多,闻道王仙载酒过。
那得乞来郎服食,玉醅长护玉颜酡[10]。

六

新纱织就过吴绫,缓带桥东百练轻[11]。
尚有弓衣为郎贮[12],乌丝且待棹歌成。

七

天王天女影浓纤,问疾维摩壁上粘。
再向挽花西汇去,涌波穿石有神髯[13]。

八

沧洲阁外水茫茫,玉箸鱼羹足侑觞[14]。
侬便作歌谁与和,空教吴语独清狂。

——选自全祖望《句余土音》卷中

【注释】

① “舒官人巷”句:原注:“舒官人巷,即懒堂,中有露台。”清陈铭海《句余土音补注》卷一:“舒官人巷:按懒堂在锦里桥之南,居人呼之曰岙底,以其为岛屿之尽境也,实与楼楚公昼锦堂、紫翠亭、墨庄

相望，至今居民尚呼舒官人巷。按《鄞志》，锦里桥在竹洲之西，为宋学士赵彦逾宅。”

② 广灵王庙：即鲍郎庙。

③ 诗末作者原注：“予尝谓广灵王灵迹之诞，此诗可悟其一。”

④ 东藩驿馆：宋高丽驿馆。

⑤ “白雪青唇”句：宋王辟之《渑水燕谈录》卷九：“元丰中高丽使朴寅亮至明州，象山尉张中以诗送之，寅亮答诗序有‘花面艳吹，愧邻妇青唇之动；桑间陋曲，续郢人白雪之音’之语。有司劾中小官不当外交夷狄，奏上，神宗顾左右：‘青唇何事？’皆不能对，乃以问赵元老。元老奏：‘不经之语，不敢以闻。’神宗再谕之，元老诵《太平广记》云：有睹邻夫见其妇吹火，赠诗云：‘吹火朱唇动，添薪玉腕斜。遥看烟里面，恰似雾中花。’其妇告其夫曰：‘君岂不能学也？’夫曰：‘君当吹火，吾亦效之。’夫乃为诗云：‘吹火青唇动，添薪墨腕斜。遥看烟里面，恰似鸠盘茶。’元老之强记，虽怪僻小说无不该览。”

⑥ 诗末原注：“宋高丽驿馆，今宝奎庙。‘白雪青唇’，驿馆唱和诗序。捧花桥，在南湖。”按，清陈铭海《句余土音补注》卷一：“捧花桥：南达延庆寺，北达开明桥。”

⑦ 千步廊：陈铭海《句余土音补注》卷一引《明史》云：“明太祖已取婺州，使主簿蔡元刚使庆元，国珍遣使奉书，太祖复遣镇抚孙养浩报之，国珍请以温、台、庆元三郡献，且遣次子关为质。关至金陵，因献沿海筑城之策，太祖却其质，乃以千步廊赐之。”

⑧ 大观文府：原注：“能仁观音寺归史卫王，称‘大观文府’。”史卫王，史弥远，卒后追封“卫王”。清陈铭海《句余土音补注》卷一云：“大观文府：《嘉靖志》谓史丞相府，理宗赐名观文府。闻氏引绍定辛卯临安大火，虽太庙亦不免，而史丞相观文府独全，因谓观文府当在临安，其实不然。宋时观文殿大学士为宰执赀职名，绍定火灾之时，弥远见任丞相，不带观文殿衔，其所赐之第，但当称丞相府，不得云观文府。既称观文府，则当在四明，不在临安矣。但《嘉靖志》以为赐弥远者亦非，是弥远生前未尝除观文，其季子宇之则曾拜观文殿学士，视执政恩数，使理宗果有赐额观文府之事，亦是赐宇之，非弥远也。又考张端义

奏议云：‘辛卯融风之变，冯榯、王虎知卫相府，而不知救宗庙’，可证临安史相府初无观文之称也。”

⑨ 十二郎：指史守之，史弥大之子。隐居月湖碧沚，朝廷屡召不赴，以藏书讲学为乐。藏书之多，与楼钥并称“南楼北史”。

⑩ 诗末原注：“万金楼，为冯氏施药之地。王仙，谓王可交也。玉醅，甬上贡酒。”

⑪ “新纱”二句：原注：“南湖有织纱巷。吴绫，则南宋贡物也。缓带桥，在西湖，为练帛地。”清陈铭海《句余土音补注》卷一：“按，缓带桥一名衮绣桥，以宋史丞相弥远有衮绣坊，故以为名。在崇教寺南，今呼水仙庙桥，因在其庙侧也。”

⑫ 弓衣：装弓的袋。

⑬ 诗末原注：“开元寺有壁，肖天王、天女及维摩问疾状。而国宁寺某僧善画龙，有《拥波》《穿石》诸图。湖上有二汇，挽花西汇，其在西湖者。”神髯：指神龙。

⑭ “沧洲阁”二句：原注：“沧洲阁，在寿圣院。玉箸，乃小鱼，而味甚美，故成化《志》亦载之。”

袁　枚

袁枚(1716—1797)，字子才，号简斋，晚号随园老人，又号小仓山居士。浙江钱塘（今杭州）人，祖籍浙江慈溪竹江（今余姚三七市镇祝家渡村）。乾隆四年(1739)进士，授翰林院庶吉士。散馆后，分拣江南知县，历任溧水、江浦、沭阳、江宁四县，有政声。在江宁任上，购小仓山隋氏废园，略加修葺，改名随园。乾隆十三年(1748)辞官后，遂居园中。倡性灵说，蜚声诗坛。著有《小仓山房诗集》《小仓山房文集》《随园诗话》等。

挽范莪亭孝廉[1]

客春游四明，到处停蜡屐[2]。
范蠡有精苗[3]，新交如旧识。
君晚举明经[4]，娱情住泉石。
汉隶及籀书[5]，八儒兼三墨[6]。
一一尽淹通[7]，等身多著述。
久闻天乙阁，藏书胜酉穴[8]。
想向蒲侯借[9]，因到邺架侧[10]。
君家诸族人，粲若屏风列。
蠹鱼见我来，蠕蠕尽逃匿[11]。
芸草知我来，余香未消灭。
启椟无一篇，但见灰尘积。
据云丁亥年[12]，四库求书急。
恭进七百种[13]，天子大喜悦。
命付抄胥抄[14]，原本仍发给。
重重官府门，远若人天隔。
无人敢往领，遂致全散失。
方信牛弘言[15]，藏书有五厄[16]。
我入宝山迟，一瓻乞不得。
赖君有雅尚，爱搜古墨迹。
前明牍与笺，装潢高百尺。
中有杨左书[17]，字字苌弘血[18]。
公然我拜观，亦足慰饥渴。
君乃索序言，谆谆相敦迫[19]。
何图白首逢[20]，遽作黄垆别[21]。
难乘缟素车[22]，远吊张元伯[23]。

只好学孝标㉔,修书践诺责。
闻君素聪强㉕,偶然遘小极㉖。
一朝竟委化㉗,七旬还欠一。
我少一面缘,来骑千里驿。
缘尽便乖分㉘,其故诚难测。
宜乎楚屈原,问天天不说。

——选自袁枚《小仓山房诗集》卷三十六

【注释】

① 范莪亭:范永祺(1727—1795),字凤颉,号莪亭,鄞县人。天一阁主人范钦后裔。乾隆丙午(1786)举人。著有《朝爽楼稿》等。孝廉:明清两代用作对举人的称呼。

② 蜡屐:涂蜡的木屐。

③ 精苗:优秀的后裔。

④ 明经:明清对贡生的尊称。

⑤ 汉隶:汉代通行的隶书。籀书:即籀文,也称大篆。笔画繁复,多重叠,春秋战国间通行于秦国。今所存石鼓文即为这种字体的代表。

⑥ 八儒:相传孔子死后,儒家分为八派,故称。三墨:墨子之后,墨家分为三派,称三墨。

⑦ 淹通:精通;贯通。

⑧ 酉穴:指小酉山石穴。相传其中有秦人藏书千卷。

⑨ 蒲侯:南宋泉州人蒲寿宬,咸淳间任梅州知州。善诗,诗风具冲淡闲远情致。常汲两瓶水放身边,当时人称“蒲侯心事一般清”。这里代指范永祺。

⑩ 邺架:唐代邺侯李泌的藏书架。唐韩愈《送诸葛觉往随州读书》诗:“邺侯家多书,插架三万轴。”

⑪ 蠕蠕:昆虫爬动的样子。

⑫ 丁亥年:指乾隆三十二年丁亥(1767)。

⑬ 七百种：范氏后人范懋柱审时度势，应诏进呈阁藏图书。据今人崔富章统计，天一阁共进呈图书为640种，其中96种直接收入《四库全书》，此外还有381种收入《四库全书总目·存目》，两项共计477种。此所云“七百种”，数量上有所夸大。

⑭ 抄胥：专事抄写的胥吏。

⑮ 牛弘：字里仁，隋安定鹑觚人。好学博闻。入隋为秘书监。尝请开献书之路，极论废兴，述五厄之说。

⑯ 五厄：指书籍被焚毁的五次厄运。即：秦始皇下令焚书，坟籍扫地皆尽，此为第一厄；王莽末年，长安兵起，宫室图书，并从焚烬，此为第二厄；汉献帝移都时，吏民扰乱，图书缣帛，皆取为帷囊，此为第三厄；刘曜、石勒覆灭京华，朝章国典，从而失坠，此为第四厄；周师入郢，梁萧绎悉焚典籍于外城，此为第五厄。见《隋书·牛弘传》。

⑰ 杨左：明末杨涟与左光斗的并称。杨涟与左光斗劾魏忠贤，两人同被诬陷入狱。

⑱ 苌弘血：周敬王时刘文公属下的大夫苌弘蒙冤，因忠于刘氏被人杀于蜀地，其血三年化为碧玉。事见《左传》。后遂以“苌弘血”喻志士捐躯。

⑲ 敦迫：催逼。

⑳ 何图：哪里想到。

㉑ 黄垆别：典出《世说新语·伤逝》：“王浚冲为尚书令，著公服，乘轺车，经黄公酒垆下过，顾谓后车客：‘吾昔与嵇叔夜、阮嗣宗共酣饮于此垆，竹林之游，亦预其末。自嵇生夭、阮公亡以来，便为时所羁绁。今日视此虽近，邈若山河。’”后常用为悼亡的典故。

㉒ 缟素车：古代凶、丧事所用之车。

㉓ 张元伯：名劭，字元伯，汝南人。约东汉初年前后在世。少游太学，与山阳范式友善。临别约定于二年后某日到劭家拜母。至期，劭告母，设馔以代，式果至。登堂拜母，尽欢而别。后劭卒，见梦于式。至圹将窆，而柩不肯进。不一会儿，范式素车白马，号哭而来，执绋引柩而前，遂留止冢次，修坟树，然后去。

㉔ 孝标：刘峻，字孝标，南朝梁时人。据《梁书·文学传下》记载，孝

标“率性而动,不能随众沉浮,高祖颇嫌之,故不任用”。孝标乃著《辨命论》,以寄其情怀。文成,其友秣陵令刘沼写信责难,孝标乃回书答辨。刘沼死后,孝标见到他未发出的最后一封给自己的辨论信,乃作《重答刘秣陵沼书》,以抒发对亡友的情意,其中有“悲其音徽未沫,而其人已亡,青简尚升,而宿草将列,泫然不知涕之无从”等句。后乃用此典怀念亡友。

㉕ 聪强:耳聪体健。

㉖ 小极:小病。

㉗ 委化:死的婉词。

㉘ 乖分:分离。

卢　镐

卢镐(1723—1785),字配京,号月船,又号月舲、月船居士,鄞县人,居城内君子街(今属宁波市海曙区)。少从学于史荣,后又执贽全祖望门下,贯通经史百家。乾隆十八年(1753)举人。以谒选授平阳教谕,任上教以经史,士风为之一变。工书画,善诗,著有《月船居士诗稿》。

薪斋闻里中陶生奕三得云在楼遗书,喜而作诗。予闻云在楼中书散失已久,生所得盖千百之什一尔。然残编断简,正自可宝。缉枌社之旧闻[①],望先型之不替[②],作长歌以贻同志

我记昔年游东溪,石廪千丈高突兀。
云是神君书质库,云篆虫符睹恍惚[③]。
乃知丹山赤水奇,仙人亦为藏书窟。
下论人间著录家,渊源终当溯诸葛[④]。

抱残南窜李易安[5]，好事远复来巾帼。
其时史袁楼郑丰[6]，朱门正当声赫奕。
接栋连甍覆卿云[7]，十洲楼阁横东壁[8]。
寒烟乔木久凄凉，池馆余址犹可识。
厥后东明司马家，中麓弇州相匹敌[9]。
三百年来手泽新，劫火独逃六丁厄[10]。
颖川侍御性好奇[11]，宦橐惟将购金石[12]。
相望鳌峰与石仓[13]，浙河闽山鼎足立。
公子翩翩更擅才[14]，二酉四库大充斥[15]。
双瀑为师石园友[16]，醒吟遗文为补刻[17]。
云胡不及百年多[18]，过眼烟云易飘瞥。
遗台唯见石嶙峋，欲问缥囊仅毫末[19]。
陶生苦心与购求，片羽角麟正可惜[20]。
韵事流传到国都，邱君作诗纪历历[21]。
把君诗卷不忍读，何异山阳感邻笛[22]。
双韭太史当生前[23]，文章海内推为伯[24]。
小山之堂丛书楼[25]，来往经年供纂辑。
归舟系缆月湖傍，定见长虹贯斗极。
我与冬斋急往索[26]，百轴千箱共饕餮[27]。
即今师友尽沦丧，光阴半向风尘掷。
十年未读一卷书，异本叠架夫何益[28]。
陶生绿鬓抱英姿，嗜古兼闻有气力。
甬上先贤如有灵，冥冥应知喜动色。
我闻天一阁上藏，半从万卷楼中得[29]。
陶生恢廓不肯已[30]，竹湖重见琳琅集。
邱君与我速南归，可许连床娱晨夕。

——选自卢镐《月船居士诗稿》卷二

【注释】

① 枌社：泛指家乡、故里。

② 先型：先辈之典型。

③ 云篆：道家符篆。亦借指道家典籍。虫符：虫书，又名鸟虫书。秦八体书之一。王莽变八体为六体。《汉书·艺文志》："六体者：古文、奇字、篆书、隶书、缪篆、虫书。"颜师古注："虫书，谓为虫鸟之形，所以书幡信也。"

④ 诸葛：指会稽诸葛家族（诸葛行仁、诸葛行敏、诸葛千能、诸葛十朋），以藏书闻名。这句作者自注："越州诸葛氏藏书后归吾乡，见施武子《绍兴志》。"

⑤ 李易安：即李清照。北宋亡后，李清照曾一度因避难暂寓四明之奉化。袁桷《清容居士集》卷四十六《跋定武禊帖不损本》云："赵明诚本，前有李龙眠蜀纸画右军像，后明诚亲跋。明诚之妻李易安夫人避难寓吾里之奉化，其书画散落，往往故家多得之。后有绍勋小印，盖史中令所用印图画者，今在燕山张氏家。"作者自注："易安曾挈所遗至奉化。"

⑥ 史袁楼郑丰：系甬上五大家族。

⑦ 接栋连甍：指房屋连片。卿云：即庆云。一种彩云，古人视为祥瑞。

⑧ 东壁：星宿名。《晋书·天文志上》："东壁二星，主文章，天下图书之秘府也。"

⑨ 中麓：李开先，字伯华，号中麓子、中麓山人及中麓放客。嘉靖八年（1529）进士，历官户部主事、吏部考功主事、员外郎、郎中，后升提督四夷馆太常寺少卿。藏书之富，甲于齐鲁。弇州：王世贞之号。

⑩ 六丁：指六丁神火。《西游记》中太上老君八卦炉中火。冯梦龙《警世通言》卷八《崔待诏生死冤家》云："六丁神推倒宝天炉。"戹：同"厄"，灾难。六丁戹即火灾。

⑪ 颖川：陈姓的郡望。侍御：指陈朝辅。

⑫ 宦橐：犹宦囊。指因做官而得到的钱财。

⑬ 鳌峰：徐㶿的藏书处。㶿字惟起，一字兴公，福建闽县（今福州）

人。一生热衷购书、藏书、写书、整理旧籍，其藏书处名鳌峰，著有《鳌峰集》等。石仓：曹学佺，字能始，一字尊生，号雁泽，又号石仓居士、西峰居士，福建侯官人。万历二十三年(1595)进士。清兵入闽，自缢殉节。生前藏书万卷，储于汗竹斋，有《汗竹斋藏书目》。"这句作者自注："鳌峰，徐兴公藏书处，石仓则曹能始也。"

⑭ 公子：指陈朝辅之子陈自舜。陈自舜字小同、同亮，别号尧山。黄宗羲讲学甬上，陈自舜为甬上证人书院的弟子。

⑮ 二酉：指大酉、小酉二山。在今湖南省沅陵县西北。二山皆有洞穴。相传小酉山洞中有书千卷，秦人曾隐学于此。见《太平御览》卷四九引《荆州记》。后即以"二酉"称丰富的藏书。四库：原为古代宫廷藏书之所。《新唐书·艺文志一》："两都各聚书四部，以甲、乙、丙、丁为次，列经、史、子、集四库。"故后世亦称四部为"四库"。充斥：充满。

⑯ 双瀑：即余姚化安山双瀑。化安双瀑在剡溪上游，因流分二注而得名。黄宗羲曾长期居于化安山，曾自称双瀑书院山长。这里以双瀑代指黄宗羲。石园：万斯同之号。这句作者自注："侍御名朝辅，其子名同亮，师事梨洲先生，而友季埜诸君。"

⑰ 醒吟：黄震晚年自号，先生六十七岁时曾作《醒吟先生传》。这句作者自注："黄文洁公《日钞》向无足本，公子为补刻《理度纪要》。醒吟，黄自署。"

⑱ 云胡：为什么。

⑲ 缥囊：用淡青色的丝绸制成的书囊。亦借指书卷。

⑳ 角麟：麒麟之角。这里比喻稀罕而又可贵的书籍。

㉑ 邱君：即薪斋，鄞县邱隘(今属宁波市鄞州区)人。生平待考。时邱君居京师。

㉒ 山阳感邻笛：三国魏名士嵇康、吕安被司马昭杀害后，他们的好友向秀经过嵇的山阳旧居，听到邻人的笛声，感音而叹，写了一篇《思旧赋》。后遂用以作为悼念、怀念故友的典故。

㉓ 双韭太史：指全祖望。

㉔ 伯：指文章伯，对文章大家的尊称。

㉕ 小山之堂：清代浙江仁和(今杭州)赵昱藏书室名。赵昱字功千，号谷林，贡生。喜藏书，并好校勘。作者自注："武林赵氏。"丛书楼：即江苏扬州盐商马曰琯、马曰璐兄弟的小玲珑山馆之丛书楼，藏书有"甲大江南北"之称。作者自注："邗江马氏。"

㉖ 冬斋：范鹏字冲一，一字冬斋，鄞县人。诸生，全祖望弟子。卒年二十三。有《存悔集》。

㉗ 饕餮：传说中的一种凶恶贪食的野兽。这里比喻贪读书籍。作者自注："太史从江南归，必携马、赵二氏秘本，与予及冬斋读之。冬斋，亡友范冲一。"

㉘ 作者自注："太史多秘书，身后半归余，而年来以仆仆道途，竟未曾一读。"

㉙ 作者自注："天一阁藏书，多丰考功万卷楼故物。"

㉚ 恢廓：拓展，扩大。

旅中对菊寄怀湖上诸子

草桥种尔想经年，槐市风尘亦可怜①。
竞向担头觅颜色，那知篱下更婵娟。
寒山绕郭高人宅，秋水平湖花屿船。
为问憧憧桥畔客，共谁把盏夕阳天。

——选自卢镐《月船居士诗稿》卷三

【注释】

① 槐市：汉代长安读书人聚会、贸易之市。因其地多槐而得名。后借指学宫，学舍。据《三辅黄图》载："仓之北，为槐市，列槐树数百行为队，无墙屋，诸生朔望会此市，各持其郡所出货物及经传书记、笙磬乐器相与买卖。"

范永澄

范永澄(1723—1789),字志誉,号半村,鄞县人。乾隆三十一年(1766)进士。历任石楼、徐沟知县,朔州知州。与全祖望有唱和。著有《函清馆诗草》《退白居士诗草》。

月湖竹枝词十首

一

南城佳景月湖头,红蕊青枝艳十洲。
载酒凌波何处去,先从花屿恣春游。

二

小雨芳洲润白蘋,水仙宫畔绿成茵。
踏青不碍游人屐,好向祠前拜季真。

三

烟雨迷蒙几度青,柳丝拂拂遍长汀。
移船且傍湖边住,满地阴垂众乐亭。

四

筼筜万个矗风梢[①],掩映憧憧两岸桥。
无数游人来竹屿,晚凉爱看翠云摇。

五

镜照堂前云幂幂[2],澄辉阁畔雾蒙蒙[3]。
船摇独橹寻孤屿,半在烟光杳霭中。

六

侬家住近庆云边,秋到芙蓉艳艳鲜。
翠幄锦囊传好句,阿谁吟续泬寥天[4]。

七

寻菊都来冒雨游,傲霜金蕊遍芳洲。
天封古塔登方罢,采得寒香插满头。

八

蓬山璚岛映秋清[5],十顷湖光一片明。
碧沚亭边闲踏月,扶筇如在镜中行。

九

积照霏微逸老堂,汀洲飞雪簇寒光。
钓矶苇岸人踪少,呵冻伊谁赋谢庄[6]。

十

贺监祠前挺郁葱,梦公堂畔耸虬龙[7]。
松涛澎湃听霜岛,如和城南夜半钟。

——选自《双云堂传集》之《函清馆诗草》卷二

【注释】

① 篔筜：一种竹子。

② 镜照堂：即锦照堂。在竹洲，初为宋楼异筑。幂幂：浓密貌。

③ 澄辉阁：宋建，在花屿。

④ 泬寥：清朗空旷貌，形容晴朗的天空。

⑤ 璚岛：即琼岛，传说中仙人所住的岛。

⑥ 谢庄：南朝宋文学家，有名篇《月赋》。

⑦ 梦公堂：见前陆铨《月湖行》“梦公堂里夜闻钟”注释。

秋夜独坐李氏双桐斋[①]

独坐闲阶数雁归，高天爽气欲侵帷。
薄云几片月初上，短草一丛萤乱飞。
良友不来清兴减，故人有约赏心违。
最怜三五秋光好，应许湖滨夜叩扉。

——选自《砌街李氏宗谱》卷四

【注释】

① 双桐斋：清人李昌樟建，在湖西芳草洲畔。一时名宿如万九沙、全谢山诸先生等，日以诗酒相娱。

倪象占

倪象占，初名承天，后以字行，更字九三，号韭山，象山丹城人。乾隆二十一年(1756)补诸生。三十年(1765)，高宗南巡，选列迎銮，拔充优贡。旋奉调分纂《大清一统志》。五十三年(1788)，应聘分纂《鄞县志》。翌年，补授嘉善训导。

著有《蓬山清话》《青棂馆集》《韭山诗文集》等。

六月七日月湖晓泛次定斋韵(八首选七)

破梦寻烟艇,乘凉过板桥。
尚疑临月地,昨夜薄云消。

树色滋残雨,波光荡早晴。
别怜楼上女,开镜倚窗明。

丝弱风牵荇,珠圆露滴荷。
忘机还拍手,惊起水禽多。

门绕谁家竹,篱悬几处瓜。
一兜罾影落,细绿转鱼花。

集市人何处,穿城棹入时。
□看争步急,共泊贺公祠。

历历闻湖语[①],风流一望中。
烟空三百载,孰起小泉翁[②]。

一字田头过[③],蝉鸣早稻香。
何人还趁笔,绕郭画烟光。

——选自倪象占《铁如意斋诗稿》

【注释】

① 历历：指清楚明白，分明可数。湖语：全祖望著作名。

② 小泉翁：全祖望曾自号孤山社小泉翁。这句作者自注："谢山太史近作《湖语》，不载明朝以下事。"

③ 一字田头：又称一字老田头，据《宁郡城河丈尺图志》卷二《月湖支河》所绘地图，其地在庆云楼附近。

登天一阁

甬上藏书阁，熊光照斗魁[①]。
牙签前代积，铁锁不时开。
镇石凭神护，层梯逐队来。
平生怀饼愿[②]，欲下首重回。

——选自倪象占《铁如意斋诗稿》

【注释】

① 熊光：强烈的光芒。斗魁：泛指北斗。

② 怀饼：指怀里揣着饼到阁中读书。卢镐《和韭山登塔辱承答二十韵，复依韵和之》："怀饼从人读，巾箱悉手誊。"

鄮城竹枝词二首（选一）

月湖湖上水含烟，小雨初晴放鹞天。
何处客游归思切，城南踏青青可怜。

——选自倪象占《铁如意斋诗稿》

月湖春泛歌

东风骤起青蘋末[1]，一夜潜消四明雪。
微波送入贺家湖，不数春江有花月。
湖上家家俯镜中，每乘烟霭开帘栊。
长桥影落双虹见，短棹声来一叶通[2]。
中流箫鼓争容与，水鸟忘机不飞去。
若道凌波未是仙，指点汀洲定何处。

——选自倪象占《九山类稿》

【注释】

① 青蘋：一种生于浅水中的草本植物。宋玉《风赋》："夫风生于地，起于青蘋之末。"

② 一叶：比喻小船。

钱大昕

钱大昕（1728—1804），字及之，一字晓征，号辛楣，又号竹汀，江苏嘉定（今属上海）人。乾隆十六年（1751）召试举人，授内阁中书。乾隆十九年（1754）进士，选庶吉士，散馆授编修。历官侍讲学士、詹事府少詹事、广东提督学政。乾隆四十年（1775），父母相继亡故，忧归不出。历主钟山、娄东、紫阳三书院，名满天下。曾应聘纂修《鄞县志》，登天一阁读书，并整理碑帖，编有《天一阁碑目》。著有《潜研堂诗文集》。

题范氏天一阁

天一前朝阁，藏书二百年。
丹黄经次道①，花木陋平泉②。
聪听先人训③，遗留后代贤。
谁知旋马地④，宝气庆奎躔⑤。

——选自钱大昕《潜研堂诗续集》卷四

【注释】

① 丹黄：旧时点校书籍用朱笔书写，遇误字，涂以雌黄，故称点校文字的丹砂和雌黄为丹黄。次道：宋敏求，字次道，赵州平棘（今河北省赵县）人。北宋宝元二年（1039）赐进士，宋仁宗朝历任馆阁校勘、集贤校理。家藏书富，熟于朝廷典故，曾编校整理唐人别集十种。

② 平泉：平泉庄。唐李德裕游息的别庄。唐康骈《剧谈录·李相国宅》："（平泉庄）去洛阳三十里，卉木台榭，若造仙府。"宋张洎《贾氏谈录》："平泉庄台榭百余所，天下奇花异草，珍松怪石，靡不毕具，（李德裕）自制《平泉山居草木记》。"

③ 聪听：明于听取；明于辨察。

④ 旋马：掉转马身。《宋史·李沆传》："沆性直谅，内行修谨。……治第封丘门内，厅事前仅容旋马。"旋马地指狭小的居所。

⑤ 奎躔：奎星。结句是说天一阁藏书焕发的宝气上应奎星。

翁方纲

翁方纲（1733—1818），字正三，号覃溪，晚号苏斋，直隶大兴（今属北京）人。乾隆十七年（1752）进士，选庶吉士，授编修。历督广东、江西、山东三省学政，官至内阁学士。研读群经，精于考据，精通金石、谱录、书画、词章之学，著有《粤东金石略》《复初斋诗文集》《石洲诗话》等。

题宁波丰存礼所刻《兰亭》[①]

唐临绢本极纷拏[②]，始信朱铅态莫加[③]。
漫执神龙凭褚印[④]，不虚乌镇说文嘉[⑤]。
书楼带草盟兰渚[⑥]，玉版晴虹起墨花。
今日四明传拓出[⑦]，压低三米鉴藏家[⑧]。

——选自翁方纲《复初斋诗集》卷四十七

【注释】

① 丰存礼：丰坊。天一阁藏神龙本《兰亭序》刻石，系丰坊所刻。这是流传至今的《兰亭序》摹本中上石最早、也最为精美的一本，因卷首有唐中宗李显神龙年号小印，故称"神龙本"，相传是由唐太宗时期的书法家冯承素临摹，见故宫所藏摹本《神龙兰亭》(《兰亭八柱》第三帖）。但也有很多学者认为神龙本属褚遂良的摹本。翁方纲《神龙兰亭》云："世传'神龙本'今所存石，以四明范氏天一阁本为最。"又《四明范氏天一阁兰亭》云："予所见'神龙本'，皆有'贞观''神龙''开元''大观'诸印。惟王秋坪所藏本致佳，而无前后诸印，予既为手摹入石矣。四明范氏此石本，即丰南禺刻于乌镇王氏者，亦有'神龙'诸印，而笔法胜诸本，不啻倍蓰矣。"这表明翁方纲最初对丰刻本称赞有加。冯登府《石经阁金石跋文·丰坊刻唐模兰亭跋》云："天一阁《唐模兰亭》本，乃丰道生伪刻，后有印记可验。《神龙兰亭》有南渡诸公题字，墨迹藏天籁阁，后付之石，为竹垞检讨所得，今不知流落谁氏矣。阁本即从此本翻出，而仅留熙宁许将一行。翁覃溪认为真神龙本，误矣。近汤氏、洪氏皆有翻本，更自郐以下矣。又丰坊自有临本，嘉靖三年所刻，今石亦存阁中。"

② 绢本：写在绢上的本子。纷拏：混乱、错杂的样子。传说唐太宗派人用几近骗取的手段得到了真迹《兰亭序》，奉为至宝，命朝中善

书者摹拓数本，广赐王公大臣。最后，唐太宗将真迹带入了昭陵，留给后世的只有唐人临摹本。如唐何延之《兰亭记》云："帝命供奉拓书人赵模、韩道政、冯承素、诸葛贞等四人，各拓数本，以赐皇太子、诸王近臣。"唐武平一《徐氏法书记》云："至高宗，又敕冯承素、诸葛贞拓《乐毅论》及杂帖数本，赐长孙无忌等六人。"

③ 朱铅：绘画的红白颜料。

④ 褚印：指河南褚遂良检校之印。神龙本由褚遂良审定，帖中接缝和尾部有"褚氏"两印。翁方纲《跋神龙本兰亭》云："此即所谓'神龙本'，而无'贞观''神龙''开元''大观''淳化'诸印，及第十四行间'褚氏'印。予尝疑河南临此帖尾一印足矣。岂其若后来鉴藏家于中间又有褚印邪？"

⑤ 乌镇：位于今浙江省桐乡市北端。乌镇原以市河为界，分为乌、青二镇，河西为乌镇，属湖州府乌程县，河东为青镇，属嘉兴府桐乡县。1950年，市河以西的乌镇划归桐乡县，乌、青两镇合并，统称乌镇，隶属嘉兴。此指乌镇训导文嘉。文嘉：字休承，号文水，江苏长洲(今苏州)人。文徵明仲子。初任乌镇训导，后为和州学正。能诗，工书，小楷清劲，亦善行书。精于鉴别古书画，工石刻。文嘉在1577年跋《唐模兰亭》云："嘉靖初，丰考功存礼尝手摹，使章正甫刻石于乌镇王氏，然予未见真迹。……今子京项君以重价购于王氏，遂令人持之吴中索余题语。"(汪砢玉《珊瑚网》卷一)翁方纲《四明范氏天一阁兰亭》云："此本即文休承所谓丰道生刻于乌镇者，高出世所行'神龙'诸本，神气迥出矣。而以宋人杂帖内之翻本对之，已觉带有伧气。右军清真格韵，岂容貌得耶？"翁方纲最初以丰刻神龙兰亭称为"海内褚临本之冠"，但后来又降低了对丰刻本的评价，而更多称道其他神龙本。如其《宋拓晋唐小楷九种·褚遂良临兰亭序》云："文休承所见项子京藏本，即丰南禺刻于乌镇者，予今访求其本，初见之以为'神龙本'之冠，今细核之，实在此本之下，今日世传褚临《兰亭》，定当以此本为第一。"

⑥ 书楼：指天一阁藏书楼。带草：指书带草。兰渚：《明一统志》谓兰渚在绍兴府南二十五里，即晋王羲之曲水赋诗处。《兰亭集序》所谓"清流激湍，映带左右"，至今犹然。

⑦ 传拓：流传和模拓。

⑧ 三米：米芾与其二子合称三米。米芾一生极喜唐临摹本，经他记录、题跋过的《兰亭》有很多本。他还与二子合作据唐板本翻刻了一个本子，摹刻精妙，世称三米《兰亭》。翁方纲在此诗中认为天一阁本要比米芾父子摹刻本还要好得多。翁方纲在《明范氏天一阁本兰亭序》拓片中，此诗后还有自跋云："四明天一阁《兰亭》，海内褚临本之冠，向见拓本，尝赋小诗，今始书寄题阁壁，以记此墨缘也。嘉庆癸酉秋八月朔，北平翁方纲，时年八十有一。"

桂廷蔺

桂廷蔺，字海洲，号虚筠，今江北慈城人。乾隆三十九年(1774)举人。家贫，以游幕笔耕为生。秉承家学，辑先世遗诗为《清芬集》。著有《虚筠诗稿》《印月草堂诗集》。

偕内弟星叔、澄辉过范氏天一阁

引队徐吟春到初，寻幽小径野情疏。
闲花细草禽啼外，短笛斜阳客散余。
苔石乱侵池影碧，松篁寒逗雨声虚。
殷勤二老风诚古①，不遣芸编饱蠹鱼②。

——选自桂廷蔺《虚筠诗稿》卷一

【注释】

① 二老：指黄宗羲、全祖望。作者自注："阁中藏书，姚江黄梨洲、吾郡全太史曾一再雠校。"

② 不遣：不让，不使。芸编：指书籍。芸，香草，置书页内可以辟蠹，故称。蠹鱼：虫名。即蟫。又称衣鱼。蛀蚀书籍衣服。体小，有银白色

细鳞,尾分二歧,形稍如鱼,故名。此句化用李贺《秋来》诗:“谁看青简一编书,不遣花虫粉空蠹。”

孙 蔚

孙蔚(1745—1804),谱名家模,原名庭椿,字受全,号守荃,晚号逸云居士。居甬上大沙泥街青龙桥畔(今属宁波市海曙区)。乾隆五十三年(1788),孙蔚充选拔贡生,未北上就试,而遭父丧。守丧期满,赴礼部补试,以候选直隶州州判归里,自题其室曰逸云,因以自号。孙蔚喜做诗,与里人仇明经竹窗、周明经铁山结同心吟社,月为一集,优游自得者十年。著有《逸云居士文编诗编》二十卷、《三余偶录》二十卷、《增订咏物诗》五十卷、《宗族闻见录》一卷。

近舍竹枝词[1](十首选一)

前后沙堤大小街,悬洲聚处最清佳。
南湖绿水迂回绕,舴艋横撑不用排[2]。

——选自《四明章溪孙氏宗谱》卷九

【注释】

① 舍:指逸云书舍。孙蔚居于甬上大沙泥街青龙桥,于宅后辟一小园,杂植花木,护以竹栏,名为逸云书舍,并在此成立诗会。

② 舴艋:小船。

徐兆昺

徐兆昺(1748—？),字绮城,自署小江老学究,居宁波城内咸塘汇(今海曙区天一广场内)。以明经终身,曾官诸暨训导。性好古,喜游山玩水,平生致力于乡邦地理的研究。所著《四明谈助》四十六卷,起稿于嘉庆十八年(1813)前后,成稿于道光三年(1823)。

城南泛舟(选二首)

山椒藏古刹①,门对野塘秋。
树底斜通径,桥边暂系舟。
人同竹林数②,茶进玉川瓯③。
杂坐谈遗迹,丰楼仅隔洲④。

素爱石湖老⑤,豪情不类秋。
生涯长是馆,浪迹本同舟。
鸭绿看新涨⑥,鹅黄引满瓯⑦。
酒家春酿足,帘影认芦洲。

——选自董沛编《四明清诗略》卷十六

【注释】

① 山椒:山顶。

② 人同竹林数:意谓一起泛舟之人正好跟竹林七贤的人数一样。

③ 玉川:卢仝,自号玉川子,唐代范阳(今河北涿县)人。年轻时隐居少室山,家境贫寒,用功读书,不愿仕进。卢仝喜茶,曾作《走笔谢孟谏议寄新茶》,即著名的“七碗茶”诗。

④ 丰楼：作者自注："指丰氏藏书楼。"

⑤ 石湖老：作者自注："谓范笠庵。"

⑥ 鸭绿：喻水色如鸭头浓绿。

⑦ 鹅黄：语本唐杜甫《舟前小鹅儿》诗："鹅儿黄似酒，对酒爱鹅黄。"后因以"鹅黄酒"泛指好酒。

黄定衡

黄定衡（1749—1789），字和石，号意竹，又号石轩，鄞县人，居城内狮子街（今属宁波市海曙区）。师事董秉纯、卢镐，善吟咏，工书画。乾隆五十一年（1786）举人。著有《石轩诗文集》。

观天一阁新编碑目[①]

书城西湖阴，乔木含苍烟。
灵光兀遗构，令绪天所延[②]。
九重诞敷文[③]，云汉回星躔[④]。
霞标俨高揭[⑤]，津逮争后先[⑥]。
书富如入海，波澜谁讨沿[⑦]。
但看金石文，已备仓雅编[⑧]。
乃知赵欧阳[⑨]，未胜司马贤[⑩]。
耳孙亦好古[⑪]，佳客来骈阗[⑫]。
上舍识奇字[⑬]，太史兼纪年[⑭]。
摩挲太古篆，首自石鼓篇[⑮]。
泰山廿九字[⑯]，遗碣重摹镌。
下逮汉魏后，一一玑在璇。

因之溯颠末，甲乙书牵连[17]。
回看近代碑，尚遗十百千。
阁中十日饮，文采何翩翾[18]。
从游皆磊落，各各携丹铅[19]。
伊余旧所历[20]，窥豹惭勿全[21]。
黄尘压席帽[22]，未许同周旋。
归来阅编目，惜此良会愆[23]。
缅维三百载[24]，故事枌社传[25]。
南雷初作记[26]，大书笔如椽。
遍数海内藏，莫此与比肩。
当时序书目，碑碣姑舍旃[27]。
后来鲒埼翁[28]，万卷恣渔畋[29]。
碑目亦倡始，似非意所专。
请观遗集中，评跋余精研[30]。
岂伊得鱼兔[31]，脱手忘蹄筌[32]。
及兹一排纂[33]，功逾勒燕然[34]。
欲令千载后，好古心益虔。
我诗不足陈，请歌瓜瓞绵[35]。

——选自董沛编《四明清诗略》卷十四

【注释】

① 天一阁新编碑目：指乾隆末年由范懋敏编写、钱大昕鉴定的《天一阁碑目》一卷、《续增》一卷。此目以时代先后为次，著录历代碑刻804种，并记撰、书人姓名，明代碑帖以其时代较近而不录。

② 令绪：伟大的事业或业绩。《尚书·太甲下》云：“今王嗣有令绪，尚监兹哉。”孔安国传：“令，善也。继祖善业，当夙夜庶几视祖，此配天之德而法之。”

③ 诞敷：遍布。《尚书·大禹谟》云：“帝乃诞敷文德，舞干羽于两

阶。”孔安国传：“远人不服，大布文德以来之。”文：文德。

④ 云汉：云霄，高空。《诗经·大雅·云汉》：“倬彼云汉，昭回于天。”星躔：日月星辰运行的度次。

⑤ 霞标：高峻的挺立之物。语本晋孙绰《游天台山赋》：“赤城霞起以建标。”高揭：犹高耸。

⑥ 津逮：由津渡而到达。北魏郦道元《水经注·河水二》：“悬岩之中多石室焉，室中若有积卷矣，而世士罕有津逮者。”

⑦ 讨沿：沿波讨源。循着水流寻找源头，比喻探讨事物的本末。

⑧ 仓雅：《三仓》《尔雅》等文字训诂之书的统称。

⑨ 赵欧阳：赵明诚与欧阳修。赵明诚致力于金石之学，所著《金石录》三十卷，著录所藏金石拓本，上起三代下及隋唐五代，共2000种，其中前10卷为目录，按时代顺序编排；后20卷就所见钟鼎彝器铭文款识和碑铭、墓志石刻文字，加以辨证考据。欧阳修对古代金石文字有特殊的爱好，经常收集钟鼎及石刻的拓本，为金石学的开拓者。欧阳修所著《集古录》收录了1000余种钟鼎等金文及刻石文字的拓片，后来他又对其中400余种拓片进行了详细的考证与辨识，并亲自书写了跋文，是为《集古录跋尾》。

⑩ 司马：指范钦。

⑪ 耳孙：泛指远代子孙。

⑫ 骈阗：聚集一起。

⑬ 上舍：对一般读书人的尊称。识奇字：《汉书·扬雄列传下》记载，汉扬雄校书天禄阁时，多识古文奇字，刘棻曾向扬雄学奇字。这句作者自注：“张君芑堂。”按，张燕昌（1738—1814），字文鱼，号芑堂，浙江海盐人。嘉庆间举孝廉方正。嗜金石，工诗善画。著有《金石契》《续鸳鸯湖棹歌》《金粟逸人逸事》。

⑭ 太史：俗称翰林为太史。这句作者自注：“钱竹汀学士。”按，钱竹汀学士即钱大昕。

⑮ 石鼓篇：即石鼓文。先秦时期的刻石文字，因其刻石外形似鼓而得名。发现于唐初，共计十枚，高约三尺，径约二尺，分别刻有大篆四言诗一首，共十首，计七百一十八字。内容最早被认为是记叙秦王出猎的

场面，故又称“猎碣”。

⑯ 泰山廿九字：泰山刻石刻于秦始皇二十八年（公元前219年），是泰山现存最早的刻石。原刻铭文22行，满行12字，凡223字，字径6.1厘米。据清孙源湘《天真阁集》、清毕沅《山左金石志》、清方若《校碑随笔》诸籍所载，明北平许氏复搜得断石置碧霞宫元君祠，存四行廿九字，左下系刻许氏隶书跋。清乾隆五年祠遭火噬，致石面目全非。因传世宋拓仅两本，故廿九字本尤为世人所宝。

⑰ 甲乙：指次第排比。

⑱ 翩翾：飞扬。

⑲ 丹铅：指点勘书籍用的朱砂和铅粉。亦借指校订之事。

⑳ 伊余：自指，我。

㉑ 窥豹：语出南朝宋刘义庆《世说新语·方正》：“此郎亦管中窥豹，时见一斑。”原意指从竹管的小孔里看豹，只看到豹身上的一块斑纹。比喻只看到事物的一部分，指所见不全面或略有所得。

㉒ 席帽：古代的帽名。以藤席为骨架，形似毡笠，四缘垂下，可蔽日遮颜。黄尘席帽，意指漂泊江湖。

㉓ 愆：耽误，错失。

㉔ 缅维：同“缅惟”，遥想。

㉕ 枌社：枌榆社的省称。原指汉高祖的故里。后泛指家乡、故里。

㉖ 南雷：黄宗羲之号。记：指黄宗羲所作《天一阁藏书记》。

㉗ 舍旃：抛弃。语出《诗经·唐风·采苓》：“舍旃舍旃，苟亦无然。”这句作者自注：“梨洲先生《天一阁记》称，藏书者当并捐法书名画之好。”

㉘ 鲒埼翁：指全祖望。

㉙ 渔畋：捕鱼打猎。比喻泛览，涉猎。

㉚ 评跋：品评，评议。

㉛ 岂伊：犹岂，难道。伊，语中助词，无义。

㉜ 脱手：离手，出手。蹄筌：语本《庄子·外物》：“筌者所以在鱼，得鱼而忘筌；蹄者所以在兔，得兔而忘蹄；言者所以在意，得意而忘言。”蹄，兔罝，捕捉兔子的网；筌，鱼笱，捕鱼器具。谓语言蹄筌都是

有形的迹象,道理与猎物才是目的。后常以“蹄筌”指达到某种目的的手段,或反映事物的迹象。作者自注:“谢山先生尽阅阁中藏书,遍阅藏碑,命侍者书其目,粗加诠次而已。今观《鲒埼亭集》中题跋,则考索之精,亦无逾先生者。”

㉝ 排纂:编撰,编辑。

㉞ 勒:刻石纪功。燕然:古山名。即今蒙古国境内的杭爱山。东汉永元元年(89),车骑将军窦宪领兵出塞,大破北匈奴,登燕然山,刻石勒功,记汉威德。见《后汉书·窦宪传》。

㉟ 瓜瓞绵:语出《诗经·大雅·绵》:“绵绵瓜瓞,民之初生,自土沮漆。”如同一根连绵不断的藤上结了许多大大小小的瓜一样。引用为祝颂子孙昌盛。

袁 钧

袁钧(1751—1805),字秉国,一字陶轩,号西庐,鄞县人。诸生。受知于学使阮元,拔置第一;后阮元抚浙,召置幕中,才誉日著。工诗古文词,且精汉郑玄之学,搜其佚书23种,重为编订。嘉庆元年(1796)征举孝廉方正,后主讲绍兴稽山书院。留意四明典故,数十年如一日。辑录有《四明诗萃》《四明文征》《献征》《书画记》《近体乐府》诸书。著有《薜琉璃居稿》《瞻衮堂集》等。

南城观荷

幽意每不惬,独行谢朋俦。
今朝暑未甚,且作城南游。
城南古胜地,漫漫隐林丘。

下有采莲人,莲花过人头[①]。
水涨一痕碧,香浮数顷秋。
参差互相望,衍漾纷平畴[②]。
好风穆然至,解袂临清流。
即此得闲旷,终日忘淹留。
高兴会有尽,飞光忽我遒[③]。
暝色送归棹,明月非所求。

——选自《四明清诗略》卷十六

【注释】

① “莲花”句:此直接取用南朝乐府民歌《西洲曲》原句。

② 衍漾:漂游荡漾。平畴:平坦的原野。

③ 遒:尽、终。

月湖泛舟图二首

一

年来双鬓乱婆娑[①],不尽雄心委逝波。
城市山林何处好,月湖湖上月光多。

二

蘋白蕖红分外闲,幽人近住水西湾。
他时乘兴来相访,准拟扁舟载月还。

——选自《四明清诗略》卷十六

【注释】

① 婆娑：散乱的样子。

施育芹

施育芹（1757—1794），字启芳，号蜃池，鄞县人。自幼读书，屡试不获。乾隆五十六年（1791），学使者窦光鼐来浙，施育芹始入鄞学，为诸生。著有《蜃池集》。

月湖春泛

我来月湖上，云树生残晖。
轻舟渡芳沚，逸兴空中飞。
俯羡游鱼乐，仰看高鸟归。
春风时款款，夕烟野霏霏，
冲襟涤凡想[①]，恍与仙人期。
方壶杳难见[②]，员峤归无时[③]。
十洲与三岛，顾瞻足自怡。
徙倚不忍去，一任斜阳低。
停桡上花坞[④]，片月生光辉。

——选自《鄞城施氏家乘》卷七

【注释】

① 冲襟：旷淡的胸怀。

② 方壶：传说中神山名。一名方丈。《列子·汤问》：“渤海之东不知几亿万里，有大壑焉……其中有五山焉：一曰岱舆，二曰员峤，三曰方壶，四曰瀛洲，五曰蓬莱。”

③ 员峤：神话中的仙山名。

④ 停桡：停船。

叶　焕

叶焕（1757—1820），字春旸，号谱山，慈溪鸣鹤人。官刑部员外郎。晚年在杭州创办和德堂药肆。著有《水石居遗稿》。

雨后月湖晚步有感

最是湖光雨后夸，沿堤一带绿阴斜。
风来讲院闻吟竹，舟泊人家见卖花。
鸥梦醒时当落日，鱼鳞散处遍晴霞。
双桥先有明贤住，今日烟波只钓槎。

——选自叶焕《水石居诗稿》卷上

叶　炜

叶炜（1763—1821），字允光，号意亭，慈溪县鸣鹤场叶家岙人。嘉庆元年（1796）诏举孝廉方正，力辞不就，由监生官刑部安徽司主事，以母老归养，不复出。著有《鹤麓山房诗稿》六卷。

月湖泛春曲

依家住近月湖边，湖上春光最可怜。
记得去年是今日，有人同泛木兰船[①]。

绿杨影里弄扁舟，无限春波绕画楼。
但愿郎如湖上水，朝朝暮暮载侬游。

十洲三岛尽楼台，碧槛红阑次第开[②]。
门外桃花花外柳，不知人世有天台。

湖畔烟浓夕照微，画船箫鼓几人归。
相逢却掩轻罗扇，为有鸳鸯接翅飞。

——选自叶炜《鹤麓山房诗稿》卷四

【注释】

① 木兰船：用木兰树造的船。南朝梁任昉《述异记》卷下："木兰洲在浔阳江中，多木兰树。昔吴王阖闾植木兰于此，用构宫殿也。七里洲中，有鲁般刻木兰为舟，舟至今在洲中。诗家云木兰舟，出于此。"后常用为船的美称，并非实指木兰木所制。

②碧槛：碧色的栏杆。红阑：红色的栏杆。

徐锡尧

徐锡尧(1767—1829)，字敬夫，号悔庐，鄞县人，世居月湖之东。弱冠受经于蒋学镛。学业优异，但以家业萧然，不得不授徒为生。年三十，阮元按临宁波郡，取为岁试第一，得为府学廪膳生。嘉庆二十三年(1818),年五十二,始以明经贡入太学,例授修职郎,候选训导。著有《悔庐诗文抄》。

隔湖望水乡二首

君行月湖西,湖光涵空碧。
我立月湖东,湖风清两腋。
临流聊自娱,笑溯流脉脉。
湛然此时心,烟波不能隔。

孤云澹将归,暝鸟去无迹。
远望不可期,回步畅所适。
知君波上楼,藜火拥图籍[①]。
我行久流连,月上湖心白。

——选自董沛编《四明清诗略》卷二十

【注释】

① 藜火:《太平广记》卷二百九十一记载,汉刘向校书于天禄阁,夜默诵,有老父杖藜以进,吹杖端,烛燃火明。取《洪范》五行之文、天文舆图之牒以授焉。向请问姓名,云"太乙之精"。后因以"藜火"为夜读或勤奋学习之典。

张　本

张本(生卒年不详),字琴山,又字鹿门,慈溪人。清诸生。著有《石泉居士诗草》。

月湖春望二首

一

春来打桨月湖西，红满汀洲绿满堤。
水面横排桥影阔，波心倒挂塔尖低。
人经古屿花侵袖，马渡晴滩草没蹄。
众乐亭前舟暂驻，催归漫向夕阴啼①。

二

一夜晓镜展晴波，春入湖头引兴多。
花屿雾迷新雨后，柳汀浪起晚风过。
采菱歌女飘红袖，系树渔船隐绿蓑。
晴日放舟真乐事，双桥来往疾如梭。

——选自《四明清诗略》卷二十

【注释】

① 催归：鸟名。即子规，杜鹃鸟的别称。其鸣犹曰“不如归去”。

董承濂

董承濂(生卒年不详)，字蒖(一作茳)溆，号蝶巢，慈溪人。嘉庆时诸生，著有《柔泉诗草》《剪烛诗话》。

天一阁歌

凡物聚于情所好，玳瑁象犀相炫耀[①]。
何人书窟独怡然，百城坐拥供啸傲。
白面绣衣范侍郎[②]，林下闲开绿野堂[③]。
千卷万卷堆满榻，惟宅之东构杰阁。
左瞰月湖右大江，苍然远岫到书窗[④]。
先生点笔时雠校，夜深往往对残釭[⑤]。
即今百年物已故，鼠迹烟媒无复虑。
收藏自有后人贤，不使贪蟫得餍饫[⑥]。
结伴曾来窥石仓，万轴牙签翻卒遽[⑦]。
宛如八珍到眼前，茫然不知下箸处。
生平漫夸富撑肠[⑧]，到此徘徊不能去。
人生裕后在诗书[⑨]，书田无税得安居[⑩]。
君不见世人遗子金满籝[⑪]，轮奂大屋照眼明[⑫]，
须臾易主谁能争。
否亦颓垣败砾过客警，
惟此小阁兀然尚留名。

——选自董明伦《余芬集》

【注释】

① 玳瑁：一种海洋爬行动物，甲壳黄褐色，有黑斑，很光滑，可做装饰品。这里指玳瑁的甲壳制成的装饰品。象犀：指象牙和犀角。

② 绣衣：绣衣直指或绣衣使者之略称。汉武帝天汉年间，民间起事者众，地方官员督捕不力，因派直指使者衣绣衣，持斧仗节，兴兵镇压，刺史郡守以下督捕不力者亦皆伏诛。后因称此等特派官员为“绣衣直指”。绣衣直指本由侍御史充任，故亦称“绣衣御史”。范钦曾升副都御史，巡抚南赣汀漳诸郡，故称其为“绣衣”。

③ 绿野堂：唐裴度的别墅名。故址在今河南省洛阳市南。裴度为唐宪宗时宰相，平定藩镇叛乱有功，晚年以宦官专权，辞官退居洛阳。于午桥建别墅，种花木万株，筑燠馆凉台，名曰绿野堂。裴度野服萧散，与白居易、刘禹锡等作诗酒之会，穷昼夜相欢，不问人间事。事见《新唐书·裴度传》。这里指范钦退休后的营建。

④ 远岫：远处的峰峦。

⑤ 残釭：油尽将熄的灯。

⑥ 蟫：衣鱼、蠹鱼、白鱼。一种昆虫，体长而扁，有银灰色细鳞，常在衣服和书里，吃上面的浆糊和胶质物。餍饫：饱食。

⑦ 卒遽：仓促急遽。

⑧ 撑肠：犹满腹。多喻饱学。

⑨ 裕后：为后代造福。

⑩ 书田：以耕田比喻读书，故称书为“书田”。

⑪ 遗子金满籝：谓留给子孙满籝的黄金。籝，箱笼一类的竹器。语本《汉书·韦贤传》：“遗子黄金满籝，不如一经。”

⑫ 轮奂：形容屋宇高大众多。

谢佑镛

谢佑镛（生卒年不详），字东序，号云溪，镇海人。嘉庆二十年（1815）贡生，文行为乡党所重。年近耄，两眉皆寸许白毫，人以白眉先生称之。

月湖十洲次刘太守韵（选三首）

芳草洲

柔铺芳径蹄才没，日暖横塘蝶乍依。
一道裙腰斜展处①，浣花人带夕阳归②。

竹屿

参差疏影拂苍苔，水国秋声入夜来。
为有此君能避俗，一樽时趁晚凉开。

月岛

波光一碧浸沧洲，空里流霜夜正秋。
掉得兰桡过别屿，满天清露暮云收。

——选自谢骏德辑《镇海谢氏世雅集》卷七

【注释】

① 一道裙腰：化用唐白居易《杭州春望》诗："谁开湖寺西南路，草绿裙腰一道斜。"

② 浣花：成都旧时习俗，每年四月十九日，宴游于浣花溪畔，称"浣花日"。宋陆游《老学庵笔记》卷八："四月十九日，成都谓之浣花，遨头宴于杜子美草堂、沧浪亭。倾城皆出，锦绣夹道。自开岁宴游，至是而止，故最盛于他时。予客蜀数年，屡赴此集，未尝不晴。蜀人云：'虽戴白之老，未尝见浣花日雨也。'"亦省作"浣花"。这里借指月湖畔的宴游。

谢篪贤

谢篪贤（生卒年不详），字仲谐，号小菘，镇海人。谢绪恒曾孙。贡生，候选训导。最喜购书，四部外金石法帖皆所酷爱。善诗古文辞，时乌程陈焯为邑学师，先生与之酬唱，诗学日进，声调格律，尺寸古人，梁山舟学士赏之。卒年四十三。著有《秋鸣集》《瞥观集》。

月湖十洲歌

甬江自古号明州，好景依然溯十洲。
游客至今传禊事[①]，春风齐泛木兰舟。
一堤芳草沿溪绿，花屿柳汀曲复曲。
村烟遮却半桥横，渔歌惊起双鸥浴。
贺监祠边日日回，芙蓉修竹傍湖栽。
更有菊花洲一抹，香魂时伴月飞来。
遥怜松岛雪融处，沙路无泥晴漾絮。
伤春莫惜杖头钱[②]，画桨摇君此中去。

——选自谢骏德辑《镇海谢氏世雅集》卷八

【注释】

① 禊事：禊祭之事。指三月上巳临水洗濯、祓除不祥的祭祀活动。

② 杖头钱：典出《世说新语·任诞》："阮宣子常步行，以百钱挂杖头，至酒店，便独酣畅。"后因以"杖头钱"称买酒钱。

应宗锜

应宗锜（生卒年不详），字鼎占，号梅癯，鄞县下应（今属宁波市鄞州区）人。师事奉化孙事伦，尽传其秘。汪廷珍视学至，取其赋第一，录之鄞庠亦第一，与甬上名士孙家谷、施英蕖等相颉颃。屡试布政司，不售，卒年仅三十六。著有《诗赋剩稿》。

月湖十景

芙蓉洲

遥伴菊花黄，柔枝独拒霜。
天心嫌冷淡，特地艳秋光[①]。

菊花洲

采菊到城南，幽怀渺然寄。
虽无陶令风，会得南山意[②]。

月岛

此地广寒宫，何年侵碧空。
四围秋一色，明月正当中。

松岛

不学杨柳娇，不比芙蓉弱。
亭亭湖岛中，独自标孤格。

花屿

春色水边赊[③]，芳菲一路遮。
偶来花里望，缺处露人家。

竹屿

幽篁傍水栽，清影月边来。
为尔能医俗，柴门相对开。

烟屿

城郭夕阳晚，烟痕细如幕。
林风荡不开，远寺钟声阁。

雪汀

水阁讶云低，雪深愁路没。
骑驴独自过，寒透诗人骨。

柳汀

湖岸雪初消，春风长柳条。
行人休折尽，留取荫双桥。

芳草洲

一碧渺无际，芳洲路欲迷。
踏青何处客，多半小桥西。

——选自《甬东湖下应氏文编·古近体诗》

【注释】

① 特地：格外，特别。

② “虽无”两句：化用陶渊明《饮酒》（其五）诗：“采菊东篱下，悠然见南山。”

③ 赊：多，繁。

陈铭海

陈铭海，字星涯，号铁槎，鄞县人。诸生。性嗜诗书，手抄乡前辈著作盈箧，曾为全祖望《句余土音》作注。著有《鸥雨山庄诗草》《真率会续稿》《句余土音补注》。

逸老堂怀古

逸老堂前秋水碧，一片茫茫波浸月。
南临众乐北红莲[①]，长与斯堂双突兀。
斯堂作者是何人，莫公创之吴鼎新[②]。
残碑尚有楞寮名[③]，仙笔飘飘鉴水滨。
闻昔湖心足容与[④]，游人多在花深处。
过客联镳到此间[⑤]，往往瞻拜不能去。
双桥影落镜湖中，芙蓉遥映菊花红。
黄冠有意衡门老，白鹤孤飞双岛空。
紫极宫前曾有遇[⑥]，金龟换酒多佳趣[⑦]。
先生原是饮中仙[⑧]，心醉太白惊人句。
巨眼还能识邺侯[⑨]，不愧汉阳司马流[⑩]。
唐室中兴端赖此，当时诗人孰与俦。
可仕则仕止则止，飘然引去敝屣耳[⑪]。
挥毫落纸自雍雍[⑫]，诗侣酒徒聊尔尔。
堂前古柏发秋香，先生御云入帝乡[⑬]。
狂客之狂不可及，鉴湖一曲容徜徉。
仰瞻遗像真潇洒，风流千古依然在。
十洲三岛杳难寻，唯有清风长不改。
先生家住响岩东[⑭]，神气往来遥相通。

东望明山西稽山，俯仰今古心忡忡。

——选自董沛编《四明清诗略》卷十八

【注释】

① 众乐：指众乐亭。红莲：指红莲阁。

② 莫公：指郡守莫将。宋绍兴十四年(1144)，郡守莫将建逸老堂。吴：指吴潜。宋开庆元年(1259)，制使吴潜重建逸老堂，访求贺知章像于山阴，绘而祠焉。

③ 樗寮：张即之字温夫，号樗寮，南宋著名书法家。原立于贺监祠内的《重建逸老堂记》，系吴潜撰文，张即之书。

④ 容与：悠闲自得的样子。

⑤ 联镳：犹联鞭。谓并骑而行。

⑥ 紫极宫：唐朝长安城内著名宫观。李白曾于此受箓为道士，于此遇见贺知章。

⑦ 金龟换酒：唐李白《对酒忆贺监诗序》："太子宾客贺公，于长安紫极宫一见余，呼余为'谪仙人'，因解金龟，换酒为乐。"

⑧ 饮中仙：即饮中八仙。《新唐书·李白传》记载，李白、贺知章、李适之、汝阳王李琎、崔宗之、苏晋、张旭、焦遂"酒中八仙人"。杜甫有《饮中八仙歌》。

⑨ 邺侯：唐李泌，贞元三年(787)拜中书侍郎、同中书门下平章事，累封邺县侯。李泌七岁能文，张九龄称之为小友。贺知章见之曰："此稚子目如秋水，必拜卿相。"

⑩ 汉阳：疑为襄阳或范阳之误。襄阳指孟浩然，范阳指卢藏用。司马：指司马承祯，道教上清派宗师。贺加章与孟浩然、卢藏用、司马承祯等并称为"仙宗十友"。

⑪ 敝屣：破旧的鞋，引申为轻视、不以为意。

⑫ 雍雍：犹雍容，从容大方。

⑬ 御云：乘云，驾云。帝乡：天宫；仙乡。

⑭ 响岩：在今宁波市海曙区鄞江镇贺家湾，相传为贺知章别墅所在地。清全祖望《高尚泽钓台记》："唐贺秘书之故居在吾鄞城南马湖，

故其地曰贺家湾，有池曰洗马，以秘书族祖德仁故也。去马湖不数里为响岩，秘书之别墅，其泽曰高尚，盖取明皇御赐诗句，泽之上有秘书钓台焉。”

谢炳贤

谢炳贤，字季文，镇海人。诸生。遇祭祀，先期斋戒，极其诚敬。与兄篪贤最友爱，两人皆师事钱塘梁同书。工诗古文，以敦品力学相砥砺。嘉庆二十年(1815)冬，与周世绪、虞廷寀等共集甬城二忠祠纪念全祖望。著有《皆香楼诗草》。

菊花洲

不是东篱地，秋深亦放黄。
此中人宛在，影傍月痕凉。

松岛

迤逦由松岛，烟笼一屿西。
乍闻人语响，如有钓鱼矶。

——选自谢骏德辑《镇海谢氏世雅集》外集卷二

鲍上观

鲍上观(1772—1829),初名照,字棣庵,鄞县人。乾隆六十年(1795)举人。官石门教谕。工诗,与慈溪郑勋等多有唱和。著有《卷柏山房诗稿》。

拟月湖十洲(选三首)

花屿

看花人满湖,爱花人有几。
花花自暄妍,烂漫平湖里。

月岛

月上湖更圆,清光两澄澈。
孤岛峙中央,凌云一枝笔。

烟屿

薄暮轻烟生,月在烟外行。
有客拨兰桡,但闻空里声。

又[①](选五首)

花屿

同是看花人,老少各自得[②]。
老者看花神,少者看花色。

柳汀

柳花白满汀，柳色绿满亭。
亭中客未散，汀上舟又停。

烟屿

日落湖含烟，扁舟自来往。
岛中人不知，孤棹拟清响。

芙蓉洲

涉江采芙蓉，何似湖中好。
霜天烂漫开，秋色盈怀抱[③]。

雪汀

我笑蓑笠翁[④]，未识湖中妙。
大雪满前汀，却向寒江钓。

——选自鲍上观《卷柏山房诗稿》

【注释】

① 此组诗又见郑尔毅《果亭古今体诗稿》，题作《月湖十景》，但文字有所不同。《别宥斋藏书目录·集部》著录云："《果亭古今体诗稿》不分卷：清郑尔毅撰。稿本，一册。"

② 这两句《果亭古今体诗稿·月湖十景》作"同作屿中客，看花情各得"。

③ 这两句《果亭古今体诗稿·月湖十景》作"湖中秋去迟，江上秋来早"。

④ 蓑笠翁：出自唐柳宗元《江雪》诗："孤舟蓑笠翁，独钓寒

江雪。”

童　槐

童槐(1773—1857),字晋三，一字树眉,号萼君,鄞县人。嘉庆十年(1805)进士,历官工部主事、员外郎、郎中等职。二十四年(1819)出任山东按察使,后任江西按察使,终通政司副使。工诗,擅书法,晚年在月湖北岸偃月堤边建有银台第。著有《今白华堂集》《过庭笔记》等。

月湖书院课毕会饮,大醉,夜半方归[①]

胡床斜倚尚吟哦[②],酒入枯肠引睡魔。
万事不堪醒后忆,三春又向梦中过。
池边人散鸟声乱,衣上月明花影多。
狂笑出门迎窣堵[③],一枝文笔荡湖波。

——选自童槐《今白华堂集》卷一

【注释】

① 此诗作于乾隆庚戌(1790)。月湖书院:顺治十年(1653),王尔禄在月湖西岸原广盈仓旧址(在今仓基街)正式创建义田书院。后因为战乱,义田书院被毁,而义田犹存。康熙二十五年(1686),郡守李煦在义田书院旧址前设义学,中立讲堂,左右置常平义仓,更名为月湖书院。雍正七年(1729),郡守曹秉仁重加整治,负笈来游者日众。课:课试,考试。

② 胡床:又称交床。一种可以折迭的轻便坐具。

③ 窣堵:亦作“窣堵坡”。梵语 stūpa 的音译。即佛塔。《今白华堂诗补》卷四录此诗,有注云:“天封塔。”

月夜访友，即相携至惠政桥上，倚柱望月三首[①]

凉宵扶醉影欹斜，白板双扉手自挝[②]。
料得诗人无个事，闭门月底数秋花。

话到题桥梦亦慵[③]，高车驷马卷飞篷[④]。
满街凉月无人影，一杵钟声漾水中[⑤]。

拄颊沉吟向碧山[⑥]，村村月色浸柴关。
昨宵社事忙灯火，热闹清凉转瞬间。

——选自童槐《今白华堂集》卷一

【注释】

① 惠政桥：在报恩光孝寺前，俗称天宁桥。此诗作于乾隆庚戌（1790）。

② 挝：敲、击。

③ 题桥：即题桥柱。汉司马相如初离蜀赴长安，曾于成都城北升仙桥题句于桥柱，自述致身通显之志，曰："不乘赤车驷马，不过汝下也！"事见晋常璩《华阳国志·蜀志》。《太平御览》卷七三、《艺文类聚》卷六三引此，桥名作"升迁"。后以"题桥柱"比喻对功名有所抱负。

④ 高车驷马：指四匹马驾驶的、车盖很高的车。旧时形容高官显贵的阔绰。此由"题桥"典引发而出。

⑤ 作者自注："桥在天宁寺前。"

⑥ 拄颊：此用王徽之事。《世说新语·简傲》："王子猷作桓车骑参军。桓谓王曰：'卿在府久，比当相料理。'初不答，直高视，以手拄颊云：'西山朝来，致有爽气。'"。

范鉴堂茂才(照)招集天一阁十六韵，叠前韵[①]

雠校功深到玉杯[②]，还编七略纪芸台[③]。
湖边杰阁三楹在，海内藏书十世来。
云水有缘芒屩冷[④]，敦槃无恙草堂开[⑤]。
行囊添得新诗句，便抵扬州跨鹤回[⑥]。

——选自童槐《今白华堂集》卷五

【注释】

① 茂才：即秀才。因避汉光武帝名讳，改秀为茂。明清时入府州县学的生员叫秀才，也沿称茂才。此诗作于嘉庆八年(1803)。

② 玉杯：典出《汉书·董仲舒传》："说《春秋》事得失，《闻举》《玉杯》《蕃露》《清明》《竹林》之属，复数十篇。"颜师古注："皆其所著书名也。"后因泛称重要著作为"玉杯"。

③ 七略：我国最早的图书目录分类著作。西汉刘歆编辑宫廷藏书，分成辑略、六艺略、诸子略、诗赋略、兵书略、术数略和方技略七类。故称《七略》。芸台：阮元字伯元，号芸台，江苏仪征人。这句作者自注："时从扬州为阮中丞师校书归，将编《天一阁书目》。"按阮元《宁波范氏天一阁书目序》云："余自督学至今，数至阁中，翻所藏书。其金石拓本当钱辛楣先生修《鄞县志》时即编之为目，惜书目未编。余于嘉庆八九年间，命范氏后人登阁，分厨写编之，成目录一十卷。"

④ 芒屩：即芒鞋。

⑤ 敦槃：指玉敦和珠槃。古代天子或诸侯盟会所用的礼器。敦以盛食，槃以盛血，皆用木制，珠玉为饰。见《周礼·天官·玉府》。

⑥ 扬州跨鹤：典出南朝梁殷芸《小说》："有客相从，各言所志，或愿为扬州刺史，或愿多赀财，或愿骑鹤上升。其一人曰：'腰缠十万贯，骑鹤上扬州。'欲兼三者。"

天一阁怀范司马

藏书甲海内，天禄亦取资。
文物重乡邦，想见龙鸾姿。
还闻列朝宁，挺身抗凶威。
南赣洗剧盗，咸慑上将旗。
宏奖鉴人伦[①]，鳞附归来时[②]。
我生惜太晚，但思借一瓻。

——选自童槐《今白华堂集》卷二十

【注释】

① 宏奖：大力奖掖。

② 鳞附：形容众多人附集。

南湖怀沈文恭[①]

恩怨起党论，唐宋殊纷纭。
枋臣类不免[②]，奚独苛蛟门[③]。
是邦竞文采，鸿藻孰与伦[④]。
大雅久不作，吾仰嵩华尊[⑤]。
时随王谢燕，掠过南湖濆。

——选自童槐《今白华堂集》卷二十

【注释】

① 沈文恭：沈一贯，卒赐太傅，谥文恭。沈一贯第二府在城南冷静街。童槐有代笔文《沈文恭公画像记》，亦可见其对沈一贯的评价。

② 枋臣：犹权臣。

③ 蛟门：沈一贯之号。

④ 鸿藻：雄文。

⑤ 嵩华：嵩山和华山的并称。

湖心谒贺秘监祠[①]

浮空岛屿即瑶台，珠树当年独鹤回[②]。
采石不邀狂客去[③]，鉴湖应有谪仙来。
千秋知己风尘绝，一代词宗礼乐开。
官迹任城追步否[④]，瓣香祠下重低徊。

——选自童槐《今白华堂集》卷二十一

【注释】

① 此诗作于道光五年(1825)，时作者从粤东归家。

② 首两句诗化用李白《送贺监归四明应制》诗："瑶台含雾星辰满，仙峤浮空岛屿微。借问欲栖珠树鹤，何年却向帝城飞。"

③ 采石：即采石矶，又名牛渚矶，在今安徽当涂县城西北 17 公里的采石镇西翠螺山西南部（马鞍山市雨山区境内）。李白酷爱采石山水，经常来此饮酒作诗，写下了《夜泊牛渚怀古》《牛渚矶》《横江词》等名篇。

④ 任城：今山东济宁市。唐开元二十四年(736)，李白寓居任城。他应任城县令贺知止（贺知章族弟）之邀而作《任城县厅壁记》，但古代学者多认为此记中的"任公"即贺知章。童槐曾为官山东，故诗中有"追步"之语。

南湖[①]

南湖峙双屿，飞翠压轻舠。

荡出沙鸥外，斜阳一岸高。
诣人闻世事，款客谢春醪。
归路看渔子，青虾月底捞。

——选自童槐《今白华堂集》卷二十七

【注释】

① 此诗作于道光二十五年(1845)。作者题下自注："在竹屿、烟屿之间。"

秋湖竞渡歌[①](伤游戏杀人也)

湖上云，覆我檐。湖上树，筛我帘。
清昼寂历神魂恬[②]。
一湖忽鼎沸，钲声鼓声水声人声兼。
开帘不敢面湖立，夭矫群龙势争入[③]。
朱旗翠盖空中扬[④]，御龙者谁将军康[⑤]。
龙来兮衙衙[⑥]，龙去兮翩翩。
龙斗兮一河怒，龙戏兮一河颠。
近兮若蜈蚣却行[⑦]，促纸上之繁响[⑧]，
远兮若蜥蜴惊窜，画缸面之微澜。
白雨飞飞兮争倒射[⑨]，岛岌岌兮不得安。
龙乎尔何来，来自城南社。
六艘千画楫，聊当将军马。
年年操楫习钲鼓[⑩]，人人按节婆娑舞。
闻道去年有一人，竟学孝女曹娥父[⑪]。
曹娥父，死非愚，吊忠有愿从三闾[⑫]。
三闾本从彭咸之所居[⑬]。

我欲愬将军[14]，诘此邦。
将军初不类正则[15]，此邦何事同罗江[16]。
岂不知竞渡遗风遍海内，节过端阳毋乃赘。
乡老史直翁[17]，八月为亲娱。
沿及九秋亦非故[18]，徒使溺人一笑心模糊。
吁嗟我一歌，湖风秋瑟瑟。
百日之蜡一日泽[19]，谁念穷嫠哭今日[20]。
君不见游人多在虹桥上，四面楼窗红粉出。

——选自童槐《今白华堂集》卷二十三

【注释】

① 此诗作于道光十年(1830)。是年童槐又有《午日》诗云："龙舻凤舰瀛洲远，泽畔闲吟吊屈诗。自古忧谗须遁迹，此邦竞渡亦违时。迎秋麦气熏三岛，绝代兰芬冷一卮。揽鬓蒲筵非昔日，笑人当户海榴枝。"

② 寂历：犹寂静、冷清。

③ 夭娇：形容姿态伸展屈曲而有气势。

④ 翠盖：饰以翠羽的车盖。

⑤ 将军康：指沙康。鄞县县南七里(一作四里)有康将军庙，祀沙康之神。清林大谔撰记云："即其所谓沙康者，亦不辨其为地为姓为名与号也。自延祐、嘉靖《志》至闻、钱二《志》所载皆然，即考诸他书，亦无辨证者……俗传将军为广灵鲍王参佐，王庙中有四将军侍立，其一即康也。尝从鲍王神运闽米济宁荒，故每岁秋报，神驾出，必谒鲍王庙。又曰：奉邑康岭有康将军墓，其子孙尝至鄞访其祖故实，将以载入宗谱中，因庙无考据乃止。是二说者，吾不知其然否。然将军之庙食兹土也，历年数百载，聚族千余家，非有功德于民，其能如是之久且远乎？"

⑥ 衙衙：行走的样子。

⑦ 却行：倒退而行。

⑧ 繁响：谓繁密的响声。

⑨ 白雨：雨如白珠。形容雨势很大。

⑩ 操楫：划船。

⑪ 曹娥父：晋虞预《会稽典录》云："孝女曹娥者，上虞人，父盱，能抚节按歌，婆娑乐神，以五月五日迎伍神，为水所淹，不见其尸。"又《后汉书·列女传》记载："孝女曹娥者，会稽上虞人也。父盱，能弦歌，为巫祝。汉安二年五月五日，于县江溯涛婆娑迎神，溺死，不得尸骸。娥年十四，乃沿江号哭，昼夜不绝声，旬有七日，遂投江而死。"

⑫ 三闾：屈原被贬后曾任三闾大夫，故以"三闾"指屈原。《后汉书·孔融传》："忠非三闾，智非晁错，窃位为过，免罪为幸。"李贤注："即屈原也，掌王族三姓，曰昭、屈、景，故曰三闾。"

⑬ 彭咸：王逸《楚辞章句》说："彭咸，殷贤大夫，谏其君不听，自投水而死。"屈原赴水，即效法彭咸也。

⑭ 愬：同"诉"。

⑮ 初：全，都，强调否定。正则：屈原之名。屈原《离骚》："名余曰正则兮，字余曰灵均。"

⑯ 何事：为何，何故。罗江：汨罗江。汨罗江发源于江西修水黄龙山梨树埚，主要流经湖南平江县及湘阴东部（今县级汨罗市）。诗人屈原曾于公元前 278 年投汨罗江自杀。

⑰ 史直翁：指史浩。

⑱ 九秋：指秋天。

⑲ 蜡：指蜡祭。年终合祭百神。《礼记·郊特牲》："蜡之祭也，主先啬而祭司啬也，祭百种，以报啬也。"泽：古同"释"。指放松。这句语出《礼记·杂记下》："子曰：'百日之蜡，一日之泽，非尔所知也。'"意谓终年辛勤，一日得到休息娱乐。

⑳ 穷嫠：贫苦的寡妇。

红莲阁下醉歌[①]（是日为余八十生辰）

红莲阁下陶家土，五百余年化为我。

腹似鸱夷口似瓶[2]，吸十洲春奚不可[3]。
束发受书日[4]，思酒同渴羌[5]。
心醉伯伦颂[6]，梦入无功乡[7]。
黄垆时或倾千觞[8]。
出门交当世，逢场气如虎。
曲生为倾倒[9]，白薄惊大户[10]。
将与饮者之名共千古。
无端入直承明庐[11]，稀傍家瓮窥浮蛆[12]，。
更效趋尘肉食鄙[13]，止酒但容日食米[14]。
崆峒使节邻酒泉[15]，芳名入耳空流涎。
山左官厨亦萧索[16]，青州虚慕从事贤[17]。
归来差幸世役不我牵[18]。
家食三十载，晨昏近杯杓[19]。
自谓从此醉太平，未殊少壮恣酣乐。
汉武作酒名无愁[20]，谁知有酒翻罹忧[21]。
班史称酒为美禄[22]，要知命蹇易销福[23]。
偻指一纪来[24]，乱患若转毂。
提壶传警报，举杯闻战哭。
常时白眼望青天，心猜天醉殆眠熟[25]。
康狄尔何功[26]，使余难下咽。
旁观谅余心，亦知不能劝。
今日何日动春酌[27]，两婿(葛婿云庄、应婿眉卿)及儿孙[28]，
展席红莲阁。
东风正拂湖滨柳，开门招得东邻叟(胡叟绮南)。
笑云为余庆八旬，瀛洲玉醴令人寿[29]。
近来国狗尤狺狺[30]。余方愁愤时吟呻。
寿酒何物尚能入余唇。

叟前揖余言，遗世在酩酊。
不闻元亮归[31]，柳下只忧醒。
荐兰英，浮竹叶[32]，须惜光阴如乌疾。
计公之生二万八千八百日，堂堂去尽那留一。
闻此辗然不觉百忧失[33]。
初筵畏空樽，渐已遍三雅[34]。
戏谓残杯且停把。余年似酒不禁泻。
葛婿进余酒，两揄伴两壶[35]。
应婿进余酒，十榼余百觚[36]。
并言张（余姚少兰婿[37]）朱（海盐静山婿[38]）献饮来下走，各多且旨旨且有[39]。
可化春酒为西湖，尽祝余年似春酒。
哈哈哈[40]，莫更辞，是宜一饮三百杯[41]。
漫说眉寿如增川[42]，且免大耋嗟落晖[43]。
叟醉但拊掌[44]，我醉能鬅鬙[45]。
白发苍颜扶竹杖，为作醉归图。
太平还有象，明日醒眼披图剩神往。

——选自童槐《今白华堂诗录》卷四

【注释】

① 红莲阁：北宋大中祥符七年（1014），明州通判章郇在月湖北创建红莲阁，阁北为郡酒务。童槐新家即为宋代红莲阁旧址。童恩等《显考萼君府君年谱》记载："道光三年癸未五十一岁……造屋于醋务桥南红莲阁旧址，十二月迁居之，是曰今白华堂。"此诗作于咸丰二年（1852）。

② 鸱夷：指盛酒器。《艺文类聚》卷七二引汉扬雄《酒赋》："鸱夷滑稽，腹如大壶，尽日盛酒，人复藉酤。"

③ 作者自注："红莲阁为南宋酒务，所造贡酒名十洲春。"

④ 束发：古代男孩成童时束发为髻，因以代指成童之年。受书：谓接受文化教育。

⑤ 渴羌：典出晋王嘉《拾遗记·晋时事》："有一羌人，姓姚名馥。……好啜浊糟，常言渴于醇酒。群辈常弄狎之，呼为'渴羌'。"后因以称嗜酒的人。

⑥ 伯伦：刘伶字伯伦，沛国（今安徽淮北）人，竹林七贤之一，以嗜酒闻名天下。著有《酒德颂》。

⑦ 无功乡：唐王绩字无功，性嗜酒，尝采杜康、仪狄以来善酒者为谱，著《醉乡记》。见《新唐书·隐逸传·王绩》。后世因以"无功乡"指醉乡。

⑧ 黄垆：黄公酒垆。南朝宋刘义庆《世说新语·伤逝》载："（王浚冲）乘轺车，经黄公酒垆下过，顾谓后车客：'吾昔与嵇叔夜、阮嗣宗共酣饮于此垆。'"此借指酒店，酒馆。

⑨ 曲生：唐郑棨《开天传信记》载：道士叶法善，居玄真观，有朝客数十人来访，解带淹留，满座思酒。突有一人傲睨直入，自称曲秀才，抗声谈论，一座皆惊，良久暂起，如风旋转。法善以为是妖魅，俟其复至，密以小剑击之，随手坠于阶下，化为瓶榼，醇酝盈瓶。坐客大笑饮之，其味甚佳。"坐客醉而揖其瓶曰：'曲生风味，不可忘也。'"后因以"曲生"作酒的别称。

⑩ 白薄：关中名酒。《西京杂记》载邹阳《酒赋》："关中白薄，清渚萦停。"大户：指酒量大的人。清梁章钜《归田琐记·饮量》："有黄懋昭广文训者，可称大户。"

⑪ 入直：亦作"入值"。谓官员入宫值班供职。承明庐：汉承明殿旁屋，侍臣值宿所居，称承明庐。又三国魏文帝以建始殿朝群臣，门曰承明，其朝臣止息之所亦称承明庐。

⑫ 浮蛆：浮在酒面上的泡沫或膏状物。

⑬ 肉食鄙：即肉食者鄙。旧时指身居高位、俸禄丰厚的人眼光短浅。语本《左传·庄公十年》："肉食者鄙，未能远谋。"

⑭ 止酒：戒酒。

⑮ 崆峒使节：语出杜甫《赠田九判官》："崆峒使节上青霄。"崆

峒山在甘肃，童槐曾任甘肃兰州道，故以崆峒使节自指。这句与下句是自我调侃，说自己这个“崆峒使节”虽然邻近酒泉，却空闻其名，不得其实，只能徒流口水。

⑯ 山左：特指山东省。因在太行山之左（东），故称。

⑰ 从事：古代官名。此用青州从事之典。刘义庆《世说新语·术解》：“桓公有主簿善别酒，有酒则令先尝，好者谓‘青州从事’，恶者谓‘平原督邮’。”这两句说自己虽然在山东为官，也没喝上“青州从事”那样的好酒。

⑱ 差幸：所幸。世役：人世间的事务。“世役不我牵”，语出唐白居易《观稼》诗：“世役不我牵，身心常自若。”

⑲ 杯杓：酒杯和杓子。近杯杓，指饮酒。

⑳ “汉武”句：《玉箱杂记》载：“汉武作无愁酒，饮之令人无忧。”

㉑ 罹忧：遭遇忧患。

㉒ 班史：指《汉书》。因《汉书》为班固所作，故称。美禄：《汉书·食货志下》：“酒者，天之美禄，帝王所以颐养天下，享祀祈福，扶衰养疾。”后因以“美禄”指酒。

㉓ 命蹇：命运不好。常指仕宦困顿。

㉔ 偻指：屈指而数；屈指。

㉕ 天醉：《文选·张衡〈西京赋〉》：“昔者大帝说秦缪公而觐之，飨以钧天广乐。帝有醉焉，乃为金策锡用此土而剪诸鹑首。”李善注引虞喜《志林》曰：“谚曰：‘天帝醉秦暴，金误陨石坠。’”后因以“天醉”比喻世事混乱。

㉖ 康狄：杜康和仪狄的并称。二人皆传说中古之善酿酒者。三国魏曹植《七启》：“乃有春清缥酒，康狄所营，应化则变，感气而成。”

㉗春酌：春饮；春宴。

㉘葛婿云庄：童恩等《显考萼君府君年谱》记载：“道光二十五年乙巳七十三岁：……十月，嫁三女于慈溪葛氏婿惟午（嘉靖丙子举人、户部郎中讳朝四子）。”应婿眉卿：童恩等《显考萼君府君年谱》记载：“咸丰元年辛亥七十九岁：三月，嫁五女于慈溪应氏婿云汉（国子监生讳镛长子）。”

㉙瀛洲：传说中的仙山。玉醴：美酒。

㉚国狗：一国中之上品名狗。《左传·哀公十二年》："国狗之瘈，无不噬也。"杨伯峻注："《庄子·徐无鬼》：'是国马也，而未若天下马也。'国狗与国马同，一国之名马、一国之名狗也。"一说犹家狗。孔颖达疏："国狗犹家狗。言家畜狂狗必啮人也。"后以喻指妨贤害能的人。狺狺：同狺狺。犬吠声。

㉛元亮：陶潜之字。陶潜《五柳先生传》："先生不知何许人也，亦不详其姓字。宅边有五柳树，因以为号焉。"因此下句说柳下。

㉜兰英：汉枚乘《七发》："兰英之酒，酌以涤口。"谓同兰花一样香美之酒。后因以借指美酒。竹叶：酒名。即竹叶青。亦泛指美酒。

㉝辗然：笑的样子。

㉞三雅：《太平御览》卷八四五引《典论》："刘表有酒爵三，大曰伯雅，次曰仲雅，小曰季雅。伯雅容七升，仲雅六升，季雅五升。"后以"三雅"泛指酒器。

㉟羭：黑毛羊。《归藏》："两壶两羭。"

㊱榼：古代的一种盛酒器。百觚：犹言很多杯酒。语出《孔丛子·儒服》："尧舜千钟，孔子百觚。子路嗑嗑，尚饮十榼。"汉孔融《与曹操论酒禁书》："尧不千钟，无以建太平；孔非百觚，无以堪上圣。"

㊲余姚少兰婿：童恩等《显考蕚君府君年谱》记载："道光五年乙酉五十三岁：……十月，嫁仲女于余姚张氏婿嗣鸿（嘉庆丙辰进士，江宁布政使讳志绪四子）。"

㊳海盐静山婿：童恩等《显考蕚君府君年谱》记载："道光二十八年戊申七十六岁：正月，嫁四女于海盐朱氏婿秉衡（嘉庆辛酉进士、内阁学士讳方增长子）。"

㊴多且旨：宴席丰盛而且酒醇厚。旨，味美。有：犹多。这句语本《诗经·鱼丽》："君子有酒，多且旨。""君子有酒，旨且有。"

㊵哈哈哈：欢笑的样子。

㊶一饮三百杯：《世说新语·文学》："郑玄在马融门下。"刘孝标注引《郑玄别传》："袁绍辟玄，及去，饯之城东。欲玄必醉，会者三百余人，皆离席奉觞，自旦及莫，度玄饮三百余桮，而温克之容，终日无

息。”后谓痛饮为一饮三百杯。

㊷眉寿：长寿，多用作祝颂语。《诗经·豳风·七月》：“为此春酒，以介眉寿。”毛传：“眉寿，豪眉也。”孔颖达疏：“人年老者必有毫毛秀出者。”增川：谓水汇聚而长流。《诗经·小雅·天保》：“如川之方至，以莫不增。”这句语本苏轼《次韵郑介夫二首》：“收取桑榆种梨枣，祝君眉寿似增川。”

㊸大耋：古八十岁曰耋。大耋，指高龄。

㊹拊掌：即抚掌。拍手。

㊺髣髴：犹髣髴。仿佛，类似。

邓廷桢

邓廷桢（1776—1846），字维周，又字嶰筠，晚号妙吉祥室老人、刚木老人，江苏江宁（今南京）人。嘉庆六年（1801）进士，选庶吉士，授编修，十五年（1810）补宁波知府，以母忧归，服阕后补陕西延安知府，历榆林、西安知府，二十五年（1820）升任湖北按察使，官至两广总督，与林则徐协力查禁鸦片。后调闽浙，坐在粤办理不善事戍伊犁。释还，迁至陕西巡抚。工书法，擅诗文，有《双砚斋诗抄》等。

月湖十景

月湖者，四明城东胜境也。屠生以所题十景小诗见寄，追念旧游，恍惚如梦，秋窗无事，依次和之，此心飘然，已在湖头艇子矣。

柳汀

蘸水鱼苗上，拖云燕子归。
三眠花似雪，只傍懒堂飞。

雪汀

玉屑沁寒梅，琼霙压香茆[①]。
记得五年前，留下飞鸿爪。

芳草洲

一道裙腰展，波平断岸东。
年来依旧绿，只是恼文通[②]。

芙蓉洲

锦障列湖滨[③]，宛转浥朝露。
伊人不见来，独立秋烟暮。

菊花洲

贺监祠边路，陶潜径里香。
寒泉时一荐，应配水仙王[④]。

月岛

纤云媚春宵，薄雾敛秋夕。
回棹度虹桥[⑤]，凉波掠天碧。

松岛

偃盖镠屈盘⑥,直干森料峭。
涛韵答泉音⑦,疑作苏门啸⑧。

花岛

畹晚春将半⑨,香熏白袷衣⑩。
落花流不去,网得鳖鱼肥⑪。

竹屿

深坞长幽篁⑫,照水横藻荇。
仿佛到吾庐,万个弄清影。

烟屿

苍霭淡于云,中有幽人住。
打桨过前湾,但辨烟中树。

——选自邓廷桢《双砚斋诗钞》

【注释】

① 琼霙:喻雪。香茆:茆同茅。多年生草本植物。明李时珍《本草纲目》:"香茅一名菁茅,一名琼茅,生湖南及江淮间,叶有三脊,其气香芬。"

② 文通:江淹字文通,南朝文学家。江淹《恨赋》云:"春草碧色,春水渌波。送君南浦,伤如之何。"

③ 锦障:遮蔽风尘或视线的锦制屏幕。这里指荷花。

④ 水仙王:宋代杭州西湖旁有水仙王庙,祀钱塘龙君,故称钱塘龙君为水仙王。此处化用宋苏轼《书林逋诗后》诗:"不然配食水仙王,

一盏寒泉荐秋菊。”月湖锦照桥之南亦有碧沚水仙庙。

⑤ 虹桥：即感圣桥，在感圣寺南。全祖望《衮绣、感圣、观音三桥互混辨》：“感圣桥一名虹桥，以在感圣寺南也。”同治《鄞县志》卷六十二《古迹二·宋》“史丞相府”条引《宋月湖丈尺图》云：“其府前左则衮绣桥，今之水仙桥也，右则感圣桥，今之虹桥也。”

⑥ 偃盖：形容松树枝叶横垂，张大如伞盖之状。唐杜甫《题李尊师松树障子歌》：“阴崖却承霜雪干，偃盖反走虬龙形。”轇：轇轕，纵横交错。屈盘：曲折盘绕。

⑦ 涛韵：松风，松涛。

⑧ 苏门：山名。在河南省辉县西北。又名苏岭、百门山。晋孙登曾隐居于此。后因用以借指孙登。“苏门啸”典出《晋书·阮籍传》：“籍尝于苏门山遇孙登，与商略终古及栖神导气之术。登皆不应，籍因长啸而退。至半岭，闻有声若鸾凤之音，响乎岩谷，乃登之啸也。”

⑨ 畹晚：指时令晚。

⑩ 白袷衣：白色夹衣。

⑪ 鮆鱼：宝庆《四明志》列“鮆鱼”条，明确注明“一名刀鱼”。钱大昕纂乾隆《鄞县志》卷二八云：“按：旧志鮆鱼、鱭鱼分列，误。鮆、鱭一物而异名，实则鲚也。”也有人以鮆为鲻，如《朱氏舜水谈绮》卷下云：“鲻鱼：鰦鱼、鮆鱼、鱭鱼并同。”此处即将鮆鱼等同于鲻鱼。按，无论是刀鱼还是鲻鱼，都不产在湖中，故疑郑氏此处系误用。

⑫ 幽篁：幽深的竹林。

郑 倬

郑倬（1776—1836），一名仲略，字秋槎，又字祖宁，号小骞，一号耀潢，慈溪半浦（今属宁波市江北区慈城镇）人。郑辰之子。著有《课余吟草》。

月湖纳凉

晚来湖上漫徜徉，却喜风吹水面凉。
桥畔笙歌时入耳，亭前荷芰远闻香[①]。
照人皓魄清如洗，跃藻鲜鳞乐未央。
踏月顿忘宵已半，恍疑身入广寒乡。

——选自郑倬《课余吟草》

【注释】

① 亭前：作者自注："众乐亭。"

逸老堂[①]

逸老昔已乘鹤去，此地只存逸老堂。
逸老一去不复返，衡门千载空彷徨。
桃源芝壑依稀是，泉石烟霞尽敛藏。
湖山尚喜留古迹，剩有双桥证旧乡。
晴川一片夕阳里，春草萋萋对客肠。
吁嗟乎，贺知章，
如何高躅已千古[②]，使我不得与君为诗忙。

——选自郑倬《课余吟草》

【注释】

① 此诗多仿唐代崔颢《黄鹤楼》诗。

② 高躅：崇高的品行。

次刘太守月湖十洲韵(选五首)

芳草洲

四围环绕钓鱼矶，芳草凝烟情自依。
一道裙腰斜更好，绿洲遥衬马蹄归。

柳汀

夹岸垂垂系短桡，汀前摇曳绿杨条。
吴宫多少闺人怨，寄语东风拂画桥。

烟屿

半抹晓云迷翠屿，一弯新月印晴沙。
前村隐约霜林外，天际横空泊钓槎。

芙蓉洲

浅紫深红锦绣囊，临洲烂漫不胜芳。
九秋独占倾城色，半拒寒风半拒霜。

月岛

月湖桥上月盈洲，众乐亭前漾素秋。
云外天香飘不断，黄昏浮动雨初收。

——选自郑倬《课余吟草》

黄定齐

黄定齐(1778—1855),初名定亢,字克家,号蒙泉,后更名定齐,取孙齐放庄之意,又号蒙庄,鄞县人。族兄黄定文带之江南官所,教之读书,又师从山阴朱钊门学律六年,学业大进。后以游幕为生,与幕府博雅之士多有唱和。著有《垂老读书庐诗草》。

月湖十洲诗①(选三首)

花屿

信风何自来,吹香入芳屿。
新样局局翻,湖光只无语。

月岛

湖以月得名,月复湖中印。
湖月辉月湖,月隽湖争隽。

烟屿

烟光别幽屿,雨浓晴淡宜②。
妆抹亦西子③,明圣湖几移④。

——选自黄定齐《垂老读书庐诗草》卷下

【注释】

① 此组诗题下有作者自注云:“代赵薇卿作。”按,赵薇卿即赵九

杠。考赵九杠《漱石山房诗钞》卷四亦收录此组诗，今据黄定齐自注，当为黄氏代笔诗。

② 化用苏轼《饮湖上初晴后雨》诗：“水光潋滟晴方好，山色空濛雨亦奇。”

③ 化用苏轼《饮湖上初晴后雨》诗：“欲把西湖比西子，淡妆浓抹总相宜。”

④ 明圣湖：即今浙江省杭州市西湖。明田汝成《西湖游览志·西湖总叙》：“西湖，故明圣湖也。……汉时，金牛见湖中，人言明圣之瑞，遂称明圣湖。以其介于钱塘也，又称钱塘湖。以其输委于下湖也，又称上湖。以其负郭而西也，故称西湖云。”这句意谓几乎将西湖之景移到了月湖之上。

次韵王春桥《双湖游春词》[①]（十二首选三）

观基

观崇真隐结精庐，投老犹陈荐儒书[②]。
一自仙人归去后，白杨荒冢相公闾。

馆驿桥[③]

前朝驿馆溯湖堤，贡市纷更论不齐[④]。
传语逆夷休跋扈[⑤]，凶倭犹自守荒蹊。

碧沚

春风先到菊洲旁，奎藻曾颁碧沚堂[⑥]。
迎送连番祠易主，累他芳草比人忙。

——选自黄定齐《垂老读书庐诗草》卷下

【注释】

① 王春桥：考《愿学堂诗钞》卷二十三有《王春桥（德洽）家失火》诗，知其人名德洽。董沛辑《四明清诗略》卷二十一传云："王德洽，字春桥，鄞人。德沛弟。道光壬辰岁贡。"

② 投老：告老。荐儒：史浩一生极喜荐举人才。如淳熙八年六月二十三日，史浩晋封少师、鲁国公后辞政，临行又引荐薛叔似、杨简、陆九渊、石宗昭、陈谦、叶适等十六人。淳熙十六年二月初二日，光宗即位，史浩入见，再荐朱熹。

③ 馆驿桥：指憧憧东桥。闻性道康熙《鄞县志》云："憧憧东桥一名众乐，一名升平，又名湖东，以在四明驿东，俗称馆驿。"

④ 贡市：这里指外国商人随贡使到指定地点进行的贸易。

⑤ 传语：传话。逆夷：指英国侵略军。

⑥ 奎藻：指帝王诗文书画。

观范氏天一阁藏书

海邦杰阁奎光垂[1]，声明文物邹鲁追。
万轴萃积古今妙，四库分锡云霞奇。
中垒七略未为富[2]，内史千卷知有遗[3]。
孙曾食德凛世守，异本曾奉丹扆披[4]。
居邻咫尺我何幸，半豹全豹任力窥[5]。
忆昔藏书盛前代，插架不独丰陆推[6]。
序班太守有同好[7]，搜括罗拥俱忘疲。
珍奇有时炫大阮[8]，佳话至今传酒卮[9]。
或云多藏要能读，儒生每负便便腹[10]。
穷乡又苦读无书，安得村村足签轴[11]。
三百年来一阁存，当时夸耀徒纷纷。
澹生菉竹更安在[12]，遗书转眼成浮云。

编区类别目分部，金石镌拓尤奇古。
上溯秦汉迄晋唐，谁家得比图书府。
君不见，蓬蓬宝气腾句章，何时鲁殿移灵光[13]。

——选自董沛编《四明清诗略》卷十八

【注释】

① 奎光：奎宿之光。旧谓奎宿耀光为文运昌明、开科取士之兆。

② 中垒：西汉有中垒校尉，掌北军营垒之事。刘向、刘歆父子曾任此职。此处指刘歆。

③ 内史：指王羲之，曾任右将军、会稽内史，故称右军、内史。书千卷，指唐代宫廷尚保留的相当数量的王羲之书法真迹。语出唐温庭筠《病中书怀呈友人》诗："内史书千卷，将军画一厨。"

④ 丹扆：丹屏。亦借指君王。

⑤ 半豹：晋袁豹字士蔚，好学博闻，多览典籍。《晋书·殷仲文传》云："仲文善属文，为世所重，谢灵运尝云：'若殷仲文读书半袁豹，则文才不减班固。'言其文多而见书少也。"一说这是傅亮的话。见南朝宋刘义庆《世说新语·文学》。

⑥ 丰陆：指甬上藏书家丰坊和陆宝。

⑦ 序班：指范大澈。范大澈（1524—1610），字子宣，又字子静，号讷庵，别号南海钓者、句章灌园叟。大澈是范钦兄长范镛的长子，自小读书好古，喜欢结交贤士大夫，亦为当世胜流所推重。大澈 26 岁时便随从叔父范钦游历京城，因其才学，受到学士袁炜的赏识，被延为塾师。范大澈在 37 岁之前，即以太学生补鸿胪寺序班。太守：指范汝梓。汝梓为范大澈弟弟大濩的长子。万历三十二年（1604）进士，官至知府。范汝梓性嗜学，李邺嗣《甬上耆旧诗》卷二十七传云："（汝梓）性嗜学，所积四部与司马、鸿胪略等，里中士大夫藏书家必推范氏焉。"

⑧ 大阮：阮籍与兄子阮咸同为"竹林七贤"中人，世称阮籍为大阮，阮咸为小院。这里指范钦，钦为大澈之叔，故云。李邺嗣《甬上耆旧诗》卷二十七传云："初司马公（按，指范钦）归里，于宅中起天一阁，

藏书极浙东之盛。子宣数从借观,司马不时应,子宣拂然。益遍搜海内异书秘本,不惜重购之,充其家。凡得一种,知为天一阁所未有,辄具酒茗佳设,迎司马至其家,以所得书置几上,司马取阅之,默然而去。其嗜奇相尚若此。"

⑨ 酒卮:盛酒的器皿。以上四句,作者有自注云:"序班、太守皆司马侄,各以异本相炫尚,或罗列招饮,司马拂然而去。"

⑩ 便便腹:典出《后汉书·边韶传》:"边韶字孝先……以文章知名,教授数百人。韶口辩,曾昼日假卧,弟子私嘲之曰:'边孝先,腹便便,懒读书,但欲眠。'韶潜闻之,应时对曰:'边为姓,孝为字。腹便便,《五经》笥。但欲眠,思经事。寐与周公通梦,静与孔子同意。师而可嘲,出何典记?'嘲者大惭。"

⑪ 签轴:加有标签便于检取的卷轴。常用以泛称书籍。

⑫ 澹生:澹生堂,明代藏书室。天启、崇祯年间曾任江西布政使司右参政的祁承㸁建于山阴(今浙江绍兴),聚书十万余卷。有《澹生堂藏书目》《澹生堂明人集部目录》。菉竹:菉竹堂,明代叶盛拟建藏书楼。王世贞《菉竹堂记》云:"生平无他嗜好,顾独笃于书,手自抄雠,至数万卷。"叶盛晚年藏书积至二万余卷,曾欲建楼专门庋藏这些图书,并取《卫风·淇奥》之义,名其楼曰"菉竹",但最终却因清贫而未能建成。

⑬ 鲁灵光:即鲁殿灵光。鲁灵光殿是汉鲁恭王刘余所建,殿址在今山东曲阜。到汉代中叶,历经战乱,许多汉代宫殿都毁坏了,独鲁灵光殿存在。汉王延寿《鲁灵光殿赋》序云:"鲁灵光殿者,盖景帝程姬之子恭王余之所立也。初恭王始都下国,好治宫室。遂因鲁僖基兆而营焉。遭汉中微,盗贼奔突,自西京未央、建章之殿,皆见隳坏,而灵光岿然独存。"旧因以称硕果仅存的人或物为"鲁殿灵光"。

王德沛

王德沛(生卒年不详),字市水,鄞县人。嘉庆十八年(1813)拔贡,官翰林院待诏。有集。

虹桥观竞渡

龙舟飞渡康将军[①]，九月竞入南水门。
水门内是十洲地，万顷玻璃恣游戏。
合城士女欢若狂，隔堤不管黄花黄。
虹桥桥上一回视，太息将军真不死。

——选自董沛编《四明清诗略》卷十八

【注释】

① 将军康：见前童槐《秋湖竞渡歌》注释⑤。

忻 恕

忻恕（生卒年不详），字汝修，号仰峰，鄞县东钱湖陶公山（今属宁波市鄞州区东钱湖镇）人。诸生。擅长八股文写作，嘉庆二十一年（1816）乡试，因房考失误而不售。鄞令周镐曾屡次至东钱湖向其咨询利病，忻恕适时提出了清理湖界侵占之风的建议。工诗，所居有近水楼，曾孙锦崖校印其集，名为《近水楼遗稿》，有宣统二年（1910）刻本。

月湖十洲

欸乃声中放画桡[①]，晴湖风景最难描。
花明岛屿春长住，烟锁汀州暖不消。
好月半分丞相府，绿波倒浸尚书桥。
却怜贺监归来后，一曲相传响未遥[②]。

——选自忻恕《近水楼遗稿》

【注释】

① 欸乃：原刻误作“款乃”，据《四明清诗略》卷二十一改。欸乃，指摇橹声。

② 尾联，《四明清诗略》卷二十一作“行行贺监祠前过，逸老风流尚未遥”。

杂咏勾东形胜[①]·天一阁

浙东高阁建何年，灿灿文光射斗躔[②]。
地属湖西间派六[③]，水生天一卷藏千。
龙神不向嫏嬛守[④]，藜火惟凭太乙然[⑤]。
羡杀当年范司马，积书遗泽到今绵。

——选自忻恕《近水楼遗稿》

【注释】

① 勾东：即句东。旧泛指句章东境。

② 斗躔：指北斗星。躔，日月星辰运行的轨迹。

③ 这句暗指天一阁建筑构造为“地六成之”。

④ 嫏嬛：神话中天帝藏书处。

⑤ 藜火：晋王嘉《拾遗记·后汉》载：汉刘向校书于天禄阁，夜默诵，有老父杖藜以进，吹杖端，烛燃火明。取《尚书·洪范》五行之文，天文舆图之牒以授焉，向请问姓名。云“太乙之精”。后因以“藜火”为夜读或勤奋学习之典。

王宗耀

王宗耀(1782—1841),原名宗尧,字恂德,一字浚哲,亦作舜哲,号笋石,鄞县人。道光十四年(1834)岁贡生。性孝友,家贫力学,敦尚古道,酷嗜吟咏。有《愿学堂诗钞》。

偶过月湖书院,见梅花盛开,感而有作,谨次家大人韵

大人喜吟咏,全稿经火已失。《黄岩旅兴》诗云:策马西风客兴长,计程十里过横塘。黄昏绕出梅梢月,暗袭行人衣袖香。

湖墅闲行惹恨长,咏花诗句忆横塘。
残膏剩馥飘零尽[1],只有寒梅拂袖香。

——选自王宗耀《愿学堂诗抄》卷二十二

【注释】

① 残膏剩馥:比喻前人留下的文学遗产。语出《新唐书·杜甫传》:“至甫,浑涵汪茫,千汇万状,兼古今而有之,他人不足,甫乃厌余,残膏剩馥,沾丐后人多矣。”

碧沚园临眺

略彴东偏倚[1],园荒境自幽。
马嘶残照冷,雁过一湖秋。
洄溯联芳沚[2],空蒙殿绿洲[3]。

何时数名胜，楼阁起中流。

——选自董沛编《四明清诗略》卷二十二

【注释】

① 略彴：小木桥。

② 洄溯：逆流而上。

③ 空蒙：细雨迷茫的样子。

厉 志

厉志（1783—1843），初名允怀，字心甫，号骇谷，又号白华山人，浙江定海人。幼失怙恃，家贫，刻苦读书。曾从故友陈从谦游永嘉等地。又寓甬上、慈溪，参加枕湖吟社、白湖诗社。工诗，又擅书画，与镇海姚燮、临海姚濂齐名，有"浙东三海"之称。著有《白华山人诗集》。

九月四日[①]，叶子元偕集同人于枕湖吟社[②]，余将有云间之行[③]，兼以留别

按序秋云暮，应候气未肃[④]。

脱巾临前除[⑤]，星光动轩屋。

繁卉怀菁英，迟开桂与菊。

三径扫青苔，零露滋幽馥[⑥]。

夙约幸无愆[⑦]，群来喜不速[⑧]。

知名得沈谢[⑨]，邂逅及潘陆[⑩]。

欢宴寡礼数，恣情解缚束。

广筵罗珍羞[⑪]，高堂爇华烛[⑫]。

愧我后来会，竟以附庸续。
所嗟事远行，未暇追骥足[13]。
迹违日俱旷[14]，心好意终踽。
诚虑怀燕石[15]，无由信荆璞[16]。
唳鹤惊梦回[17]，贺堤空落木[18]。
风雪赋归来，良会愿与复。

——选自厉志《白华山人诗集》卷七

【注释】

① 此诗收录于《白华山人诗集》卷七《丁己集》中，观其编排，似当作于道光八年(1828)。

② 枕湖吟社：清道光八年(1828)创立于月湖畔，主要成员有姚燮、叶元堦、厉志、孙家谷、郑乔迁、尹嘉年、陈仅、张恕、佘梅、王淑元等。时慈溪叶元堦有别墅在月湖之畔，名揽碧轩。诗社同人就在这个别墅中频频雅集，故名枕湖吟社，月三集，年三十六集。姚燮《叶仲兰文学诔》云："君有别业在郡城月湖之东，曰枕湖吟舍，墙粉拭而素拓，檐竹褎而绿深，迓六邑士之能诗者结吟社，月以三集。众诗既成，君则题拂纠弹，悉中微窾，刘四张五，洵同朋之无嫌。"阮福瀚《赤堇遗稿序》云："及心水交幼莲孙君、白华厉君、梅伯姚君，结社于月湖之揽碧轩，白湖之小隐山庄，昕夕砥砺，互相搜讨，心水诗学乃日益进。"姚燮辑《琼贻副墨·兰如集》卷四陈继聪《大某山人生传》云："慈溪叶君仲兰闻其才，延之家。当是时，叶氏雄于赀，池馆台榭、歌舞丝竹，为一郡冠。仲兰尤倾心好客，名流如厉心甫、孙幼连、陈渔珊、王秋槎联衿而至，揽碧轩座客率常数十人，主人为订枕湖吟社，拈韵斗句，击钵以催。"

③ 云间：松江府的别称。现在上海松江区一带。

④ 应候：顺应时令节候。

⑤ 前除：屋前台阶。

⑥ 零露：降落的露水。幽馥：幽微馥郁，形容草木香气浓郁。

⑦ 无愆：指没有爽约。

⑧ 不速：这里谓未受邀请而来临。

⑨ 沈谢：南朝宋谢灵运与南朝梁沈约的并称。两人均为著名文学家。

⑩ 潘陆：晋文学家潘岳和陆机的并称。两人都是“太康体”的代表作家。《宋书·谢灵运传》：“降及元康，潘陆特秀。”

⑪ 广筵：盛大的筵席。珍羞：同“珍馐”，珍美的肴馔。

⑫ 爇：燃烧。华烛：华美的烛火。

⑬ 骥足：骏马的脚。比喻高才。

⑭ 迹违：这里指违背本心而不能聚首。旷：时间拖得很久。

⑮ 燕石：《太平御览》卷五十一引《阚子》：“宋之愚人得燕石于梧台之东，归而藏之，以为大宝。周客闻而观焉。主人端冕玄服以发宝，华匮十重，缇巾十袭。客见之，卢胡而笑曰：‘此燕石也，与瓦甓不异。’主人大怒，藏之愈固。”其意谓宋国有愚人将普通的燕石当作宝石加以珍藏。这里以“燕石”自喻，自谦凡庸非才。

⑯ 荆璞：指楚人卞和从荆山得的未经雕琢的璞玉。

⑰ 梦回：从梦中醒来。

⑱ 贺堤：贺监祠旁的堤岸。

与幼连重宿揽碧轩[①]，即送其皖江之游

世途荆棘难芟除，人中鬼魅不相驱。
引领四顾同一趋，我所闻见乃其余。
谋为乐事每多阻，构此佳会良可虞。
昔日欢赏今日非，空庭雨雪何霏霏。
梁间凄音动寒雀，堂上足迹行荒鸡[②]。
逐之东回复西旋，绕客三匝胶胶啼[③]。
值君岁暮且勿去，暂此一榻同宿栖。
檜树高枝惊夜啸，湖云如幄积远迷。

君将乘春游大江，上溯天门历崄巇[④]。
于公节镇重文史[⑤]，君岂远为山资期[⑥]。
开尊北楼振霞彩，联吟东阁富珍奇。
还忆湖旁变新柳[⑦]，湖光淡沱映园扉[⑧]。
旧游几人各分散，独有故燕来双飞。
呜呼烟云忽万态，向来人事皆如斯。
吾侪行遇数坎壈[⑧]，穷愁安足苦我为。

——选自厉志《白华山人诗集》卷十

【注释】

① 幼连：孙家谷之字。揽碧轩：慈溪鸣鹤人叶元堦的别业。道光八年(1828)，叶元堦移居月湖揽碧轩，陈仅有《贺慈溪叶心水(元堦)移寓月湖》诗。后该地又属道台袁仰周的府宅，今为宁波茶文化博物院。

② 荒鸡：指三更前啼叫的鸡。旧以其鸣为恶声，主不祥。

③ 胶胶：语本《诗经·风雨·鸡鸣喈喈》："风雨潇潇，鸡鸣胶胶。"胶胶，或作"嘐嘐"，鸡鸣声。

④ 天门：即天门山，位于安徽省和县与芜湖市长江两岸，在江北的叫西梁山，在江南的叫东梁山(古代又称博望山)。两山隔江对峙，形同天设的门户，天门由此得名。崄巇：指险峻崎岖的山地。

⑤ 于公：待考。节镇：原指节度使。唐代开始设立的地方军政长官。因受职之时，朝廷赐以旌节，故称节度使，至元废。这里借指地方军政长官。山资：过隐居生活所需的费用。《南齐书·王秀之传》："出为晋平太守，至郡期年，谓人曰：'此邦丰壤，禄俸常充。吾山资已足，岂可久留以妨贤路？'"

⑥ 还忆：回忆。

⑦ 淡沱：同"淡沲"，形容风光明净。

⑧ 坎壈：困顿，不顺利。

重集枕湖吟舍，夜坐话雨，呈水心

庭前旧风雨，此夜忽相闻。
落落将多日，萧萧犹为君。
坐谈积灯烛，夜冷逼湖云[①]。
世事若在梦，殷怀徒纠纷[②]。

——选自厉志《白华山人诗集》卷十五

【注释】

① 夜：道光本《白华山人诗集》作“衣”。

② 纠纷：纷忧，杂乱。

同人重集揽碧轩追悼幼连有作

萧萧蔽门竹，枝枝发陈根。
下连微径草，亦复滋新痕。
物生固不已，散聚同流云。
斶溉辟牖户[①]，轩堂来故人。
相与窥颜面，瘦老犹精神。
所嗟清啸客，石乳难葆真[②]。
阶前觅履迹，浓苔已如茵。
斯文经宇宙，岂不惧沦泯。
胡然委贤哲，渺忽等埃尘。
顾我益穷极，闇劣寡遵循。
感遇悲叶雄[③]，远别伤陈臻[④]。
千秋有其绪，一哭同为君。
檐风同灯烛，转辉明碧轮。

齐凝恻恻意，相照难显陈。
持杯盈冷酌，月落人影亲。
且莫痛今昔，人事常纷纭。

——选自厉志《白华山人诗集》卷十五

【注释】

① 蠲溉：打扫干净。

② 石乳：石钟乳，即钟乳石，系道书宣称的金石药，服之可长生成仙。葆真：保持真性。

③ 叶：叶元堦。作者自注："心水。"

④ 陈：陈仅。详见"陈仅"条。臻：到，来到。

六月十六夜同揽碧轩诸友泛月湖

城湖晚方静，东月发轮早①。
西南积阴云，似欲阻幽抱。
放舟诣空阔，浓木暗诸岛。
潜鳞出跳跃，繁萤乱波草。
巷居诚苦热，凉雨洒风好。
风回雨亦疏，天街豁清渺。
湖流通大江，亦与溉新稻。
所嗟穷饿民，路死难一饱。
吾人犹幸存，尊盆此倾倒。
醉悲为浩歌，心骨内焦槁。
转橹且归去，夜寂嗷沙鸟②。
感触无欢声，萧萧杂蒲蓼。
愚昧安所为，茫然向苍昊③。

——选自厉志《白华山人诗集》卷十五

【注释】

① 发轮：指升起。

② 噭：鸣叫。

③ 苍昊：指苍天。

雪汀

蓑笠几渔父，沽酒返湖帝。
湖云压波面，层层飞不起。
千树梅花开，迹入冻烟里。

——选自佚名《月湖十洲分咏》

冯登府

冯登府（1783—1841），一作登甫，字云伯，号勺园，又号柳东，浙江嘉兴人。嘉庆二十五年（1820）进士，选庶吉士。后官宁波府学教授。大吏重其才，将荐举之，力辞不就，后告归故里王店，已得咯血疾，筑勺园以颐养天年。鸦片战争爆发后，宁波沦陷，登府忧愤交加，病剧而卒。著有《石经阁文集》等。

重过天一阁，观藏碑一千余种，有感旧事

琅嬛仙馆傍城阿，径曲花深几度过。
宏景三层容啸傲①，元龙百尺独嵯峨②。

地如北郭来游熟，书爱西斋未见多。

太息先人吟眺处[③]，卅年重认旧庄窠[④]。

——选自冯登府《拜竹诗龛诗存》卷十

【注释】

① 宏景：指陶弘景。弘改为“宏”系避讳。南朝齐永元元年(499)，陶弘景在茅山建造三层楼的道馆，一楼接待宾客，弟子居于二楼，陶弘景独自住在三楼。

② 元龙：陈登字元龙，下邳淮浦（今江苏涟水西）人。少年时有扶世济民之志，并且博览群书，学识渊博。二十五岁时，举孝廉，任东阳县长。后擢为典农校尉。建安初奉使赴许，向曹操献灭吕布之策，被授广陵太守。以灭吕布有功，加伏波将军。又迁东城太守。元龙百尺楼典出《三国志·魏书·陈登传》：“（刘备）曰：‘君（指许汜）求田问舍，言无可采，是元龙所讳也，何缘当与君语？如小人，欲卧百尺楼上，卧君于地，何但上下床之间邪？”

③ 先人：此处专指已故的父亲。

④ 庄窠：庄园，田产。这里指作者父亲冯元曦在天一阁的赋诗题册。作者自注：“先太史于嘉庆己巳游鄞，曾至阁赋诗题册，芸甫出示，墨迹如新。”

月湖水嬉[①]

甬江凉汛到孤蒲，柳屿花汀入画图。

明月未来山影峭，夕阳箫鼓贺家湖[②]。

——选自冯登府《拜竹诗龛诗存》卷五

【注释】

① 水嬉：水上游戏。此诗作于道光十二年(1832)。

② 贺家湖：即鉴湖。这里指月湖。

甬江贺监祠

高台三百尺，遥峙甬江滨。
万古有狂客，四明多故人。
骑鲸天姥梦[①]，弄月锦袍新[②]。
逸老知谁配，风流太白真。

——选自冯登府《拜竹诗龛诗存》卷六

【注释】

① 骑鲸：俗传李白骑鲸而死。天姥梦：李白有《梦游天姥吟留别》诗。

② 锦袍：宫锦袍，用宫锦制成的袍子。事本《旧唐书·文苑传下·李白》："尝月夜乘舟，自采石达金陵，白衣宫锦袍，于舟中顾瞻笑傲，傍若无人。"又《新唐书·文艺传中·李白》："白浮游四方，尝乘月……着宫锦袍坐舟中，旁若无人。"后遂用为李白典实。

范上第

范上第(1784—1854)，字绳先，号琴仙，鄞县人，道光二十二年(1842)岁贡，著有《醉经楼诗文杂录》。

芳草洲

一带裙腰翠作围，撩人别梦自依依。
王孙旧约寻芳至，为惜华年未肯归。

——选自董沛编《四明清诗略》卷二十五

烟屿

翠霭迷茫点落花，时笼寒水复笼纱。
软风作意轻吹破，露个渔翁立钓槎。

——选自董沛编《四明清诗略》卷二十五

周良劭

周良劭(1784—1822)，字友高，号抑斋，鄞县人。诸生，屡试不第，遂弃其业，专力于辞章。最长词曲，慷慨悲歌，诗亦伉爽。性至孝，母迫其就试，在杭时感应到母病，急归，途中冒雨得寒疾，未数月而卒，年仅三十九岁。著有《新雨山庄诗草》《浮石山房诗存》《无可奈何词》《葆真轩词余》《垒块杯杂剧》。

前题拟东野小乐府·桃花堤

四明九洞天[①]，乃在月湖曲。

妆点桃花源，位置亦不俗。
春城烂丹霞，跫然似空谷[②]。

——选自《鄞县桓溪全氏宗谱》卷四

【注释】

① 九洞天：道家以四明山为第九洞天。全祖望《第九洞天私印铭》云："又别有十大洞天之目，四明居第九。"详见前《次韵务观游四明洞天》注释①"四明洞天"。

② 跫然：形容脚步声。《庄子·徐无鬼》："夫逃虚空者，藜藋柱乎鼪鼬之径，踉位其空，闻人足音跫然而喜矣。"成玄英疏："跫，行声也。"

周世绪

周世绪（1785—1818），字克延，号小崖，一号寿荪，鄞县人。诸生，早卒。著有《寿荪山馆词》《瘦华庵诗稿》。

双湖游春曲[①]

双湖湖水碧于油，两扇乌篷一叶舟。
春色满前看不住，探花人在湖中游。

一角茅亭背小城，杨花飞遍不分明。
榜人棹入烟中去，绿树黄鹂三两声。

半边碧沚半红墙，狂客祠前旧草堂[②]。
多谢清明一湾雨，绿蘋勾惹荇花黄。

湖南游罢复湖西，幅幅湘裙剪不齐[③]。
多少花枝多少韵，桃腮浅笑柳眉低。

穿过浓阴第几桥，卖花声里暖初消。
湖头不用丹青笔，金粉由来赛六桥[④]。

篷窗拍遍懒徘徊，还上前津立破苔。
一缕斜阳风五两[⑤]，烟霞留住不归来。

——选自周世绪《瘦华盦留删诗草》

【注释】

① 此组诗在天一阁藏周世绪《瘦华庵诗稿》中题作《同汪醒花、江梅庄、屠岐香、商佐鉴湖春泛作八截句》，多出第一首："逗却风光又一年，莺花三月暮春天。今朝蜡屐游何处，日月桥边买小船。"第三首："十洲三岛问何年，红紫天涯记万千。留得烟波图画里，漫云风景不似前。"这两首诗都写得很一般，故作者删后保留六首，改题为《双湖游春曲》，且诗作文字亦有所改动。

② 狂客祠：即贺秘监祠。

③ 湘裙：湘地丝织品制成的女裙。

④ 六桥：杭州西湖苏堤上的六座桥，由南向北依次名为映波、锁澜、望山、压堤、东浦、跨虹。清侯铨《南屏晚钟》诗："六桥金粉人初散，十里莺花梦乍醒。"

⑤ 五两：古代的测风器。以鸡毛五两或八两系于高竿顶上，借以观测风向、风力。

湖上

春光三月半，引我细湖东。

紫陌鹧鸪雨，绿杨蝴蝶风。
矮桥穿画舫，小担压花幢。
最好勾留处[1]，碧桃墙内红。

——选自周世绪《瘦华盦留删诗草》

【注释】

① 勾留：逗留，停留。

月湖十洲诗追步刘太守韵[1]

花屿

深红红上水边枝，醉倒春风懒自持。
湖口云霞护住之，桃笺拟写乞花诗。

芳草洲

幅幅裙腰绿正肥，烟浓水浅倍依依。
半弓留得莲花瓣[2]，昨夜何人踏月来。

柳汀

青堪吟咏绿堪雨，管领春风是柳条[3]。
带得清明一湾雨，淡浓遮断细湖桥。

竹屿

羃䍦烟梢十亩栽，风声去复雨声来。
湖庵不住文夫子[4]，也把山门向水开。

烟屿

薄如芦絮淡芦花，隐约秋湖两岸沙。
载月只听渔唱晚，不知何处泊轻槎。

芙蓉洲

织锦裁罗胜米囊[⑤]，石堤齿齿占秋芳[⑥]。
粉谁添上深红颊，夜半西风夜半霜。

菊花洲

霜露一枝侵傲骨，紫桑三径绝纤埃[⑦]。
凭谁寄语白衣客[⑧]，遮莫湖头送酒来[⑨]。

月岛

倒影寒光几处洲，芦花水色桂花秋。
玻璃万顷一奁镜，两脚云头顷刻收。

雪汀

玉女多情细剪裁，杨花荻絮隔楼台。
前汀何处敲冰响，蓑笠渔翁榜子来[⑩]。

松岛

古色斑斓耐雪霜，落钗葱翠落花香[⑪]。
夜深一啸长空碧，声到桥南逸老堂。

——选自周世绪《瘦华盦留删诗草》

【注释】

① 刘太守：即北宋绍圣年间明州知州刘理。

② 半弓：俗以“一虎口”（约五寸）为一弓。半弓约二三寸。旧时用以形容妇女缠过的小足。这里代指妇女的脚印。

③ 管领：领受。

④ 文夫子：指北宋画家文同。文同字与可，与苏轼相契，善画墨竹。此首写竹屿，故引文同为衬。

⑤ 米囊：玚花的别名。宋洪迈《容斋随笔·玉蕊杜鹃》：“物以希见为珍，不必异种也。长安唐昌观玉蕊，乃今玚花，又名米囊，黄鲁直易为山矾者。”亦可解作米囊花（罂粟花）的略称。

⑥ 齿齿：排列如齿状。

⑦ 紫桑：当为柴桑之误。柴桑指陶渊明。三径：典出《三辅决录·逃名》：“蒋诩归乡里，荆棘塞门，舍中有三径，不出，唯求仲、羊仲从之游。”后因以指归隐者的家园。陶渊明《归去来兮辞》：“三径就荒，松竹犹存。”

⑧ 白衣，指官府给役小吏。此处用白衣送酒的典故。详见前《和咏西湖十洲》注释 ⑲。

⑨ 遮莫：莫非；或许。

⑩榜子：船。

⑪ 落钗：落下的松叶。松树针叶如钗，故云。

鹧鸪天·月湖写景

小有茅亭剩水坳，燕归梁角冷泥巢。花因夜露多僵脸，柳向西风不软腰。　　枫瑟瑟，荻萧萧，许多秋影夕阳描。隔楼烟密长堤晚，一个僧归第四桥。

——选自周世绪《瘦华庵诗稿》

陈 仪

陈仪(1787—1868),字余山,号涣山,又号渔珊,鄞县古林镇西洋港(今属宁波市海曙区)人。嘉庆十八年(1813)举人。道光十三年(1833),出任陕西延长知县。十五年(1835),任陕西紫阳县知县。十九年(1839),调安康知县。历官咸宁知县、陕西宁陕厅同知。著有《继雅堂诗集》《竹林答问》等。

新居杂赋四首[①](选一)

似共神仙日往还,十洲三岛路回环。
幽居夕霭朝霏内,永日兄酬弟唱间。
北圃泥融宜种菜,西楼窗拓好看山。
只嫌城郭烦人事,输与闲鸥一味闲。

——选自陈仪《继雅堂诗集》卷十

【注释】

① 新居:指月湖新居。道光三年(1823),陈仪因兄长善病,罂湖村屋狭小低洼,特租赁月湖东边的同姓陈氏宅院,后圃与大理寺卿及僧宏祥所建的大欢喜庵相接。陈仪《扬州送人旋里》诗:“憧憧东畔路,春信到湖桥。”自注:“余家在月湖东憧憧桥畔。”

夜梦与家兄诸侄泛舟月湖,甚适,觉后成此[①]

敝庐月湖东[②],清绝山水窟。
柴门对空波,凉影沁毛发。
扁舟及新霁,逸兴晓来发。

双桥度空濛，十洲寄萧兀。
船头洗足罢，绝叫不复袜[③]。
棹歌杂欢笑，永日失饥渴。
愁随客程永，景逐烟霭没。
赖兹魂梦交，一二得髣髴。
惊心寺钟鸣，关山阻飘忽。
华胥倘可往[④]，何待鉴湖乞。

——选自陈仅《继雅堂诗集》卷十一

【注释】

① 此诗作于道光五年(1825)，时作者在江西。

② 敝庐月湖东：指月湖新居。

③ 绝叫：大声呼叫。

④ 华胥：典出《列子·黄帝》："（黄帝）昼寝，而梦游于华胥氏之国。华胥氏之国在弇州之西，台州之北，不知斯齐国几千万里。盖非舟车足力之所及，神游而已。其国无帅长，自然而已；其民无嗜欲，自然而已……黄帝既寤，怡然自得。"后用作梦境的代称。

与郑耐生（乔迁）夜话叶氏揽碧轩，时耐生将有鲁游[①]

高秋别之子[②]，忽忽行历春。
讵知风雪夜，复此形影亲。
虚堂剪华烛，意洽忘主宾[③]。
所谈半迂阔，中有真味醇。
平生学道姿，一屈宁再伸。
借面作儿戏[④]，百伪纷日新。

自非同志友，孰挽颓波沦[⑤]。
颓波不可返，夙志难具陈。
我归子复去，欲语愁逡巡。
劳燕各有役[⑥]，安得长依因。
寒威压残漏，冻骨双嶙峋。
相期永今夕，与子方贱贫。

——选自陈仪《继雅堂诗集》卷十四

【注释】

① 此诗作于道光九年(1829)秋天。郑耐生：郑乔迁字仰高，号耐生，慈溪半浦人，诸生，与吴德旋、冯登府为师友。鲁：指山东兖州。郑乔迁此行乃应徐受荃（楚香）观察之招，见陈仪《送耐生之兖州，即用见怀元韵》诗。

② 之子：这个人。指郑乔迁。

③ 这句作者自注："时主人他出。"

④ 借面："借面吊丧"之略语。外貌可以做为祭奠的面具，形容只有虚伪的外表。典出《后汉书·祢衡传》：汉末祢衡恃才傲物，别人问他对荀彧（字文若）的看法，他认为荀彧虽仪容堂堂，但实则徒有虚表，故答道："文若，可借面吊丧。"

⑤ 颓波：向下流的水势。比喻衰颓的世风。

⑥ 劳燕：伯劳鸟和燕子。语本《乐府诗集·杂曲歌辞八·东飞伯劳歌》："东飞伯劳西飞燕，黄姑织女时相见。"后遂以劳燕分飞比喻别离。

蛣腹斋夜坐[①]

霜威压树夜无声，远柝敲寒尚自鸣[②]。
颇厌愁心摧短梦，且将诗句遣孤檠[③]。
谋身拙更情为累，学道难由气未平。

痴绝隔墙新鬼语，泉台寂寞苦求生[④]。

——选自陈仅《继雅堂诗集》卷十七

【注释】

① 蛣腹斋：陈仅在月湖寓所的斋名。陈仅《蛣腹斋集上》自序云："�蛣，鄞产也。其腹蟹寓也，出而取食，饱则归于腹。当其归也，偃然若忘乎其寓也者。余，鄞产也。岁谋食于四方，其归也亦蟹之寓而已。庚寅秋归自皖上，游既倦，将戢影焉。适野人以蛣酱馈，感景纯之言，因以名吾斋。"

② 柝：旧时巡夜打更用的梆子。

③ 孤檠：孤灯。

④ 泉台：指阴间。尾联谓活着的人生不如死，而新鬼反而留恋人生，苦求活着而不得。

月夜自湖堤归学舍[①]

湖光合明月，澹入诗人心。
定有扁舟客，能为永夕吟。
寥寥独归远，寂寂空波深。
此境谁与悟，钟声方隔林。

——选自陈仅《继雅堂诗集》卷十七

【注释】

① 此诗收在《蛣腹斋集下》中，作于道光十一年（1831）九月之后。其上集之诗起自道光十年（1830）八月至次年八月，前有小序云："越辛卯，读书于北城，壬辰应戴健亭军门之聘，率诸生移砚节署。两地去敝庐皆不百步，朝夕栖迟，犹吾庐也。"按，陈仅之寓家在月湖东憧憧桥畔，故此诗题中的"湖"应指月湖。

咏江氏祠前垂柳①

垂杨南畔是虹桥，桥外情歌起画桡。
行过湖堤莫回首，春风多在最长条。

绿波一道界当中，堤外春烟望欲空。
今日西风忽相借，尽吹飞絮过湖东。

——选自陈仅《继雅堂诗集》卷十七

【注释】

① 此诗作于道光十二年(1832)春。童槐《江君六十寿序》云："濒月湖有江园焉，轩亭、池沼、树石为四方君子所称，或隔离而敞若云天，或平视而奇若台宕，或寻尺而渺若沅湘，智与化侔，胜自我得，其贺遂员外之经纶欤？主人号嘿莽，家世歙，以儒兼业鹾于鄞，夙奉庭训，发名胶庠。"据此，江祠当在月湖畔，为甬上徽商江氏的祠堂，原系明礼部尚书李康先的居所。徐兆昺《四明谈助》卷十七《南城诸迹（二上）》云："李尚书第：月湖虹桥之侧，礼部尚书李康先所居……李尚书第今已改为徽商江氏宗祠。"

月湖观打鱼，风雨忽作，即事成歌，借东坡《放鱼》诗韵①

和风养物遍大块②，孰为一指孰肩背。
鲲鲕变化能几何③，生聚居然一衣带。
湖中玉箸不盈寸④，总有老饕那可鲙。
渔人逐利贪尽取，数罟出波鳞琐碎⑤。
须臾生意谢煦育⑥，咫尺危机伏湍濑⑦。
戢戢皆归刀匕中⑧，区区或在包容外。

东来风雨簸舟楫，四野群龙怒交会。
含灵自古爱其类，何不挟之返东海。

——选自陈仅《继雅堂诗集》卷十七

【注释】

① 此诗作于道光十二年(1832)。

② 大块：大自然；大地。《庄子·齐物论》："夫大块噫气，其名为风。"成玄英疏："大块者，造物之名，亦自然之称也。"《文选·张华〈答何劭诗〉之二》："洪钧陶万类，大块禀群生。"李善注："大块，谓地也。"

③ 鲲鲕：小鱼。

④ 玉箸：指银鱼或小公鱼。作者自注："玉箸，湖中小鱼名。"

⑤ 数罟：细密的鱼网。

⑥ 煦育：抚育，养育。

⑦ 湍濑：水浅流急处。

⑧ 戢戢：鱼张口的样子。唐杜甫《又观打鱼》诗："小鱼脱漏不可记，半死半生犹戢戢。"

哭孙幼连六首[1](选一)

君家城之西，我家月湖旁。
入城水弥弥[2]，七里遥相望。
湖堤春涉秋，花月供徜徉。
思君颇怪君，吝此一苇杭[3]。
岂知闭门客，积疾将自戕[4]。
举步见荆棘，不如守绳床[5]。
对人强餐饭，不如药一囊。
沉忧能伤人，寿命安得长。

——选自陈仅《继雅堂诗集》卷十七

【注释】

① 此诗作于道光十二年(1832)。

② 弥弥：水满的样子。

③ 一苇：指将一束苇代船而渡。后多借指小船。杭：通“航”。语本《诗经·卫风·河广》：“谁谓河广，一苇杭之。”唐孔颖达疏：“言一苇者，谓一束也，可以浮之水上而渡，若桴栰然，非一根苇也。”

④ 自戕：自己伤残自己。

⑤ 绳床：一种可以折迭的轻便坐具。以板为之，并用绳穿织而成。又称“胡床”“交床”。

同人重集叶心水枕湖书舍，追怀孙幼连[①]

浮生如落叶，离合难自主。
一坠重渊中，终古安得聚。
涉世寡嗜好，所乐在朋侣。
握手虽不常，吟声答风雨。
寸心证千秋，梦寐相尔汝[②]。
湖舍集高咏，修篁戛烟屿[③]。
畴时竹中客[④]，吾尤爱孙楚[⑤]。
尔来拂征尘[⑥]，韵事此重序[⑦]。
眼前二三子，晨星已堪数。
沉思荡回肠，当筵惨无语。
戚戚同心人，凄凄一抔土[⑧]。
可怜百夫祝，不敌山鬼怒。
荒鸡失晨鸣，咿喔尚思补。
薰风养万木[⑨]，黄檗自含苦。
鼎鼎百年内[⑩]，虚名误争取。
岂知不朽业，寸草将共腐。

勖哉死生心，何以慰羁旅。

——选自陈仅《继雅堂诗集》卷十八

【注释】

① 此诗作于道光十三年(1833)八月之前。

② 相尔汝：不依礼俗，而以你我相称。杜甫《醉时歌》有“忘形到尔汝”的诗句，形容与郑虔在痛饮时非常随便，不拘形迹的情态。后遂以“相尔汝”表示彼此关系亲密，不拘形迹。

③ 烟屿：作者自注：“其地为月湖十洲之竹屿。”

④ 畴时：昔日，往日。

⑤ 孙楚：字子荆，太原中都人。西晋文学家，才藻卓越，豪迈不群。这里借指孙家谷。

⑥ 拂征尘：指自己从北地回到故乡。

⑦ 这句谓诗社成员又重聚在枕湖书舍。

⑧ 一抔土：一捧黄土。指坟墓。这里指原社员孙家谷去世。

⑨ 薰风：和暖的风。指初夏时的东南风。《吕氏春秋·有始》：“东南曰薰风。”

⑩ 鼎鼎百年：形容岁月蹉跎与时光流逝。晋陶潜《饮酒》诗之三：“鼎鼎百年内，持此欲何成。”

心水邀同人夜泛月湖[①]

月湖宜月亦宜雨，两美难教一时聚。
阴阳阖辟不可测[②]，天遣诗人出奇语。
枕湖居士有先识，急买扁舟约吟侣。
黄昏日落阴云颓，湖波荡云云影开。
飞空天镜本无滓，罡风一霎生尘埃[③]。
白鼍怒吼万木暝，黑蝀下压孤篷摧[④]。

雨云翻覆亦何有，且尽舟中一樽酒。
天意如嫌离别易，人生孰惜遭逢偶。
归来萧飒百忧生，醒看月光穿户牖。

——选自陈仅《继雅堂诗集》卷十八

【注释】

① 此诗作于道光十三年(1833)八月之前。

② 阖辟：闭合与开启。

③ 罡风：道家谓高空之风，后亦泛指劲风；又谓之“刚风”。

④ 黑蜧：传说中的神蛇。《淮南子·齐俗训》：“牺牛粹毛，宜于庙牲。其于以致雨，不若黑蜧。”高诱注：“黑蜧，蛇神也。潜于神渊，能兴云雨。”

孙家谷

孙家谷(1791—1832)，原名家棪，字曙舟，号幼莲，鄞县人。道光二年(1822)进士，以知县分发山西，补襄陵知县。五年秋，充乡试同考官。不久因丁母忧而归，服丧期满而卒。少负诗名，与陈仅、胡湜等唱和。著有《襄陵诗草》等。

月湖十咏

雪汀

为寻梅花来，忘却去时路。
老鸦寒不飞，扑簌下高树。

芙蓉洲

孤根托西岸，照影涵清波。
我欲采为佩，秋深风露多。

菊花洲

有酒瓮头熟，有花篱下开。
闭门好觅句，风雨无人来。

月岛

临流望之子，幽吟兴不已。
采采蘋花香，人语隔秋水。

松岛

结屋古松下，主人亦幽绝。
石床眠短琴，濛濛落苍雪。

竹屿

曳步入修竹，凉飔满清听[①]。
寺深不见门，铿然落幽磬。

芳草洲

冉冉落花去，翩翩蝴蝶飞。
迢迢望不极，依依生夕辉。

柳汀

隔岸绿如许，烟波孰管领。
春深逸老堂，红露阑干影。

花屿

莫负此花开，相约到湖口。
郎买银针鱼，妾买金波酒。

烟屿

水光云影连，荡作全湖烟。
霭乃一声起②，春风何处船。

——选自《襄陵诗草》稿本

【注释】

① 凉飔：凉风。清听：谓清越入耳。

② 霭乃：同“欸乃”。

秋日枕湖吟社雅集，以“尘世难忘开口笑，菊花须插满头归”分韵得须字①

千秋徒寂寞，百岁亦须臾。
自非旷达人，尘虑焉得除。
吾友赤堇子，延客清风庐。
四座一吟啸，万竹交扶疏。
狂态南里阮②，豪情西园苏③。

谷也下里物[4]，亦得厕笙竽[5]。
争锋吾岂敢，摩厉或可须[6]。
庭卉繁秋英，老松忘其癯。
弃绝簪绂忘[7]，来就云水居。
初心苟得了，不归非丈夫。

——选自孙家谷《襄陵诗草》稿本

【注释】

①“尘世”两句：出自唐代杜牧《九日齐山登高》诗，“难逢”作“难忘”，疑为作者误记。

② 南里阮：三国两晋时期阮籍与其侄阮咸同负盛名，共居道南，合称“南阮”。

③ 西园：驸马王诜宅邸。北宋年间，驸马都尉王诜邀请苏轼、苏辙、黄庭坚、秦观等16人同游西园，是为著名的西园雅集。苏：指苏轼、苏辙兄弟。

④ 下里：下里巴人的省语。这是孙家谷的自谦之辞。

⑤ 厕：杂置、参与。

⑥ 摩厉：切磋，磨炼。

⑦ 簪绂：冠簪和缨带。古代官员服饰。亦用以喻显贵，仕宦。

月湖十景

柳汀

春风千万条，垂垂画桥曲。
一湖烟气深，波影摇空绿。

雪汀

横塘路莫辨,苍茫向何处。
一路草鞋痕,踏入梅花去。

芳草洲

碧沚渺何许,游人春已归。
沿湖青未了,留影媚斜晖。

芙蓉洲

孤根偏耐寒,霜荷结繁蕊。
蘸影何娟娟,红云压秋水。

菊花洲

秋至黄金花,累累不知数。
阿谁携屐来,风雨重阳路。

月岛

夜来望东岸,秋月落波冷。
一篙撑入湖,琐碎菱花影。

松岛

拏空势蟠房,古翠烟岚冻。
水西有懒堂,秋涛破诗梦。

花屿

临流晓妆靓，掩映汀前柳。
茫茫春雨多，点点黏鱼口。

竹屿

满地绿阴锁，春风弄修竹。
瓮有十洲春，好配花猪肉。

烟屿

傍晚炊痕微，孤屿澹烟景。
老渔归渡头，隐约一蓑影。

——选自孙家谷《襄陵诗草》（稿本）

月湖春泛六首[①]

芳草连畦翠似烟，风光选胜月湖边[②]。
春来更约青蓑侣，流水桃花放钓船。

逸老堂开眼界遥，榜人随意此停桡。
多情爱煞汀前柳，系住东西两岸桥。

软红几处袅游丝，花屿初迎绰约姿。
半里香风吹不尽，临流为赋晚妆诗。

照眼琉璃万顷光，碧蒲如箭绕芳塘。
篷窗拓处看无定，一棹随波到懒堂。

浩淼还同渡汉槎，残红一片浅飞霞。
半竿何处青帘影，烟屿前头卖酒家。

小艇归从月岛游，宵来清景落双眸。
水仙捧出菱花镜，为付诗人卷里收。

——《四明丛书》本《襄陵诗草》

【注释】

① 此组诗又见于赵九杠《漱石山房诗钞》卷四，唯第五、第六首顺序颠倒。考黄定齐曾代赵九杠作《月湖十洲》诗，疑孙家谷此组诗亦为替赵九杠所作的代笔诗。

② 选胜：寻游名胜之地。

梦横塘·贺季真归隐鉴湖

鲎鱼味俊，莼菜羹香，那时归梦频触。狂客呼余，但乞取、鉴湖一曲。野服重裁[①]，乡音未改[②]，沙鸥能熟。只鬓丝已老，雪影迷离，浑难似、春波绿[③]。　　风流试说吾乡，道十洲三岛，也驻芳躅[④]。杨柳汀前，尚掩映、几间吟屋。待荚酒[⑤]，光阴过了，灯火楼台弄丝竹。画舫招人，瓣香拾我，到荒祠曾祝。

——《四明丛书》本《襄陵词草》

【注释】

① 野服：古代称居住在山野的人的服装。

② 乡音未改：贺知章《回乡偶书》有“乡音未改鬓毛衰”之句，这里化用之。

③ 春波绿：贺知章《回乡偶书》有“惟有门前镜湖水，春风不改旧时波”之句，这里化用之。

④ 芳躅：芳踪。

⑤ 萸：茱萸。

烟屿

岙底留人家，渔舟聚三五。
日暮鸥鹚飞，隐约下孤屿。
枯树挂渔罾，吹落濛濛雨。

——选自《月湖十洲分咏》

花屿

孤屿俯中流，粼粼生碧漪。
窈窕春风来，佳人安所之。
花开复花落，湖光如昔时。

——选自《月湖十洲分咏》

毛 森

毛森(1793—1836),谱名学曾,字省三,号莲卿,鄞县人。道光诸生。

咏月湖十洲

柳汀

绿波围护小蛮腰,缕缕轻烟拂画桥。
众乐亭前人去后,春风自舞短长条。

菊花洲

黄花擢秀淡于人,散作幽香镜水滨。
个里若逢高士在,白衣好送十洲春。

雪汀

一片平沙水面浮,风翻柳絮扑琼楼。
忽看岙底渔船至,深夜还疑访戴舟①。

芳草洲

岂是长安陌上熏,春风拂拂草纷纷。
行人偶向芳洲过,不怨王孙冤夕曛②。

芙蓉洲

恨无好景入诗囊，木末搴来浅淡妆。
漫道秋江甘寂寞，一番时节最宜霜。

月岛

千顷银波涌玉盘，清光一片耐人看。
高丽驿馆翻新曲，似听霓裳到广寒。

松岛

古干亭亭百尺修，憧憧桥畔涌清流。
倘逢雨洗风飘后，好作涛声贯斗牛。

花屿

春风吹暖百花香，蜂蝶应教日日忙。
骚客不知天欲暮，临波犹唱满庭芳。

竹屿

筛金擎玉翠云稠，一水无尘韵自幽。
东畔宝云钟未响，绿阴深处且勾留。

烟屿

蒙蒙漠漠景如何，蓑笠渔翁送棹歌。
疑是志和栖隐处③，斜风细雨晚来多。

——选自《日湖毛氏宗谱》卷四

【注释】

① 访戴：参陈劢《月湖十洲·雪汀》诗注。

② 夕曛：落日的余辉。

③ 志和：张志和，字子同，初名龟龄，号玄真子，婺州金华（今浙江金华）人。唐代著名隐士。

周 址

周址（生卒年不详），字罂湖，鄞县人。道光十年（1830）岁贡。

天一阁歌

四明石质夸秘藏[①]，直与委宛同荒唐[②]。
前王后袁卷帙富[③]，遗目仅在书已亡。
丰氏有楼号万卷，历世手泽归渭阳[④]。
东明司马喜得此，筑阁近连甲第旁。
同时弇州多秘籍[⑤]，彼此互借传抄忙。
比较旧储增十倍，整顿签轴装缥缃[⑥]。
迄今留贻三百载，四海景慕推书仓。
我朝四库久充溢，天禄石渠多琳琅[⑦]。
采取亦复备遗轶，奎墨遂颁云汉章[⑧]。
至今穹碑勒阁下，不须藜火呈星芒。
鲰生里舍幸相接[⑨]，僦居远胜春明坊[⑩]。
宝山在迩期一入，朝披暮读愿终偿。

——选自《四明清诗略》卷二十二

【注释】

① 石质：指石库，相传在鄞县大梅山中，内藏神仙经籍。佚名《四明洞天丹山图咏集》云："石库藏书仓贮盐。"注："梅福曾宿此库，见书莫知其数。"清黄宗羲《四明山志》卷二《伽蓝·大梅山保福寺、护圣寺》云："大梅山在余姚之南七十里，汉梅福旧隐处也……边有石库，内贮仙药、神仙经籍。贞元十二年，法常自天台至此，寄宿于房，梦神人语之曰：'石库中圣书，悬记既往将来之事，受之者为地下主；不然，亦帝王师傅。'常曰：'吾以涅槃为乐，石库之书非吾所好。'"前卢镐诗云："我记昔年游东溪，石廪千丈高突兀。云是神君书质库，云篆虫符睹恍惚。乃知丹山赤水奇，仙人亦为藏书窟。"

② 委宛：即宛委，在绍兴阳明洞外飞来石下，传为禹穴。贺知章《龙瑞宫图经纂山记》云："禹穴，黄帝号为宛委穴，赤帝阳明之府，于此藏书焉。大禹始于此穴得书，复于此山藏书。"

③ 前王：指王应麟。后袁：指袁桷。

④ 渭阳：语本《诗经·秦风·渭阳》："我送舅氏，曰至渭阳。"后用作舅父的代称。薛冈《天爵堂笔余》卷三记云："考功先大父方伯公，构万卷楼藏异书，考功一目数行，弱冠遂读尽。已登第，复自购奇书万余卷，弃官读之。"

⑤ 弇州：指王世贞。王世贞《答范钦书》谓范钦与其相约互抄书籍，"互补其阙失"。

⑥ 签轴：加有标签便于检取的卷轴。常用以泛称书籍。缥缃：古时常用淡青、浅黄色的丝帛作书囊书衣，因以指代书卷。

⑦ 天禄：汉代阁名。后亦通称皇家藏书之所。《三辅黄图》卷六："天禄阁，藏典籍之所。"石渠：阁名。西汉皇室藏书之处，在长安未央宫殿北。《三辅黄图》卷六："石渠阁，萧何造，其下砻石为渠以导水，若今御沟，因为阁名。所藏入关所得秦之图籍。至于成帝，又于此藏秘书焉。"琳琅：精美的玉石。比喻珍贵的书籍。

⑧ 奎墨：御书。云汉章：语本《诗经·大雅·棫朴》："倬彼云汉，为章于天。"此形容御书光带灿烂贯于高天。

⑨ 鲰生：犹小生。多作自称的谦词。

⑩ 僦居：租屋而居。春明坊：唐都长安，东面有三门，中名春明。宋朱弁《曲洧旧闻》卷四："宋次道龙图云：'校书如扫尘，随扫随有。'其家藏书皆校三五遍者。世之蓄书，以宋为善本。居春明坊。昭陵时，士大夫喜读书者多居其侧，以便于借置故也。当时春明宅子比他处僦直常高一倍。"

郑尔毅

郑尔毅(生卒年不详)，字曾期，号果亭，慈溪人。岁贡生，初官遂安学，道光二十五年(1845)移官汤溪学，后官绍兴府学训导等职。著有《果亭古今体诗稿》《清芬阁诗稿》等。

月湖十咏步刘太守讳瑆韵(十首选四首)

花屿

姹紫嫣红正满枝，锦旛摇曳藉扶持。
画船荡破湖烟去，一路浓香镇入诗。

芳草洲

小雨如酥润草肥，洲中弥望绿依依。
屿花汀柳勾人住，莫怪王孙去未归。

烟屿

一带寒烟正又斜，半笼浅水半笼沙。
秋风秋雨浑无定，谁泛湖边钓月槎。

芙蓉洲

映水红英似锦囊，小舟秋泛采芬芳。
万金楼畔朱颜盛，好耐西风午夜霜。

——选自郑尔毅《果亭古今体诗稿》

月湖春泛歌

鄮山花流媚新晴，正值双湖春色迎。
鹢首轻舟摇泛泛[①]，鱼鳞春浪蹴盈盈。
苍苔松岛闲中趣，烟屿蓉洲物外情。
秘监祠前山寂寞，尚书桥畔水澄清。
鲎帆幅数乘风驶[②]，雉堞连层入眼明。
昼静金波看滉漾，夜阑玉兔倍晶莹。
雪汀鹤啄依深渚，碧涧鸥飞浴浅泓。
更有十洲春酿好[③]，停桡对月喜同倾。

——选自郑尔毅《果亭古今体诗稿》

【注释】

① 鹢首：古代画鹢鸟于船头。

② 鲎帆：鲎背上有骨如扇，风起则开展似帆。明屠本畯《闽中海错疏》卷下“鲎”条云：“过海辄相负于背，高尺余，乘风游行如帆，谓之鲎帆。”清李调元《然犀志》卷上“鲎”条云：“遇风则背骨张开，若帆之趁风，谓之鲎帆。”幅数：疑当作“数幅”。

③ 十洲春：甬上名酒。清郑辰《句章土物志》：“十洲春，宋时甬上尝以入贡，今其法存吾慈，略与浔酒伯仲。”

谢辅诚

谢辅诚（生卒年不详），字莼斋，镇海人。诸生。与王堃同时，能诗，有隽才。

月湖十洲（选六首）

柳汀

烟雨一天绿，春归第几桥。
渔翁贯鱼卖，折尽最长条。

芳草洲

四面碧琉璃，映带路几许。
双桨木兰舟，载过踏青女。

芙蓉洲

一夜秋光老，鲤鱼风起时①。
烂红看不尽，闲杀蓼花枝。

松岛

结庐居其间，绝看翠如滴。
五更风雨来，涛声起相觅。

花屿

城外春如海，水边花自芳。
绿沉鱼归镜，红晕美人妆。

烟屿

偶从屿上行，莫辨屿边路。
翻疑双鹭栖，晴雪点春树。

——选自谢骏德辑《镇海谢氏世雅集》卷九、
《四明清诗略》卷十七

【注释】

① 鲤鱼风：《玉台新咏》卷七南朝梁简文帝（萧纲）《艳歌篇十八韵》："灯生阳燧火，尘散鲤鱼风。"清吴兆宜注引《提要录》："鲤鱼风，九月风也。"

李立群

李立群（生卒年不详），字鹤君，号粤生，鄞县人。诸生。著有《青萝阁诗抄》。

云石歌

云石之云高接天，云石之石仅一拳。
每当阴雨氤氲布，妙绝此景难言传。
初看一缕石罅出，轻软正如兜罗绵①。
近从宝云寺门绕，远与庆云楼阁联。

间以虹桥虹，杂以烟屿烟。
镇明之岭失其麓，天封之塔藏其巅。
虽非石窗之石开四面，二十里云相盘旋。
恍如蜃池之蜃倏嘘气，楼台飘渺当空悬。
忽舒忽卷，或断或连，
去若行空马，来若戾天鸢。
无翼而飞不胫走，岂有神灵为着鞭。
须臾云收忽晴霁，红日照耀相新鲜。
吁嗟此石非凡质，独抱云心千百年。
个中妙具丘壑理，肯容晦迹颓垣边。
搜奇访古情难已，下拜直欲效米颠②。
呼丈呼兄不我应，握管为歌云石篇。

——选自董沛编《四明清诗略》卷二十五

【注释】

① 兜罗绵：棉，由兜罗树上柳絮状棉编织而成，形质洁白柔软。亦为草木花絮之总称。

② 米颠：北宋书画家米芾的别号。米芾一生博雅好石，精于鉴赏，人称石痴。米芾知无为军时，州治有巨石甚奇。芾见之大喜，曰："此足以当吾拜。"遂命左右取袍笏拜之，每呼曰"石丈"。事见宋叶梦得《石林燕语》卷十。又宋费衮《梁溪漫志·米元章拜石》云："米元章守濡须，闻有怪石在河壖……公命移至州治，为燕游之玩。石至而惊，遽命设席，拜于庭下，曰'吾欲见石兄二十年矣'。"

蒋世鼎

蒋世鼎(1792—1855)，又名重三，字典林，号楂乡，又号茶香,宁海长街岳井人。邑庠生。名其居为“鹤警草堂”。善诗,与鲍谦、王起霞等游,并联成诗会。著有《鹤警诗草》等。

月湖即景①

读书四明府,望湖十景聚。
十景环玉塘,明镜开中央。
虹桥中央跨,两面阑干亚。
看遍三屿花,又见三洲斜。
落月隐松岛,柳汀雪初扫。
扫起柳花飞,雪花争依稀。
依稀松子落,清露晞丛薄。
丛竹傍花娟,全湖半隐烟。
烟中芳草绿,春色醮湖曲②。
湖曲有高楼,开帘对小洲。
去年采秋菊,霜下芙蓉簇。
今我春日来,但见桃花开。
桃花开似绣,足揽全湖秀。
好景岂须多,随人赏识何③。

——选自蒋世鼎《鹤警诗草》卷一

【注释】

① 作者题下自注“甲戌”,即嘉庆十九年(1814)。

② 醮:据其《题画诗》云:“日日临流醮晚妆。”醮当为“蘸”之误。蘸,映照之意。

③ 作者自注:“宁波月湖十景,三屿:花屿、竹屿、烟屿;三洲:芳

草洲、芙蓉洲、菊洲；二汀：雪汀、柳汀；二岛：月岛、松岛。”

赵九杠

赵九杠(1794—1843)，字翊紫，号薇卿，鄞县(今属海曙区)人。赵存洵之子。道光二年(1822)优贡，例授修职佐郎。有《漱石山房诗钞》。

月湖十洲用舒王倡和原韵(选录)

花屿

竹外斜欹照水枝，东风无力强护持。
晚来最爱临流眺，绿意红情合有诗。

月岛

夕阳才见下芳洲，素月当头桂子秋。
映水重轮清彻底，一湖空色未曾收。

清光掩映白蘋洲，涌出冰轮夜月秋。
铁笛一声吹不见，碧天如水淡云收。

柳汀

绿杨烟景晚萧萧，映水低垂千万条。
草色满园花满树，一般春在小红桥。

听彻黄鹂啭最娇，绿阴几处护长条。
飞花散作千团雪，半落长堤半过桥。

芳草洲

一番新绿斗芳菲，曲岸长堤几处依。
此日踏青寒食路，行行香衬马蹄归。

满地柔茵翠合围，浮云拖处色相依。
无情只见青青长，恼煞江南客未归。

烟屿

疑云疑雾四围遮，漠漠寒滩更浅沙。
锁住柳桥都不辨，一鸥明白傍浮槎。

浓草千般罩落花，晚来薄暝护晴沙。
凄迷不待风吹去，一幅蒲帆破钓槎。

竹屿

淇园移种趁春栽①，清影萧疏为月来。
占得数弓清净地，只教长伴小桃开。

菊花洲

一片黄花烂漫开，枝枝冷艳绝纤埃。
延龄客来东篱住，偏讶凌波向晚来。

蓼花红尽菊花开，近水芬芳不染埃。
瘦影纵横孤艇畔，渔灯初起摸鱼来。

芙蓉洲

水曲频看濯锦囊，此花占得九秋芳。
含烟带雨开无数，争似东篱菊傲霜。

香罗为锦彩为囊，独向秋风吐晚芳。
晓起寻来芦荻岸，猩红一点醉秋霜。

雪汀

片片飞花向水栽，分明幻出玉楼台。
画桥一夜西风冷，疑有骑驴客子来。

几枝寒透水边梅，遥夜偏疑月上台。
欲认钓舟浑不辨，老渔肩得一蓑来。

——选自赵九杠《漱石山房诗钞》卷四

【注释】

① 淇园：古代卫国园林名，产竹。在今河南省淇县西北。

陈　权

陈权（生卒年不详），字巽占，一字箫楼。鄞县人，家住月湖之西。诸生。工诗，六十岁后编有《箫楼诗稿》，刻本有道光十一年（1831）富呢扬阿序。

月湖眺望

平湖面面镜奁开,远浸孤城近浸台。
雁带断云投岸去,草分秋色过桥来。
空留岛屿归鸥鸟,无复笙歌劝酒杯。
独有贺公祠畔月,夜深依旧照莓苔。

——选自陈权《箫楼诗稿》卷一

月湖曲

谁占桥西绿半湾,枳篱茅屋两三间。
白鸥拦住寻诗路,不许游人浪往还。

青唇白雪记当年[①],绿酒红牙载满船。
回首笙歌烟水阔,菊花黄遍夕阳天。

雁声嘹喨碧天风,多少楼台岛屿空。
剩得芦花秋一片,渔灯明灭乱流中。

柳汀松岛雾昏黄,独抱幽怀意渺茫。
何处玉箫怨遥夜,半湖明月半湖霜。

——选自陈权《箫楼诗稿》卷一

【注释】

① 青唇白雪:参见全祖望《再叠双湖竹枝词》注。

雨后湖上作[1]

踏遍西湖雨，春泥满屐香。
一声莺语滑，十里柳丝长。
梦影迷天远，花阴贴地凉。
几家楼阁外，飞燕话斜阳。

——选自陈权《箫楼诗稿》卷十一

【注释】

① 此诗作于嘉庆十六年(1811)。

月湖杂诗[1](八首选四)

三喉草长两池空[2]，湖水无心注向东。
留得梅花墙外月[3]，不知何处吊吴公[4]。

嵯峨甲第烂云霓，楼史冯宣夹两堤[5]。
烟水空濛三月暮，落花无语过桥西。

双鱼瓮泛十洲春，玉箸银针荐味新。
一样落花飞絮候，不堪回首是前尘。

挽花汇上好花枝[6]，欲折轻红寄所思。
蝴蝶不知人意在，双双飞过水仙祠[7]。

——选自陈权《箫楼诗稿》卷十二

【注释】

① 这组诗作于嘉庆十七年(1812)。

② 三喉:指水喉、食喉、气喉三闸。清何美浚《题陈越舟明府月湖秋泛图》:"新见水喉穿。"自注:"月湖以城东三喉为宣泄,久湮,钱邑侯竹初寻得二喉。岁甲子,予同乡前辈访得水喉,在东渡门之内。"两池:指蛟池、蜃池。全祖望《湖语》:"旧有三喉,泄水东注。又有二池,以备北顾。"自注:"水喉、食喉、气喉三闸,皆穴城,泄双湖之水,东入于江。蛟池、蜃池,则所以备城北之旱岁也。"

③ 梅花墙:宋赵篯夫之园,在雪汀西畔。

④ 吴公:吴潜。南宋名臣。

⑤ 冯:似指冯端方一族。冯端方为汪思温外甥,敏悟笃学,贯穿经史,属文思若涌泉。与楼钥俱师郑锷,尤工赋,孙觌见其骈俪惊叹。为隆兴府奉新县主簿,吏事不苟。未几,迁楚州团练判官。楼钥有《举端方自代状》。宣:似指宣缯一族。

⑥ 挽花汇:参全祖望《再叠双湖竹枝词》自注。

⑦ 水仙祠:即水仙庙,在月湖碧沚之西。

虹桥竞渡歌畅兰社分赋[①]

龙舟竞渡传端阳,朱旗画鼓喧三湘。
吾乡竞渡不吊屈,年年重九纷龙襄[②]。
群龙入城来,西湖秋莽苍。
天落彩虹成桥梁,跨湖欲攫龙腾骧。
冯夷击鼓龙回翔[③],铜钲声与人低昂[④]。
一龙直前气飞扬,一龙拦截波中央。
一龙盘旋一龙睡,骊珠吞吐腾光芒[⑤]。
何来两龙奋拳爪,长髯如戟衣如霜。
挠动湖光一万顷,水为之立风为凉。

凫鹥㶉鶒远遁藏[⑥]，湘妃汉女惊相望[⑦]。
群龙出城去，意气何洋洋。
但见西湖月初上，风吹一片琉璃光。
独留虹桥，影垂寒塘，满湖烟光空苍茫。

——选自陈权《箫楼诗稿》卷十九

【注释】

① 畅兰社：陈权与徐汝谐、范槱等组织的诗社，大约成立于道光十年(1830)。此诗即为道光十年畅兰诗社集会分韵之作。

② 龙襄：同“龙骧”。昂举腾跃的样子。这里指龙舟竞渡。

③ 冯夷：传说中的黄河之神，即河伯。泛指水神。

④ 铜钲：古代乐器，形似钟而狭长，有长柄可执，击之而鸣。

⑤ 骊珠：宝珠。传说出自骊龙颔下，故名。

⑥ 㶉鶒：水鸟名。形大于鸳鸯，而多紫色，好并游。俗称紫鸳鸯。

⑦ 湘妃：舜二妃娥皇、女英。相传二妃没于湘水，遂为湘水之神。汉女：传说中的汉水女神。《文选·扬雄〈羽猎赋〉》：“汉女水潜，怪物暗冥，不可殚形。”李善注引应劭曰：“汉女，郑交甫所逢二女也。”《后汉书·马融传》：“湘灵下，汉女游。”李贤注：“汉女，汉水之神女。”

顾　逸

顾逸（生卒年不详），字君白，号二鹿，鄞县人。诸生。善诗，与陈权等唱和，曾为陈权编选《箫楼诗稿》。著有《小亭林诗抄》。

重九箫楼招饮于花屿草堂[1]，即席赋赠，次韵答谢

不见登高作赋才[2]，相逢爽气拂云开。
岂知木叶从空下，已是秋风动地来。
浊酒对君何慷慨，黄花笑我也低回。
且凭唱和重阳日，一慰飘零迟暮哀。

——选自顾逸《小亭林诗稿》

【注释】

① 箫楼：陈权。此诗作于道光三年(1823)重阳日。作者此前有《癸未秋日箫楼招饮于花屿堂，即席赋诗见赠》诗云："慷慨盟交二十年，岭云烟树寸心悬。论诗上下谁千古，把酒生平有几天。落日壮心悲伏枥，秋风病骨欲苏肩。风尘何处寻同调，只数襄阳与辋川。"

② 登高作赋：登得高，看得远，能够描绘形状，铺陈事势；指国家的有用人才。语本《诗经·鄘风·定之方中》："终然允臧。"毛亨传："升高能赋……可以为大夫。"

虹桥观竞渡

鉴湖初晓霜飞冷，一道长虹亘秋影。
万里晴空千顷波，纵览重阳好风景。
须臾鼍鼓间铜钲[1]，未见龙舟先闻声。
观者如山势雷动，翻江搅海神魂惊。
群龙欲翔势先抑，齐向波心争出没。
角壮轩腾各逞奇[2]，直欲掀翻老蛟窟。
怒者斗捷鳞甲张，戏者竞前相低昂。
瘦螭鼠状黑虬走，白日不动天苍苍。

浪花喷沫溅寒雪，万点珠玑杂锋镝[3]。
划桨两两翼如飞，斩齐一以鼓为节[4]。
欢呼哗逐冯夷怒，江妃水仙不敢舞[5]。
光摇目慑眩生花，泼面湖风吹过雨[6]。
岸亦为之奔，天亦为之湿。
风樯阵马不得前[7]，翠蕤云旓半空立[8]。
茫茫不见湘江水，凭吊何从追屈子。
莫将故事问端阳，千古人心有如此。
锦标夺罢日将夕，龙舟归去渔舟集。
棹歌唱断凉风生，返照中流乱明灭。

——选自《四明清诗略》卷二十一

【注释】

① 鼍鼓：用鼍皮蒙的鼓。其声亦如鼍鸣。《诗·大雅·灵台》："鼍鼓逢逢。"陆玑疏："（鼍）其皮坚，可以冒鼓也。"

② 角壮：竞比雄壮。《文选·颜延之〈赭白马赋〉》："分驰迥场，角壮永埒。"张铣注："分走竞壮于迥地长埒也。角，竞也。"轩腾：飞腾。

③ 锋镝：刀刃和箭头，泛指兵器。

④ 斩齐：极其整齐。

⑤ 江妃：传说中的神女。

⑥ 泼面：扑面。

⑦ 风樯阵马：风中的樯帆，阵上的战马。比喻气势雄壮，行动迅速。语出唐杜牧《李贺诗序》："风樯阵马，不足为其勇也。"

⑧ 翠蕤：饰以翠羽的旗帜。云旓：绘有云彩的旌旗。语本杜甫《魏将军歌》："欃枪荧惑不敢动，翠蕤云旓相荡摩。"仇兆鳌注引吕东莱曰："翠蕤云旓，皆旗也。"

忻文郁

忻文郁（生卒年不详），字慎斋，号艮山，鄞县陶公山（今属宁波市鄞州区东钱湖镇）人。诸生。著有《望湖楼诗钞》，前有道光十三年（1833）纪名俊序，谓其父筑楼山麓，名望湖楼。忻文郁每日凭楼观赏，故其诗能适性情。

四明形胜廿二首·天一阁

高阁凌空壮一居，当年司马有藏书。
金编玉简多珍重，未许人间乞鲁鱼。

——选自忻文郁《望湖楼诗钞》卷一

施英藻

施英藻（1796—1819），字日初，号蕙田。鄞县（今宁波市海曙区）人。施育凤次子。县学生。乡试屡荐不中，益嗜学，年二十四以咯血死。著有《琴韵茶烟馆稿》《墨翰缘传奇》。

月湖棹歌（选四十七首）

用竹垞《鸳湖棹歌》韵得五十首[①]，便不能复续矣。诗之工拙姑置之，即以才力论，古人正不易及也。

湖水澄揩镜面平，擢歌何处不春声[②]。
一泓秋浦城西汇[③]，流出桃源湛湛明。

藕尾港中鸬鸶栖[4]，莲心岛外鸡鹊啼[5]。
新涨鸭头半篙绿[6]，湖南撑过便湖西。

渔户新翻水调歌，浪淘沙唱小娇娥。
一声嘹喨日欲没，两岸萧萧芦荻多。

冷淡秋光夕照斜，翻飞白鸟唼晴沙。
小洲幽僻无人境，开到芙蓉又菊花。

水抱环桥一带流，沉沉昼锦晚烟秋。
老渔省识湖山主[7]，道是前王与后楼。

衮绣桥边碧沚存[8]，神幢钟鼓雨云昏。
年年香火灵鳗盛，古庙仙人水一村。

瓜皮艇子拓篷窗[9]，一水盈盈隔小江。
畅好晚凉新霁后[10]，画桥影落彩虹双。

月岛玲珑看月过，挽花西汇落花多。
鉴湖世界花和月，好谱春江一曲歌。

湖心寺里叫神雅[11]，薜荔红墙半角斜。
寂寞浮屠何处觅，至今开遍妙莲花。

西湖管领是龀师[12]，小种湖鲜胸网丝[13]。
买得陂塘无限景，新词合唱摸鱼儿[14]。

飘泊吴船与越艚[15]，一生柔橹惯亲操。
游仙庙畔郎须返，莫使侬心折大刀[16]。

杖头三百青铜钱[17]，日日流饮西湖船。
跳上岸头脱蓑卧，风送稻花香满田。

傍水人家五母鸡，粉墙缺处昼频啼。
憧憧两岸垂杨碧，绾住春光东复西。

鳜鱼肥小漉轻盐，潭水船停陆孝廉[18]。
听说十洲春色好，酒旗飘处定堪拈。

半疑城内半疑乡，贺八行祠鉴曲塘[19]。
飞盖阴笼芳草碧[20]，画船影漾落花香。

竹洲萧萧听竹声，中有竹鸡不住鸣。
真隐主人邈何许，孤负洞天飞入城[21]。

雨中春树湿炊烟，呖呖莺声唤柳眠[22]。
偃月长堤傍晚过，乱抛榆荚沈郎钱[23]。

姑恶飞鸣响不停，桑麻绕遍子城青。
浓阴荡漾波光碎，凉煞前头紫翠亭。

花开脱去一尘纤，果熟尝来一味甜。
昨夜杜将军庙畔[24]，雨晴三尺碧初添。

不同玉女倩符牌[25]，家引修渠绿到阶。
试看载沙筑路后，湖光如截抱天街。

塔峙天封倒映湖，湖波浩荡长蘼芜。
繁星忽讶通湖烂，天半佛灯红有无。

此地渔郎许问津，桃花堤筑水之滨。
当楼含笑春风面，却映褪红帘内人。

西湖名胜埒东湖，不似西乡莺脰芜[26]。
闻说放生池最好，虾青鱼白杂精粗。

红蓼秋荣冒水浔，钓钩稚子解敲针[27]。
划船直入里湖去，落日渔家岙底深。

芳草萋萋绿满阶，屿花汀柳好安排。
侬今欲觅王孙迹，新制踏青双凤鞋。

晚烟无际水苍茫，四面红楼五亩塘。
此去菱池应不远，薄言采采与郎尝[28]。

瓣香直接谢遗尘，广厦高轩庙貌频。
祠废九题亦寥落[29]，风光消受菜园人。

九月龙灯社火红，镇明岭畔路斜通。
夜阑儿女踏歌去，人影衣香半水中。

菖蒲九节已花开，津鼓钟黄渡口催[30]。
不信凉秋好明月，短梢裈着此间来[31]。

十五渔娃鬟朵香，怕教荡浆打鸳鸯。
怜他也学儿家样，双宿双飞情久长。

泛泛湖头一叶飘，高人韵士履絇遥[32]。
涵虚馆废竹涵水，锦照堂欹花照桥。

报恩寺里粥鼓挝[33]，报恩寺外路三叉。
晏尚书庙蛩声冷[34]，闽国公祠雁影斜[35]。

赤脚捞虾半没泥，瓦盆晚饭佐黄齑。
剥来芡实鸡头肉，更胜青棂象坎梨[36]。

一泥曾把十洲丸，纯父图中渍墨干[37]。
金粉六朝消歇后，冷烟残雨等闲看。

萧瑟园林落叶黄，风吹紫竹细闻香。
双扉半阖游人少，遗像风流范侍郎[38]。

一亭稳抱水云眠[39]，结构凌空致足怜。
闲向四宜楼上望[40]，湖波明瑟浸湖田[41]。

松月弯弯欲上稍，读书声在水西坳。
恼郎彻夜懒堂坐，几度将侬角枕抛[42]。

高骊纸胜益州笺[43]，使者星临驿馆前。
剩有宝奎精舍里，奎光夜夜照芸编[44]。

露台独上醉经旬，湖水湖山别样新。
惆怅燕归深巷里，呢喃犹是觅官人。

秧歌起处渔歌停，康禧祠边稻叶青[45]。
比户弦歌小邹鲁，雨余书带生中庭。

橛头船泊桑树林，展墓时节天阴阴[46]。
官酒务边上滩去，香风触动缠臂金[47]。

波斯五斛黛螺纤[48]，云影天光净绿黏。
妾爱船头好山色，索郎彩笔画眉尖。

春秋佳日几低回，水鸟自鸣花自开。
廊坏尚余千步曲，楼空那得万金来。

家住西湖弯复弯，搔头玉拨耳双环[49]。
观音寺院烧香罢，稳坐白藤轿子还。

苎萝村落祀西施[50]，此处夷光未有祠[51]。
练帛原非浣纱地，也教同巷纺新丝[52]。

红莲阁外暮云平，红莲阁下秋风生。
侬归采得赠欢乎，欸乃夕阳摇橹声。

朔雪寒飘六出花，小汀压倒短篷斜[53]。
郎如欲买金波醉[54]，桥北桥南半酒家。

——选自《鄞城施氏宗谱》卷七

【注释】

① 竹垞：指清初著名文人朱彝尊。

② 擢：当为“櫂”之误。

③ 城西汇：即西塘河。康熙《鄞县志》云：“西塘河：源出大雷山等溪，东流至大卿桥，入西水关。其支一北流经高桥，抵西坝。一自大卿桥东南流，为崇法寺前河。”按，此所谓“大雷山等溪”，指武陵溪及其下流桃源溪。徐兆昺《四明谈助》卷三云：“武陵溪·桃源溪：武陵溪在武陵山下，自山口至流花桥。桃源乃武陵之下流也。大雷、慈溪岙及石林、庄岙诸水皆会于此，其流抵西塘河。”

④ 藕尾港：在细湖之西。全祖望《湖语》：“何来细湖，别成遥浒。溯流而会，藕尾如注。”自注：“南湖之中有细湖，又称小湖，盖采莲桥一带也。舒中丞竟以西湖别名细湖，近人则但以南湖名细湖，皆误。惟胡制史《宝庆志》不错。细湖之西有港曰藕尾。”港，即港汊。

⑤ 鸡鹕：一种水鸟。唐陈藏器《本草拾遗》云：“鸡鹕，水鸟，人家养之，厌火灾，似鸭，绿衣，驯扰不去。出南方池泽。”李时珍《本草纲目》云：“鸡鹕大如凫、鹜，而高脚似鸡，长喙好啄，其顶有红毛如冠，翠鬣碧斑，丹嘴青胫，养之好玩。”据此描述，知其为鹭科动物，或以为指池鹭，或以为指赤头鹭。

⑥ 鸭头：鸭头色绿，形容水色。

⑦ 省识：犹认识。

⑧ 衮绣桥：闻性道康熙《鄞县志》：“水仙庙左侧，以宋史相弥远有衮绣坊，故名。……今呼水仙庙桥，因其在庙侧也。”全祖望《衮绣、感圣、观音三桥互混辨》：“衮绣桥一名缓带桥，崇教寺南者是也，又名水仙庙桥……嘉定间图：丰尚书宅至观音桥五十六丈八尺，感圣桥至碧沚西岸二十四丈九尺，其界甚明。”

⑨ 瓜皮艇：即瓜皮船。一种简陋小船。

⑩ 畅好：正好，甚好。

⑪ 雅：通“鸦”。

⑫ 管领：领受。瀫：同“渔”。渔师，即渔人。

⑬ 胸：繁体作“胷”，当为“罥”之形误。

⑭ 摸鱼儿：词牌名，又名“买陂塘”“双蕖怨”“迈陂塘”等。

⑮ 越艚：越船。

⑯ 折大刀：大刀头上有个圆环，“环”与“还乡”的“还”同音。“折大刀”即折断了大刀头上的环，隐喻不能还乡。杜甫《八月十五夜月》诗：“满月飞明镜，归心折大刀。”

⑰ 三百青铜钱：指酒钱。唐杜甫《逼仄行》：“速宜相就饮一斗，恰有三百青铜钱。”

⑱ 孝廉：暗用孝廉船的典故。刘义庆《世说新语·文学》载：晋吴郡人张凭举孝廉，自负其才，造访丹阳尹刘惔，与诸贤清谈，言约旨远，一座皆惊。刘延之上坐，留宿至晓。张还船，须臾，刘遣使觅张孝廉船，同侣惋愕。刘与张凭即同载诣抚军，曰：“下官今日为公得一太常博士。”抚军称善，即用张为太常博士。时人荣之。后遂以“孝廉船”为褒美才士之典。陆孝廉，当即拗花园主陆起元。

⑲ 贺八：贺知章排行第八，人称贺八。

⑳ 飞盖：高高的车篷。亦借指车。

㉑ 洞天：即“四明洞天”。此用史浩故事。

㉒ 呖呖：形容鸟类清脆的叫声。

㉓ 沈郎钱：原为钱币名。晋沈充所铸。《晋书·食货志》：“吴兴沈充又铸小钱，谓之沈郎钱。”后亦指榆荚。榆未生叶时，枝条间先生榆荚，形状似沈充所制之钱，故称。俗亦称榆钱。

㉔ 杜将军庙：即月湖东花果园庙，祀将军杜恺。全祖望《答蒋生学镛问湖上三庙缘起》云：“花果园庙在湖心寺之西岸，其庙神即史氏园中之土神也。明中叶以后，忽传为建炎将军杜恺，此本委巷之语，而张司司修《嘉靖志》遂载之。近有费纬祉者，一村学究，作庙记，更敷衍其说，谓将军以扈从至鄞，舍于史忠定之园。将军本籍祥符，忠定曾令

祥符,故相善。将军卒于是园,因立庙祀之,并有墓在太白山之说。考忠定乃绍兴十五年刘章榜进士,而谓建炎已令祥符,其谁欺乎?……或谓忠定之叔曰史才,官参政,乃重和元年赵楷榜进士,祥符之任,当属参政,则时代适当,后人讹以为忠定耳。今按建炎扈从诸公如郑世忠、张麟、潘迪、李显忠皆有后人居鄞,大率南渡初留此,固不敢谓杜将军必无其人。顾又考史氏自忠定以前本居湖上,迨越公迁大田山中,而葬下水,子孙皆居焉。其复归湖上,直自忠定始。是园林之建,确在忠定退居之后,其于参政无预也。然则将军寓园之事,绝不足信。况自宝庆、开庆、延祐至成化,诸旧志无载之者,其谓将军官镇东将军,世袭金吾,不知四镇系六朝官制,宋时并无此官,尤不攻立破者矣。"

㉕ 符牌:书于木片上的信物凭证,其用法为合。

㉖ 莺脰:指广德湖。

㉗ 敲针:敲弯针做成鱼钩。语出杜甫《江村》诗:"老妻画纸为棋局,稚子敲针作钓钩。"

㉘ 薄言:急急忙忙。一说为助词。《诗经·周南·芣苢》:"采采芣苢,薄言采之。"

㉙ 九题:即《四明山九题》。

㉚ 津鼓:古代渡口设置的信号鼓。钟黄渡口:宝庆《四明志》卷四"日月湖"条云:"南隅曰日湖,又曰细湖,又曰小江湖,又曰竞渡湖。"并注:"昔有黄、钟二公竞渡于此,因以为名。"

㉛ 短梢裈:短裤。

㉜ 履絇:指有絇饰的鞋。絇,古代鞋头上的装饰,有孔。

㉝ 报恩寺:即崇教寺。同治《鄞县志》卷六十六《寺观上》云:"崇教寺:县治西南一里。(采访)唐杨德顺舍其居为院,曰报恩。乾符元年建。"粥鼓:谓僧寺集众食粥时击鼓。

㉞ 晏尚书:晏敦复,字景初,宋代江西临川人。仕至吏部侍郎权尚书,既退闲,来寓于鄞。其寓在月湖竹洲。晏尚书庙即晏公庙。同治《鄞县志》卷十一《坛庙上》:"晏公庙:县西南月湖中。其址旧名竹洲,宋丞相史浩建真隐观于此。元季废。(《成化志》)明为陆康僖公祠,后归于全氏。(《四明谈助》)国朝全祖望立晏尚书祠以祀。(全祖望记)今

又废。(采访)”

㉟ 闽国公祠：祭祀元人王积翁的专祠。同治《鄞县志》卷十一《坛庙上》：“闽国公祠：在西南隅月湖之西。公姓王，名积翁，元至元二十一年奉诏谕日本，殁于行，诏封闽国公，谥敬愍(案：《荥阳外史集》作“忠愍”)立祠奉之。泰定四年，县尹阮申之重建。(《至正志》)祠即宋涵虚馆地，明废为四明驿，今建财神殿。(《四明谈助》)”

㊱ 青棂：果实名。长在四明山山木上。唐陆龟蒙《青棂子》诗：“山实号青棂，环冈次第生。”陆龟蒙《四明山诗序》：“木实有青棂子，味极甘而坚不可卒破。”象坎：今为鄞州区东钱湖镇象坎村，古以产梨闻名。李邺嗣《鄮东竹枝词》自注：“象坎诸村梨，以棕皮裹枝上，至腊尽方摘，真快果也。”

㊲ 纯父：刘理之字。

㊳ 范侍郎：指范钦。

㊴ 水云：指四宜楼外水云亭。

㊵ 四宜楼：闻性道康熙《鄞县志》云：“四宜楼：在(四明)驿厅后，万历间守邹希贤建。楼外跨湖为水云亭。崇祯间邑令王章题曰印月。”

㊶ 明瑟：莹净。

㊷ 角枕：角制的或用角装饰的枕头。《诗经·唐风·葛生》：“角枕粲兮，锦衾烂兮。”

㊸ 高骊纸：亦作“高丽纸”。高丽纸以产自高丽而得名，质地坚韧、光洁，受墨微渗有韵，宜书宜画。益州笺：即蛮笺、蜀笺，指四川地区所造彩色花纸。

㊹ 奎光：奎宿之光，主文运。康熙《鄞县志》记位于县治西南一里平桥南的宝奎庙，“今境中题为奎宿之神”。全祖望《答蒋生学镛问湖上三庙缘起》云：“宝奎精舍盖史氏藏御书之阁。”

㊺ 康禧：当作康僖。全祖望《桃花堤记》：“旧时史忠定真隐观也，后为陆康僖祠。”陆康僖即刑部尚书陆瑜。

㊻ 展墓：省视坟墓。

㊼ 缠臂金：即臂钏，我国古代女性缠绕于臂的一种装饰，是用金银带条盘绕成螺旋圈状。

㊽ 黛螺：即螺子黛，古人画眉时用的黑绿色颜料，原产于波斯。《隋遗录》卷上："（吴）绛仙善画长蛾眉，由是殿脚女争效为长蛾眉，司宫吏日给螺子黛五斛，号为蛾绿。螺子黛出波斯国，每颗值十金。"

㊾ 搔头：簪子。玉拨：用以约发的玉制首饰，形状如拨。

㊿ 苎萝村：在今浙江诸暨县，为西施的家乡。

(51) 夷光：即西施。这里代指在鄞城纺丝巷中纺丝的美女。

(52) 这句咏纺丝巷。同治《鄞县志》卷三"纺丝巷"下案云："鄞自唐至宋皆贡绫巷，盖为贡绫时杼柚群聚之地，而后遂沿其名耳。"

(53) 短篷：有篷的小船。

(54) 金波：宋代明州名酒名。南宋嘉定间人张次贤在《名酒记》中提到了"明州金波"。

徐汝谐

徐汝谐（1802—1873），字匊泉，鄞县人。大约在道光十年（1830），与陈权等人组织畅兰社。《月湖徐氏宗谱》卷七有徐汝谐，字钦宰，住顿岙，疑即其人。

虹桥观竞渡

湖上游船似转蓬，湖边歌舞太平风。
长虹半落青天外，画桨平分碧玉中。
何处饱看秋水阔，谁人夺得锦标红。
斜阳漫下涵虚馆，箫鼓迎神曲未终。

——选自董沛编《四明清诗略》卷二十二

徐元第

徐元第(1798—1853),字煜昌,号远香,鄞县人。诸生。著有《留烟稿》《游杭合集》等。

柳汀雅集,赋柳汀柳枝词

春风剪绿挂新枝,众乐亭前二月时。
最是乡音搅人耳,踏青争唱贺公词。

杨柳依依弄晚晴,湖光画出别离情。
憧憧桥过重回首,人倚斜阳一笛横。

柳影湖光一色同,亭边轻飏落花风。
寄言行客不须折,留赠诗人出甬东①。

——选自徐时栋《烟屿楼诗集》卷十七附

【注释】

① 这句作者自注:"时柳泉将读书县东崇本书院。"

徐时楷

徐时楷(1799—1834),字圣木,更字兆行,号醒墨,鄞县人,徐时栋兄。早年入月湖书院读书,后佐父理产。以捐建义学事敕授修职佐郎、盐运司知事。著有《滨湖轩诗稿》。

湖上步月

云淡月如磨，澄湖皱素罗。
光明开世界，空阔渺烟波。
远树露灯火，扁舟发棹歌。
只缘归路近，不问夜如何。

——选自《四明清诗略》卷二十四

叶元堦

叶元堦(1805—1840)，字仲兰，号水心，又号赤堇山人，慈溪鸣鹤(今属慈溪市观海卫镇)人。宁波府学增生，工诗文，又善写兰。曾寓居甬上月湖畔，道光八年(1828)在月湖别业揽碧轩与姚燮、厉志等成立枕湖吟社，唱和之作后来汇编成《枕湖吟社题襟集》。著有《赤堇遗稿》《鹤皋诗传》《毛诗说》等。

芳草洲

芳草已春深，侬住春深处。
新水绿无痕，细雨人归去。

——选自叶元堦《赤堇遗稿》卷一

松岛

枯松植危石，亭亭郁寒翠。
有客枕琴眠，梦醒一鹤至。

——选自叶元堦《赤堇遗稿》卷一

寄怀孙曙舟[1]（三首选一）

枕湖结诗榭，诗人尽来归。
松菊抒幽抱，水月争清辉。
君家罶湖上[2]，道里非纡回。
十日必三至，暂别无久违。
一灯话秋雨，空翠满庭阶。
当境两不觉，追想乐靡涯[3]。
湖流散群鱼，堤树叫孤鹥[4]。
重晤纵非远，良辰难再期。
君马将北去，我马犹南羁。
况复二三子，星散各东西。
吟轩久不启，当窗悬蛛丝。
君言待我返，握手亲赠辞。
我返君又行，此盟践何时？
烟分江北阔，月落星辰稀。
回头望湖水，涕泪沾裳衣。

——选自叶元堦《赤堇遗稿》卷三

【注释】

① 孙曙舟：即鄞县诗人孙家谷。

② 罶湖：广德湖。

③ 靡涯：同“无涯”，谓无穷尽，无边际。

④ 鹥：鸥的别名。

寓居湖上迟骇谷不至[①]

别君盘门道[②]，仓卒多烦忧。
栖息尚难定，那复图良游。
散发湖上来，草木变清秋。
旬日迭夷险，两地殊欢愁。
高鸟避弦影，绕树惊不休。
深林有所止，嘤鸣斯求俦[③]。
山雨滴繁响[④]，宵梦奔江流。
圆蟾若有待[⑤]，不照独客舟。

——选自叶元堦《赤堇遗稿》卷三

【注释】

① 骇谷：厉志之字。

② 盘门：又名蟠门。即今江苏苏州市旧城西南门。《吴地记》：“盘门，古作蟠门，尝刻木作蟠龙以镇此厌越。又云：水陆相半，沿洄屈曲，故名盘门。”

③ 嘤鸣：鸟相和鸣。比喻朋友间同气相求或意气相投。语出《诗经·小雅·伐木》：“嘤其鸣矣，求其友声。”俦：俦侣，朋友。

④ 繁响：繁密的响声。

⑤ 圆蟾：月的别称。神话传说月中有蟾蜍，故称。

揽碧轩偶咏二首

初来见墙隈，绿草翳春芬。
渐见榛桑树，寸尺岁以繁。
今将逾墙出，扬柯拂窗前。
嗟此窗中客，居栖亦多年。
彼物有欣会，我情当欢然。
所惜秋风至，吹我鬓毛斑。

秋风吹庭桂，叶隙黄金花。
黄金糁碧玉，淘洗益光华。
慕其坚贞质，非徒馨香夸。
馨香悦众情，君子所弗嘉。

——选自叶元堦《赤堇遗稿》卷五

揽碧轩迟骇谷①

夜寂动风竹，开户临月星。
枯梅欲在地，花蕊冻不生。
独客兴自寡，怀人来无凭。
云鸿凄断响②，霜气弥江程③。
默默婴百感，多由观世情。
甚望握君手，长言使吐倾。

——选自叶元堦《赤堇遗稿》卷六

【注释】

① 迟：等待。

② 断响：断断续续的响声。

③ 江程：江上的航程。

枕湖吟榭感旧

芦苇萧萧一雁衰，宾朋散尽独登台。
悠怀忽向空中寄，无数烟峦缥渺来。

——选自叶元堦《赤堇遗稿》卷六

竹屿

柴门临水开，绕屋万竿竹。
当窗生虚籁，过雨漾新绿。
时有幽人来，清风琴一曲。

——选自《月湖十洲分咏》

菊花洲

秋风蟹螯肥，酒兴颇不恶。
载酒湖上来，短棹隔花泊。
高人至不至，夕阳下篱落。

——选自《月湖十洲分咏》

柳汀

春风生孤阴，缠绵弄情绪。
三月湖水深，归帆下烟渚。
黄鹂鸣不休，濛濛一湖雨。

——选自《月湖十洲分咏》

朱亢宗

朱亢宗（生卒年不详），字紫笙，浙江仙居人。道光十七年（1837）拔贡。鸦片战争期间途经宁波登天一阁。著有《香雪山房诗集》。

天一阁

我才释芒屩[①]，乘兴登此阁。
万卷集图书，风流尚如昨。
上有万琳琅，下有千琅玕。
小亭足看书，绕亭池影寒。
花木极潇洒，位置俨山野。
此是大嫏嬛，共说小司马。

——选自《两浙辅轩续录》卷四十六

【注释】

① 芒屩：即芒鞋。

佘 梅

佘梅(生卒年不详),字子占,号华禅(或作花禅),鄞县人。道光二十六年(1846)岁贡。

芙蓉洲

薄暮打双桨,涉湖采芙蓉。
夫容开且落[①],莫漫怨秋风。
棹歌人不见,月上烟濛濛。

——选自《月湖十洲分咏》

【注释】

① 夫容:同“芙蓉”。

松岛

日色不到地,涛声咽危石。
风雨蛰苍龙,下有幽人宅。
夜静落松子,寒梦堕残月。

——选自《月湖十洲分咏》

阮 训

阮训(生卒年不详),字小岩,镇海人。诸生。与姚燮为友，曾作《题姚梅伯探梅图》。又参加枕湖吟社，与姚燮、叶元堦等唱和。

月岛

流光泻太空，微波荡层碧。
桥外三两舟，盈盈一湖隔。
长夜梦不成，凭栏避来客。

——选自《月湖十洲分咏》

姚　燮

姚燮(1805—1864)，字梅伯，号复庄、野桥，又号大梅山民、上湖生、大某山民等，生于镇海城关谢家塘。道光八年(1828)，与朋友结枕湖诗社。道光十四年(1834)中举。鸦片战争爆发后，全家颠沛流离，后终岁奔走于甬、杭、苏、沪等地。咸丰年间，曾两度客居象山，与友人组织红樨馆诗社，任诗社祭酒。卒葬小港剡岙泗洲寺后。工诗词、骈文，尤精于画墨梅。著有《复庄诗问》《复庄骈俪文榷》《疏影楼词》等。

重九后一日，揽碧轩与阮(训)、叶(元堦)夜话，分韵得轩字

瞰水开四窗，湖光为吐吞。

斜月弄微影，晴翠风篁翻。
菊花开当篱，蟋蟀鸣在门。
喜君不速来，相与坐云根。
凉阴生短裾，天风振奇论。
仰视星斗碧，情怀何轩轩[①]。
回忆昨重九，风雨临江村。
登楼眺江水，水势东流奔。
云回夕鸿下，烟远疏林昏。
薄酣倚高槛，浩荡情难存。
不如今日乐，令我消愁烦。
相与涤杯杓，补饮茱萸樽。

——选自姚燮《复庄诗问》卷一

【注释】

① 轩轩：高扬的样子。

夜宴揽碧轩即事二律

玉线石榴裙，清歌隔座闻。
墙阴花背月，天际露凝云。
帽影宜苔受，茶烟与鹤醺。
重帏环窣处[①]，沉火有浓熏。

心多难绾处，不借柳丝愁。
演侠宜长剑，迷春自别楼。
低帘防客燕，高烛警湖鸥。

谁是青莲李[②]，拈毫序夜游[③]。

——选自姚燮《复庄诗问》卷二

【注释】

① 重帏：一层又一层帷幔。

② 青莲李：指唐代诗人李白。李白有《春夜宴从弟桃花园序》，记述春夜聚会、饮酒赋诗的情景。

③ 拈毫：拿笔。

揽碧轩即事与叶十八、厉三两山人[①]

湖流到门不肯绿，来照疏襟是疏竹[②]。
袖中出示别后诗，君等新诗亦成轴。
各携一卷倚竹读，读未竟卷继以烛。
朗吟如蝉轻作蛩，门外闻之杂歌哭。
石林清苦饵霜菊，樊榭餐云秀无俗。
我诗置在伯仲间，瘦极秋烟岚一束。
祖龙虽横难并吞[③]，飞燕能娟任谣诼[④]。
狂来直欲千古无，蹴碎屏间唾壶玉[⑤]。
天际倘有真人窥，应笑痴憨态堪掬。
银湾乍明月挂屋，且敞轩楹置醽醁[⑥]。
山川浩莽孤筵高[⑦]，天地沉雾万象伏[⑧]。
吾生共聚到头白，差抵蜉蝣生命促。
况乃会少离别多，几得欢欣补愁蹙。
后五百年人过斯，荒坟成堆野稻熟。
此灯明明照尔我，那不尽情倾一斛。
落叶城头乌瑟缩，西邻鸡声穿过木。

醉须共结千丈绳，速梦东瀛系桑旭[9]。

——选自姚燮《复庄诗问》卷十一

【注释】

① 叶十八：指叶元堦。厉三：指厉志。

② 疏襟：开朗的胸怀。

③ 祖龙：指秦始皇。《史记·秦始皇本纪》："（三十六年）秋，使者从关东夜过华阴平舒道，有人持璧遮使者曰：'为吾遗滈池君。'因言曰：'今年祖龙死。'"裴骃集解引苏林曰："祖，始也；龙，人君象。谓始皇也。"

④ 飞燕：赵飞燕，为汉成帝刘骜第二任皇后。谣诼：造谣诽谤。

⑤ 唾壶玉：玉唾壶之倒，谓玉制的唾壶。唾壶，小口阔腹的承唾之器。

⑥ 醽醁：美酒名。

⑦ 浩莽：广大无际的样子。

⑧ 霒：古同"阴"。

⑨ 桑：扶桑。古代神话中海外的大桑树。传说日出于扶桑之下，拂其树杪而升，因谓为日出处。

同冯广文（登府）饮月湖寓楼[1]

携尊听我歌，清泪敝裘多。
去水去帆急，高云高隼过。
天催残日尽，人奈鬓丝何？
未分猿招隐，空山种薜萝[2]。

——选自姚燮《复庄诗问》卷二十

【注释】

① 广文：明清时对教授、教官的别称。

② 薜萝：薜荔和女萝。皆野生植物，常攀缘于山野林木或屋壁之上。屈原《楚辞·九歌·山鬼》："若有人兮山之阴，被薜荔兮带女萝。"

散步湖上至岙底二章[①]

北风送水南向流，人随水行忘路修。
绿阴一堤数间屋，却有幽人住湖曲。
幽人偃笠看夕阳[②]，不知笠背孤鸿翔。
我送孤鸿隔城没，旗影城楼偃初月。

城根儿童骑犊行，往来追逐渔歌声。
渔歌声声出芦底，不见渔人见鸥起。
一鸥两鸥飞过湖，儿童拍手相招呼。
不知飞鸥没何处，目断苍烟隔汀树。

——选自姚燮《复庄诗问》卷二十

【注释】

① 此诗作于道光二十年(1840)冬。

② 偃笠：仰起笠帽，犹言仰头。

九月望夕，散步日月湖，观社火[①]，归而有作，得四章[②]（选二首）

佽飞旌盖鲍郎宫[③]，火树银花彻晓红。
叠翠层楼天半蜃，流丹复道水西虹[④]。
摩烟塔影灵坛外，绕郭江声画鼓中。
媚献我神来醉止[⑤]，愿为民气振衰穷。

湖平天阔漏迢迢，群燕飞过锦带桥[⑥]。
切树明霜锵步瑟[⑦]，当筵华月睨横箫。
鸳鸯拍绮烟中楫，翡翠笼灯马上翘。
酒市尽收人尽散，墙阴一蟀语清寥。

——选自姚燮《复庄诗问》卷二十九

【注释】

① 社火：旧时节日村社迎神赛会所扮演的诸种杂戏。

② 此诗作于道光二十四年(1844)。

③ 鲍郎宫：指鲍郎庙，祀鲍盖。

④ 复道：楼阁间架空的通道。

⑤ 止：语气助词。《诗经·小雅·宾之初筵》："其未醉止，威仪反反。曰既醉止，威仪幡幡。"

⑥ 锦带桥：同治《鄞县志》卷二《乡里》，西南隅十三图有三版桥、菱池头、锦带桥。考其位置，当即锦里桥。大约在今三板桥一带。同治《鄞县志》卷五云："锦里桥：旧名五马，在竹洲西。(闻《志》：宋学士赵彦逾宅此）又曰五马街，以彦逾尝典乡郡也，今俗呼庄衕漕者即其故址。"又云："三版桥。闻《志》：明杨守随居此，更名锦里。(《成化志》)旧名五马。"

⑦ 步瑟：奏瑟。《尔雅》："徒鼓瑟谓之步。"

自平桥放舟游湖

微雨宜行船，清飔宜坐樽[①]。
好春无一花，草绿暗生烟。
城影碇水影，窕若沙横山。
闲鸟知人心，弄翮青蘋间。
旷岸开柳圩，楼阁浮空云。

轧轧惟橹声[2]，天深静无喧。
佳日多厌娱，游情众方阑。
吾抱冲和襟，独溯兴忘殚。
至象荟灵悦，妙气皆兰荃[3]。
相待如有期，意得谁喻言。

——选自姚燮《复庄诗问》卷三十三

【注释】

① 清飔：清风。

② 轧轧：象声词。形容摇橹声。

③ 荃：古书上说的一种香草。

过揽碧轩，悼叶文学（元堦），并吊孙明府（家谷）、厉山人（志）两先生，即寄枕湖社同社诸公，得长歌六十句

悲来忽复忆前乐，在昔乐时宁及悲。
多怜华屋毁兵燹，此屋不毁今栖谁。
独楸叶少鸥巢危，竹梢过墙当路垂。
竹深苔深堂壁绿，尘丝缭屏野狸宿[1]。
对屏一尺红梨枝，病燕凄凄代鹃哭。
春樽酒尽春魂飘，隔楼春山如怨髻。
梦中天水有萍叶，眼底川原无柳条。
斜阳此日军门角，明月当年画舸箫。
社中十五人同调，年二十四吾最少。
一年三十六社集，各抱心机织天妙。
主人鹤立琼台姿[2]，山人猿臂青萝衣[3]。

襄阳令公解组归[4]，太行冰雪澄蚕眉[5]。
彼十一人亦罕奇，左髯右姣殊侏颀[6]。
我虽不驹犹不犁，骕皇并乘骖骓骓[7]。
于今死者十之半[8]，或缚微名远方宦[9]。
余六人者长贫贱，秃项依然铩中雁[10]。
我亦齿豁头欲童[11]，六年病困成废躬。
冉冉阳春光已逝，茫茫大海源谁穷。
此生此乐乐不再，独行独悲悲以慨。
斯人阨运一劫罹，何处名山万古赖。
金难赎命文难食，廿岁沧桑了胸臆。
旧阶绮石藤茑黄[12]，后辈诸郎袷衫碧。
年年西风鸣促织，西风九度主三易。
北邙白杨愁萧萧[13]，密院筝弦正催席[14]。
客来何为几遭叱，视我曾无颜面识。
囊琴作枕书拥床，高卧分明那回夕。
出门看湖无恙流，舟子相逢多白头。
犹能记说上巳禊[15]，桃花烟心寻栗留[16]。
一鬟一客一酒瓯，诗声夹杂歌声柔。
谓我意气独陵厉[17]，向天狂啸挥吴钩[18]。

——选自姚燮《复庄诗问》卷三十三

【注释】

① 尘丝：一丝丝的灰尘。

② 主人：指叶元堦。琼台：玉饰的楼台，亦泛指华丽的楼台。

③ 山人：指厉志。

④ 襄阳：当为襄陵之误。襄陵令公指孙家谷。解组：犹解绶，谓辞免官职。

⑤ 蚕眉：卧蚕形的眉毛。

⑥ 侏颀：身材矮小和修长。

⑦ 骊：黑身白胯的马。皇：鲁诗作“騜”，黄白杂色的马。语本《诗经·駉》：“薄言駉者，有骊有皇。”骖騑騑：驾在服马两侧的马。《墨子·七患》：“彻骖騑，涂不芸。”后指驾车之马。

⑧ 作者自注：“兼谓郑仰高明经乔迁、尹少桥明经嘉年。”

⑨ 作者自注：“谓陈渔珊仅、王秋槎淑元、孙东津漆三大令。”

⑩ 铩中雁：犹言铩羽。摧落大雁的羽毛。比喻不得志。作者自注：“谓张铁峰恕、王乃荪闳两年丈，余花禅梅、陈艅仙福熙、阮小岩训三明经，李醉蕉文学作宾。”

⑪ 豁：缺口。童：原指山无草木，比喻人秃顶。牙齿缺了，头顶秃了，形容人衰老的状态。语出唐韩愈《进学解》：“头童齿豁，竟死何裨？”

⑫ 茑：茑罗，女萝。

⑬ 北邙：山名。即邙山。因在洛阳之北，故名。东汉、魏、晋的王侯公卿多葬于此。后泛指墓地。

⑭ 密院：深院。

⑮ 禊：修禊，古人在春秋二季所举行的临水祓除不祥的祭事。

⑯ 栗留：“黄栗留”的省称，即黄莺。

⑰ 陵厉：气势猛烈。

⑱ 吴钩：武器名。一种弯形的刀，相传为吴王阖闾所做。后泛指锋利的宝刀。

湖堤散步同心水

阆台孤鹤下晴空[①]，万壑千岩势尽东。
手把王乔吹铁笛[②]，湖天一气月濛濛。

——选自《姚燮集》第四册《诗补遗》

【注释】

① 阆台：即阆风台、阆风巅。宋高似孙《纬略·昆仑丘赞》："《葛仙翁传》曰：'昆仑，一曰玄圃，一曰积石瑶房，一曰阆风台，一曰华盖，一曰天柱，仙人所居也。'"

② 王乔：传说中的仙人。周灵王太子晋，即王子乔。铁制的笛管。相传隐者、高士善吹此笛，笛音响亮非凡。

清平乐·饮月湖王氏垆题壁

雨萦烟袅，堤上多芳草。风送酒香帘挂了，画髻垆头人小。　小帘飐上游丝，小窗坐对文漪[①]。密密疏疏杨柳，三三两两黄鹂。

——选自姚燮《疏影楼词·画边琴趣下》

【注释】

① 文漪：多变的波纹。

迈陂塘·月湖邵氏园看菊花

夕阳低、柳疏如画，林扉微带烟锁。幽香脉脉回风递，隔水移船就可。秋万朵。恁倚素交红，位置都闲妥。瘦疑肖我。悄脱帽簪枝，临流自顾，瞥眼一鸥过。　蓬门在，值得畦荒篱破。灌锄几负清课[①]。园丁可解羁怀独，日日樽边招坐。愁转堕。莫重九明朝，苦雨江城作。相看无那[②]。且今夜栏干，月斜蛩细，凉袖梦来亸。

——选自姚燮《疏影楼词·石云吟雅》

【注释】

① 清课：原指佛教日修之课，后指清雅的功课。

② 无那：无奈，无可奈何。

满庭芳·春夕月湖众乐亭观剧

酒棹喧花，水栏明夕，丽城小雨初过。浓寒避袂，春梦尽留他。斜月自依锦照[①]，莺巢断，谁觅凄歌？空赢得，香深障浅，欢语听来多。　　良宵须易尽，金钱难买，愁问如何？早人随莺散，烟冷摇波。堪有数枝杨柳，残烛底，弄影婆娑。归须未，杏垆双髻，迟我泛红螺[②]。

——选自姚燮《疏影楼词·石云吟雅》

【注释】

① 锦照：堂名。作者自注："锦照堂在湖上竹洲，为丞相史浩宅。"

② 迟：等待。红螺：用红螺壳制成的酒杯。

陈　劢

陈劢（1805—1893），字子相，号咏桥，又号甬上闲叟、二百八十峰樵者，鄞县西门社坛巷（今属宁波市海曙区）人。童槐弟子，与月湖徐家交往密切。道光十七年（1837）拔贡，授广西知县。道光二十年（1840）辞官归里，教授门徒。同治元年（1862）举孝廉方正，授江苏知县，未赴。著有《运甓斋诗文稿》及《续稿》。

月湖古迹（八首选五）

章郇公红莲阁[1]

郇公宋贤相，曩昔倅明州[2]。
种莲向湖上，高阁临清流。
凭阑试一望，霞彩明双眸。
往迹今已杳，萧疏红蓼秋。

钱使君众乐亭

楼台为一家，区区陋元相[3]。
筑亭名众乐，偃月堤始创。
如截复如抱，云水相荡漾。
十洲春可沽，觅醉饶邻酿[4]。

吴丞相水则亭

忧晴忧雨心，半黑半丝发[5]。
蓄泄时启闭，大书勒碑碣。
水则贵持平，民情乌可忽。
防民犹防川[6]，至理可参核。

范司马天一阁

浙东藏书家，范氏推第一。
司马风雅人，足与弇州匹[7]。
三百有余载，劫后多散佚。
插架剩瑶签[8]，尚见彩云霱[9]。

沈文恭旧第[10]

文恭忤东林[11]，党论纷苛词。
湖水深千尺，几莫湔厥疵。
勿持门户见，哓哓徒尔为[12]。
毁誉存直道，非阿乡曲私。

——选自陈劢《运甓斋诗稿》卷一

【注释】

① 章郇公：章得象（978—1048），字希言，建州浦城人。宋真宗咸平年间进士，为翰林学士十二年，为相八年。封为郇国公。

② 曩昔：从前。倅：通判。章得象曾官明州通判，于大中祥符七年（1014）创建红莲阁。

③ 元相：唐代诗人元稹曾一度拜相，故称。元稹曾作《以州宅夸于乐天》诗云："州城迥绕拂云堆，镜水稽山满眼来。四面常时对屏障，一家终日在楼台。"宋钱公辅《众乐亭二首》云："此心会笑元丞相，终日楼台为一家。"

④ 作者自注："宋时官酒务在偃月堤北。"

⑤ 首两句语本宋吴潜《喜雨》诗："数茎半黑半丝发，一寸忧晴忧雨心。"

⑥ 这句意为阻止人民进行批评引发的危害与堵塞河川引起的水患一样严重。语本《国语·周语上》："防民之口，甚于防川，川壅而溃，伤人必多，民亦如之。是故为川者，决之使导；为民者，宣之使言。"

⑦ 弇州：明王世贞的别号弇州山人的省称。这句作者自注："公与王元美约以所得互相借抄。"

⑧ 瑶签：书函套上玉制的插签。

⑨ 霱：瑞云、庆云。

⑩ 沈文恭：即沈一贯。文恭为沈一贯的谥号。此所云沈文恭旧第当为沈相国第二府。清徐兆昺《四明谈助》卷二十一《南城诸迹（四上）》"沈相国第二府"条云："沈相国广济桥西故第，国初时改为提督署，

其第二府在采莲桥西，今亦仅存中进，为他姓聚居，宅后通冷静街。”作者题下自注：“今为提军管廨。”

⑪ 东林：指东林党。全祖望《沈文恭画像记》云：“康熙己未之开史局也，秉笔诸公欲痛抑沈文恭，以为亡国之祸由于党部，党部之祸始自文恭。时吾里中预史事万征君管村颇平反之，以为由其后而言，一变而为崔、魏，再变而为温、薛、杨、陈，三变而为马、阮，清流屏尽，载胥及溺，而温则文恭之门下也，东林诸子所以尤憾文恭。然此乃流运之极，未可尽归之一人。盖党部之起，长洲、太仓已先发难。太仓最黠，长洲次之。文恭不若太仓之巧，而深于长洲。至其挤归德，逐江夏，文恭之谤，遂在长洲、太仓之上。若溯渊源，岂自文恭始乎？管村之说，盖亦天下之公言，非有私于乡曲。”

⑫ 哓哓：吵嚷。

月湖十洲（选八首）

花屿

万紫千红次第开，番风廿四信频催[①]。
芳菲烟景春三月，旖旎园林水一隈。
桥外画船箫鼓闹，堤边香径蝶蜂来。
名区占尽双湖景，不羡河阳满县栽[②]。

芳草洲

湖上春来绿到门，年年芳草遍生根。
青迷远道裙腰色，香印游人屐齿痕。
细雨连番苏野烧，斜阳一角衬平原。
为吟谢客池塘句[③]，诗境何妨梦里论[④]。

柳汀

依依垂柳满前汀，盼到清明眼渐青。
映水近迷新绿涨，笼烟微露小红亭。
枝头春早流莺语，渡口阴多画鹢停⑤。
行尽幢幢桥畔路，浑疑城市似郊坰⑥。

竹屿

烟花屿外抱回塘，万个琅玕拂影长。
有斐应赓淇澳句⑦，此君合住水云乡。
平安信息宜新雨⑧，潇洒侯封拓旧疆⑨。
最是阴深留客处，涵虚一碧揽湖光。

烟屿

不问阴晴画景同，冥冥漠漠淡烟笼。
蓝拖山色空蒙里，翠挹湖光杳霭中⑩。
花外远迷沽酒旆⑪，柳边低幂钓船篷⑫。
只余一片霞成绮⑬，天际分明落照红。

芙蓉洲

洲畔芙蓉簇簇明，搴芳木末爱秋晴⑭。
一天初日开诗境，十里朝霞赛锦城。
镜下昔曾符吉兆，霜中今复助吟情。
集裳雅称骚人体⑮，欲采何愁一水盈。

菊花洲

西风百卉渐离披[16],鞠有黄花正此时[17]。
开径恍疑陶令宅,餐英合诵楚骚辞[18]。
艳争蓉醉经霜后,影伴葭苍在水湄[19]。
节近重阳应载酒,移船相赏莫迟迟。

月岛

月湖深处月初生,万象澄鲜夜气清。
玉宇光辉千里共,水仙宫阙一轮明。
沿堤燕榭觞飞影[20],隔浦渔舟笛有声。
岂独杭州夸胜景,波心珠颗点三更。

——选自陈劢《运甓斋诗稿》卷六

【注释】

① 番风廿四:指二十四番花信风。自小寒至谷雨,凡四月,共八个节气,一百二十日,每五日一候,计二十四候,每侯应以一种花的信风。

② 河阳:今河南省孟县西。晋潘岳任河阳县令,于一县遍种桃李,人号曰“河阳一县花”。事见《白氏六帖》卷二十一。

③ 谢客:南朝宋谢灵运的别名。谢灵运小字客儿,时人称之为“谢客”。池塘句:指谢灵运《登池上楼》诗:“池塘生春草,园柳变鸣禽。”

④ 梦里论:典出《南史·谢方明传》:“子惠连,年十岁能属文,族兄灵运嘉赏之,云:‘每有篇章,对惠连辄得佳语。’尝于永嘉西堂思诗,竟日不就,忽梦见惠连,即得‘池塘生春草’,大以为工。”

⑤ 画鹢:画船。

⑥ 郊垌:泛指郊外。

⑦ 有斐:有文采的样子。赓:赓和,酬唱。淇澳:弯曲处。一说为

二水名。这句语本《诗经·卫风·淇澳》："有斐君子，如切如磋，如琢如磨。"

⑧ 平安：典出唐段成式《酉阳杂俎续集·支植下》："北都惟童子寺有竹一窠，才长数尺。相传其寺纲维每日报竹平安。"

⑨ 潇洒侯：指竹。语本唐陆龟蒙残诗："溪山自是清凉国，松竹合封潇洒侯。"

⑩ 杳霭：幽深渺茫的样子。

⑪ 酒旆：酒旗。

⑫ 幂：覆盖，遮盖。

⑬ 霞成绮：化用南朝齐谢朓《晚登三山还望京邑》诗："余霞散成绮，澄江静如练。"

⑭ 搴芳：采摘花草。搴芳木末语本屈原《离骚》："搴芙蓉兮木末。"

⑮ 集裳：语本屈原《离骚》："集芙蓉以为裳。"

⑯ 离披：衰残的样子。

⑰ 鞠：同"菊"。

⑱ 餐英：以花为食。语本屈原《离骚》："夕餐秋菊之落英。"

⑲ 葭苍：青色的芦苇。

⑳ 燕榭：供人游宴的台榭。榭，建筑在台上的高屋。

钱太守众乐亭

胜日闲行屏骑驺[①]，湖亭小憩俯清流。
四围花柳青台景，两岸笙歌画舫游。
绿树前汀渔子舍，青帘近市酒家楼。
与民同乐怀贤守，搜访残碑句尚留。

——选自陈劢《运甓斋诗稿》卷六

【注释】

① 胜日：风光美好的日子。骑驺：驾驭车马的侍从。

舒中丞懒堂

中丞于坡老[①],士论颇不平。
毕竟持风雅,湖山赖主盟。

——选自陈劢《运甓斋诗稿》卷八

【注释】

① 坡老：指苏轼。这句谓北宋元丰二年(1079)御史中丞舒亶严厉攻击苏轼,最终酿成“乌台诗案”。

月湖十洲用刘太守原韵(选八首)

花屿

花开红紫万千枝,为付金铃好护持[①]。
二十四番风有信,一春无日不吟诗。

芳草洲

平芜新绛浓于染,舞影翩翩粉蝶依。
画舫笙歌喧两岸,游人争说踏青归。

柳汀

年年送客西湖畔,折尽长条复短条。
一自春风吹绮陌[②],绿阴遮断赤栏桥。

烟屿

远望湖光迷杳霭，不知秋雁落平沙。
一声欸乃芦中起，始识前滩有钓槎。

芙蓉洲

白白红红万缬囊，客来木末偶搴芳。
西风庭院花如锦，不信前宵已降霜。

菊花洲

独殿群芳裛露开，淡然标格出尘埃。
满城风雨重阳近，特为看花载酒来。

月岛

恍疑此境即瀛洲，近水楼台一片秋。
风露三更天宇净，澄湖夜景望中收。

雪汀

六出花飞孰剪裁，天成银阙与瑶台。
灞桥驴背山阴棹[3]，清景都归此地来。

——选自陈劢《运甓斋诗稿》卷八

【注释】

① 金铃：《开元天宝遗事》记载：唐玄宗朝，宁王花时缀金铃于花下，掣之以惊禽，谓之“护花金铃”。

② 绮陌：风景美丽的郊野道路。

③ 灞桥驴背：孙光宪《北梦琐言》卷七记载：有人问郑棨近为新诗否？答曰："诗思在灞桥风雪中驴背上，此处何以得之？"山阴棹：典出《世说新语·任诞》："王子猷居山阴。夜大雪，眠觉，开室命酌酒，四望皎然。因起彷徨，咏左思《招隐诗》。忽忆戴安道。时戴在剡，即便夜乘小舟就之。经宿方至，造门不前而返。人问其故，王曰：'吾本乘兴而行，兴尽而返，何必见戴？'"

闰重三烟屿楼小集[①]，别后寄柳泉、憧桥兼示同人[②]

春风九十日，难逢闰上巳。
天亦惜良辰，久雨晴可喜。
彼此相招邀，坐中多佳士。
冠者五六人，各言其志耳[③]。
归来日云暮，湖光澹若此。
灯火水边楼，烟屿望中指。
清谈彻长夜，幽兴良未已。
一棹木兰舟，送我湖之涘。
会少别离多，人远室何迩。
安能脱尘网，溯回从之子[④]。
欲知相思情，渺渺春江水。

——选自陈劢《运甓斋诗抄·烟屿联吟集》

【注释】

① 闰重三：指咸丰十年(1860)闰重三。

② 憧桥：指徐时梁，徐时栋之弟。字子舟，著有《憧桥诗稿》。

③ "冠者"两句：典出《论语·先进》："颜渊、季路侍。子曰：'盍各言尔志?'……(点)曰：'暮春者，春服既成，冠者五六人，童子六七

人，浴乎沂，风乎舞雩，咏而归。’夫子喟然叹曰：‘吾与点也！’三子者出，曾皙后。曾皙曰：‘夫三子者之言何如？’子曰：‘亦各言其志也已矣。’”

④ 溯回：同“溯洄”。语本《诗经·秦风·蒹葭》：“溯洄从之，道阻且长。”这里有追慕之意。

范邦桢

范邦桢（1805—1862），字翊文，号亦汾（《鄮西范氏宗谱》作“字亦汾”），鄞县人。道光二十年（1840）举人，拣选知县。少承家学，治经多有新见，尤熟《左传》。兼工诗古文词。著有《诗经音义异同类释》《亦汾诗抄》等。

甬东竹枝词（五首选一）

江乡风味问何如，小饮新干近市居。
沽得十洲春一醉，堆盘膏蟹与梅鱼。

——选自范邦桢《双云堂家藏集·撷香楼诗存》

吴善述

吴善述（生卒年不详），字缵三，号澥城，鄞县五乡碶（今属宁波市鄞州区）人。优廪生。道光二十九年（1849）举人。授西安县教谕，升湖州府教授。著有《玉芝草堂诗文集》《玉芝草堂杂说》等。

甬上竹枝词（四首选一）

西湖湖水绿如油，片片飞花逐水流。
听得柳阴深密处，踏歌声彻打鱼舟。

——选自《鄞东五乡碶吴氏宗谱》卷十三

童谦孟

童谦孟(1808—1853)，字养吾，号鼎桥，又号小圃、龙江居士，江北区庄桥童家村人。道光二十三年(1843)取为邑庠生。著有《亦耕轩遗稿》二卷附《龙江竹枝词》。

月湖十洲（选二）

芳草洲

池塘芳草动微风，淡淡浓浓罨画中。
烟雨曾迷金粉地，踏青还过小桥东。

芙蓉洲

偶然结客少年场，薄命芙蓉半面妆。
新浴刚逢秋雨后，西风袅袅送寒香。

——选自董沛编《四明清诗略》卷二十八

忻自淑

忻自淑(1811—1885),字泗水,号锡龄,鄞县人。邑庠生。著有《听松书屋诗集》。

月湖十洲

人爱江乡月,天开郭里湖。
四时佳景在,一曲古亭俱。
岛屿凭歌啸,烟花入画图。
提壶何处唤[①],春酒好频沽。

——《鄞东忻氏支谱》卷一

【注释】

① 提壶:鸟名。即鹈鹕。

天一阁

范氏传名阁,书城足巨观。
大间成奂美,一水护芒寒。
英石厨头架[①],香芸卷里攒。
由来规制善,藏久莫摧残。

——选自《陶麓诗剩》

【注释】

① 英石:广东省英德县山溪中所产的一种石头,具有吸湿性。

王咸章

王咸章(1813—1851),字斐成,号芸史,镇海人。邑庠生。

月湖十洲咏,步刘珵韵(选八首)

花屿

黄鹂飞上最高枝,啼破春光倩孰持。
一半属花一半水,游春赢得锦囊诗。

竹屿

携筇偶向绿云隈,懊恼全消韵自来。
画舫何人载酒去,篷窗纱掩为君开。

烟屿

老眼模糊少亦花,青青高罨接平沙。
我来间听居人话,浓绿阴中旧钓槎。

芳草洲

一绿春风遍四围,不教红紫共相依。
谁家燕子新营垒,来啄芹泥染翠归[①]。

芙蓉洲

拈来锦绣入诗囊,镜里相逢姓氏芳。

开遍枝枝红间白，醉容不管夜来霜。

柳汀

由来离恨触柔梢，不为行人系绿条。
倒映水中千万缕，重重深锁月湖楼。

雪汀

飞絮因风妙体裁，银装世界玉楼台。
不嫌今夜寒增重，蓑笠渔翁把钓来。

月岛

皓月高悬影入洲，水涵光映几春秋。
一轮好镜新磨出，雨过云开雾乍收。

——选自《蛟川王氏宗谱》卷四

【注释】

① 芹泥：燕子筑巢所用的草泥。

忻起林

忻起林（生卒年不详），字时乘，号曙楼，鄞县陶公山（今属宁波市鄞州区）人。监生。

月湖十洲

绝似蓬瀛景色融，西湖装点最玲珑。
船归岛屿汀洲外，人在烟花雪月中。
诗赋千篇题不尽，丹青一幅写难工。
四时佳景饶游赏，千古名流仰贺公。

——选自《鄞东忻氏支谱》卷一

徐时栋

徐时栋（1814—1873），字定宇，一字同叔，号柳泉，鄞县人。道光二十三年（1843）优贡，二十六年（1846）举人，两赴会试不第，以输饷授内阁中书。故居烟屿楼，位于月湖西岸边桂井巷口旁，藏书甚富。徐氏日坐卧其中，经史百家，无不披览，学问精深。尤重乡邦文献，曾校刻《四明宋元六志》，主持编纂同治《鄞县志》。著有《烟屿楼诗集》《烟屿楼文集》《烟屿楼笔记》等。

柳汀雅集，赋桃花堤①

昔日湖堤上，桃花岁岁春。
至今泛湖者，空说种花人。

——选自徐时栋《烟屿楼诗集》卷十七

【注释】

① 桃花堤:《甬上屠氏宗谱》卷三十六引《双柏庐遗闻》云:“全宫詹天叙乞假归里,奉迎太夫人月湖新宅,贷东钱湖茭税,筑南城长堤,堤上之植无所不有,而夭桃为最,先辰州因锡以嘉名曰桃花堤,定海薛文介尚书(三省)作记,言之甚详。”

柳汀雅集,赋柳汀柳枝词[①](三首)

万条垂下绿丝丝,似剪春风剪出时[②]。
贺监祠堂在汀上,劝郎莫唱柳枝词。

压水憧憧两岸横[③],水云亭子暮云平。
柳丝系得双桥住,恰放郎船不住行。

水边新日见楼台,枝短枝长无数栽。
深柳堂前湖水绿,好听童子读书来[④]。

——选自徐时栋《烟屿楼诗集》卷十七

【注释】

① 柳枝词:古乐府曲调名。又称《杨柳枝》。

② 这两句化用唐贺知章《咏柳》诗:“碧玉妆成一树高,万条垂下绿丝绦。不知细叶谁裁出,二月春风似剪刀。”

③ 作者自注:“汀东桥曰东憧憧,西桥曰西憧憧。”

④ 作者自注云:“先义行于汀上建柳汀书院,程朗岑师扁曰‘深柳读书堂’。堂上建高阁,祀文昌。堂前补植杨柳。”

柳汀雅集，赋月湖欸乃曲[①]（十首）

湖水湖船两有因，陆郎古调唱湖滨[②]。
歌成一曲白云落，桥上人看湖上人。

小船平底篾篷圆，岛屿弯环任意穿。
只有侬家橛头好[③]，月湖何处觅划船。

尚书池沼画图开，乱石房栊水竹栽。
四季好花开不断，拗花园里拗花来。

南种湘云北种烟，琅玕小屿水如天。
史家别业谢家庙[④]，竹下鸬鹚飞上船。

赵家墙外有梅花，无数楼台曲曲遮。
锦里桥前古烟屿，书声灯火是谁家。

柳丝如雨月如弓，众乐亭西馆驿东。
撑过柳汀汀外路，憧憧桥过又憧憧。

水葫芦小小如拳，水鸭花花只爱眠。
到信天缘堂外过，一双飞出信天缘[⑤]。

红莲阁外红莲生，偃月堤边秋月横。
酿得十洲春满瓮，酒楼夜夜辘轳声[⑥]。

为郎道古笑颜开，话柄风流莫浪猜。

若遇恼人有春色，夜深郎勿过湖来。

菱芡风来阵阵鲜，湖头多种碍行船。
使君若道月湖好，莫被人家占作田⑦。

旧作此诗凡四十首，稿久失去，此从同课友鲍笠山（烈）录本中录出者。其录本亦复丛残，故仅得四之一，而子舟诗四章亦与存焉。十洲之名创自宋人，至今已不可问，全谢山太史即宋人十洲诗以核今地，作《十洲志》，载《鲒埼集》中，而由余考之，其所谓中央四洲、东西各三洲者是也，至其确指洲名，如花屿、月岛之属，验之刘、王题咏，往往错误。前因作《欸乃曲》，颇为考订是正，详注所据于诗尾，今皆亡失不复记忆。特诗之有无无足轻重，而岛屿名目颇关掌故，他日当重翻诸公诗什，别为考据，而先附识鄙见于此。同治四年十一月二夕书。

——选自徐时栋《烟屿楼诗集》卷十七

【注释】

① 欸乃曲：乐府近代曲名。唐元结作。元结有《欸乃曲五首》，其序云："大历丁未中，漫叟结为道州刺史，以军事诣都使。还州，逢春水，舟行不进，作《欸乃曲》五首，令舟子唱之，盖以取适于道路云。"其形式为七言四句。又元结在《系乐府十二首》中有《欸乃曲》一首，系五言体。宋程三昌《演繁露》云："元次山《欸乃曲》五章，全是绝句，如《竹枝》之类。其谓'欸乃'者，殆舟人于歌声之外，别出一声，以互相其歌也。《柳枝》《竹枝》尚有存者，其语度与绝句无异，但于句末随加'竹枝'或'柳枝'等语，遂即其语以名其歌。'欸乃'亦其例也。"

② 陆郎古调：《四明月湖陆氏宗谱》卷十一余寅《文学阊峰公传》云："公讳金辉，字元宣，比部公佶中子也。比部公生有九男子，公行居第五。……每疏钟月下，辄偕仲（指金章）携尊湖滣，或坐小桥，或

泛短棹，一箫一讴，赓和若一人然，盖仲善箫，公善讴，闻者谓有赤壁之致。”徐诗所云“陆郎古调”，疑指陆金辉传下来的调子。

③ 橛头：指橛头船。尖头小船。唐张志和《渔父歌》：“钓车子，橛头船，乐在风波不用仙。”

④ 谢家庙：当指谢遗尘庙。清徐兆昺《四明谈助》卷十八《南城诸迹（二下）》：“谢遗尘庙：史忠定宅在湖东，以湖中竹洲之真隐观为洞天，摹四明九题，因立谢遗尘庙于其中。”

⑤ “到信天缘”两句：用宋人朱翌在月湖畔建信天缘堂事。作者自注：“朱新仲舍人信天缘堂在湖上，其自作堂记甚佳，鲍氏搜《灊山集》遗文未之及也。”

⑥ 辘轳：安在井上绞起汲水斗的器具。宋舒亶《西湖记》：“其北有红莲阁，大中祥符中章郇公尝倅是州，实创之，有记在焉。阁之北即郡酒务，故时使人即湖以汲水，劳费甚，乃堤湖之中，畜清流，作楼于其上，以辘轳引而注之，至今以为便。”

⑦ 作者自注：“此在宋时犹不过如此，今则湖旁拓地造屋，无过问者。若以嘉定《丈尺图》核之，湖小于旧十四五矣。”

月湖竹枝词

近来新酿熟双鱼，玉箸成羹和晚蔬。
若道西湖须记取，双桥夹处是吾庐。

吾乡原自号文明，高阁临湖建柳汀。
善写乡风吕中甫[①]，绿杨丛里读书声。

每当九月集亲朋，彻夜高悬月半棱。
会到贺公祠上去，笙歌声声闹龙灯。

远看岙底出轻桡，彻夜渔歌破寂寥。
唱到浪淘沙一曲，回头已过尚书桥。

秋来参拜地王灵[②]，儿女烧香插满庭。
最是天封悬塔火，来看夜里半湖星。

游湖心寺到湖心，拟访袁家旧日僧[③]。
才入寺门便回首，双头怕有牡丹灯。

来游一队到湖滨，芳草洲边芳草新。
怕遇范公祠外立[④]，锦袍纱帽傲行人。

四明佳景月湖多，一字田头景若何。
牛带夕阳归去也，田歌未了起渔歌。

——选自《月湖徐氏家乘》卷六

【注释】

① 吕中甫：吕时(1518—1587)，初名时臣，字仲父、中甫，自称甬东野人，鄞县鄞江镇（今属宁波市海曙区）人，世居木皇峰下。少喜为诗，不治经生业。及壮，以避仇远历齐梁燕赵间十年，客食诸王门下。旅寓章丘，与太常李伯华论诗，得其指授。后之青州，客衡藩，深受衡庄王赏识，晚客沈王邸。年七十，卒于河南涉县客舍中。有《甬东山人稿》七卷。

② 地王：即地藏王、地藏菩萨。同治《鄞县志》卷二《风俗》：“七月晦夕，各家小儿插香于地，或以灯果祀地藏王。”

③ 袁家旧日僧：《西门袁氏家乘·列女传》云：“王氏，尚书章之妻，累封汝南郡夫人。二女，长曰善定，次失名。性至孝，皆不愿适人，施奁田三百四十亩于湖心寺。寺所称七居士、八居士者是也。以老寿终于家。”又袁堉撰亡姊善定墓志铭云：“亡姊处心简淡，绝意骄奢。誓不

欲事人，以贻身后累。慈祥好善，得于天性，倜傥捐施，曾无靳色。至于道宫梵宇，力与缮修，营供饭僧，殆无虚月。”明袁孟悌《与李太守书》云：“祖姑有所谓七居士、八居士者，乃其室女，以妆奁田三百六十亩舍于水陆道院，即今湖心寺者是也。又建行廊三百六十间，彩缁袈裟如其数，寺故感其德而不能忘。八居士以七月二十一日卒，七居士以十一月十一日卒，乃琢石为像，祠于大生堂之东。毁于火。则琢石为神座，以两檀越牌置其上。每岁于其卒之日，主僧先期遣徒遍告吾族，约长幼卑尊以行礼。其斋供有常度，其礼接有定规。正统间又毁于火。寺僧乃于大生堂址之北建祠堂三楹祀之。奈继主其事者非人，而祠复废。每忌日则出牌位于佛殿之东西隅以行礼，甚可叹也。”

④ 范公祠：甬城有两个范公祠。一在采莲桥西，祀范楷。同治《鄞县志》卷十一《坛庙上》：“范公祠：县治南三里。（采访）在采莲桥西，祀宋尚书范楷。（《四明谈助》）”一即范司马祠，在碧沚，祀范钦。同治《鄞县志》卷十一《坛庙上》：“范司马祠：县治西南一里许。（采访）明侍郎范钦有别业在月湖碧沚，没后即以为祠。（《四明谈助》）”此诗所云芳草洲即碧沚，故范公祠当系后者。这句作者自注：“范公祠中塑范公像，常处外吓人，人皆畏之，今绝矣。”

谒秘书监贺公祠有感

我闻大唐贺秘监，襟怀潇洒称逸民。
身膺荣诰赠宾客，当年本是一缙绅。
高尚不愿求仕进，愿还乡里葆天真。
上诏乞赐臣骸骨，岂能久谪于风尘。
皇上奏览亲赋诗，路隅为设践行樽。
卿士大夫遮道左[1]，秘监脱袍易儒巾。
归来此身隐四明，翻然卜筑斯湖滨。
出门骑马了心事，踏遍寰区无知音。
既遇七仙作酒友，赏识物色结同心。

有时闭门还读书，望者知为天上人。
天宝宫中圣驾出，骊山烽火禄山兵[②]。
乱臣贼子相继起，谁能弭患于未形[③]。
在朝于是称公智，后世于是服公神。
刺史采风来斯地，于公遗址建祠新。
年来风雨其飘摇，古木苍苍草色侵。
先君置酒集乡老，为公改换旧门庭。
中堂深处塑公像，旁庑石碑摩公形。
堂创逸老仍旧号，美哉奂乎歌至今。
其祠之外柳数株，其祠之后湖水深。
梨园子弟歌舞处，故址传为众乐亭。
我谒公祠仰公拜，忽然下泪思先君。
齐东野语牢不破[④]，诬公实甚真愚氓。
公固长者岂如此，中情涕泣愬苍旻。
苍旻深远不可愬[⑤]，安得公来醒蠢蠢[⑥]。

——选自《月湖徐氏家乘》卷十八

【注释】

① 遮道：挡在道路中间。《后汉书·寇恂传》：寇恂为颍川守，入为执金吾。“即日车驾南征，恂从至颍川，盗贼悉降，而竟不拜郡。百姓遮道，曰：‘愿从陛下复借寇君一年。’”后常用作挽留官吏的典故。

② “天宝”两句：指“安史之乱”。

③ 弭患：消除祸患。

④ 齐东野语：语出《孟子·万章上》：“此非君子之言，齐东野人之语也。”齐东，齐国的东部；野语，乡下人的话。孟子认为乡下人说的话没有根据，听信不得。后用以比喻荒唐而没有根据的话。

⑤ 苍旻：苍天。

⑥ 作者自注：“事出荒诞，不肖哭之于心，不敢笔之于书。”

叶元尧

叶元尧(1814—1847),字肇唐,一字叔兰,号禹亭,慈溪鸣鹤人,叶焕第五子。诸生。与厉志等交游,参加了揽碧轩吟社。著有《听秋吟馆诗稿》。

初秋月湖[①]

暂抛纨扇嫩凉时[②],茉莉香中理鬓丝。
向夕兰桡何处倚,白莲疏雨水仙祠[③]。

——选自叶元尧《听秋吟馆诗稿》

【注释】

① 此诗作于道光二十年(1840)。

② 纨扇:用细绢制成的团扇。嫩凉:微凉;初凉。

③ 水仙祠:在月湖碧沚。赵以夫撰宝奎庙碑记云:“四明月湖碧沚水仙祠者,乃东晋阿育王山井金线二鳗也,神光眩目,显见不常,折花引之,双虾导而出。”

春夜城中揽碧轩作[①]

东风杨柳倍依依,海燕重来故垒稀。
新月窥人同作客,初花似我不胜衣。
欢无底止愁何极,梦不荒唐醒亦非。
接目春城荆棘地,山邱华屋漫嘘唏。

——选自叶元尧《听秋吟馆诗稿》

【注释】

① 此诗作于道光二十三年(1843)。

徐时梁

徐时梁(1816—1873),字子舟,鄞县人。与兄徐时栋齐名。道光二十五年(1845)进士,官刑部主事。同治八年(1869),与宋绍芬等倡议成立拯婴公所。著有《憧桥诗稿》。

辛丑闰重三夜烟屿楼联句[①]

宿雨忽新霁,东风吹梦苏[②]。(何琳[③])
绿波涨春水,十洲双好湖。(陈劢)
烟景媚人意,我友其印须[④]。(乌世耀[⑤])
室迩人不远[⑥],一水欢相呼。(王世濬[⑦])
袷衣称我体[⑧],不出城南隅。(时栋)
行行重行行[⑨],道傍多蘼芜。(时梁)
酒旗远招饮,买春宜玉壶[⑩]。(琳)
问价斗十千[⑪],落拓高阳徒[⑫]。(劢)
嘉肴列鱼脍,野蔌罗笋蔬[⑬]。(世耀)
满座发豪兴,拇战当呼卢[⑭]。(世濬)
人生不行乐,万古亦须臾。(时栋)
但醉勿复道,古人今在无。(时梁)
暝色催游客,解龟呼当垆[⑮]。(琳)
乘兴来烟屿,谈笑聚一庐。(劢)
主人出所藏,读画观奇书。(世耀)

良辰既不易，况有同心俱。（世濬）
夜阑重把酌，家酿非村沽。（时栋）
号令忽新出，斗韵聊与娱[16]。（时梁）
得句为快意，苦吟笑撚须[17]。（琳）
不得亦偶尔，浮白胡为乎[18]。（劢）
赋诗复饮酒，酒润诗肠枯。（世耀）
东方不知白，开窗来奚奴[19]。（世濬）
诗酒永今夕，六逸真可图[20]。（时栋）
明当召画师，画成看何如。（时栋）

——选自徐时梁《憧桥诗集》卷一

【注释】

① 辛丑：道光二十一年(1841)。闰重三：指闰月三月三日。诗人对此次上巳活动尤为看重，故事后又将此次活动分解后一一加以记述，作《闰重三日纪事诗赠咏桥》五首云：一、晴空扫积霾，联步好徘徊。云送春山出，花留闰月开。故人才一别，佳客又重来（前一日曾同柳泉过访）。相见还相问，新诗几许裁。二、风味双鱼好，诸君颇忆不。竟抛仲举榻，同上谪仙楼。有话都成谑，无人不散愁。及时行乐耳，天地一沙鸥。三、乘兴欲归去，相将来我家。主人开旧瓮，童子献新茶。把卷翻残叶，挑灯惜落花。今朝闰上巳，莫负此春华。四、唱出东风句(“一雨忽新霁，东风吹梦苏”，何韵仙首唱句)，赓酬迭主宾。半窗寒食雨，一座永和春。小住即高会，短歌无俗人。湖楼留韵事，浑似有前因。五、曙光忽飞入，诗思罢推敲。枕上疏清梦，尊前叙故交。为君劝加饭，道我愧无肴。一笑扁舟去，春波柁尾梢。五诗谨录如上，以作对照。

② 梦苏：梦醒。

③ 何琳：字友岷，号韵仙，鄞县人。咸丰五年(1855)举人。著有《云石居诗稿》。

④ 卬须：语出《诗经·匏有苦叶》：“招招舟子，人涉卬否。人涉卬否，卬须我友。”卬：代词，表示“我”。须：等待。

⑤ 乌世耀：字酿仙，鄞县人。居东钱湖陶公山。咸丰八年（1858）岁贡。

⑥ 室迩人不远：《诗经·郑风·东门之墠》云："其室则迩，其人甚远。"这里反用其意。

⑦ 王世濬：字稽云，鄞县人。贡生。王世濬与陈劢两家有姻亲关系，有《赠陈咏桥征君》诗追忆辛丑闰重三烟屿楼联句云："记否闰重三，联句图一幅。图中有六人，存者君与仆。"

⑧ 袷衣：夹衣。

⑨ 行行重行行：指行而不止。重：又。汉五言古诗有《行行重行行》。

⑩ 买春：这里指买酒。语出唐司空图《二十四诗品·典雅》："玉壶买春，赏雨茅屋。"

⑪ 斗十千：一斗值十千钱（即万钱），形容酒美价高。唐李白《行路难》："金樽清酒斗十千，玉盘珍羞直万钱。"

⑫ 高阳徒：即高阳酒徒。高阳：古乡名，在今河南杞县西南。秦末郦其食即此乡人，对刘邦说："吾高阳酒徒也，非儒人也。"见《史记·郦生陆贾列传》。后用以指嗜酒而豪放不羁的人。

⑬ 野蔌：野菜。

⑭ 拇战：划拳、豁拳。因划拳时常用拇指，故称。呼卢：犹今之掷骰子。古时赌博，削木为骰子，一面涂黑，画犊，一面涂白，画雉，共五子；五子全黑叫做"卢"，是头采。投掷时，希望得卢，连声呼之，故称"呼卢"。

⑮ 解龟：解下金龟。金龟即金袋。唐代官员的一种佩饰。这里用金龟换酒的典故。典出唐李白《对酒忆贺监诗序》："太子宾客贺公，于长安紫极宫一见余，呼余为'谪仙人'，因解金龟，换酒为乐。"当垆：指卖酒。垆，放酒坛的土墩。

⑯ 斗韵：谓联句或赋诗填词时以险韵竞胜。

⑰ 撚须：谓推敲诗句而捋须吟哦。语出唐卢延让《苦吟》："吟安一个字，捻断数茎须。"

⑱ 浮白：汉刘向《说苑·善说》："魏文侯与大夫饮酒，使公乘不

仁为觞政,曰:‘饮不釂者,浮以大白。’”原意为罚饮一满杯酒。这句是说:为什么还要罚酒呢?

⑲ 奚奴:奴仆。

⑳ 六逸:指竹溪六逸。《新唐书·文艺传中·李白》:“‘(李白)更客任城,与孔巢父、韩准、裴政、张叔明、陶沔居徂来山,日沉饮,号‘竹溪六逸。’”

赠乌酿仙[1](二首选一)

空洞原无物,澄潭月一川。
人生贵适意,随处有良缘。
春草绵诗泽,秋花中酒天。
平时谈笑地,烟屿小楼前。

——选自徐时梁《憧桥诗集》卷三

【注释】

① 乌酿仙:乌世耀,字酿仙,鄞城马衙街(今属宁波市海曙区)人。咸丰八年(1858)府学岁贡生。善诗能文,工书法。

柳汀雅集,赋柳汀柳枝词

春风二月绿年年,莫道行人折取便。
留得阴阴倒垂下,湖边好系钓鱼船。

柳汀汀外湖水肥,柳汀汀上杨花飞。
年来又是清明候,放学儿童攀折归[1]。

——选自徐时栋《烟屿楼诗集》卷十七附

【注释】

① 这句作者自注："汀上有先府君所建柳汀义学。"

柳汀雅集，赋月湖欸乃曲

月湖湖景比西泠[①]，只欠孤川半点青。
唱得浪淘沙一曲，阿谁斜倚小楼听[②]。

生涯落拓侣鱼虾，看遍洲花又屿花。
湖上而今谁管领，四时风景属渔家。

橛头船小坐来轻，月到湖心分外明。
撑过懒堂水西路，夜深犹有读书声。

网得湖鲜醉酒时，阿侬隩底老渔师[③]。
钓竿收拾人归去，冷落前汀月不知。

——选自徐时栋《烟屿楼诗集》卷十七附

【注释】

① 西泠：桥名。在杭州孤山西北尽头处，是由孤山入北山的必经之路。宋周密《武林旧事·湖山胜概》："西陵桥，又名西林桥，又名西泠。"

② 阿谁：疑问代词。犹言谁，何人。

③ 阿侬：古代吴人的自称。我，我们。

柳汀雅集,赋杏花(四首)

及第花开傍未央[①],帝乡风景即仙乡。
日边消息一枝早,天上韶华三月长。
欹插帽檐人面笑,缓随鞭影马蹄香。
禁林探得无双品[②],独占春心点点黄。

小桃半谢柳初眠,淡淡新妆著态妍。
时节清明寒食雨,乡村沽酒卖饧天[③]。
六朝烟景余前度,一种风流正少年。
寄语江南惆怅客,曲江春在画桥边。

近水楼台绘影疏,香山风物属吾庐。
黄莺坐老新晴里,紫燕飞来小雨初。
一棹归情虞学士[④],数枝春意宋尚书[⑤]。
偶题诗句难描写,翻道徐熙画不如[⑥]。

别样奇花绝世姿,殷勤写就女郎诗。
一竿暖日摇红处,十里轻帘卷翠时。
道上春风新得意,楼头夜雨旧相思。
最怜欲折迟迟折,笑问香多第几枝。

——选自徐时梁《憧桥诗稿》卷四

【注释】

① 及第花:杏花的别名。

② 禁林:皇家园林。

③ 卖饧天:指春日艳阳天。以此时小贩开始吹箫卖糖,故名。

④ 虞学士：指元代文人虞集。字伯生，号道园，世称邵庵先生，江西临川崇仁人。自少受家学，曾随名儒吴澄游学。元成宗大德初年，被举荐为大都路儒学教授。元仁宗时，迁集贤殿修撰，除授翰林待制。元文宗时，累官至奎章阁侍书学士。虞集《风入松》词云："为报先生归也，杏花春雨江南。"

⑤ 宋尚书：指北宋文人宋祁。宋祁字子京，开封雍丘人。天圣二年（1024）进士，历官至工部尚书。宋祁为诗清丽，其《玉楼春·春景》有名句"绿杨烟外晓寒轻，红杏枝头春意闹"，时称"红杏尚书"。

⑥ 徐熙：五代南唐杰出画家，善画花竹、禽鱼、蔬果、草虫，时有"江南花鸟，始于徐家"之誉。

洪晖堂

洪晖堂（1817—1857），字素芸，慈溪人。太学洪苇航之女，年十九为明经张性安妻。为陈仅诗弟子。家贫，勤于操劳家事。年四十病卒。著有《听篁阁存草》。

月湖十洲诗

花屿

一片湖光活，东风著色奇。
清明寒食近，浓抹淡妆宜。
影落鱼争唼[①]，香深蝶暗窥。
兰桡归缓缓，好赋冶春诗[②]。

芳草洲

渚草当春长，湖波遇雨肥。

晚风吹冉冉，朝露弄晖晖[3]。
晕碧上篷脚，拖青黏带围。
女郎闲拾翠[4]，笑语欲忘归。

柳汀

众乐亭前路，空波翠欲摇。
恰当二三月，不尽万千条。
逸老留云驾，骚人荫酒瓢。
流莺歌睍睆[5]，烟里度双桥。

菊花洲

为有重阳节，黄花冒雨开。
瘦宜秋水照，寒待晓霜催。
冷艳摹诗格，幽香入酒杯。
洲边无五柳，谁望白衣来。

月岛

玉镜飞波面，良宵喜及秋。
一年光独满，万里景同幽。
歌吹声如沸，楼台影欲浮。
嫦娥应有意，故故傍吟舟[6]。

雪汀

六出纷纷舞，天工巧剪裁。
冲寒双屐懒，积素一奁开。

不夜常疑月，无香欲误梅。
孤汀垂钓客，蓑笠夜还来。

松岛

柳汀花屿外，凝望势苍苍。
入夜龙吟健，经寒鹤梦长。
云烟真隐宅，风雨读书堂。
游客盘桓久，枝头下夕阳。

——选自洪晖堂《听篁阁存草》卷一

【注释】

① 唼：鱼吃食。

② 冶春：游春。

③ 晖晖：艳丽的样子。

④ 拾翠：拾取翠鸟羽毛以为首饰。后多指妇女游春。

⑤ 睍睆：形容鸟声清和圆转的样子。

⑥ 故故：故意；特意。《诗经·邶风·凯风》：“睍睆黄鸟，载好其音。”

月湖十洲用舒学士原韵

浅碧轻红入望匀，湖波倒影接城闉[1]。
莺藏密树常留客，燕啄飞花惯趁人。
雪月有时天不夜，笙歌到处物皆春。
一尊占尽沧浪趣，小醉还应理钓纶[2]。

——选自洪晖堂《听篁阁存草》卷一

【注释】

① 城闉：城内重门。亦泛指城郭。

② 钓纶：钓竿上的线。

童 华

童华（1818—1889），字惟兖，号薇研，鄞县人，家居城南月湖畔银台第（今属宁波市海曙区）。童槐之子。道光十八年（1838）进士，改翰林院庶吉士，二十四年（1844）授编修，二十九年（1849）充湖北乡试正考官。同治二年（1863）充日讲起居注，官升翰林院侍讲。著有《竹石居文草》《竹石居词草》。

舟中望松岛①

放棹泛澄湖，湖光入浩渺。
圆沙漾澄波，寒云滃荒岛②。
闻昔真隐观③，湖山共清好。
忠定投绂归④，托迹殊缥缈。
贺监筑千秋，黄公领四皓。
大愚与叔晦⑤，酬唱惬怀抱。
老鹤出尘外，烟霞互环绕。
洞天不可寻，胜迹偶未杳。
当时观里松，亭亭见林表。
贞松近亦凋，遑问竹洲老。
怪石翳丛簿，颓垣生秋草。
望中余夕晖，苔色青未了。

——选自童华《竹石居诗草》卷一

【注释】

① 松岛：作者题下自注："真隐馆故址。"

② 滃：形容云起。

③ 真隐观：又名真隐园。淳熙八年(1181)八月史浩辞归之后兴建。园在月湖之竹洲（原名松岛）。元至正《四明续志》卷十："真隐观：在西南隅月湖，旧名竹洲，宋丞相史忠定读书之所。"清徐兆昺《四明谈助》卷十八《城南诸迹·真隐观》云："在月湖竹洲，宋丞相史忠定读书之所。忠定自号真隐。乾道中尝御书'真隐'二字赐之，后遂为观。明改为陆康僖公祠。今观已久废，陆祠移于水西锦里桥之北。"又同卷"竹洲"条云："《西湖十洲志》云：自史氏筑真隐馆后，松岛始改名'竹洲'。《月湖丈尺图》：南城下，至竹洲五十一丈。竹洲取湖心寺前三十八丈八尺。"又董秉纯《小钝居士集》卷五《寄屠法田论吾乡明季诸公立祠祀书》云："湖之忝底称观基者，乃宋史忠定王真隐观，谢山先生曾有其十之三。"(《北京师范大学图书馆藏稀见清人别集丛刊》本）。

④ 忠定：指史浩。投绂：弃去印绶，谓辞官。

⑤ 大愚：吕祖俭（？—1196)，字子约，号大愚，浙江金华人。吕祖谦之弟。淳熙九年(1182)至十四年(1187)，吕祖俭任明州监仓，与甬上学者交往极为密切。全祖望《宋元学案》卷五十一《东莱学案》记载："时明州诸先生多里居，慈湖开讲于碧沚，沈端宪讲于竹洲，絜斋则讲于城南之楼氏精舍，惟舒文靖以宦游出。先生（吕祖俭）以明招山中父兄中原文献之传，其于诸讲院无日不会也。甬上学者遂以先生代文靖，亦称为四先生。而滕德粹为鄞尉，朱文公语之曰：'彼中有杨、袁、沈、吕，可与语也。'"叔晦：沈焕(1139—1191)，字叔晦，世居定海崇邱乡沈家山下（今北仑小港镇顾家桥村）。青年时潜心经学，入太学，师事陆九渊之弟陆九龄。乾道五年(1169)进士，授上虞县尉、扬州教授，召为太学录，调高邮军教授，后充浙东安抚司干办、婺源令、舒州通判等职。卒谥端宪，学者称为定川先生。

吴兴舟次[①]

莲花庄上赵王孙[②],风景依稀笔墨痕。
十里枯桑千万树,一湾流水两三村。
云随小艇渡溪口,塔送斜阳到寺门。
忽忆月湖渔父乐,细虾软饭饱黄昏。

——选自童华《竹石居诗草》卷一

【注释】

① 舟次:行船途中。

② 莲花庄:位于今浙江省湖州市吴兴区。元代赵孟𫖯始在此建置别业,以碧水风荷,景色幽绝著称。赵王孙:即赵孟𫖯。

月湖夜泛

衡门未得任婆娑[①],也枉军书络绎过。
酷热不辞挥汗雨,良宵偶许访烟波。
十洲三岛神仙有,七月中旬风露多。
闻道连营奏勋伐[②],会招佳侣事吟哦。

——选自童华《竹石居诗草》卷三

【注释】

① 衡门:简陋的屋舍。

② 勋伐:语出《史记·高祖功臣侯者年表序》:"太史公曰:'古者人臣功有五品:以德立宗庙定社稷曰勋;以言曰劳;用力曰功;明其等曰伐;积日曰阅。'"因以"勋伐"通称功绩。这里当指镇压太平军。

张斯安

张斯安(1818—1876),字敦仁,号晴芝,又号竹坪,慈溪马径(今宁波市江北区庄桥街道马径村)人。由贡生授知县。

谒贺秘监祠

闲来同谒贺公祠,正是城南雪霁时。
世上岂真无国士,人间谁解换金龟。
黄冠漫想常年貌[①],青草犹埋旧日碑。
明月一弯湖畔路,清风回首不胜思。

——选自董沛编《四明清诗略》卷二十九

【注释】

① 黄冠:道士之冠。亦借指道士。贺知章于85岁时假托“恍惚不醒,若神游洞天三清上,数日方觉,遂有志入道,乃上疏请度为道士还乡”。

徐 镛

徐镛(1818—1890),字再生,一字友笙,宁海人。同治间诸生,著有《红岩山房诗稿》等。

月湖夜泛

月湖在鄞县治西南,一名西湖,湖中祀贺季真祠。

狂客今何在，烟波望渺然。
有人乘夜月，来此泛湖船。
露冷芙蓉渚，秋生鸿雁天。
呼僮轻打桨，恐扰白鸥眠。

——选自徐镛《红岩山房诗稿》卷七

章 鋆

章鋆（1820—1875），字酡芝，号采南，鄞县人，居城中西河街（今属宁波市海曙区）。少好读书，究心理学。年十七为诸生，累试高等。咸丰二年（1852）状元，授翰林院修撰。同治二年（1863）提督福建学政，订立《闽儒学则》。同治十二年（1873）以国子监祭酒提督广东学政，卒于廉州行馆。工诗文，善书法，著有《望云山馆文诗稿》。

甬江竹枝词（七首选二）

谁家金石富收藏，万轴牙签发古香。
赖有城西天一阁，岿然今日鲁灵光。

青旗一路飏风疏，卖酒家多傍郭居。
酤得十洲春酿熟，瓮头小印押双鱼。

——选自章鋆《望云山馆文诗稿》

【注释】

① 鲁灵光：参黄定齐《观范氏天一阁藏书》诗注。

郭传璞

郭传璞(1823—?),字怡士,号晚香,鄞县人。同治六年(1867)举人。师事徐时栋、姚燮,喜藏书,称金峨山馆。著有《四明金石志》《金峨山馆诗稿》。

陪吴少宰师登天一阁观残书[①],时陆明经(廷黻)、马孝廉(廷概)暨范氏群从皆在座,感成长句[②]

夫子皇华越使车[③],校士有暇专校书。
榴实山庄积架五万卷[④],卷卷涂黄点绿刊虎鱼[⑤]。
朱昂清俸爱斯购[⑥],沈约剧谈典必胪[⑦]。
朅来东海颇寂寞[⑧],宠命同登天一阁[⑨]。
创造忆自司马公,丰严两家旧物此焉托[⑩]。
丁甲牢守四百年[⑪],一朝聚铁铸成错[⑫]。
水之火之掇拾丛残中,只余谢山楹联一十四字未剥落[⑬]。
断碑倒地斑苍苔,谁与响拓纸墨佳[⑭]。
池水潭然澈方镜,鉴尽多少人须眉。
松邪柏邪杂旁莳,寒飚飒耳皆悲哀。
纵有黄金贱如土,宋元雕椠不可赎使回[⑮]。
天实为之时则那[⑯],嗟贤子孙将奈何。
我下转语聊慰藉[⑰],忧患固从识字囮[⑱]。
不见惨绿年少子[⑲],彩花锦树工揣摩。
省寺好官唾手得[⑳],焉用经史子集穷年役役成书魔[㉑]。

我语未了夫子哂，由也辞气太激愤[22]。

不如今日有书且读书，一任劫轮休短之转灵椿与朝菌[23]。

——选自郭传璞《金峨山馆诗稿四种》第二册

【注释】

① 少宰：明、清常用作吏部侍郎的别称。吴少宰，即吴存义(1802—1868)，字和甫，号荔裳，江苏泰兴人。道光十八年(1838)进士，历官浙江学政、吏部左侍郎。学养有素，以清廉方正著称。著有《榴实山庄诗文集》。

② 此诗后有欧景岱的跋语，有助于理解此诗意蕴，以及当时对此诗评价的分歧，移录如下："郭君此诗虽非唐世高格，然羼之宋人集中，则或以之入选矣。而甬上徐丈柳泉暨董君觉轩以为体制未得，殊未解其故，岂以其气愤尖毒之辞为不宜耶？夫以少宰之学之识，而郭君又遇知己之深，犹不得吐其胸中抑塞之气，则士将没首无可称知己已，不知二君之意果何属也。郭君七古多属宋格，若以此相责，宜有其辞，然亦何独此诗也？必如少宰谓长短句殊不易为。矜之慎之，则得其微矣。然二君皆吾郡名宿，以为不可，谁复为可？予固不知诗者，观此作托兴之遥，炼格之到，则似有偏嗜，不能以二君之言废也，观之鉴之。丁卯月廿又五日，欧景岱识。"

③ 皇华：原为《诗经·小雅》中的篇名。《毛诗序》谓："《皇皇者华》，君遣使臣也。送之以礼乐，言远而有光华也。"《国语·鲁语下》："《皇皇者华》，君教使臣曰：每怀靡及，诹、谋、度、询，必咨于周。"后因以"皇华"为赞颂奉命出使或出使者的典故。

④ 榴实山庄：作者自注："师自署藏书所。"

⑤ 虎鱼："鲁鱼帝虎"的略称。《意林》卷四引晋葛洪《抱朴子》云："谚云：'书三写，鱼成鲁，帝成虎。'"后因以"鲁鱼帝虎"称传写刊印中出现的文字错误。

⑥ 朱昂：字举之，后唐衡山县（今湖南衡山）人。少时勤奋好学，

博览群书，于学无所不窥。宋初，历官洗马，蓬州、泗州知州，累迁江南转运使，入翰林为学士，以工部侍郎致仕。闲居以讽诵为乐，自号退叟。居江陵时，广购图书，筑藏书楼为“万卷阁”，以贮图书。当时称朱遵度为“朱万卷”，朱昂被称为“小万卷”。他常以所得俸赐，以三分之一购奇书。著有《资理论》三卷、文集三十卷。

⑦ 沈约：字休文，梁吴兴武康（今浙江吴兴）人。少孤贫好学，博通群籍。历仕宋、齐、梁三朝，累官至尚书仆射、尚书令，封建昌县侯，世称之为沈隐侯。为清廉，自奉俭朴。性喜藏书，聚籍两万卷之多。剧谈：畅谈。典必胪：必定历举典故。

⑧ 朅来：犹言迩来，近来。

⑨ 宠命：封建社会中对上司任命的敬辞。

⑩ 丰：作者自注：“万卷楼。”指丰坊万卷楼。清卢镐《月船居士诗稿》卷二《薪斋闻里中陶生奕三得云在楼遗书，喜而作诗。予闻云在楼中书散失已久，生所得盖千百之什一尔。然残编断简，正自可宝。缉枌社之旧闻，望先型之不替，作长歌以贻同志》云：“我闻天一阁上藏，半从万卷楼中得。”自注：“天一阁藏书多丰考功万卷楼故物。”严：作者自注：“钤山堂。”指严嵩钤山堂，其藏书殊多宋版。范钦与严嵩确有交往。全祖望在《闻尚书祠碑》中说：“东沙（张时彻）、东明（范钦）皆不能无濡足于严氏，以君子守身之义言之，均当引咎无辞。”但严嵩钤山堂藏书托足于范钦天一阁，实于史无征。

⑪ 丁甲：即六丁六甲。本为道教神名。后亦泛指天兵天将。

⑫ 聚铁铸成错：谓造成重大错误。典出《资治通鉴》唐纪八十一，记唐末哀帝天祐三年（906），天雄节度使罗绍威手下有从六个州招募来的牙军几千人，素不服从他的管辖，他暗中勾结朱全忠，里应外合，突然袭击，把牙军全部消灭了。朱全忠为此居功，向他要这要那，罗绍威苦于供应，后悔地对人说：“合六州四十三县铁，不能为此错也。”

⑬ 谢山：指全祖望。

⑭ 响拓：古代复制法书的方法。把纸、绢覆在墨迹上，向光照明，双钩填墨。宋赵希鹄《洞天清禄集·古今石刻辨》：“以纸加碑上，贴于窗户间，以游丝笔就明处圈却字画，填以浓墨，谓之响拓。”

⑮ 雕椠：雕版。

⑯ 时则那：这里含有时势没落、无可挽回之意。那，同“奈”。

⑰ 转语：佛教语。禅宗谓拨转心机，使之恍然大悟的机锋话语。

⑱ 囮：媒介。

⑲ 惨绿：浅绿色。

⑳ 省寺：古代朝廷“省”“寺”两类官署的并称。亦泛指中央政府官署。

㉑ 穷年：全年，一年到头。役役：劳苦不息的样子。

㉒ 夫子：孔子。由：子由。语本《论语·先进》：“（曾皙）曰：‘夫子何哂由也？’曰：‘为国以礼，其言不让，是故哂之。’”这两句模仿《论语》的语气，以夫子指吴少宰，以“由”指作者自己。

㉓ 一任：听凭。劫轮：犹灾难。灵椿：古代传说中的长寿之树。典出《庄子·逍遥游》：“上古有大椿者，以八千岁为春，八千岁为秋。”朝菌：某些朝生暮死的菌类植物。借喻极短的生命。语出《庄子·逍遥游》：“朝菌不知晦朔，蟪蛄不知春秋。”一说虫名，朝生暮死。见《淮南子·道应训》“朝菌不知晦朔”高诱注。又一说即木槿，朝花暮落，见《艺文类聚》卷八九引晋潘尼《朝菌赋序》。

董沛

董沛（1828—1895），谱名人惺，官名沛，字孟如，号觉轩，一号觉仙，又号苇庵，鄞县人，居邱隘回龙高塘头（今属宁波市鄞州区）。道光十九年（1839），大胆应县试，即为县令舒恭受器重。十九岁补博士弟子员，逾年补增生。光绪三年（1877）进士，以知县分发江西。光绪十一年（1885）以疾辞官归里，筑“六一山房”。董沛学问淹贯，受到徐时栋的推重。咸丰六年（1856），董沛应徐时栋之邀，校订《宋元四明六志》。同治元年（1862），董沛完成了《甬上宋元诗略》一书。同治五年（1866），董沛纂成《明州系年录》七卷。后应徐时栋之邀纂修县志。又工诗文,传世有《六一山房诗集》《六一山房诗续集》《正谊堂文集》等。

月湖散步

才别繁华境,清凉世界开。
长桥驱马过,画舫送鸥来。
水阁清风杳,烟汀夕照回。
夹堤疏树影,闲步兴佳哉。

——选自董沛《六一山房诗集》卷四

移鄞志局寓月湖[①]

续修乡国书[②],一一须改窜。
作辍时相乘[③],彼聚此或散。
虽云六载期,实历仅能半。
各抱桑梓忧,何敢时日玩。
前茅失徐军[④],吾当为之殿。
捆载城西舟,移屋月湖畔[⑤]。
招我诸友朋,分曹设几案[⑥]。
图谱搜遗文,条理仍旧贯。
闻见有异辞,援笔为加判。
初稿幸可成,亦尚多错乱。
炼金弗惮劳,买玉毋自衒。
湖光清我眸,如在镜中看。

——选自董沛《六一山房续集》卷二

【注释】

① 此诗作于同治十三年(1874)。

② 这句指同治七年(1868)鄞县知县戴枚在校士馆开局修志,礼聘徐时栋、张恕、陈劢三人总修,另聘陈继聪、袁杰、周宗坊、刘凤章四人为协修。

③ 作辍:或修或停。相乘:交互变化。

④ 徐:指徐时栋,主修同治《鄞县志》。董沛《内阁中书舍人徐先生墓表》云:"迩年修县志,当事请先生主之,商榷凡例,仿史馆列传之体,征引文句,各注本书,所采逾千种。"同治十二年(1873)十一月,徐时栋积劳成疾,临终执好友董沛之手,以修志事"郑重相委,语不及私"。

⑤ 作者自注:"志局旧寓城西,徐氏柳泉舍人时栋总之。去年十一月柳泉卒,余旋以计偕入都,事中辍。今夏南归,乃移月湖。"

⑥ 分曹:分部门;分科。

何春墅贰尹(瑛)招诸伶同饮月湖舟中[①]

倚窗绣榻沙棠舟[②],微波漾碧篙橹柔。
美人娟娟好颜色,联翩入座交劝酬。
红桥一曲月一钩,似与人比眉妩修。
纤声或恐管弦腻,弱体尚嫌罗縠揉。
水部款作清夜游[③],明星错落萤火流。
赌歌不买燕市酒,选伎亦笑秦淮楼。
凉花寂寞芙蓉洲,残荷褪粉红欲收。
湖亭水榭殊减色,众芳一渡聊解羞。
赠以金缕心暗投,要之玉佩当少留[④]。
浅斟低唱坐阑烛,东方未明乐未休。

——选自董沛《六一山房诗续集》卷四

【注释】

① 贰尹：县令副职县丞的别称。此诗作于光绪二年（1876）。何瑛生平待考。

② 沙棠舟：用沙棠木造的船。语本晋王嘉《拾遗记·前汉下》："帝常以三秋闲日，与飞燕戏于太液池，以沙棠木为舟，贵其不沉没也。"后多以"沙棠舟"指游船。

③ 水部：原指南朝梁文学家何逊。逊官至尚书水部郎，故称。这里借指何瑛。

④ 要：同"邀"。玉佩当少留：暗用郑交甫典。《太平广记》卷五十九引西汉刘向《列仙传》云："郑交甫常游汉江，见二女，皆丽服华装，佩两明珠，大如鸡卵。交甫见而悦之，不知其神人也。谓其仆曰：'我欲下请其佩。'……（二女）手解佩以与交甫，交甫受而怀之。"

倪鸿

倪鸿（1828—？），字延年，号云癯、耘劬，广西临桂（今桂林）人，祖籍浙江会稽（今绍兴）。游宦粤东二十余年，历署昌山、江村、马宁等地巡检。曾筑园广州越秀山麓，名"野水闲鸥馆"。光绪年间从戎闽台，游历江浙。著有《退遂斋诗抄》。

登天一阁观范氏藏书

天下藏书家，四明此第一。
岿然高阁尊，雄绝冠鄞邑。
前浚深池清，后叠假山密。
檐扶树葱笼[①]，地辟路曲直。
一片月湖光，浮动阑干湿。

相传文澜阁[②],乃仿斯格式[③]。
我来拾级升,恍惚宝山入。
琳琅纷万卷,锦绣堆千帙。
照读若燃藜,定应惊太乙[④]。
邺架同曹仓[⑤],合宜鼎足立。
巨观邀睿赏[⑥],佳本留宝墨[⑦]。
一部赐图书[⑧],千秋益生色。
条例列分明,子孙奉如律[⑨]。
流传三百年[⑩],海内谁与匹。
从来世间物,典籍最难得。
唯待名山储,岂愿俗人识。
破以胜境开,酉阳兼石室[⑪]。
我朝尚稽古[⑫],收藏夸叠出。
绛云楼崔嵬[⑬],汲古阁屹崒[⑭]。
千顷与澹生,声名复洋溢。
一朝悲散亡,长恩亦涕泣。
胡招造物忌,理数费推测。
惟喜兹独存,呵护疑神力。
劫逃祖龙焚,字谢蠹鱼蚀。
光采恒宵腾,直向奎躔逼。
吾曹本书生,苦未除积习。
思下董子帷[⑮],坐卧香橱侧。
三万六千朝,庶几饱阅毕。

——选自倪鸿《退遂斋诗抄》卷八

【注释】

① 葱笼:同“葱茏”。草木青翠而茂盛。

② 文澜阁：位于浙江省杭州市西湖区孤山路25号，为清代乾隆年间为珍藏《四库全书》而建造的全国七大书阁之一。

③ 作者自注："西湖文澜阁，相传仿此营构。"

④ 太乙：参见忻恕《杂咏勾东形胜·天一阁》注。

⑤ 邺架：唐代邺侯李泌的藏书。唐韩愈《送诸葛觉往随州读书》诗："邺侯家多书，插架三万轴。"邺侯，即李泌。曹仓：曹家书仓。晋王嘉《拾遗记·后汉》载，曹曾书垂万余卷，"及世乱，家家焚庐，曾虑其先文湮没，乃积石为仓以藏书，故谓曹氏为书仓"。

⑥ 睿赏：圣明的鉴赏。作者自注："高宗皇帝有'书城巨观，人间罕觏'纶音。"

⑦ 作者自注："阁藏魏了翁《周易要义》，末载《经义考》，高宗御题五言古诗一首。"

⑧ 作者自注："中楹谨贮御赐《图书集成》。"

⑨ 作者自注："阁中条约，子孙不能擅入携书。有客欲请观者，并须族人皆至。"

⑩ 作者自注："阁建于明嘉靖年间。"

⑪ 酉阳：古荆州山名。即小酉山，在今湖南省沅陵县境西北。《太平御览》卷四九引南朝宋盛弘之《荆州记》："小酉山上石穴中有书千卷，相传秦人于此而学，因留之。"石室：古代藏图书档案处。《史记·太史公自序》："周道废，秦拨去古文，焚灭《诗》《书》，故明堂石室，金匮玉版，图籍散乱。"晋葛洪《抱朴子·内篇自序》："虽不足以藏名山石室，且欲缄之金匮，以示识者。"

⑫ 稽古：考察古事。

⑬ 绛云楼：故址位于江苏常熟市虞山东麓，系清代文人钱谦益、柳如是夫妻的居所兼藏书楼，藏书丰富，名冠东南，几可比拟内府。钱谦益编有《绛云楼书目》。顺治七年(1650)初冬之夜，绛云楼不慎酿成大火，藏书焚毁。

⑭ 屹崒：高峻的样子。

⑮ 董子帷：典出《汉书》卷五十六《董仲舒传》："(董仲舒)下帷讲诵，弟子传以久次相授业，或莫见其面，盖三年不窥园，其精如此。"

后因以“董子帷”指授课之处。

张家骧

张家骧(1831—1885),字子腾,鄞县人,世居府城西门外郎官巷(今属宁波市海曙区)。师从陈劢、范邦桢等,同治元年(1862)进士,历官翰林院编修、山西学政、吏部右侍郎。曾为经筵讲官,入直南书房,教光绪皇帝书。其书法以欧、虞为宗,晚年参以“二王”。

月湖十咏

柳汀

一带绿阴凉,深藏逸老堂。
画桥人独立,晴絮送斜阳。

雪汀

寒飔初酿寒,梅开杳芳信。
但见白漫漫,夹岸花成阵。

芳草洲

东风苏旧烧,原上自萋萋。
欲去无行径,黄莺历乱啼①。

芙蓉洲

凉露点澄波，水国雁来早。
开到木夫容，一湖秋已老。

菊花洲

瓮头熟香醪，寻芳约邻叟。
却度憧憧桥，来饮黄花酒。

月岛

照眼碧玲珑，琉璃六曲屏。
夜深人不寐，闲倚水心亭。

松岛

屈曲盘虬枝[②]，岁寒结孤赏。
谡谡度天风[③]，独鹤时来往。

花屿

舣棹采芳菲[④]，朝东露未晞。
香风引游屐，瘦蝶上春衣。

竹屿

曲径绕檀栾[⑤]，青青千万竿。
幽居临水槛[⑥]，当昼亦生寒。

烟屿

苍霭抹晴波，扁舟向何处。
落日不逢人，但闻舟子语。

——选自董沛编《四明清诗略》卷二十九

【注释】

① 历乱：纷乱，杂乱。

② 虬枝：盘屈的树枝。

③ 谡谡：形容风声呼呼作响。

④ 舣棹：船只靠岸停泊。

⑤ 檀栾：借指修竹。

⑥ 水槛：临水的栏杆。

徐耀庚

徐耀庚（1838—1903），原名本倬，字卓人，一字朗西，号逸洲，又号寄园，鄞县人，住湖桥头。邑庠生，军功五品衔。

长相思·湖上晚行

东桥横，西桥横，两岸行人相送迎。渔灯点点明。　水盈盈，月盈盈，一曲歌声杂橹声。满湖无限情。

——选自《月湖徐氏宗谱》卷二

刘凤章

刘凤章(1838—?),谱名世桂,字企颜,号艺兰,世居鄞县东南二十都金家漕,后居甬东周孟桥(今属宁波市鄞州区)。师从范邦干、童槐、徐时栋等。光绪十一年(1885)举人,候选训导。生平勤于搜集文献,有藏书楼青藜阁。曾协修同治《鄞县志》。著有《青藜阁集》。

泛月湖

斜照苍茫里,平湖客放舟。
疏林招倦鸟,短棹逐闲鸥。
波影绿于洗,蓼花红欲秋。
广生堤畔过,随处听渔讴[①]。

——选自董沛编《四明清诗略》卷三十

【注释】

① 渔讴:渔歌。

戈鲲化

戈鲲化(1838—1882),字砚畇,一字彦员,安徽休宁人。大约在同治二年(1863)前后,在美国驻上海领事馆任职,同治四年(1865)移居甬上,一直在英国领事馆任职。1879年7月2日,戈鲲化搭乘英国"格仑菲纳斯"号轮船,从上海启程,抵达美国纽约,随后转往波士顿,在哈佛大学从事中文教学。著有《人寿堂诗抄》等。

甬上竹枝词(十二首选一)

儿家日月两湖边,隔岸垂杨带晓烟。
记得清明时节近,过门箫鼓上坟船[①]。

——选自《戈鲲化集》之《人寿堂诗钞》

【注释】

① 作者自注:"扫墓多用鼓乐。"

中秋月湖泛月八叠自述韵(选四)

中秋湖上月明时,玩月游湖惬素期[①]。
到此更知湖月好,湖清月白可无诗。

年年月月苦佣书[②],未得双湖湖畔居。
湖曲今宵来泛月,却从湖月悟盈虚[③]。

双桥月影迤湖滨,放棹湖中月满身。
好趁湖船轻载月,月湖清景足忘贫。

八月盈盈湖水平,湖涵凉月静无声。
一轮明月平湖印,大好湖山秋月生。

——选自《戈鲲化集》之《人寿堂诗钞》

【注释】

① 素期：平素所期望的。

② 佣书：受雇为人抄书。亦泛指为人做笔札工作。

③ 盈虚：月的圆缺。引申为事物的发展变化。

续甬上竹枝词(十二首选三)

城西虹桥舟楫通[①],湖西虹桥如卧虹[②]。
若使命名无上下,双桥浑欲认湖东[③]。

水族纷纷海上来,唾余莫笑是粗材[④]。
蛤蜊瓦垄螺蛳壳,碾作罗浮雪一堆[⑤]。

侬家生小嫁渔郎,水上生涯一苇杭。
昨夜扁舟开岙底,歌声惊起宿鸳鸯。

——选自《戈鲲化集》之《人寿堂诗钞》

【注释】

① 城西虹桥：指月湖虹桥。虹,作者自注：“音绛。”

② 湖西：西湖,指东钱湖。戈鲲化《续甬上竹枝词》云：“一自鄮城移徙后,西湖不唤唤东钱。”自注：“东钱湖在唐曰西湖。”

③ 湖东：指东钱湖。作者自注：“钱湖之东五里塘,南有上虹桥,北有下虹桥。”

④ 唾余：唾液之余。比喻别人的无足轻重的点滴言论或意见。

⑤ 作者自注：“月湖西南名岙底,多渔户。”

姚景夔

姚景夔(1839—?),字拊仲,号少复,晚号自艾山民,姚燮之子。镇海人。同治五年(1866)诸生,曾寓上海,后回到甬上以卖画为生。工诗、书、画,略有父风。著有《琴咏轩诗稿》《骗饭录》等。

月湖竹枝词

湖风荡漾湖月明,打楫中流载酒行。
洲外渔灯红一点,夫容花底结鸳盟[①]。

憧憧桥外水如烟,西麓新词调最妍。
宋代园林多废弃,红莲一阁尚巍然。

澹荡春光二月时,桃花灼灼柳丝丝。
风流贺监已千古,谁着红衣作钓师[②]。

濛濛细雨晓莺呼,一带红墙锁绿芜。
待得银针鱼入网,长春门外去寻沽。

——选自姚景夔《琴咏楼诗酌》

【注释】

① 鸳:此字已蚀损,仅存残留笔迹。考姚景夔有《棷枝词》云:“芦花深处结鸳盟。”再结合残留痕迹判断,残损者当为“鸳”字。

② 这句化用明代画家戴进的故事。钱塘人戴进向宣宗皇帝朱瞻基呈《秋江独钓图》,图中的钓者,身着红衣,垂纶于江边。在场的锦衣

卫千户画家谢环以为“红品官服，用以钓鱼，失大体矣”，戴进因此而未被皇帝赏识。

梅调鼎

梅调鼎(1839—1906)，字友竹，号赧翁，今宁波市江北区慈城人。年轻时曾补博士弟子员，后因书法不中程见黜，不得与省试，从此发愤习书，绝意仕进，以布衣终其一生。有《赧翁集锦》《注韩室诗存》。

月湖

月湖湖水碧琉璃，多少人家湖水西。
女伴朝朝湖水畔，三三五五湔晴漪[1]。

——选自梅调鼎《注韩室诗存》

【注释】

① 湔：洗。

孙德祖

孙德祖(1840—1909)，字彦清，会稽县(今属绍兴市)人。同治六年(1867)举人，曾任长兴县学教谕。徐时栋弟子，参与编纂同治《鄞县志》、光绪《余姚县志》、光绪《慈溪县志》，著有《寄龛文存》《寄龛诗质》等。

湖西洋山诗[1]

湖西洋山，盖鱼族鲲鲕之属也[2]，产明州湖西，出以放洋山时，故名。柳泉师张筵水北阁[3]，酒半荐此，征坐客赋之，走笔得百六十言。洋山，海中岛，甬人岁以三四月间捕石首鱼其地，谓之放洋山。

首夏风和宵月霁，公讌将阑客初醉。
传呼玉馔出中厨，碧案擎来浴山翠。
千针作作炼银精[4]，一色纤纤缕琼髓。
信知名品不寻常，接席清香况逆鼻[5]。
当筵海错罗庶羞[6]，应让此君出头地[7]。
眼看四座尽惆怅，大都未始尝珍味。
越中黏鱼亦殊绝[8]，皛皛皑皑差可譬[9]。
要令两美具一堂，所恨同时远莫致。
先生澄观照潜泳，生平识大不遗细。
往往齿牙借余论，肯使嘉鱼成弃置。
何当许就镜湖船[10]，请为先生馔酒食。
归来手订姜屿书[11]，明越一编风物志。

——选自孙德祖《寄龛诗质》卷二

【注释】

① 湖西洋山：指月湖所产银鱼。

② 鲲鲕：小鱼。

③ 柳泉：徐时栋之号。水北阁：徐时栋藏书楼，原在宁波亨六巷二号，二层楼房，建筑基本完好。1994年9月，因城市拓展，原地无法保存，便将水北阁整体迁移到天一阁南园。

④ 作作：形容光芒四射。银精：银精石，即云母。

⑤ 逆鼻：冲鼻。

⑥ 庶羞：多种美味。

⑦ 此君：指月湖银鱼。出头地：超出一等。

⑧ 黏鱼：鲶鱼。

⑨ 皛皛：洁净明亮的样子。皑皑：雪白的样子。

⑩ 镜湖：指绍兴的鉴湖。

⑪ 姜屿：江西分宁人。北宋端拱二年(989)进士。长期居于甬上，曾撰《明越风物志》。宋晁公武《郡斋读书志》卷二下记载："《明越风物志》七卷：皇朝姜屿撰，以明州本越地，故曰明越。又以郭璞注《尔雅》多引江东，故详载其风物云。"

百字令·题甬上范氏所藏双忠卷。卷为倪文贞公兰石[①]、张忠烈江上闻笛诗墨迹各一纸[②]

浙东人物，染前朝碧血，尽多同调。残局崖山全局汴[③]，殉国何论迟早。玉碎兰焚，江凄笛怨，合写孤臣照。海云如墨，几人到此凭吊。　　还记旭始堂前，擘窠文锦[④]，渴笔题鸿宝[⑤]。那更湘累描恨谱[⑥]，印向奇零残稿。红蔼湖秋[⑦]，白莲忝夕，绿遍孤坟草。凭谁呵护，劫余此卷完好。

——选自孙德祖《寄龛词》卷三

【注释】

① 倪文贞：倪元璐(1594—1644)，字汝玉，一作玉汝，号鸿宝，浙江上虞(今绍兴市上虞区)人。天启二年(1622)进士。崇祯八年(1635)任国子祭酒，因被控落职。崇祯十五年(1642)起用为兵部右侍郎兼侍讲学士，次年拜户部尚书兼翰林院学士，不久又兼摄吏部。崇祯十七年

(1644)初,大顺军逼近北京,倪元璐请修南京宫殿,以备不测,但未被采纳。三月,北京失陷,倪元璐自缢以殉节。南明弘光元年(1645),追赠少保、吏部尚书,谥号“文正”。后清廷赐谥“文贞”。

② 张忠烈:张煌言(1620—1664),字玄箸,号苍水,鄞县人。崇祯举人。南明鲁王监国,官至权兵部尚书,据守浙东山地及沿海一带。康熙三年(1664),见大势已去,解散余部,隐居象山南田悬岙,不久被俘,慷慨就义于杭州。谥号忠烈。传世诗文有《奇零草》等,后人辑为《张苍水集》。

③ 崖山:亦称崖门山、崖门。在今广东省新会县南大海中。形势险要,南宋末张世杰奉帝昺扼守于此。兵败,陆秀夫负帝昺蹈海死,宋亡。汴:汴京,北宋都城,在今河南开封市。

④ 擘窠:指大字。

⑤ 渴笔:谓笔枯少墨。这句作者自注:“文贞为先院判公题旭始堂额,辛酉已前尚无恙。”

⑥ 湘累:指屈原。

⑦ 蕅:同“藕”。

杨 镇

杨镇(生卒年不详),字逸生,奉化人。诸生。爱郡中日月湖风景,一年中大半居住于此。后倦游家居,与周步瀛为诗友。著有《懒云诗存》。

月湖竹枝词

楼台倒浸碧玻璃,杨柳笼烟拂槛低。
贪煞半湖好月色,湖东不住住湖西。

——选自江迥编《剡川诗钞续编》卷五

月湖即景

轻舟不动傍湖堤，湖上人家贴水低。
坐久湖头明月上，柳阴移过画桥西。

——选自江迥编《剡川诗钞续编》卷五

宋声霖

宋声霖（生卒年不详），字韵士，奉化人。诸生。居剡源第二曲，所筑玲岩轩名甲郡南。藏书万卷，山光水声中日与古人晤对，故为诗饶有清华之致。著有《玲岩轩诗草》。

湖西尚书桥晚归①

向晚疏烟寂寂青，湖桥流水带愁听。
忽看夹道乘轩过②，补注他时相鹤经③。

断岸深藏柳树中，瓜皮小艇荡轻风。
湖光绿到无情处，却让斜阳水面红。

——选自江迥编《剡川诗钞续编》卷六

【注释】

① 尚书桥：在今宁波市海曙区柳汀街月湖边，即憧憧西桥。因明天顺八年（1464）太守张瓒为大司寇（刑部尚书）陆瑜建石牌坊于桥的西岸而易名尚书桥。

② 乘轩：乘坐大夫的车子。《左传·闵公二年》："卫懿公好鹤，鹤

有乘轩者。”杜预注：“轩，大夫车。”

③ 相鹤经：相传为浮丘公所作，据说浮丘公姓李，是周灵王时的修道之士。周灵王的太子晋（即王子乔），喜欢吹笙作凤鸣。游于伊洛之间，遇到浮丘公，被引上嵩山修炼二十年，后在缑氏山巅，乘白鹤仙去。浮丘公授予王子乔的《相鹤经》，被保存在嵩山的石室里，淮南王刘安上山采药时偶然得到，《相鹤经》遂得以流传下来。事见王安石《相鹤经》一文。

林秉镐

林秉镐（生卒年不详），字子京，福建闽县人。同治间诸生，著有《养宜斋吟草》。

甬江竹枝词（选一）

桃虾梅蛤上街余，日月湖边尽钓居。
正值南风好时节，江东江北卖黄鱼。

——选自林秉镐《养宜斋吟草》稿本

徐甲荣

徐甲荣（？—1879），字子青，鄞县人。光绪二年（1876）举人。太平军进入宁波时，避地东钱湖山中，日手一编。后讲学于月湖之旁。工诗，著有《城北草堂诗稿》。［按，《清代诗文集珍本丛刊》收录有徐甲荣《四明九题》（抄本），脱去书名，编者以其第一首诗作为书名，实为误题。观此书多数诗歌已见于刻本《城北草堂诗稿》，故可依惯例定名为《城北草堂诗稿》（稿抄本）。]

月湖秋泛棹歌

满湖风月画难如，蘸水蒲帆卷复舒。
一缕炊烟孤艇直，藕花香里煮双鱼。

贺公祠外水差差，秋雨秋风打桨迟。
狂客归来无一事，堂前闲煞绿杨丝。

秋来风味说针鱼，渔妇渔娃乐有余。
去买十洲春一榼，几家帘幕上灯初。

阿侬家住柳汀前，日浣尘纱不计年。
侬本无心种杨柳，秋来却系别离船。

剩雨零风夜气凝，昨宵又见牡丹灯。
劝郎莫入湖心寺，且向湖头唱采菱。

烟屿前头月色微，水门寂寂打鱼归。
夜深翠羽不知宿，犹向褚家湾里飞。

卖鱼声里尚斜阳，采采西风杜若香。
野竹当门人寂寞，行人犹说四休堂①。

柔橹咿呀荡夜风，板桥横截跨飞虹。

莫嫌艇子无多大，曲港幽湾处处通。

兰桡荡破月湾环，曲曲湖坳送我还。
一个坳头一重树，庆云楼下有柴关[②]。

——以上选自徐甲荣《城北草堂诗稿》卷上

【注释】

① 四休堂：同治《鄞县志》卷六十二《古迹二·宋》："四休堂：在西湖十洲之西，宋周锷建。锷知南雄，以言边事忤时相，入党籍，退休于家，作此堂。(《延祐志》)与弟承奉铢篮舆野榜，徜徉山水间，风格宛如晋人。(《耆旧传》)。"

② 庆云楼：俗称八角楼，在宁波城西南角的城墙之上(今柳汀街与长春路交叉口南侧)。同治《鄞县志》卷六十三："庆云楼：在西城第九铺，附城筑石台，建楼其上，为层者三。崇祯十四年，海道副使王应华创建，以补形胜而厌劫灾，自为记。(闻《志》)国朝康熙三年，毁于雷。十五年，同知殷作霖重建，买田十亩，以赡守者，史大成记。四十四年，毁于火。雍正三年，邑人陈美训重建，谢为雯记。道光十五年，大圮。二十四年，邑人周道遵、汤型等重建。(周《志》)"1958年，颓圮不堪的庆云楼被拆除。

诸葛菜为聘庐先生赋[①]

荒畦十棱遮墙桑，菜花匝地铺芬芳。
纤纤叶薄包金碧，嘉种自昔来南阳[②]。
南阳先生勤农殖[③]，我为先生揣胸臆。
先生只为三顾行[④]，先生匪为三分出[⑤]。
不然使君种菜长闭门，固将终老隆中咬菜根[⑥]。
胡为南征北伐劳指挥，刁斗无声炊烟稀[⑦]。

成都桑树绿如盖，田园将芜胡不归[⑧]。
只堠冬冬鸣铜鼓[⑨]，木牛流马纷无数[⑩]。
树艺犹存割据心[⑪]，划取疆场作农圃。
蜀兵转饷常误期，是菜尝充军士饥。
移根植向月湖墅，主人擘竹编藩篱。
暇日来游仲蔚园[⑫]，一丛密叶烘晴暄。
可能分我蔓菁种，小园学作南阳陇。

——选自徐甲荣《城北草堂诗稿》（稿抄本）

【注释】

① 诸葛菜：即蔓菁。唐韦绚《刘宾客嘉话录》："三蜀之人，今呼蔓菁为诸葛菜，江陵亦然。"宋高承《事物纪原·草木花果·诸葛菜》："今所在有菜野生，类蔓菁，叶厚多歧差，小子如萝卜，腹不光泽，花四出而色紫，人谓之诸葛亮菜。"聘庐先生：生平待考。从本诗看，其别墅在月湖。

② 南阳：语本诸葛亮《前出师表》："臣本布衣，躬耕于南阳。"

③ 南阳先生：指诸葛亮。农殖：种植。

④ 三顾行：指刘备三顾茅庐。

⑤ 匪：通"非"。

⑥ 隆中：在今湖北省襄阳市，诸葛亮青年时隐居地。咬菜根：比喻过贫苦、清寒的生活。

⑦ 刁斗：古代军中白天用来烧饭，晚上用来敲击巡更的用具。

⑧ 这句语出陶渊明《归去来兮辞》。

⑨ 堠：古代道旁记里程的土堆。五里只堠，十里双堠。冬冬：击鼓声。

⑩ 木牛流马：蜀汉丞相诸葛亮发明的运输工具。

⑪ 树艺：种植，栽培。

⑫ 仲蔚：即张仲蔚，晋朝高士。晋皇甫谧《高士传·张仲蔚》："张仲蔚者，平陵人也，与同郡魏景卿俱修道德，隐身不仕。明天官博物，善

属文，好赋诗，常居穷素，所处蓬蒿没人，闭门养性，不治荣名，时人莫识，惟刘、龚知之。”

冯 煦

冯煦(1842—1927)，字梦华，号蒿庵，晚号蒿叟、蒿隐，江苏金坛人。少好词赋，有江南才子之称。光绪十二年(1886)进士，授翰林院编修。历官安徽凤阳府知府、四川按察使和安徽巡抚。辛亥革命后，寓居上海，以遗老自居。曾创立义赈协会，承办江淮赈务，参与纂修《江南通志》。工诗、词、骈文，尤以词名，著有《蒿庵类稿》等。

题周湘云月湖草堂图[①]，用东坡《腊日游孤山》均[②]

昔纵棹，西子湖，澄波一白纤尘无。
定香桥下月如水[③]，细禽拍拍相惊呼。
有梅可耦鹤可拏[④]，杖藜所至皆清娱。
君家甬上美林壑，有湖一角何萦纡[⑤]。
闻君亦爱渊明庐，琴歌酒赋兴不孤。
蝎来笋蕨供一饱[⑥]，不异山僧荐伊蒲[⑦]。
狂驰逐逐诚非夫，或秦或楚忘朝晡。
蜗既折角犹北哄，鹏虽铩翼仍南图。
何如草堂欢有余，羲皇一枕方蘧蘧[⑧]。
只此足傲逋仙逋[⑨]，樵柯残劫休追摹[⑩]。

——选自冯煦《蒿庵杂俎》卷一

【注释】

① 周湘云：名鸿孙，号雪盦、月湖渔长，园号学圃。宁波人，旅沪房地产巨商。亦好收藏。《月湖草堂图》系 1921 年顾麟士为周湘云绘，吴昌硕题额。

② 腊日游孤山：苏轼此诗的题目为《腊日游孤山访惠勤惠思二僧》，此处为略举。均：同“韵”。

③ 定香桥：南宋宝庆二年(1226)京尹袁韶建先贤堂时并建，地址在今杭州西湖花港观鱼亭前，遗址大约在现在的苏堤花港公园入口处。

④ 耦：同“偶”。这句谓梅妻鹤子。

⑤ 萦纡：盘旋弯曲。

⑥ 朅来：归来。

⑦ 伊蒲：伊蒲馔。斋供，素食。

⑧ 羲皇：指羲皇上人。伏羲氏以前的人，即太古的人。比喻无忧无虑，生活闲适的人。蘧蘧：悠然自得的样子。

⑨ 逋仙：宋林逋隐于西湖孤山，不娶，种梅养鹤以自娱，人谓之“梅妻鹤子”，后世常以“逋仙”称誉之。逋：指逃世。

⑩ 樵柯：指砍柴的斧头。柯，斧柄。南朝梁任昉《述异记》卷上：“信安郡石室山，晋时王质伐木，至，见童子数人，棋而歌，质因听之。童子以一物与质，如枣核，质含之，不觉饥。俄顷，童子谓曰：‘何不去？’质起，视斧柯烂尽，既归，无复时人。”后以“樵柯”谓岁月流逝，人事变迁。

史锡祺

史锡祺(生卒年不详)，字大魁，号惺夫，鄞县人。诸生。

咏月湖十洲(选三)

芳草洲

梦醒西堂感慨微,花光冉冉柳依依[1]。
争如绿长瀛洲草[2],留住春风不放归。

烟屿

暮天爨火起渔家,漠漠轻烟护暖沙。
不是歌声飞到耳,那知中有钓鱼槎。

月岛

独立江城依小洲,月湖有月占清秋。
史家别业谢家庙,多少楼台一镜收。

——选自忻江明编《四明清诗略续稿》卷四

【注释】

① 冉冉:光亮闪动的样子。唐元稹《会真诗三十韵》:“华光犹冉冉,旭日渐曈曈。”

② 争如:怎么比得上。李白《侍人宜春苑奉诏赋龙池柳色初青听新莺百啭歌》:“东风已绿瀛洲草。”此句化用李诗。

钱燮清

钱燮清(生卒年不详),字丰初,鄞县人。诸生,著有《云屿楼诗稿》。

月湖春泛

欲上不上松岛月，欲坠未坠烟屿花。
一棹春风花月夜，玉箫声彻浪淘沙。

——选自忻江明编《四明清诗略续稿》卷五

张鸿模

张鸿模(生卒年不详)，字翼廷，又号溪艭，镇海人。诸生。

钱太守众乐亭

年年绿水每平湖，众乐亭中兴不孤。
案牍何妨随吏判，笙歌尚记与民俱。
莲花香细侵浮蚁①，桂棹声柔散戏凫。
士女偕来相宴饮，倾心共爱召棠呼②。

——选自忻江明编《四明清诗略续稿》卷五

【注释】

① 浮蚁：酒面上的浮沫。借指酒。

② 召棠：典出《诗经·召南·甘棠序》：“《甘棠》，美召伯也。召伯之教，明于南国。”孔颖达疏、朱熹集传并谓召伯巡行南土，布文王之政，曾舍于甘棠之下，因爱结于民心，故人爱其树，而不忍伤。后世因以“召棠”为颂扬官吏政绩的典实。

忻继述

忻继述（生卒年不详），字宰岳，号载鹤，鄞县人。光绪二十二年(1896)岁贡。

红莲阁怀章郇公

危楼创自宋祥符，四面荷花一色铺。
偃月堤边人载酒，斜阳门外客停舻。
使君遗迹在山水，词客风流入画图。
尚剩婆娑苍柏在，可如棠荫遍西湖。

——选自忻江明编《四明清诗略续稿》卷六

周　琳

周琳（生卒年不详），字菊仙，江西丰城人。浙江提标参将周友胜女，鄞县监生柳憩南妻室，著有《醉墨轩诗稿》。

月湖十洲和宋人韵（选二）

芳草洲

分得瀛洲绿满围，花间柳畔自依依。
寸心愿恋春晖住，莫任春来春自归。

月岛

谁棹轻船傍小洲，露寒风冷正中秋。
月湖胜景知多少，都被空明一镜收。

——选自忻江明编《四明清诗略续稿》卷八

柳瀛选

柳瀛选(生卒年不详)，字菩轩，慈溪人。诸生，候选同知。同治六年(1867)曾客江苏南通海门。著有《锄月居待存集》。

月湖十洲诗用宋人韵(选二)

花屿

小汀花放一枝枝，满眼繁华好护持。
香气袭人蜂蝶醉，紫红深处坐吟诗。

月岛

一片平沙月满洲，芦花风紧水声秋。
两湖烟景今宵胜，付与丹青画里收。

——选自《宁波耆旧诗》卷二慈溪

王介眉

王介眉(生卒年不详),字鹤田,镇海人,清末诸生。

芙蓉洲

照水亭亭结紫囊,无边花酿锦城芳。
红颜合受秋风味,憔悴丰姿昨夜霜。

——选自《宁波耆旧诗》卷三镇海

缪荃孙

缪荃孙(1844—1919),字炎之,晚号艺风。江苏江阴人。光绪二年(1876)进士,任翰林院编修。创办南京高等学堂等。辛亥革命后寓上海。任国史馆纂修、清史馆总纂。著有《艺风堂文集》《艺风堂诗存》等。宣统元年(1909)登天一阁抄书,民国三年(1914),天一阁书失窃后,他第一个写信通报天一阁范氏子孙,并帮助编辑《天一阁失窃书目》。

月湖

雉堞浸湖光,盈盈水一方。
烟波狂客墅,衮绣相公堂。
江柳作新态,野花吹古香。
旧时觞咏地,触目尽荒凉。

——选自缪荃孙《艺风堂诗存》卷四

叶昌炽

叶昌炽(1849—1917),字兰裳,自署歇后翁,祖籍绍兴,后入籍江苏长洲(今苏州)。光绪十五年(1889)进士。历任翰林院编修,国史馆协修、纂修、总纂,翰林侍讲,甘肃学政等。民国二年(1913)迁居上海,为藏书家刘承干校勘宋本"四史"。藏书3万余卷,碑帖近万件,著有《藏书纪事诗》等。

楼宣献钥(东楼[1])

闭户书淫似孝标[2],拂云高户竹洲桥。
东楼兀与鸿禧并,插架三层耸丽谯。

——选自叶昌炽《藏书纪事诗》卷一

【注释】

① 东楼:南宋楼钥藏书楼。考卢祖皋《蒲江词稿·贺新郎·戊辰岁寿攻愧舅》云:"东楼见说初成。"则"东楼"之成当在嘉定元年(1208),时楼钥年登八袠。

② 书淫:沉迷书籍的人。《梁书》卷五《文学传下·刘峻传》:"峻好学,家贫,寄人庑下,自课读书,常燎麻炬,从夕达旦……清河崔慰祖谓之'书淫'。"孝标:刘峻(463—521),字孝标,平原(今属山东德州平原县)人。好读书,有"书淫"之名。以注释刘义庆编撰的《世说新语》而著闻于世。楼钥亦以"书淫"之誉,其《送蒋德常宰鄱阳》诗云:"技家未见书,校雠如向歆。时时为寻访,归来共书淫。"

史守之子仁（碧沚）

聚讼纷纭说总非，碧沙碧沁认依稀[①]。
月湖自有甘盘裔[②]，碧沚芳丛早息机。

——选自叶昌炽《藏书纪事诗》卷一

【注释】

① 碧沙：张金吾《爱日精庐藏书志》卷二十六"艺文类聚"条下冯已苍跋云："卷末有葫芦'碧沙'印，又'旧学图书'四字方印，未知何家物也。"碧沁：黄丕烈《士礼居藏书题跋记》卷五有宋书棚本徐度《却扫编》三卷，云："有旧学史氏复隐书印一枚、碧沁一印，旧学图书一印。"叶昌炽《藏书纪事诗》卷一指出："此两书皆史氏物，黄以'碧沚'为'碧沁'，冯已苍又误为'碧沙'，皆以篆文相似耳。"

② 甘盘：商王武丁的老师，也是武丁任用的贤相。《尚书·说命下》中武丁谓自己"旧学于甘盘"。商王小乙时，甘盘即为大臣。小乙将崩，甘盘受遗辅政。武丁即位之初，得到甘盘的大力辅助。宋孝宗即位后，曾将帝师兼丞相史浩比作甘盘。史浩《从驾幸佑圣观记所得圣语》云：淳熙已亥二月初吉，孝宗幸佑圣观，这是当年史浩讲读之所。孝宗触景生情，"宣谕臣浩曰：'旧学甘盘，岂无此作，卿得见今日同享欢荣，还欢喜否？'臣浩对曰：'臣荣幸，有言莫喻，然商高宗得道于甘盘，是可谓之旧学。臣备员获事潜藩，为日虽久，无补圣明，岂敢当旧学之名？'上曰：'经术之明，忠规之切，卿等宣劳，朕自得之学，实基于此，固不可与俗人言也。'臣顿首谢。"此即"旧学史氏"之来历。甘盘裔，指史守之。

范钦尧卿、从子大澈、子宣（天一阁）

烟波四面阁玲珑，第一登临是太冲。
玉几金峨无恙在[①]，买舟欲访甬句东。

——选自叶昌炽《藏书记事诗》卷二

【注释】

① 玉几：山名，在鄞县宝幢。此指阿育王寺。金峨：指鄞东金峨寺。

释敬安

释敬安（1851—1912），俗姓黄，字寄禅，湖南省湘潭县石潭村人。同治七年（1868）投湘阴法华寺出家，后行迹吴越，参禅学法十余年。光绪三年（1877）秋，在阿育王寺佛舍利塔前烧二指供佛，因号“八指头陀”。光绪二十八年（1902）起住持天童寺十年。曾任中华佛教总会首任会长。圆寂于北京，归葬于天童寺。著有《八指头陀诗文集》。

包协如舍人以其友李商山君吊女弟子花月痕诗见寄[①]，为题二绝句于后

月湖湖上有人家，十五雏姬鬓始鸦。
不许红尘侵玉骨，野风吹落白莲花。

紫兰香净掩重门，省识鬟天小谪魂[②]。
莫向湖边歌懊恼[③]，镜花水月偶留痕。

——选自《八指头陀诗集》

【注释】

① 舍人：宋元以来俗称显贵子弟为舍人。此诗作于宣统三年（1911）。

② 省识：犹认识。

③ 懊恼：指懊恼歌。同懊侬歌。乐府吴声歌曲名，产生于东晋和南朝吴地民间。内容皆为抒写男女爱情受到挫折的苦恼。

赠陆渔笙太史①，即次其生日感事原韵

琼岛吟归莫问年，青松手种盖初圆。
讲筵人坐春风暖，试院茶思旧日煎。
北海无尊不醉客②，东山有梦也朝天。
月湖烟景今寥落，白社重开望大贤③。

——选自释敬安《八指头陀诗文集》

【注释】

① 陆渔笙：陆廷黻（1835—1921），字己云，号兴孙，又号渔笙，鄞县人。同治十年（1871）进士，散馆授编修。光绪八年（1882），任甘肃学政。著有《镇亭山房诗集》。

② 北海：指北海相孔融。《后汉书·孔融传》："及退闲职，宾客曰盈其门。常叹曰：'坐上客恒满，尊中酒不空，吾无忧矣。'"

③ 白社：白莲社的省称。东晋释慧远于庐山东林寺，同慧永、慧持和刘遗民、雷次宗等结社精修念佛三昧，誓愿往生西方净土，又掘池植白莲，称白莲社。

张世荣

张世荣（1853—1917），谱名孝维，字明炜，号舵歌，鄞县石路头村（今属宁波市鄞州区）人。贡生，工诗，著有《舵歌诗草》十卷。

同友游竹洲

残日辉高树，晴湖绕曲栏。
并君波上立，化作四人看。

——选自《石路头张氏宗谱》卷四

袁久垲

袁久垲(1857—1899)，谱名本乔，初名梯云，字登青，号警鲁，又号澹川，鄞县人，为西袁氏。诗赋有中唐六朝风。年二十五受知于学使张侍郎沄卿，充县学弟子员，寻补增生。光绪二十年(1894)举人，拣选知县。著有《澹川文稿》四卷、诗存二卷、赋钞二卷。

咏月湖十洲(选二)

柳汀

风光宜雨又宜烟，省识春归柳上先。
丝袅半堤瓜蔓水[①]，阴分一角蔚蓝天。
画桥飞絮吟诗舫，驿路新枝送别筵。
馆启涵虚陈迹在，湖滨凝望倍殷然。

芙蓉洲

芳洲一带尽斓斑[②]，锦绣初堆水半湾。
不信秋容迟暮候，偏疑春色浅深间。

湿红净影寒波洗，艳粉明妆夕照殷。
采采湖头何处客，酒边端合映酡颜[3]。

——选自忻江明编《四明清诗略续稿》卷六

【注释】

① 瓜蔓水：泛指农历五月的一般水汛。

② 斓斑：颜色驳杂。灿烂多彩。

③ 酡颜：饮酒脸红的样子。

易顺鼎

易顺鼎(1858—1920)，字实甫、实父、中硕，号忏绮斋、眉伽，晚号哭庵、一广居士等，龙阳（今湖南汉寿）人。光绪元年(1875)举人。曾被张之洞聘主两湖书院经史讲席。马关条约签订后，上书请罢和议。曾两去台湾，帮助刘永福抗战。庚子事变时，督江楚转运。袁世凯称帝后，任印铸局长。工诗，著有《琴志楼编年诗集》等。

明州竹枝词（四首选一）

隔水楼台淡夕晖，城边风起又吹衣。
月湖桥上廉纤雨[1]，催得桃根打桨归[2]。

——选自易顺鼎《哭庵丁戊诗集》

【注释】

① 廉纤：细小，细微。多用以形容微雨。

② 桃根：晋王献之爱妾桃叶之妹。借指歌妓或所爱恋的女子。

全国华

全国华（1862—1920），原名永耀，国华为学名，字葆光，号香山，又号湘三，鄞县桓溪（今属宁波市海曙区）人。全祖望旁支（南宅支）。邑庠生。

雪夜泛月湖（四首选三）

艳说曩时月色娇，绿波静处品红箫。
何如一棹青帘舫，敲碎冰花信手摇。

岛屿汀洲断复连，憧憧桥划水中天。
此时世界银装出，玉戏安排画桨前[①]。

十洲亭外半楼台，恰被琼瑶掩不开[②]。
松菊竹烟齐压处，迎船香少一林梅。

——选自《鄞县桓溪全氏宗谱》卷十

【注释】

① 玉戏：指下雪。宋陶谷《清异录·天文》："比邱清传与一客同入湖南，客曰：'凡雪，仙人亦重之，号天公玉戏。'"

② 琼瑶：喻雪。唐白居易《西楼喜雪命宴》诗："四郊铺缟素，万室甃琼瑶。"

徐惇然

徐惇然（1864—1881），字厚新，号鹿苹，又号菉坪，鄞县人。县学附学生。卒年仅十八。

咏西湖十洲诗

花屿

湖上春来淑气催，香风阵阵入楼台。
西湖合应住西子，故使名花傍水开。

月岛

碧天一色淡云无，多少枝头静夜乌。
两岸渔灯都不见，湖光映月月临湖。

柳汀

逸老堂前景物饶，绿阴几处舞长条。
多情爱煞汀前柳，系住东西两岸桥。

芳草洲

芳草池塘翠似烟，浮云拖处碧连天。
春来更约寻春侣，流水桃花放钓船。

烟屿

非雾非云护浅沙，晚来薄暝四围遮。
空濛一幅青帘影，认是桥边卖酒家。

竹屿

萧疏种得两三竿，浓翠千般映水妍。
此地幽篁堪小坐，夜深明月照湖边。

菊花洲

佳种栽来近水芳，三秋时节菊花黄。
闲情却爱东篱客，分得幽香护懒堂。

芙蓉洲

水面频看烂熳开，枝枝冷艳绝纤埃。
猩红一点秋霜醉，认是芙蓉出水来。

雪汀

画桥一夜冷西风，片片飞花坠水中。
松岛柳汀浑不辨，孤舟蓑笠一渔翁。

松岛

老干凌霄傍水栽，风吹时觉送香来。
怜他夜静涛声起，惊破枝头鹤梦回。

——选自《月湖徐氏宗谱》卷二

张　琴

张琴(1864—1938),字峄桐,号留叟,又名卿岳先生。鄞县古林(今宁波市海曙区古林镇)人。自幼秉承家教,熟读经史,弱冠考取功名后,长期在湖北等地任官。辛亥革命后,弃官从教,在宁波城乡创办新式学堂。工诗文,又善书,沙孟海即为其入室弟子。新中国成立后,他的书帖与收集的晋砖被天一阁珍藏。

贺秘监逸老堂

人事已非天时易,幢桥秋水依然碧。
柳汀烟屿古址存,披榛抹梗寻遗迹。
芳草绿后菊花黄,复有芙蓉斗晓妆。
一二故老谈往事,云是秘监此开堂。
秘监归来天宝初,一曲剡川屡上书。
青门祖饯皇太子,此老识见等两疏[①]。
月湖本是名胜地,哲人于斯淡名利。
小筑三椽傍水滨,清幽未许红尘至。
吁嗟乎!天宝政事日已非,宫中小儿话龙飞[②]。
朝政已倚冰山势,乘时猛退为见机。
长安道上炎如火,骸骨乞归还故我[③]。
浣花溪上构草堂[④],大地茫茫人两个。

——选自《槎湖张氏宗谱》卷十

【注释】

① 两疏:汉疏广与其侄疏受的合称。广为太傅,受为少傅,因年老

同时主动辞官，受到人们尊重。

② 龙飞：《周易·乾》：“飞龙在天，利见大人。”孔颖达疏：“若圣人有龙德，飞腾而居天位。”遂以“龙飞”为帝王的兴起或即位。

③ 骸骨乞归：古代官吏因年老请求退职的一种说法：使骸骨得以归葬故乡。

④ 浣花溪：在鄞县桃源乡（今属宁波市海曙区横街镇）。清初臧麟炳《花源草堂记》：“桃源浣花溪，在宁治西三十里。”

史忠定真隐观[①]

我尝流览安晚园[②]，明月直入飞云轩。
大池左右双桥跨，宰相郑公避世喧。
又尝眺望碧沚亭[③]，一川烟水回环青[④]。
相传丞相史弥远，优游风月养遐龄[⑤]。
吾鄞自昔多名胜，逐队游人道清兴。
竹洲遗址今依然，竞说宋相史忠定。
忠定晚年赋归来，数椽结构屹然开。
南宋衣冠多不整，风晨月夕且徘徊。
吁嗟乎！时事已成偏安局，故国故君长抱辱。
我从鲸背脱余生[⑥]，沉冥从此晦空谷。
至今遗址久荒芜，披榛斩棘访旧庐。
那堪三月烟如雨，一声声兮鸣鹧鸪。

——选自《槎湖张氏宗谱》卷十

【注释】

① 史忠定：史浩卒谥忠定。真隐观：参童华《舟中望松岛》诗注。

② 安晚园：南宋丞相郑清之居所。《韩岭郑氏宗谱》卷首《四明郑氏故迹》：“安晚园：邑志：宋丞相郑清之所居，前有大池，跨池二

桥，左曰积善，右曰余庆。在县东南，俗名大池头。其曾孙奕夫复建衍桂堂。"

③ 碧沚亭：清徐兆昺《四明谈助》卷十八《南城诸迹（二下）》："碧沚亭：在月湖中。丞相史弥远建。今呼为碧沚庵。"

④ 一川烟水：化用楼钥《史子仁碧沚》诗："四面楼台相映发，一川烟水自弯环。"

⑤ 遐龄：高龄。

⑥ 鲸背：借指水面。

李翼鲲

李翼鲲(1865—1902)，字瑶臣，号摇程，鄞县人。植纲子。诸生。工于诗赋、古文，惜年三十八遽卒。著有《洙泗渊源录》《景汉斋诗文稿》。

四明怀古（八首选三）

泛棹南湖鉴影清，风吹铃语一声声。
波心万颗珠光溜，都是天封塔火明。

数点渔灯隔岸青，平桥与客泛孤舲。
湖楼夜静衔杯话，月上吴公水则亭。

杰阁凌云庋紫函，卫王当日改精蓝①。
大观文府今何在，一片乔林夕照衔②。

——选自《砌街李氏宗谱》卷二十八

【注释】

① 卫王：指南宋权相史弥远。史弥远病死后，被追封为“卫王”。精蓝：指能仁观音寺。同治《鄞县志》卷六十六：“能仁观音寺：西南隅，濒月湖西。旧号报慈院，本节度使钱亿舍宅为之。成于宋太平兴国中……嘉定中以其地赐丞相史弥远，移其额于大慈山。”清全祖望《再叠双湖竹枝词》云：“异姓王开千步廊，大观文府霸湖光。”自注：“能仁观音寺归史卫王，称大观文府。”按，钱大昕以为史弥远未曾拜观文殿学士，观文府当为其季子史宇之之府。乾隆《鄞县志》卷三十《辩证·观文府》：“《嘉靖志》谓史丞相府，理宗赐名观文府，闻氏引‘绍定辛卯临安大火，虽太庙亦不免，而史丞相观文府独全’，因谓观文府当在临安，其实不然。宋时观文殿大学士为宰执退休之职名，绍定火灾之时，弥远见任丞相，不带观文殿衔，其所赐之第但当称丞相府，不得云观文府。既称观文府，则当在四明，不在临安矣。但《嘉靖志》以为赐弥远者亦非，是弥远生前未尝除观文，其季子宇之则曾拜观文殿学士，视执政恩数。使理宗果有赐额观文府之事，亦是赐宇之，非弥远也。”

② 作者原注：“史卫王大观文府在湖上。”

徐昌鸿

徐昌鸿(1866—？)，原名峻然，又名策鳌，字崇新，号晓笑，鄞县人，世居月湖柴巷。国学生，中书科中书，军工五品顶戴。曾东游日本，任日本花纱号协理。后又在宁波和丰纱厂任采办兼都总管职。曾参与协纂民国十四年(1925)版《月湖徐氏宗谱》。

憧憧桥闻黄鹂声

芳草萋萋柳拂堤，春阴暗锁画桥西。

鸥眠人寂忘机候，一个黄鹂隔岸啼。

——选自《月湖徐氏宗谱》卷二

竹洲消夏

醉爱西湖风月妍，终宵宴饮共流连。
渔舟唱晚音方断，到岸喧传载酒船。

把盏共饮有楼台，古寺湖心迹尽埋。
莫说张生恋幻境[①]，只缘元夕看灯来。

行乐及时唱采莲，提壶何惜杖头钱。
绿波终古长如此，留得吾身仅百年。

——选自《月湖徐氏宗谱》卷二

【注释】

① 张生：据明瞿佑《剪灯新话》卷二《牡丹灯记》，故事的主角为“乔生”，此处作“张生”，疑为作者记忆之误。

徐学传

徐学传（1868？—？），号鷦寄草庐主，鄞县人。毕业于宁波斐迪学校，为宁波偕我会牧师。1929年，与袁履登等发起恢复斐迪中学行动。

甬江竹枝词（二十首选一）

篙工邻女渡头呼，潋滟光涵旧鉴湖。
贺老当年辞秘监，烟波钓出认仙徒。

——选自《图画新报》1891 年第 12 期

陆本豫

陆本豫（1872—？），又名本瑜，字干臣，号吟生（又作吟僧），鄞县人。月湖陆氏子。邑庠生，江苏候补县丞。民国初元（1912）为浙江都督府顾问，旋为山东民政府谘议。曾发起并总纂成民国二十四年（1935）版《四明月湖陆氏宗谱》。著有《吟僧诗稿》二卷。

西湖十洲进步宋人原韵（十首选四）

竹屿

个个清幽不染埃，最宜琴啸故人来。
冻雷过后勤培护[①]，生面从兹又别开。

菊花洲

应是柴桑径别开，傲霜晚节报涓埃[②]。
餐英胜似十洲药[③]，争奈渊明不再来。

月岛

西湖本是百花洲，宜尔姮娥占尽秋[④]。
花落花开圆复缺，风光都被岛中收。

雪汀

散花仙女展新裁，彻夜妆开玉镜台。
汀畔若将梅点缀，骑驴定惹雅人来。

——选自《四明月湖陆氏宗谱》卷十

【注释】

① 冻雷：指春天的雷。因天气未暖，还没解冻，故称。

② 涓埃：细流与微尘。比喻微小。

③ 餐英：以花为食。这里指服用菊花。

④ 姮娥：月中女神。汉代因避文帝刘恒讳，改作常娥，通作嫦娥。

王德光

王德光（生卒年不详），鄞县人。陆本豫同学。曾应陆本豫之请，协纂民国二十四年（1935）版《四明月湖陆氏宗谱》并作序。

和吟生同学西湖十洲次韵（十首选六）

花屿

万紫千红著满枝，争妍斗丽各相持。

骚人到处评章下[1]，总是春来总是诗。

芳草洲

一碧如茵露已晞，平铺遥映柳依依。
池塘春色青如许，莫问王孙归不归。

柳汀

逸老堂前日影摇，装成翠幄万千条。
癫狂不敢随风舞，飞絮何曾过小桥。

烟屿

浑疑老眼已昏花，不见渔舟泊浅沙。
万井早炊稠密处，迷离莫辨误仙槎。

菊花洲

耻随桃李竞春开，怕受风尘半点埃。
最羡黄花香晚节，生成傲骨任霜来。

月岛

一弯弓势射汀州，惊动鱼龙水国秋。
疑是渔翁方醉卧，不将矶畔钓钩收。

——选自《四明月湖陆氏宗谱》卷十一

【注释】

① 评章：评论；品评。

朱善佐

朱善佐(1872—1920),字辅延,号芙亭,今宁波市鄞州区咸祥镇人。幼承父志治《诗》《书》,童子试有声,后屡试不第,遂绝意进取,以办教育、育人才为务。善书,工诗文,书斋名补拙轩,著有《补拙轩遗稿》三卷。

西湖十景(选五)

芳草洲

寻芳步到短长亭,上巳游人尽踏青。
金埒马嘶天气暖[①],杏花村外一鞭停。

柳汀

垂柳成荫几曲深,依依引我马蹄寻。
柳汀真欲迷人住,幸有流莺好伴吟。

烟屿

百丈游丝绕树长,西山落日俯苍茫。
此中欲入疑无路,夏木成荫送晚凉。

菊花洲

小洲时见菊花开,曾与西风健斗来。
身自秋凉非附热,翩翩丰氏旧丰裁[②]。

雪汀

飞琼满树玉为京[3],雪岛由来天造成。
一夕梨花仙女散,岂云世界果难平。

——选自朱善佐《补拙轩遗稿》

【注释】

① 金埒:南朝宋刘义庆《世说新语·汰侈》:"于时人多地贵,济(王济)好马射,买地作埒,编钱匝地竟埒。时人号曰'金埒'。"借指名贵的马匹。

② 丰裁:犹风纪。

③ 飞琼:指飘飞的白色物。这里指雪。

◉ 民国

张幼棠

张幼棠(生卒年不详),字翼成,镇海人。光绪三十四年(1908)毕业于南洋公学,后曾任奉化中学、镇海中学教师。1923 年 9 月曾作为镇海代表出席全浙教育会联合会第三次大会。抗战时期,与毛翼虎、胡行之等人在奉化毛家觉庐成立“抗战诗社”。1958 年被选为镇海县第三届人大教育系统代表。著有《如不及斋诗存》。

月湖十咏(选二)

月岛

渺渺烟波一棹通,人家疑住广寒宫。
从今色相参难透,水月原来不是空。

竹洲

种得青青竹数丛,翛然便有古人风。
小窗几点黄昏雨,人在潇湘画意中。

——选自《宁波耆旧诗》卷三镇海

童苍怀

童苍怀(生卒年不详),又名童侃,别署童隐,字号有爱楼、石窗山民、爱楼主人、仲慕、仰慈等。宁波人。曾于清光绪三十三年(1907)与吴惟聪(听猿居士)、胡芝教(兰痴词人)

等创办与主编《文娱报》，1913 年主编《自由杂志》，卷首刊登其照片。还曾主编《庄谐丛录》，襄《新闻报》笔政，工诗书画，曾首创中法水彩画。著有《血泪碑》《天堂世界》《天国维新记》等。

甬江竹枝词（十二首选二）

月明如水恰元宵，少妇成群走七桥。
可气儿童还可笑，流星燃火射裙腰。

邻家姊妹觉直闲，呼侣啸俦往复还[1]。
不费分文饱眼福，城隍庙里看京班。

——选自《宁波周报》1924 年第 18 期

【注释】

① 啸俦：呼唤同伴。

王玄冰

王玄冰（1902—1979），别名咏麟，鄞县横溪人。以省立第四中学（现宁波中学）首届毕业生，考入上海大同大学。后活跃于宁波新闻界、教育界，曾任《四明日报》《宁波商报》《时事公报》编辑，大力宣传抗战，兼执教于宁波市立女中、正始中学、宁波商校等。与陈廖士相交甚深，参与编辑《七塔寺志》。工诗，著有《秋黛庵诗录》《秋垞诗剩》等。

访旧

月湖烟水碧粼粼，访旧湖西月岛滨。
饷我酥糖情恳挚，饮君香茗味温醇。
半廊檐曝闻干鹊[①]，一室楹书蕴古春。
娓娓清言消永日，相期各葆岁寒身。

——选自《宁波耆旧诗》卷一《鄞县下》

【注释】

① 干鹊：即喜鹊。其性好晴，其声清亮，故名。

湖楼遣兴[①]

一勺南湖水，盈盈近小楼。
气蒸梅雨暗，风卷市声浮。
胜境诗兼画，轻阴夏亦秋。
偶然幽兴发，吟躅遍汀洲[②]。

东牖迎朝旭，西窗纳晚霞。
暖苔香入井，新笋怒钻笆。
紫砚乌丝字[③]，银瓯细乳茶[④]。
只愁诗思涩，孤负满庭花。

袅袅风中笛，孤渔换酒回。
远云藏海市，近水自楼台。
媚独稀佳句，投闲愧不才[⑤]。
翻思故园好，五月熟杨梅。

竹洲如一叶，滉漾月湖中[6]。
骤雨欺新绿，清涟吸落红[7]。
学诗多女弟，拾句有奚童[8]。
措置闲身妥，生涯胜转蓬。

偃月堤边路，香车去若飞。
弦歌犹盛世，花月宛清辉。
芍药娟娟放，樱桃颗颗肥。
故家知几户，燕子尚相依。

史家真隐馆，事远迹长存。
荻渚圆鸥梦，烟桥淡絮痕。
酒边新韵事，地下旧吟魂。
枉结人天契，高文谁与论。

——选自王玄冰《秋黛庵诗录》卷五

【注释】

① 此诗作于民国二十六年(1937)。

② 吟躅：吟诗的足迹。

③ 紫砚：名贵的端砚。乌丝：即乌丝栏。指上下以乌丝织成栏，其间用朱墨界行的绢素。后亦指有墨线格子的笺纸。

④ 细乳：茶中的精品。宋陆游《临安春雨初霁》诗："矮纸斜行闲作草，晴窗细乳戏分茶。"

⑤ 投闲：谓置身于清闲境地。

⑥ 滉漾：荡漾。

⑦ 清涟：谓水清澈而有细波纹。

⑧ 奚童：未成年的男仆。典出李商隐《李贺小传》："恒从小奚奴，骑距驉，背一古破锦囊，遇有所得，即书投囊中。"

部分征引、参考书目

一、历代别集

[宋]司马光:《温国文正司马公文集》,《四部丛刊》初编本。

[宋]王安石:《临川文集》,影印文渊阁《四库全书》本。

[宋]郑獬:《郧溪集》,影印文渊阁《四库全书》本。

[宋]舒亶:《舒懒堂诗文存》,《四明丛书》本。

[宋]史浩:《鄮峰真隐漫录》,影印文渊阁《四库全书》本。

[宋]楼钥撰,顾大朋点校:《攻媿集》,浙江古籍出版社2010年版。

[宋]史弥宁:《友林乙稿》,影印文渊阁《四库全书》本。

[元]戴表元:《剡源戴先生文集》,《四部丛刊》初编本。

[元]袁桷:《清容居士集》,影印文渊阁《四库全书》本。

[元]迺贤:《金台集》,影印文渊阁《四库全书》本。

[元]刘仁本:《羽庭集》,影印文渊阁《四库全书》本。

[元]袁士元:《书林外集》,《四库全书存目丛书》本。

[明]乌斯道:《春草斋集》,影印文渊阁《四库全书》本。

[明]袁珙:《柳庄先生诗集》,《原国立北平图书馆甲库善本丛书》本。

[明]黄润玉:《南山黄先生家传集》,浙江图书馆藏本。

[明]张邦奇：《张文定公四友亭集》，《续修四库全书》本。

[明]张时彻：《芝园定集》，《四库全书存目丛书》本。

[明]杨承鲲：《西清阁诗草》，《原国立北平图书馆甲库善本丛书》本。

[明]沈明臣：《丰对楼诗选》，《四库全书存目丛书》本。

[明]范钦：《天一阁集》，天一阁藏明万历天一阁刻本。

[明]马斯臧：《淮南集》，天一阁藏本。

[明]周应宸：《采篮集》，中国国家图书馆藏本。

[明]丰坊：《万卷楼遗集》，《北京图书馆古籍珍本丛刊》本。

[明]汪坦：《石盂集》，天一阁藏清徐时栋烟屿楼抄本。

[明]李生寅：《李山人诗》，《四库全书存目丛书》本。

[明]沈一贯：《喙鸣诗集》，《续修四库全书存目丛书》本。

[明]屠隆撰，李亮伟、张萍校注：《由拳集校注》，浙江大学出版社2016年版。

[明]陆宝：《悟香集》，《清代诗文集汇编》本。

[明]陆宝：《霜镜集》，《四库禁毁书丛刊》本。

[明]汪枢：《存庾篇》，《明别集丛刊》本。

[明]汪枢：《汪伯机诗》，天一阁藏本。

[明]华淑辑：《明诗选》，《四库禁毁书丛刊》本，北京出版社2001年版。

[清]范光文：《越吟》，《清代诗文集汇编》本。

[清]宗谊：《愚囊汇稿》，《四明丛书》本。

[清]周容：《春酒堂诗存》，《清代诗文集汇编》本。

[清]李邺嗣、徐凤垣辑：《四明八家选诗》，天一阁藏清

初刻本。

[清]李邺嗣撰、张道勤校点:《杲堂诗文集》,浙江古籍出版社 1988 年版。

[清]林时对:《留补堂自订诗选》,《清代诗文集珍本丛刊》本。

[清]郑梁:《寒村诗文选》,天一阁藏康熙紫蟾山房刻增修本。

[清]闻性道:《慭泉诗渐删存》,天一阁藏清康熙二十七年怀流堂刻本。

[清]张瑶芝:《野眺楼近草》,宁波大学图书馆藏本。

[清]姜宸英:《苇间诗集》,天一阁藏清康熙五十二年唐执玉刻本。

[清]宗谊:《愚囊汇稿》,《四明丛书》本。

[清]董元成:《西堂诗草》,天一阁藏本。

[清]郑性:《南溪偶刊》,《四库未收书辑刊》本。

[清]屈复:《弱水集》,《清代诗文集汇编》本。

[清]毛德遴:《鲭豆集》,天一阁藏稿本。

[清]倪象占:《铁如意斋诗稿》,天一阁藏清稿本。

[清]全祖望辑,沈善洪等点校:《续甬上耆旧诗》,杭州出版社 2004 年版。

[清]全祖望撰,朱铸禹汇校集注:《全祖望集汇校集注》,上海古籍出版社 2000 年版。

[清]全祖望撰:《句余土音》,天一阁藏清嘉庆十九年刻本。

[清]袁枚:《小仓山房诗集》,《清代诗文集汇编》本。

[清]卢镐:《月船居士诗集》,《四明丛书》本。

[清]钱大昕:《潜研堂诗集》,《清代诗文集汇编》本。

[清]翁方纲:《复初斋诗集》,《清代诗文集汇编》本。

[清]桂廷蕑:《虚筠诗稿》,天一阁藏本。

[清]叶焕著、杨欣欣点校:《水石居诗稿》,浙江古籍出版社 2018 年版。

[清]叶炜著、姚桃娟点校:《鹤麓山房诗稿》,浙江古籍出版社 2018 年版。

[清]鲍上观:《卷柏山房诗稿》,天一阁藏本。

[清]钱维乔:《竹初诗钞》,《清代诗文集汇编》本。

[清]郑勋:《二砚窝诗稿偶存》,天一阁藏清稿本。

[清]周世绪:《瘦华盦留删诗稿》,天一阁藏稿本;《瘦华庵诗稿》,中国国家图书馆藏本。

[清]黄定文:《东井诗钞》,《清代诗文集汇编》本。

[清]童槐:《今白华堂集》,天一阁藏清稿本。

[清]邓廷桢:《双砚斋诗钞》,《清代诗文集汇编》本。

[清]郑倬:《课余吟草》,天一阁藏本。

[清]黄定齐:《垂老读书庐诗草》,宁波市图书馆藏本。

[清]忻恕:《近水楼遗稿》,清宣统二年刻本。

[清]王宗耀:《愿学堂诗抄》,《清代诗文集汇编》本。

[清]冯登府:《拜竹诗龛诗存》,《清代诗文集汇编》本。

[清]厉志:《白华山人诗集》,《清代诗文集汇编》本。

[清]陈仅:《继雅堂集》,《清代诗文集汇编》本。

[清]孙家谷:《襄陵诗草》,天一阁藏清抄本;又《襄陵诗草》《襄陵词草》,《四明丛书》本。

[清]郑尔毅:《果亭古今体诗稿》,天一阁藏本。

[清]蒋世鼎:《鹤警诗草》,《宁海丛书》本。

[清]陈权:《箫楼诗稿》,天一阁藏道光刻本。

[清]顾逸:《小亭林诗稿》,宁波大学图书馆藏本。

[清]忻文郁:《望湖楼诗钞》,清道光刻本。

[清]叶元堦:《赤堇遗稿》,清道光二十五年叶金銮刻本。

[清]姚燮撰:《复庄诗问》,周劭标点,上海古籍出版社1988年版。

[清]姚燮:《疏影楼词》,浙江古籍出版社1986年版。

[清]陈劢:《运甓斋诗稿》,《清代诗文集汇编》本。

[清]徐时栋:《烟屿楼诗集》,天一阁藏清同治六年刻本。

[清]洪晖堂:《听篁阁存草》,宁波市图书馆藏本。

[清]章鋆:《望云馆文诗稿》,《清代诗文集汇编》本。

[清]童华:《竹石居诗草》,《清代诗文集汇编》本。

[清]董沛撰:《六一山房诗集》《六一山房诗续集》,《续修四库全书》本。

[清]徐镛:《红岩山房诗稿》,《宁海丛书》本。

[清]叶元尧:《听秋吟馆诗稿》,天一阁藏清稿本。

[清]郭传璞:《金峨山馆诗稿四种》,天一阁藏清稿本。

[清]孙德祖:《寄龛诗质》,《清代诗文集汇编》本。

[清]倪鸿:《退遂斋诗抄》,《清代诗文集汇编》本。

[清]缪荃孙:《艺风堂诗存》,《清代诗文集汇编》本。

[清]徐甲荣:《城北草堂诗稿》,光绪二十年刻本。

[清]佚名:《月湖十洲分咏》,天一阁藏本。

[清]徐时梁:《憧桥诗稿》,宁波市图书馆藏本。

[清]叶昌炽:《藏书纪事诗》,北京燕山出版社1999年版。

[清]冯煦:《蒿庵类稿》,《清代诗文集汇编》本。

[清]戈鲲化著、张宏生编:《戈鲲化集》,江苏古籍出版

社 2000 年版。

［清］姚景夔：《琴咏楼诗酌》，天一阁藏本。

［清］梅调鼎：《注韩室诗存》，民国二十二年铅印本。

［清］释敬安：《八指头陀诗文集》，2000 年天童寺内部印刷本。

［清］朱善佐：《补拙轩遗稿》，见胡纪祥辑录、俞信芳校注《咸祥文存》，宁波出版社 2018 年版。

王玄冰：《秋黛庵诗录》，宁波市图书馆藏本。

二、家集、选集和总集

［明］宋弘之辑、戴鲸增辑：《四明雅选》，《原国立北平图书馆甲库善本丛书》本。

［明］杨德周等辑：《甬东诗括》，天一阁藏崇祯刻本（存卷九至卷十三）。

［清］胡文学、李邺嗣编：《甬上耆旧诗》，天一阁藏清康熙十五年胡氏敬义堂刻本。

［清］全祖望辑：《续甬上耆旧诗》，方祖猷、魏得良等点校本，杭州出版社 2003 年版。

［清］董沛、忻江明辑，袁元龙点校：《四明清诗略》《四明清诗略续稿》，宁波出版社 2015 年。

［清］谢骏德辑：《镇海谢氏世雅集》，《清代家集丛刊续编》本。

［清］范□编：《双云堂传集七种》，天一阁藏清光绪十至十七年甬上范氏刻本（存五种廿四卷）。

江迥：《剡川诗钞续编》，民国宁波江北岸钧和公司刊本。

毛翼虎总纂、桑文磁主编：《宁波耆旧诗》，团结出版社 1994 年版。

唐圭璋编、王仲闻参订、孔凡礼补辑：《全宋词》（简体增订本），中华书局 1999 年版。

宁波诗社编：《宁波竹枝词》，宁波出版社 1999 年。

龚烈沸纂辑：《天一阁·月湖历代诗词汇编》，宁波出版社 2020 年版。

三、方志、谱牒

［宋］张津纂修：乾道《四明图经》，天一阁藏清咸丰四年重刊本。

［宋］罗濬等：宝庆《四明志》，《宋元方志丛刊》本，中华书局，1990 年版。

［宋］梅应发等：开庆《四明续志》，《宋元方志丛刊》本，中华书局 1990 年版。

［元］袁桷：延祐《四明志》，《宋元方志丛刊》本，中华书局 1990 年版。

［明］张瓒、杨寔纂修：成化《四明郡志》，《北京图书馆古籍珍本丛刊》本，书目文献出版社 2000 年版。

［明］嘉靖《宁波府志》，中国国家图书馆藏本。

［清］董沛、徐时栋、张恕纂，张如安点校：同治《鄞县志》，浙江人民出版社 2021 年版。

［清］徐兆昺撰，桂心仪等点注：《四明谈助》，宁波出版社 2000 年。

［清］钱大昕等纂：《鄞县志》，浙江古籍出版社 2015 年。

［民国］杨贻诚编：《竹洲文献》，民国二十五年鄞县女

子中学铅印本。

［清］徐时栋辑：《月湖徐氏家乘》，天一阁藏道光十四年思本堂刻本。

《鄮西范氏宗谱》，天一阁藏清稿本。

《蛟川王氏宗谱》，宁波市档案馆藏本。

《鄞东忻氏支谱》，天一阁藏本。

《月湖徐氏宗谱》，天一阁藏本。

《四明章溪孙氏宗谱》，天一阁藏本。

《鄞城施氏家乘》，宁波市档案馆藏本。

《石路头张氏宗谱》，天一阁藏本。

《四明月湖陆氏宗谱》，天一阁藏本。

《日湖毛氏宗谱》，天一阁藏本。

《鄞县桓溪全氏宗谱》，天一阁藏本。

《槎湖张氏宗谱》，天一阁藏本。

后　记

习近平总书记指出："中华优秀传统文化是中华文明的智慧结晶和精华所在，是中华民族的根和魂，是我们在世界文化激荡中站稳脚跟的根基。"月湖是浙东诗路的一颗璀璨明珠，千年来弦歌不绝，吟咏不断。正是在这片蓬勃的诗境中，簪缨鼎盛的世家大族环湖而居，硕彦名儒开筵讲学，书院、藏书楼次第矗起，浙东学术文化从萌芽到辉煌，诞生了中国藏书文化的典范天一阁……并最终形成今天宁波城市的精神特质。

宁波市天一阁·月湖景区管理办公室（以下简称景区管理办）致力于深入梳理月湖历史文化底蕴，赓续城市千年文脉，不断探索文化的创造性转化与创新性发展，助力打造海曙都市文博区，为"海曙·创造美好品质"品牌注入文化力量。2018年，景区管理办组织编纂出版了"天一阁·月湖"文丛首部专集《天一阁·月湖历代诗词汇编》。该书出版后，吸引了众多读者的关注。景区管理办又通过书法、绘画、朗诵、昆唱、歌曲等多种形式，对诗词进行艺术性转化，让月湖文化以更生动的方式进行传播。这些诗词同样也成为广大市民进行艺术创作的源泉，掀起了一阵又一阵的创作热潮。

由于诗词背后蕴含大量的历史人文典故，不少读者在阅读过程中感到难以准确理解诗词的内涵意蕴。于是，景区管理办于2020年8月，邀请宁波大学人文与传媒学院的中国古